10 DIAS QUE ABALARAM O MUNDO

JOHN REED

10 DIAS QUE ABALARAM O MUNDO

Tradução de ARMANDO GIMENEZ

www.lpm.com.br

L&PM POCKET

Coleção **L&PM** POCKET, vol. 295

Texto de acordo com a nova ortografia.

Título original: *Ten Days That Shook the World*
Os editores da Coleção L&PM POCKET agradecem a Global Editora que gentilmente permitiu a publicação da tradução deste livro originalmente lançado em 1978 na Coleção Bases.

Primeira edição na Coleção **L&PM** POCKET: novembro de 2002
Esta reimpressão: novembro de 2024

Tradução: Armando Gimenez
Capa: Ivan Pinheiro Machado. *Ilustração:* iStock
Revisão: L&PM Editores

ISBN 978-85-254-1194-5

R324d   Reed, John, 1887-1920.
          Dez dias que abalaram o mundo / John Reed; tradução de
      Armando Gimenez. – Porto Alegre: L&PM, 2024.
      368 p.; 18 cm. (Coleção L&PM POCKET)

      1. Rússia-História-Revolução Bolchevique. 2. Política Russa
-História-Revolução Bolchevique. I. Título. II. Série.

                         CDD 947"1917"
                         323.27(47)"1917"

Catalogação elaborada por Izabel A. Merlo, CRB 10/329.

© L&PM Editores, 2002

Todos os direitos desta edição reservados a L&PM Editores
Rua Comendador Coruja, 314, loja 9 – Floresta – 90.220-180
Porto Alegre – RS – Brasil / Fone: 51.3225.5777 – Fax: 51.3221-5380

Pedidos & Depto. Comercial: vendas@lpm.com.br
Fale conosco: info@lpm.com.br
www.lpm.com.br

Impresso no Brasil
Primavera de 2024

Uma viagem aos 10 dias que abalaram o mundo

*Daniel Aarão Reis**

O livro que você tem nas mãos, leitor, não é um livro qualquer.

É uma síntese de gêneros, quase única.

Conjuga ciências sociais, história, reportagem, jornalismo e romance histórico. Alia presença do autor no terreno dos fatos narrados, apresentação de documentos de todos os lados envolvidos nos conflitos, reprodução e recriação de diálogos, informação, análise, interpretação. O autor toma partido, mas, coisa rara, não é parcial, e por isso mesmo suscitou e continua até hoje a suscitar polêmica, tendo sido frequentemente questionado por diferentes representantes das forças que se enfrentaram nos dias épicos da revolução soviética de 1917.

John Reed, nascido em 1887, no Oregon, vinculado às elites da sociedade norte-americana, formado em Harvard, socialista por opção, desembarcou na Rússia revolucionária já com um certo currículo: fizera uma grande reportagem histórica sobre a Revolução Mexicana iniciada em 1910 – que apareceu na forma de um livro emocionante: México rebelde – e fora também correspondente na Europa e no Império Otomano durante os primeiros anos da Primeira Guerra Mundial, iniciada em 1914.

O que ele veria e sentiria na Rússia, porém, anos mais tarde, foi algo de uma outra natureza, pelo alcance que teve na própria sociedade russa, na Europa e em escala mundial. Reed, como tantas outras testemunhas dos acontecimentos

---

* Historiador e professor da Universidade Federal Fluminense. Autor de diversos livros, entre os quais *Uma revolução perdida: história do socialismo soviético* (Perseu Abramo, 2007, 2ª edição) e *Luis Carlos Prestes, um revolucionário entre dois mundos* (Companhia das Letras, 2014).

que então se passaram, foi apanhado naquele torvelinho e não saiu – nem poderia sair – imune aos "10 dias que abalaram o mundo". Prova disso é o fato de que se tornou militante comunista e voltou à Rússia, onde morreu de tifo, tendo sido enterrado, como homenagem, nas muralhas do Kremlin, em Moscou.

Não foi a primeira vez, nem seria a última, que um estrangeiro – jornalista, cientista social ou historiador – conseguiria ter olhos argutos para um processo histórico desenrolado em outras latitudes. A capacidade de se surpreender, de perceber acontecimentos e personagens originais, de não se deixar envolver por consagradas rotinas, própria de um olhar crítico "de fora", muito terá auxiliado John Reed a se mover nos redemoinhos vertiginosos da revolução russa.

Seu relato empolgou leitores e revolucionários em todo o mundo e na Rússia. Nos Estados Unidos, *10 dias que abalaram o mundo* teve três edições no ano de 1919, quando foi lançado pela primeira vez. Na Rússia dos anos 1920, também suscitou interesse, tendo onze edições sucessivas. O próprio Vladimir Lênin e sua mulher, Krupskaya, escreveram prefácios à obra, aqui publicados. Mais tarde, nos anos 1930, o livro entrou em eclipse por desagradar aos ideólogos do stalinismo, só voltando a ser reeditado em 1957, embora com muitas ressalvas críticas.

O que tornou singular a narrativa de John Reed foi a sua capacidade de formular um texto que se encontra – e sempre se encontrará, mesmo décadas depois – na encruzilhada de diferentes ângulos, oferecendo-nos, a cada instante, múltiplas faces de um mesmo processo, como um caleidoscópio, com seus pequenos fragmentos de vidros coloridos. A cada movimento, a cada página, combinações variadas de aproximação, informações provindas de fontes diversas, diferentes análises, distintas interpretações, dúvidas que se constroem e se transmudam em certezas, intenções não confirmadas, hipóteses prováveis que se desfazem, afirmações definitivas que se evaporam no ar um instante depois de asseveradas, o improvável tomando corpo, a história humana *in actu*, no transcurso de sua própria realização. Tudo isso lançado na grossa mistura do caldeirão de acontecimentos ainda em plena gestação, quando ainda não estava encerrado o processo que se descreve, aberto ao futuro, imprevisível e imponderável como é sempre a história.

Como se fosse uma antiga tragédia, o autor começa apresentando os grandes personagens – os atores sociais – que vão tomar parte na trama. De um lado, no topo da pirâmide, os que desejam mudar para que tudo continue igual. Na base, iras ancestrais que se movem, como placas tectônicas, radicalizando as gentes. A insensibilidade das elites se consagra nas tradicionais protelações de reformas inadiáveis, seguras e confortadas na inabalável crença de que, no fim das contas, a Ordem prevalecerá. Alternativamente, faz-se o trabalho da velha toupeira, na feliz imagem de Karl Marx, cavando a terra sob os alicerces de um sistema que parecia intangível à ação humana.

Fixados os grandes parâmetros em que se desenvolverá a história, a aproximação se completa pela análise do golpe de Estado, em fins de agosto de 1917, liderado pelo general Lavr Kornilov, feroz aprendiz de ditador, cuja tentativa – abortada – precipitou os acontecimentos num ritmo alucinante, surpreendendo a todos, abrindo um futuro que parecia improvável a muitos.

A partir daí, leitor, sinta-se convidado a chegar a Petrogrado, ex-São Petersburgo, futura Leningrado, hoje, e desde os anos 1990, novamente São Petersburgo. Naqueles dias chuvosos e frios de outubro (no calendário juliano, adotado ainda na Rússia), ou de novembro (no calendário gregoriano, adotado no resto da Europa e das Américas), cenas raras ali aconteceriam.

A cidade aguardava a abertura do II Congresso Pan-russo dos Sovietes, de deputados operários e soldados. A radicalização da atmosfera política alcançara uma espécie de clímax, de uma espessura palpável. Você será conduzido pelo labirinto da tormenta que se anuncia, febril, catastrófica, até que se desencadeie, sob a liderança do Comitê Militar Revolucionário do Soviete de Petrogado e dos bolcheviques (majoritários), a insurreição dos operários da Guarda Vermelha, dos soldados e dos marinheiros. A partir de um movimento aparentemente defensivo, contra ordens arbitrárias visando censurar e fechar jornais populares, emitidas por um governo provisório já sem forças, articula-se um gigantesco bote que, uma vez desferido, ocupa todos os pontos estratégicos da cidade. Aconteceu na virada da noite de 24 para 25 de outubro, véspera da abertura do congresso soviético.

Depois disso, leitor, você será transportado para o grande edifício do Smolny, ex-colégio de jovens moças das elites russas, transformado em imensa usina de debates, de programas e de ações revolucionárias. Abre-se, finalmente, o congresso soviético na tarde do dia 25. Emolduradas pelo troar dos canhões e dos tiros de fuzis, pois a insurreição está em curso, discursam as lideranças socialistas. Falas de denúncia e de aprovação. Debates furiosamente contraditórios, tensos, de beira de abismo, pois todos sentem que ali está se jogando a sorte da revolução, do país, talvez do mundo.

Apresentam-se as lideranças da insurreição em andamento, os bolcheviques Vladimir Lênin, Leon Trotsky, Lev Kamenev, Grigori Zinoviev, Alexandra Kollontai, Anatoli Lunatcharski, que a defendem com a última energia. Em contraste, discursam os que se opõem àquela aventura: os mencheviques (minoritários) Fyodor Dan, Nikolai Chkheidze e Irakli Tsereteli, o socialista-revolucionário de direita Victor Tchernov. Entre estes dois blocos, tomando partido, surge a figura de Maria Spiridonova, liderança dos socialistas revolucionários de esquerda, aliando-se aos bolcheviques. Sob outro ângulo, os esforços de Julius Martov, menchevique internacionalista, tentando encontrar uma brecha que possa evitar o enfrentamento entre os socialistas. Em rápidos esboços, conhecemos os traços fisionômicos de cada um, seus olhares e esgares, a vibração de suas vozes, o conteúdo de suas reflexões e propostas. Nada está decidido, reina o imponderável.

Cai, finalmente, na noite seguinte, o Palácio de Inverno, sede e símbolo do poder. Depois de breve oscilação, o Congresso valida a insurreição, elege um novo Comitê Executivo Central e aprova os primeiros grandes decretos revolucionários sobre a Paz e sobre a Terra, assim como a constituição de um primeiro governo revolucionário, o Conselho dos Comissários do Povo. Nos dias seguintes, novos decretos evidenciam a decisão dos revolucionários engajados na insurreição: estabelece-se o controle operário, a jornada de trabalho de oito horas, o direito das nações não russas à secessão, o armamento de todo o povo.

Lênin e Trotsky, Dybenko e Krylenko, entre muitos outros, estão seguros da vitória próxima. Entretanto, entre os próprios bolcheviques, também há dúvidas e contradições. Há dirigentes que duvidam. Ponderam. E buscam soluções intermediárias.

Os que se opõem retiram-se do Congresso, apostrofando os bolcheviques como coveiros da revolução, certos de que aquela tentativa está destinada ao fracasso.

A revolução será ou não vencedora?

Já então parece que estamos lendo um romance histórico, de desenlace imprevisto. John Reed procura os adversários dos bolcheviques. Dialoga com eles. Registra seus depoimentos, manifestos, diagnósticos e prognósticos. Compartilham uma certeza fatalista. A aventura, aparentemente vitoriosa, seria, segundo eles, derrotada, e eles demonizam os bolcheviques como responsáveis pela catástrofe inevitável. E choram por aquele presente sem futuro.

Estarão com a razão?

O autor corre a acompanhar os debates que se desdobram nos quartéis, nas ruas, nas assembleias, nas fábricas. Em certo momento, confundido com um agente da contrarrevolução, quase é fuzilado por uma patrulha da Guarda Vermelha. A generosidade e os abusos da revolução, o ceticismo e o ódio da contrarrevolução. Luta-se com ardor nas ruas da cidade e cercanias. Afinal, por toda a parte, desagregam-se as tropas contrarrevolucionárias. O congresso camponês, realizado em fins de novembro e inícios de dezembro, apesar das desconfianças subsistentes, confirma o reconhecimento do governo revolucionário pela imensa maioria dos deputados eleitos.

Para surpresa de muitos, a revolução triunfa. Pelo menos a curto prazo, ganha fôlego e pode respirar.

Cem anos depois, continuam vivas e aceleradas as páginas da reportagem histórica de John Reed. Incentivam a pensar e a refletir. Diante delas, impossível permanecer impassível.

Paulo Leminski escreveu um melancólico e evocativo poema para Trotsky e sua mulher, Natalia Sedova. Como num refrão, ressoam os versos da poesia: "nunca mais aquele dia em Petrogrado...".

De fato nunca mais se repetirão aqueles dias.

Entretanto, a proeza então empreendida continua a inspirar o que as ações humanas têm de mais belo: a rebeldia contra a máquina insensível do poder e a busca da autonomia e da liberdade na construção do futuro.

É o que nos move a convidar você, leitor, a viajar no tempo e no espaço e a compartilhar estas belas páginas escritas por John Reed.

Novembro, 2016

Sumário

Prefácio de Lênin para a edição norte-americana / 13
Prefácio de N. Krupskaya para a primeira edição russa / 14
Prefácio do Autor / 16
Explicações preliminares / 23
    Partidos políticos / 23
    O processo parlamentar / 28
    Organizações populares / 29
    Comitês centrais / 32
    Outras organizações / 33
    Cronologia / 34
    Origens / 35
Capítulo I – Os bastidores / 37
Capítulo II – Aproxima-se a tempestade / 54
Capítulo III – Às vésperas / 80
Capítulo IV – A queda do Governo Provisório / 113
Capítulo V – Ao trabalho / 153
Capítulo VI – O comitê de salvação / 191
Capítulo VII – A frente revolucionária / 218
Capítulo VIII – A contrarrevolução / 240
Capítulo IX – A vitória / 266
Capítulo X – Moscou / 290
Capítulo XI – A conquista do poder / 307
Capítulo XII – O congresso camponês / 340

Prefácio de Lênin para a edição norte-americana

Com imenso interesse e igual atenção li, até o fim, o livro *10 dias que abalaram o mundo,* de John Reed. Recomendo-o, sem reservas, aos trabalhadores de todos os países. É uma obra que eu gostaria de ver publicada aos milhões de exemplares e traduzida para todas as línguas, pois traça um quadro exato e extraordinariamente vivo dos acontecimentos que tão grande importância tiveram para a compreensão da Revolução Proletária e da Ditadura do Proletariado. Em nossos dias, essas questões são objeto de discussões generalizadas, mas, antes de se aceitarem ou de se repelirem as ideias que representam, torna-se necessário que se saiba a real significação do partido que se vai tomar.

O livro de John Reed, indubitavelmente, ajudará a esclarecer o problema do movimento operário internacional.

V. I. Lênin, final de 1919

Prefácio de N. Krupskaya para a primeira edição russa

10 dias que abalaram o mundo, esse o título que John Reed deu à sua obra admirável. É um livro que recorda, com uma intensidade e um vigor extraordinários, os primeiros dias da Revolução de Outubro. Não se trata de uma simples enumeração de fatos, de uma coleção de documentos, mas de cenas vivas, tão típicas que não podem deixar de evocar, no espírito de todas as testemunhas da Revolução, aquelas cenas idênticas, a que todos assistiram. Todos esses quadros tomados ao vivo traduzem, da melhor forma possível, o modo de sentir das massas e permitem apanhar o verdadeiro sentido dos diferentes atos da grande revolução.

Parece estranho, à primeira vista, que este livro tenha sido escrito por um estrangeiro, um americano que não conhece a língua nem os costumes do país. Ele deveria – é o que se admite – cometer erros a cada passo, omitir fatores essenciais.

Pois não é assim que os estrangeiros escrevem sobre a Rússia Soviética? Ou eles não compreendem nada dos acontecimentos, ou então generalizam fatos isolados, que nem sempre são típicos. É verdade que bem poucos foram testemunhas pessoais da Revolução.

John Reed não foi um observador indiferente. Revolucionário na alma, comunista, ele compreendia o sentido dos acontecimentos, o sentido da grande luta. Daí sua aguda visão, sem a qual lhe teria sido impossível escrever um livro como este.

Os russos não falam senão assim da Revolução de Outubro: ou fazem um julgamento, ou se contentam em descrever os episódios que testemunharam. O livro de Reed oferece um quadro autêntico da revolta, e é por isso que ele terá uma importância toda especial para a juventude, para as gerações futuras, para quem a Revolução de Outubro já será História. No seu gênero, o livro de Reed é uma epopeia.

John Reed está indissoluvelmente ligado à Revolução Russa. A Rússia Soviética tornou-se-lhe cara e próxima. Foi contaminado pelo tifo e repousa na base do Muro Vermelho do Kremlin. Quem descreveu os funerais das vítimas da Revolução, como o fez John Reed, merece tal honra.

N. Krupskaya

Prefácio do Autor

Este livro é um pedaço da História, da História tal como eu a vi. Não pretende ser senão um relato detalhado da Revolução de Outubro, isto é, daqueles dias em que os bolcheviques, à frente dos operários e soldados da Rússia, apoderaram-se do poder e o puseram nas mãos dos sovietes.

Trata principalmente de Petrogrado*, que foi o centro, o próprio coração da insurreição. Mas o leitor deve ter em mente que tudo o que se passou em Petrogrado repetiu-se, quase exatamente, com intensidade maior ou menor e a intervalos mais curtos ou mais longos em toda a Rússia.

Neste volume, o primeiro de uma série que estou escrevendo, sou obrigado a me limitar a uma crônica dos acontecimentos que testemunhei, e nos quais me envolvi pessoalmente, ou que conheci de fontes seguras. O relato propriamente dito é precedido de dois capítulos que traçam rapidamente as origens e as causas da Revolução de Outubro. Sei perfeitamente que esses dois capítulos são de leitura difícil, mas têm conteúdo essencial para a compreensão dos que se seguem.

Numerosas questões ocorrerão ao espírito do leitor. O que é bolchevismo? Em que consiste a forma de governo criada pelos bolcheviques? Uma vez que os bolcheviques lutaram por uma Assembleia constituinte antes da Revolução de Outubro, por que a dissolveram em seguida, pela força? E por que a burguesia, hostil à Assembleia Constituinte até o aparecimento do perigo bolchevique, resolveu assumir a defesa dessa mesma assembleia?

Essas questões não poderão ser respondidas aqui. Em outro volume, *De Kornilov a Brest-Litovsqui,* em

---

* Antiga Leningrado, hoje São Petersburgo. (N.T.)

que relato os acontecimentos até a paz com a Alemanha, descrevo a origem e o papel das diferentes organizações revolucionárias, a evolução do sentimento popular, a dissolução da Assembleia Constituinte, a estrutura do Estado Soviético, o desenvolvimento e a conclusão das negociações de Brest-Litovsk.*

Abordando o estudo da sublevação bolchevique, é preciso ter em conta que não foi em 25 de outubro (7 de novembro no calendário gregoriano**), mas muito antes, que se operou a desorganização da vida econômica e do exército russo, final lógico de um processo que remonta ao ano de 1915. Os reacionários desprovidos de escrúpulos, que dominavam a corte do Tzar, haviam decidido deliberadamente a ruína da Rússia, a fim de poderem concluir uma paz em separado com a Alemanha. A falta de armas nas frentes, que teve como consequência a grande retirada do verão de 1915, a falta de víveres nos exércitos e nas grandes cidades, a paralisação da produção e dos transportes em 1916, tudo fazia parte de um plano gigantesco de sabotagem que a Revolução de Fevereiro, no seu justo tempo, impediu que fosse executado até o fim.

Durante os primeiros meses do novo regime, com efeito, não obstante a confusão que se segue a um grande movimento revolucionário como o que acabava de libertar um povo de 160 milhões de almas, o mais oprimido do mundo, a situação interior e a força combativa dos exércitos melhoraram sensivelmente.

Mas, essa "lua de mel" teve curta duração. As classes dominantes pretendiam uma revolução unicamente política, que, tirando o poder do Tzar, o passasse às suas mãos.

---

* Em Brest-Litovsk foi assinada a paz com a Alemanha, em 1918.

** John Reed utilizou o calendário gregoriano para registrar todos os acontecimentos da Revolução. No entanto, na época a Rússia utilizava o calendário juliano, que apresenta uma diferença de 13 dias em relação ao calendário gregoriano. Graças a isso, a data da célebre Revolução de Outubro, conhecida na maior parte da Europa como 7 de novembro de 1917, foi, na Rússia, o dia 25 de outubro de 1917. (N.E.)

Queriam fazer na Rússia uma revolução constitucional, segundo o modelo da França ou dos Estados Unidos, ou então uma monarquia constitucional como a da Inglaterra. Ora, as massas populares queriam, porém, uma verdadeira democracia operária e camponesa.

William English Walling, no seu livro *A mensagem da Rússia,* consagrado à Revolução de 1905, descreve perfeitamente o estado de espírito dos trabalhadores russos, cuja quase unanimidade apoiaria, mais tarde, o bolchevismo:

"Os trabalhadores compreendiam bem que, mesmo sob um governo liberal, eles se arriscariam a continuar morrendo de fome se o poder ainda permanecesse nas mãos de outras classes sociais.

"O operário russo é revolucionário, mas ele não é violento, nem dogmático, nem pouco inteligente. Está pronto para o combate de barricadas, mas estudou suas regras e, caso único entre os operários do mundo inteiro, foi na prática que ele as aprendeu. Está disposto a levar até o fim a luta contra seu opressor, a classe capitalista. Ele não ignora que existem ainda outras classes, mas exige que elas tomem parte, francamente, no conflito encarniçado que se aproxima.

"Os trabalhadores russos reconhecem que as instituições políticas norte-americanas são preferíveis às deles, mas não querem trocar um despotismo por outro (o da classe capitalista)...

"Se os operários da Rússia fizeram-se matar e foram executados às centenas, em Moscou, em Riga, em Odessa, se eles foram presos, aos milhares, nas cadeias russas, ou exilados para os desertos ou para as regiões árticas, não foi para obterem os duvidosos privilégios dos operários de Goldfields e de Cripple-Creek..."

É assim que se desenvolveu na Rússia, no próprio curso de uma guerra exterior, depois da revolução política, a revolução social que fez triunfar o bolchevismo.

O Sr. A. J. Sack, Diretor do Escritório de Informações Russas nos Estados Unidos e adversário do Governo Soviético, exprimiu-se da seguinte maneira, no seu livro *O nascimento da democracia russa:*

"Os estrangeiros constituíram um gabinete, tendo Lênin como presidente do Conselho e Trotsky como ministro dos Negócios Exteriores. Logo depois da Revolução de Fevereiro, sua subida ao poder parecia inevitável. A história dos bolcheviques depois da Revolução é a história de sua ascensão constante...

"Os estrangeiros, os norte-americanos em particular, insistem frequentemente em falar na ignorância dos trabalhadores russos. É exato que eles não possuem a experiência política dos povos ocidentais, mas também é fato que eles estão perfeitamente preparados, no que concerne à organização das massas. Em 1917, as cooperativas de consumo contavam com mais de 12 milhões de aderentes. O próprio sistema dos sovietes é um admirável exemplo de seu gênio administrativo. Por outro lado, não há, provavelmente, outro povo, neste mundo, tão familiarizado com a teoria do socialismo e com a sua aplicação prática."

William English Walling escreveu a esse respeito:

"Os trabalhadores russos, na sua maioria, sabem ler e escrever. A situação extremamente confusa em que se encontrava o país durante anos fez com que eles tivessem a vantagem de possuir por guias não somente os mais inteligentes entre eles, como uma grande parte da classe culta, igualmente revolucionária, que lhes legou seu ideal de regeneração política e social da Rússia..."

Numerosos autores justificaram sua hostilidade para com o Governo Soviético sob o pretexto de que a última fase da Revolução não foi mais do que uma luta de defesa dos elementos policiais da sociedade, contra a brutalidade dos ataques bolcheviques. Ora, são exatamente esses elementos, as classes possuidoras, que, vendo aumentar a força das organizações revolucionárias da massa, pretenderam destruí-las a qualquer custo, para fazer parar a Revolução. Para conseguir seus objetivos, essas classes lançaram mão de recursos desesperados. Para derrubar o Ministério Kerensky e destruir os sovietes, elas desorganizaram os transportes e provocaram confusões internas; para destruir os comitês de operários, fecharam as fábricas, fizeram desaparecer combustíveis e matérias-primas; para destruir os comitês do exército, restabeleceram a pena de morte e tentaram provocar a derrota militar.

Isso era, evidentemente, lançar lenha ao fogo bolchevique. Os bolcheviques responderam aguçando a guerra de classes e proclamando a supremacia dos sovietes.

Entre esses dois extremos, mais ou menos francamente apoiados por grupos diversos, encontravam-se os socialistas chamados "moderados", compreendendo os mencheviques, os socialistas-revolucionários e algumas outras frações de menor importância. Todos esses partidos estavam igualmente expostos aos ataques das classes possuidoras, mas sua força de resistência era quebrada pelas suas próprias teorias.

Os mencheviques e os socialistas-revolucionários afirmavam que a Rússia não estava preparada para a revolução social e que só uma revolução política era possível. Segundo eles, as massas russas não tinham suficiente educação para a tomada do poder; toda tentativa nesse sentido só poderia provocar uma reação a favor de um aventureiro sem escrúpulos, que poderia restaurar o velho regime. Por conseguinte, quando os socialistas "moderados" foram obrigados, por circunstâncias especiais, a tomar o poder, não ousaram fazer uso dele.

Acreditavam que a Rússia deveria atravessar, por sua própria conta, as mesmas etapas políticas e econômicas da Europa Ocidental, para poder chegar, enfim, ao mesmo tempo que o resto do mundo, ao paraíso socialista. Dessa forma, estavam de acordo com as classes possuidoras no que dizia respeito a fazer, da Rússia, antes de tudo, um Estado parlamentar – um pouco mais perfeito, em todo o caso, do que as democracias ocidentais – e, em consequência, insistiram na participação das classes possuidoras no Governo. Daí a desenvolver uma política de apoio era um passo. Os socialistas "moderados" tinham necessidade da burguesia; mas a burguesia não tinha necessidade dos socialistas "moderados". Os ministros socialistas foram constrangidos a ceder, pouco a pouco, a totalidade do seu programa, à medida que as classes possuidoras exerciam pressão.

E, finalmente, quando os bolcheviques derrubaram todo esse edifício de compromissos, os mencheviques e os socialistas-revolucionários se encontraram lutando ao lado das classes possuidoras. É mais ou menos isso que vemos acontecer de novo, hoje, em todos os países do mundo.

Longe de constituírem uma força destruidora, parece-me que os bolcheviques foram, na Rússia, o único partido a possuir um programa construtivo e os únicos que se tornaram capazes de impor esse programa ao país. Se eles não tivessem triunfado no momento exato, não tenho a menor dúvida de que os exércitos da Alemanha imperial entrariam em Petrogrado e em Moscou, em dezembro, e hoje um Tzar cavalgaria novamente sobre a Rússia.

Hoje ainda é moda, após um ano de existência do novo regime, falar da Revolução Bolchevique como de uma "aventura". Muito bem, se for uma aventura, trata-se de uma das mais maravilhosas em que já se empenhou a humanidade, aquela que abriu às massas laboriosas o campo da História, fazendo com que hoje tudo dependa de suas vastas e naturais aspirações! Mas, lembremo-nos que desde antes de novembro o poder já havia sido tomado e que, por meio dele, as terras dos grandes proprietários puderam ser distribuídas aos camponeses; que os comitês de fábrica e os sindicatos estavam organizados e iriam realizar o controle operário da indústria; que cada cidade, cada vila, cada distrito, cada província, tinha seu soviete de deputados operários, soldados e camponeses pronto para assegurar a administração local.

Qualquer que seja a nossa opinião a respeito do bolchevismo, é inegável que a Revolução Russa foi um dos grandes acontecimentos da História da Humanidade e que a subida ao poder dos bolcheviques é um fato de importância mundial. Da mesma forma que os historiadores se ocupam em reconstituir, nos seus mínimos pormenores, a história da Comuna de Paris, assim também eles desejarão conhecer o que se passou em Petrogrado, em novembro de 1917, qual era o estado de espírito do povo, a fisionomia dos seus chefes, suas palavras, seus atos. Foi pensando neles que escrevi este livro.

No curso da luta, minhas simpatias não eram neutras. Mas, ao traçar a história desses grandes dias, quis considerar os acontecimentos, relatando-os conscienciosamente, esforçando-me para fixar a verdade.

Nova York, 1º de janeiro de 1919

Explicações preliminares

Para o comum dos leitores, a diversidade das organizações russas – partidos políticos, comitês e comitês centrais, sovietes, *dumas,* uniões ou sindicatos – é extremamente embaraçosa. É por essa razão que começarei por dar algumas definições e breves esclarecimentos.

Partidos políticos

As eleições para a Assembleia Constituinte realizaram-se em Petrogrado mediante dezenove listas, e em certas cidades da província este número chegou mesmo a quarenta; entretanto, nesta rápida exposição dos objetivos e composições dos grupos políticos, limitamo-nos a apresentar somente aqueles mencionados no texto deste livro. Esclarecemos, porém, que aqui só nos será possível oferecer a essência de cada um deles, indicando o caráter geral dos seus programas.

1. *Monarquistas:* de diversas facções, *outubristas*, etc. Estes grupos, outrora poderosos, não mais existiam abertamente; ou continuaram a trabalhar nos bastidores, ou seus membros aderiram aos *cadetes,* que se aproximavam, cada vez mais, do programa monarquista. Neste livro, eles são representados por Rodzianko, Choulguine.

2. *Cadetes:* Assim chamados, conforme as iniciais do seu partido: Partido Constitucional Democrata (C. D., em russo). O nome oficial utilizado era "Partido da Liberdade do Povo". Composto de liberais pertencentes às classes abastadas, os *cadetes* eram o grande partido da reforma política, correspondendo, mais ou menos, ao

Partido Progressista dos EUA. Ao estourar a Revolução, em março de 1917, foram os *cadetes* que formaram o primeiro governo provisório. O Ministério *cadete* foi derrubado em abril, por ter aderido aos fins imperialistas dos aliados, inclusive aos desígnios imperialistas do Governo Tzarista. À medida que se firmava o caráter econômico e social da Revolução, os *cadetes* tornavam-se cada vez mais conservadores. Neste livro, eles são representados por Miliukov, Vinaver, Shatsky.

3. *Grupo dos homens influentes:* Depois de os *cadetes* terem-se tornado impopulares por suas ligações com o movimento contrarrevolucionário de Kornilov, formou-se, em Moscou, *um grupo de homens influentes.* Alguns membros desse grupo receberam pastas no último gabinete organizado por Kerensky. O grupo declarava-se sem partido, embora seus guias intelectuais fossem homens como Rodzianko e Choulguine. Era composto por banqueiros "mais modernos", comerciantes e industriais, bastante inteligentes para compreender que os *sovietes* deveriam ser combatidos com suas próprias armas, isto é, por meio da organização econômica. Seus representantes típicos são Lianozov e Konovalov.

4. *Socialistas populares* ou *Trudovique* (Partido do Trabalho): Organização numericamente fraca, composta de intelectuais cautelosos, de chefes das sociedades cooperativas e de camponeses conservadores. Apesar de se denominarem socialistas, os *trudoviques,* na realidade, defendiam os interesses da pequena burguesia: empregados, pequenos comerciantes etc. Eram os herdeiros diretos da tradição conciliatória do Partido do Trabalho de IV Duma Imperial, composta, em grande parte, por delegados camponeses. Kerensky era o líder do *Trudovique* na Duma Imperial, quando estourou a Revolução de

Março, em 1917. Os *socialistas populares* eram um partido nacionalista. Eles aqui são representados por Peshekhanov e Tchaikovski.

5. *Partido Operário Social-Democrata Russo:* Na sua origem, os sociais-democratas eram socialistas marxistas. Por ocasião de um congresso realizado em 1903, o Partido Social-Democrata dividiu-se em duas facções quanto à questão da tática a ser adotada: a maioria (Bolchinstvo) e a minoria (Menchinstvo). Daí procedem os nomes *bolcheviques* e *mencheviques,* isto é, "membros da maioria" e "membros da minoria", respectivamente. Essas duas alas tornaram-se dois partidos distintos, ambos reivindicando para si o nome de "Partido Operário Social-Democrata Russo" e dizendo-se igualmente marxistas. Desde a Revolução de 1905 que os bolcheviques passaram a ser minoria; conservaram, contudo, o mesmo nome que os vinha designando até então. Somente em setembro de 1917 é que os bolcheviques readquiriram a posição de maioria.

a) *Mencheviques:* Este partido compreende todos os matizes de socialistas convencidos de que a sociedade deve chegar ao socialismo por evolução natural, e que a classe operária deve começar por conquistar o poder político. Também se trata de um partido nacionalista. É o partido que congrega os intelectuais socialistas. Como o ensino achava-se inteiramente dominado pelas classes abastadas e conservadoras, os intelectuais, obedientes à formação que receberam, tomam naturalmente a defesa dessas classes. Seus representantes neste livro são Dan, Lieber e Tsereteli.

b) *Mencheviques internacionalistas:* É a ala radical dos mencheviques. Internacionalistas e ferrenhos opositores a qualquer coalizão com as classes abastadas, não têm o desejo de romper com as alas conservadoras do partido e são contrários à ditadura do proletariado, advogada pelos bolcheviques. Durante muito tempo, Trotsky pertenceu a este grupo. Entre os seus chefes destacam-se Martov e Martinov.

c) *Bolcheviques:* Chamaram-se a si próprios de Partido Comunista para dar maior ênfase à sua separação do tradicional socialismo "moderado" ou "parlamentar" que continua a vigorar entre os mencheviques e os "socialistas majoritários" de todos os países. Os bolcheviques propõem a imediata insurreição proletária e a conquista do poder governamental a fim de acelerar a realização do socialismo, exigindo a posse das indústrias, da terra, das riquezas naturais e instituições financeiras. É o partido que representa principalmente o operariado das fábricas, mas também uma importante fração dos camponeses pobres. O nome "bolchevique" não deve ser traduzido por "maximalista". Os maximalistas formam um grupo autônomo. (Vide parágrafo 6 b.) Os chefes dos bolcheviques são Lênin, Trotsky e Lunatcharski.

d) *Sociais-democratas internacionalistas unificados:* Também chamado de "Grupo da Vida Nova", por ser o seu jornal, *Novaia Jizn* (Vida Nova), muito influente na época. É formado por um reduzido grupo de intelectuais, inclusive dos admiradores pessoais de Máximo Gorki, chefe do partido. Este partido possuía em suas fileiras poucos membros da classe trabalhadora. Esses intelectuais têm um programa muito semelhante ao dos mencheviques internacionalistas, apesar do grupo do *Novaia Jizn* nunca ter-se aliado a qualquer das suas alas. São opositores da tática bolchevique, mas permanecem no governo dos sovietes. Neste livro, além de Gorki, registramos os nomes dos chefes Avilov e Kramarov.

e) *Iedinstvo:* Pequeno grupo em decomposição, formado quase inteiramente pelos discípulos de Plekhanov, um dos pioneiros do movimento social-democrata russo, no ano de 1880, e seu grande político teórico. Agora um tanto velho, Plekhanov é um patriota extremado, muito conservador, mesmo para os mencheviques. Após a conquista do poder pelos bolcheviques, o *Iedinstvo* desapareceu.

6. *Partido Socialista Revolucionário:* Seus membros são conhecidos como os S. R., que são as iniciais do nome do partido. Originalmente, era o partido revolucionário dos camponeses, o partido das organizações de combate, ou seja, dos terroristas. Depois da Revolução de Março, foi engrossado por numerosos adeptos, muitos dos quais jamais haviam sido socialistas. Ao tempo em que se passaram os fatos narrados neste livro, os S. R. reclamavam a supressão da propriedade privada da terra mediante indenização aos seus proprietários. O progresso, no incremento do espírito revolucionário entre os camponeses, forçou os S. R. a abandonarem a cláusula da indenização, e os intelectuais mais jovens e ardentes romperam com o grosso do partido em 1917, formando uma nova organização denominada *Partido Socialista Revolucionário da Esquerda.* Os S. R., desde essa época chamados pelos grupos da esquerda de *socialistas revolucionários da direita,* adotaram a atitude política dos mencheviques e trabalharam de comum acordo com eles. Terminaram por representar os camponeses ricos, os intelectuais e as populações politicamente deseducadas de longínquos distritos rurais. Entre eles, entretanto, havia maior diferença de matizes nas orientações políticas e econômicas do que entre os mencheviques. Seus chefes citados nestas páginas são Avksentiev, Gotz, Kerensky, Tchernov, "Babuscá" Breshkovskaya, isto é, Avozinho Breshkovskaya.

a) *Socialistas revolucionários da esquerda:* Adotando, embora teoricamente, o programa da ditadura proletária dos bolcheviques, a princípio relutaram em seguir a tática bolchevique. Apesar disso, os *socialistas revolucionários da esquerda* permaneceram no governo soviético, aceitando ministérios, notadamente o da agricultura. Por várias vezes se retiraram do governo, mas a ele sempre retornavam. Os camponeses que desertavam das fileiras dos S. R., cada vez em maior número, vinham engrossar as fileiras dos *socialistas revolucionários da esquerda,* que chegou, assim, a ser o grande partido camponês, apoiando o governo soviético, reclamando o confisco, sem indenização, das grandes propriedades territoriais e exigindo a partilha realizada pelos próprios camponeses. Seus principais vultos aqui mencionados são Spiridonova, Karelin, Kamkov e Kalagayev.

b) *Maximalistas:* Uma facção dissidente do *Partido Socialista Revolucionário,* durante a Revolução de 1905, no tempo em que este era a mais poderosa organização do movimento camponês, reclamando a aplicação máxima do programa socialista. Logo após, tornou-se um insignificante grupo de camponeses anarquistas.

O processo parlamentar

As reuniões e convenções russas são organizadas segundo o modelo continental. A primeira operação do processo parlamentar é a eleição do *Presidium* (Comitê Diretor) e dos secretários.

O Presidium é um comitê de presidência, composto de representantes dos diversos grupos políticos da Assembleia na proporção do número que compõe cada um dos grupos. O *Presidium* organiza a *Ordem do Dia,* e o presidente pode convocar seus diversos membros a exercerem uma presidência temporária. Cada questão a ser discutida *(vopros)* é primeiramente apresentada pela forma comum, depois posta em discussão; findos os debates, as resoluções são propostas pelas diferentes facções e votadas separadamente, cada uma de per si. Pode acontecer – e é mesmo frequente o fato – que a ordem do dia seja alterada logo no transcorrer da primeira meia hora dos trabalhos. Sob o pretexto de "urgência", que é quase sempre admitido, qualquer um dos delegados poderá erguer-se e dizer qualquer coisa sobre qualquer assunto. Os próprios deputados zelam pela observância do processo parlamentar, limitando-se o presidente, praticamente, a tocar a campainha para restabelecer a ordem e chamar os oradores seguintes. Quase todo o trabalho efetivo se realiza nas reuniões preparatórias dos diferentes grupos e facções políticas, que habitualmente votam em bloco, representados por um delegado. Por isso mesmo, sempre que surge um caso importante a ser tratado, ou quando há matéria a ser votada, a Assembleia interrompe a sessão a fim de que as facções e grupos possam reunir-se.

A assistência é extremamente barulhenta: anima ou apupa os oradores, pondo abaixo os planos disciplinares do *Presidium*. Os gritos que mais se ouvem são: *Pvouir!* (Falai!), *Prossim!* (Por favor, continue!), *Pravilno* ou *Eto vierno!* (Isso mesmo! Bravo!) *Do volno!* (Basta!), *Doloi!* (Fora!), *Posov!* (Vergonha!) e *Tiché!* (Silêncio!).

Organizações populares

1. *Sovietes:* A palavra *soviete* significa "conselho". Durante o Governo Tzarista, o Conselho Imperial do Estado denominava-se *Gosudarstvennyi Soviete*. Entretanto, após a Revolução, o termo *soviete* foi empregado para designar um tipo de assembleia eleita pelas organizações econômicas da classe operária: os *sovietes* dos deputados operários, camponeses e soldados. Por isso mesmo, limitei-me a empregar a palavra *soviete* quando me refiro a essas organizações proletárias; nos outros casos, uso a palavra "conselho".

Além dos *sovietes locais,* eleitos em cada cidade e vilarejo da Rússia – nas grandes cidades havia os de quarteirão, chamados *raioni* –, formaram-se, ainda, os *sovietes regionais* e *provinciais (oblastnie* e *gubiernsquie),* e, com sede na capital, um comitê central executivo dos *sovietes* de todas as Rússias, conhecido como *Tsique,* palavra formada com as iniciais do seu nome em russo.

Os *sovietes* de deputados operários e soldados, depois da Revolução de Março, fundiram-se em quase todos os locais. Entretanto, por motivos particulares, continuaram a reunir-se separadamente. Só após o golpe de estado bolchevique é que os sovietes de deputados camponeses reuniram-se a eles. Como os operários e os soldados, também os camponeses estavam organizados na Capital com seu *Comitê Central Executivo Panrusso dos Sovietes Camponeses.*

2. *Associações profissionais* ou *sindicatos:* Apesar da sua denominação, estas organizações profissionais russas congregavam ordinariamente todos os operários de uma indústria e não apenas os de mesmo ofício. No instante da Revolução Bolchevique, elas contavam com cerca de três a quatro milhões de membros e se achavam organizadas num conjunto panrusso, em uma espécie de Federação Russa do Trabalho, que, como os *sovietes*, tinha na capital o seu comitê central executivo.

3. *Comitês de fábrica:* São organizações espontaneamente criadas pelos operários nas próprias fábricas com o fito de controlar a indústria, aproveitando-se da desorganização administrativa consequente da Revolução. Sua função era a de se apoderar revolucionariamente das fábricas, garantindo-lhes o funcionamento. Também os *Comitês de fábrica* possuíam uma organização panrussa, com um comitê central executivo em Petrogrado, cooperando estreitamente com as *Associações profissionais* ou *sindicatos.*

4. *Dumas:* A palavra *duma* significa, aproximadamente, "corpo deliberativo". A velha Duma Imperial,

que ainda subsistia sob forma democrática seis meses após a primeira revolução, desapareceu em setembro de 1917. A *Duma Municipal,* a que se refere este livro, é a reorganização do antigo Conselho Municipal, e é comumente chamada *Governo Municipal Autônomo.* Era eleita por voto direto e secreto, e se não conseguiu conservar o controle das massas durante a Revolução Bolchevique foi unicamente em virtude do declínio geral da influência de todas as assembleias exclusivamente políticas diante do poder crescente das organizações apoiadas nos grupos econômicos.

5. *Zemstvos:* Organizações semipolíticas, semissociais, de parco prestígio administrativo, sob o regime tzarista, criadas e dirigidas de preferência pelos intelectuais devotados aos latifundiários. Suas funções mais importantes eram a educação dos camponeses e o melhoramento de sua condição social. Durante a guerra, os *zemstvos,* paulatinamente, chegaram a ser encarregados do completo abastecimento do exército russo, bem como das compras no estrangeiro. Após a Revolução de Março, os *zemstvos* foram democratizados, e deles surgiram os órgãos locais de governo dos distritos rurais. Contudo, eles não se mantiveram ao lado dos *sovietes*, exatamente como sucedera com as *dumas municipais.*

6. *Cooperativas:* Eram as sociedades cooperativas de consumo dos operários e camponeses, contando com vários milhões de membros em toda a Rússia, antes da Revolução. Fundado pelos liberais e socialistas "moderados", a princípio, o movimento cooperativo não foi apoiado pelos grupos socialistas revolucionários, para os quais representava apenas um expediente no sentido de adiar a transferência real e efetiva dos meios de produção e distribuição para as mãos dos operários. Após a Revolução de Março, as cooperativas progrediram rapidamente: eram,

até então, sob a influência dos socialistas populares, mencheviques e socialistas revolucionários, utilizadas como força política conservadora até a Revolução Bolchevique. Todavia, foram as cooperativas que alimentaram a Rússia após a derrocada da antiga estrutura econômica e do sistema de transportes.

7. *Comitês do exército:* Criados na frente de batalha pelos soldados para combater a influência reacionária dos oficiais do antigo regime. Cada companhia, regimento, brigada, divisão e corpo de exército tinha o seu comitê. O conjunto desses comitês elegia o Comitê Central do Exército, que colaborava com o Estado-Maior do Exército. A derrocada do organismo militar, em consequência da Revolução, transferiu para os comitês do exército a maior parte das tarefas do quartel-general e, em certos casos, o próprio comando das tropas.

8. *Comitês da marinha:* Organizações que, na marinha, correspondiam aos *comitês do exército.*

Comitês centrais

Durante a primavera e o verão de 1917, realizaram-se congressos panrussos de todas as organizações: Congresso dos Sovietes de Operários, Soldados e Camponeses, Congresso dos Sindicatos ou Associações Profissionais, Congresso dos Comitês de Fábrica, Congresso dos Comitês do Exército e da Marinha (sem falar de todos os comitês militares especiais), Congresso das Cooperativas, Congresso das Nacionalidades etc. Cada assembleia elegia um comitê central ou um comitê executivo encarregado de defender, perante o governo, seus interesses privados. À medida que o Governo Provisório enfraquecia, esses comitês centrais tinham de assumir uma parcela cada vez maior do poder administrativo. Os comitês mais importantes, mencionados neste livro, são:

União das Uniões: Durante a Revolução de 1905, o professor Miliukov e outros liberais fundaram associações de membros das profissões liberais; estas associações se agruparam numa organização central denominada *União das Uniões*. Em 1905, a *União das Uniões* agiu de acordo com a democracia revolucionária, mas, em 1917, se opôs à revolta bolchevique, conclamando seus membros à greve contra a autoridade dos *sovietes*.

Tsique (Comitê Central Executivo Panrusso dos Sovietes de Deputados Operários e Soldados): Sua denominação provém das iniciais do seu nome completo.

Tsentroflot: Comitê Central da Marinha.

Vikzhel (Comitê Central Panrusso do Sindicato dos Ferroviários): Assim denominado devido às iniciais do seu nome.

Outras organizações

Guardas vermelhos: É a força armada composta pelos operários das fábricas russas. Os Guardas Vermelhos se organizaram pela primeira vez durante a Revolução de 1905; reapareceram, mais tarde, nas jornadas de março de 1917, quando uma força armada tornou-se necessária para manter a ordem na cidade. Tendo recebido armas, nessa ocasião, foram inúteis todos os esforços posteriores para desarmá-los. Em cada crise da Revolução, surgiam nas ruas os Guardas Vermelhos, indisciplinados e sem qualquer treino militar, mas cheios de grande ardor revolucionário.

Guardas brancos: São os voluntários burgueses que entraram em cena, já nos últimos estágios da Revolução, com o fito de defender a propriedade particular contra os bolcheviques. Grande parte deles era formada por estudantes.

Tekhintsi: Também chamado de "Divisão Selvagem". Era formada pelos famosos soldados, na sua grande maioria maometanos das tribos da Ásia Central, ligados à pessoa do general Kornilov. Os *tekhintsi* eram conhecidos por sua cega obediência e selvagem crueldade nos combates.

Batalhões da morte ou *batalhões de choque:* Geralmente se designa por este nome o famoso *batalhão feminino,* porém muito dos batalhões da morte eram compostos de homens. Eles foram formados por Kerensky durante o verão de 1917; deveriam dar o exemplo de heroísmo, contribuindo, assim, para reforçar a disciplina e o ardor combativo do exército. Os *batalhões da morte* eram constituídos principalmente por jovens e ardentes patriotas recrutados entre os filhos das classes ricas.

União dos oficiais: Organização composta de oficiais reacionários, cujo fim era combater politicamente o poder crescente dos comitês do exército.

Cavaleiros de São Jorge: A Cruz de São Jorge era concedida por ação brilhante no campo de batalha. Daí, automaticamente, resultou a formação das associações dos *Cavaleiros de São Jorge,* cujo objetivo principal era a defesa do espírito militar.

União dos Camponeses: Em 1905, a *União dos Camponeses* era uma organização revolucionária camponesa. Contudo, em 1917 representava os interesses políticos dos camponeses abastados, combatendo o poder crescente e os fins revolucionários dos *sovietes dos deputados camponeses.*

Cronologia

Adotei neste livro, todas as vezes em que me foi necessário registrar uma data, o calendário usado nas civilizações ocidentais, em lugar do antigo calendário russo, que mantinha um atraso de treze dias em relação ao nosso.

Origens

Utilizei minhas próprias anotações como elementos de origem deste livro. Recorri, também, a centenas de diversos jornais russos, formando uma série quase completa do período descrito, além de me fazer valer do jornal inglês *Russian Daily News* e dos dois jornais franceses, *Journal de Russie* e *Entente*. Incomparavelmente mais precioso do que estes me foi o *Bulletin de la Presse,* publicado diariamente pelo Escritório Francês de informações, em Petrogrado, que relata todos os acontecimentos importantes e cita os discursos e os comentários da imprensa russa. Tenho, dele, uma série quase completa, que vai da primavera de 1917 ao fim de janeiro de 1918.

Além disso, tenho também quase todas as proclamações, decretos ou avisos afixados nos muros de Petrogrado, de meados de setembro de 1917 aos fins de janeiro de 1918. E fazem parte da minha coleção os textos oficiais de todos os decretos e ordens governamentais e os textos originais dos tratados secretos do Governo e outros documentos descobertos no Ministério das Relações Exteriores, quando os bolcheviques nele se instalaram.

CAPÍTULO I

OS BASTIDORES

Em fins de setembro de 1917, um professor de sociologia que percorria a Rússia veio visitar-me em Petrogrado. Os homens de negócios e os intelectuais haviam-lhe garantido que a Revolução começara a declinar. O professor acreditou em tais informações e escreveu um artigo sustentando essa opinião. Entretanto, continuou a viajar pelo país, visitando cidades industriais e pequenas aldeias do interior. Com assombro, verificou então que a Revolução parecia entrar em nova fase de desenvolvimento.

Entre os operários das fábricas e os camponeses pobres ouvia-se frequentemente falar de "todas as terras aos camponeses" e "todas as fábricas aos trabalhadores". Se o professor tivesse visitado as trincheiras, verificaria, também, que os soldados só falavam em paz...

O homem ficou aturdido, mas não havia razão para tal. Ambas as observações eram corretas. Na Rússia, as classes dominantes tornavam-se cada vez mais conservadoras, e as massas populares, cada vez mais radicais.

Os capitalistas, os negociantes e os intelectuais achavam que a Revolução não só já fora demasiado longe, como durara excessivamente... Era essa, também, a opinião dos socialistas "moderados", que dominavam então, e dos sociais-nacionalistas mencheviques e socialistas revolucionários, que apoiavam o Governo Provisório de Kerensky.

Em 14 de outubro, o órgão oficial dos socialistas "moderados" escrevia: "O drama da revolução tem dois atos: no primeiro, destrói-se o velho regime; no segundo, cria-se o novo. O primeiro ato já durou muito tempo. Chegou o momento de passarmos, quanto antes, ao segundo. Convém lembrar as palavras de um antigo revolucionário:

'Amigos, precisamos terminar a revolução imediatamente. Aqueles que a prolongam não colhem os seus frutos..."'

Entretanto, os trabalhadores, os soldados e os camponeses não pensavam do mesmo modo. Achavam, mesmo, que o "primeiro ato" ainda não havia terminado. Na frente de combate, os comitês do exército destituíam sem cessar os oficiais que maltratavam os seus subordinados. Na retaguarda, os membros dos comitês agrários, eleitos pelos camponeses, foram encarcerados, porque tiveram a "audácia" de pôr em prática os dispositivos governamentais sobre a propriedade da terra. Nas fábricas, os operários lutavam contra as listas negras e os *lockouts*.* Mas não era tudo: emigrados políticos que chegavam à Rússia tornavam a ser expulsos do país como "elementos indesejáveis". Houve mesmo casos de pessoas que, voltando para casa, foram presas por terem participado da Revolução de 1905.

Ao crescente descontentamento popular, os socialistas "moderados" respondiam com: "Esperemos a Assembleia Constituinte que se reunirá em dezembro!" As massas, porém, não se satisfaziam com essa resposta. A Assembleia Constituinte seria muito bem recebida, sem dúvida, mas existiam certos problemas que tinham de ser resolvidos com Assembleia Constituinte ou sem ela. Por tais questões, levantadas na Revolução Russa – paz, terra, liberdade e controle das indústrias pelos operários –, é que haviam tombado os mártires que dormiam para sempre no Campo de Marte.

A data de convocação da Assembleia Constituinte já fora prorrogada por duas vezes e, com toda certeza, seria protelada até que o povo se acalmasse e renunciasse às reivindicações revolucionárias.

Enquanto isso, os soldados começavam a resolver a questão da paz a seu modo: pela deserção em massa. Os camponeses incendiavam as casas dos seus senhores

---

* Coligação de patrões que, em resposta à ameaça de greve de seus operários, fecham as suas fábricas. (N.T.)

e dividiam as grandes propriedades entre si. Os operários paralisavam a produção industrial pela sabotagem e declaravam-se, frequentemente, em greve. Está claro que, como era de se esperar, os proprietários e a oficialidade procuravam contemporizar, fazendo todos os esforços e usando da sua influência para impedir qualquer concessão democrática.

A política do Governo Provisório oscilava entre reformas sem o menor sentido prático e a repressão sanguinária contra as massas revolucionárias. Uma lei emanada do ministro socialista do Trabalho decretava que os comitês de fábrica deveriam reunir-se somente à tarde, depois das horas de trabalho. Nas trincheiras, eram presos os agitadores dos partidos da oposição. Nenhum jornal radical podia circular livremente, e os propagandistas da Revolução eram punidos com a pena capital. Tentou-se o desarmamento da Guarda Vermelha, e os cossacos partiram para o interior, a fim de restabelecer a "ordem" nas províncias.

Essas providências eram apoiadas pelos socialistas "moderados" e pelos seus chefes que ocupavam pastas no Ministério, que consideravam ser necessária a cooperação com as classes conservadoras. O povo, porém, abandonou-os, passando para o lado dos bolcheviques, que reclamavam paz, terra, controle da indústria pelos operários e um governo proletário.

Em setembro de 1917, a crise agravou-se enormemente. Contrariando a vontade de todo o país, Kerensky e os socialistas "moderados" formaram um governo de coalizão com a burguesia. Em consequência deste ato, os mencheviques e os socialistas revolucionários perderam para sempre a confiança que o povo trabalhador depositava neles.

Até meados de outubro, o jornal *Rabotchi Put* (O Caminho do Proletariado) publicava, diariamente, um artigo intitulado "Os ministros socialistas", apontando às massas os atos contrarrevolucionários dos socialistas "moderados". Nesses artigos, entre outras coisas, lia-se:

"Tsereteli: com o auxílio do general Polovtsev, desarmou os operários, chacinou os soldados revolucionários e aprovou a aplicação da pena de morte no exército.

"Skobeliev: inicialmente, decretou o imposto de 100% sobre os lucros. Agora, procura dissolver os comitês de fábrica.

"Avksentiev: prendeu centenas e centenas de agricultores, membros dos comitês agrários, além de proibir a circulação de grande número de jornais de operários e de camponeses.

"Tchernov: assinou o manifesto 'Imperial', decretando a dissolução do Parlamento da Finlândia.

"Savinkov: uniu-se abertamente ao general Kornilov. Este 'salvador da pátria' só não vendeu Petrogrado por motivos estranhos à sua vontade.

"Zarudny: com a aprovação de Alexinsky e de Kerensky, prendeu os melhores e mais ativos revolucionários, soldados e marinheiros.

"Nikitin: agiu como simples agente de polícia contra os ferroviários.

"Kerensky: não vale a pena citar seus feitos. A lista dos seus 'serviços' é interminável..."

Os delegados dos marinheiros da esquadra do Báltico reuniram-se em congresso, em Helsinque, e aprovaram uma resolução que começava assim:

"Exigimos do Governo Provisório a imediata expulsão do aventureiro político, o 'socialista' Kerensky, que procura assassinar a Revolução e que age contra os interesses das massas trabalhadoras, mancomunando-se vergonhosamente com a burguesia".

De tudo isso nasceu a Revolução Bolchevique.

Em março de 1917, avalanchas de operários e de soldados se apoderaram do Palácio da Taurida, obrigando a débil Duma Imperial a assumir o poder supremo da

Rússia. As massas populares, operários, soldados e marinheiros, passaram, assim, a dirigir a marcha da revolução. Derrubaram o Ministério Miliukov. Foram seus *sovietes* que proclamaram ao mundo inteiro as condições de paz da Rússia: "Nenhuma anexação, nenhuma indenização. Direito de os povos disporem de si próprios". E em julho, a sublevação espontânea e desorganizada do proletariado, que assaltou novamente o Palácio da Taurida aos gritos de "Todo o poder aos *sovietes*!", demonstrou, mais uma vez, que as massas estavam decididas a impor a sua vontade.

Os bolcheviques constituíam nesse momento um pequeno partido, mas se colocaram, resolutamente, à testa do movimento de julho. O fracasso dessa tentativa sediciosa ergueu a opinião pública reacionária contra eles. Sem chefes, suas tropas retornaram ao bairro de Viborg, o *Saint-Antonie* de Petrogrado. O Governo começou então a caçar os bolcheviques de maneira selvagem, prendendo centenas e centenas de militantes do partido de Lênin, entre os quais Trotsky, Kamenev e Alexandra Kollontai. Lênin e Zinoviev, perseguidos pela justiça, tiveram de se esconder. Os jornais bolcheviques foram proibidos de circular. Reacionários e provocadores espalhavam aos quatro ventos que os bolcheviques eram agentes dos alemães. Gritaram tanto que acabaram sendo ouvidos.

Mas o Governo Provisório não conseguiu provar que os bolcheviques serviam como agentes de Guilherme II. Ao contrário, ficou evidenciado que os documentos a respeito da imaginária conspiração pró-Alemanha não passavam de grosseira falsificação. Aos poucos, os bolcheviques foram sendo libertados pelos tribunais, com ou sem fiança e sem julgamento. Só seis permaneceram presos. Evidenciou-se daí por diante, aos olhos de todo o mundo, a total impotência e indecisão do Governo.

Os bolcheviques lançaram, então, novamente, a palavra de ordem "Todo o poder aos *sovietes*!", tão querida das massas, apesar de, nessa época, a maioria dos *sovietes* estar nas mãos dos seus encarniçados inimigos, os socialistas "moderados".

Os bolcheviques sondaram os desejos do povo. Compreenderam as aspirações elementares e rudes dos trabalhadores, dos soldados, dos operários. Levando-as em conta, elaboraram o seu programa.

Os sociais-patriotas mencheviques, ao contrário, estavam ao lado da burguesia, em íntimo contato com ela, entrando em acordos, firmando compromissos. Em consequência dessa ação, os bolcheviques conquistaram rapidamente as massas da Rússia.

Em julho, eram caçados como animais ferozes, insultados, desprezados. Mas, em setembro, os marinheiros da esquadra do Báltico e os soldados já haviam sido conquistados para a sua causa. As eleições realizadas nessa época mostraram isso de modo bem expressivo, pois os mencheviques e os socialistas revolucionários, que, em junho, concentravam 70% dos votos, obtiveram apenas 18%...

Um fato intrigou imensamente os observadores estrangeiros: o Comitê Central Executivo dos Sovietes, os comitês centrais do exército e da marinha e a direção central de alguns sindicatos, principalmente dos sindicatos dos telegrafistas e dos ferroviários, faziam violenta oposição aos bolcheviques. Contudo, era um fenômeno perfeitamente explicável. Esses comitês haviam sido eleitos no verão anterior, quando os mencheviques e os socialistas revolucionários gozavam de enorme prestígio. Depois, a situação se modificou. Sabendo que não contavam mais com o apoio das massas, esforçavam-se agora para impedir novas eleições ou para retardá-las o mais possível.

O Congresso Panrusso devia ser convocado em setembro pelo *Tsique,* de acordo com a Constituição dos Sovietes de Deputados Operários e Soldados.

O *Tsique* justificava o retardamento dessa convocação alegando que, dentro de dois meses, a Assembleia

Constituinte estaria reunida. E, na sua opinião, depois da eleição da Assembleia os *sovietes* deveriam desaparecer. Entretanto, pouco a pouco, os bolcheviques conquistavam os *sovietes* locais, os sindicatos e as massas de operários, soldados e camponeses, cujos *sovietes* eram ainda conservadores, porque a consciência política dos camponeses desenvolvia-se lentamente. Além disso, é preciso considerar que o Partido Socialista Revolucionário fora o partido tradicionalmente camponês, pelo menos durante uma geração inteira. Apesar de tudo, porém, a consciência revolucionária desenvolvia-se também no meio agrícola. Isso ficou bem claro em outubro, quando o Partido Socialista Revolucionário se cindiu, surgindo uma nova facção política, a Esquerda Socialista Revolucionária.

Ao mesmo tempo, vários sintomas indicavam que a reação começava a se tornar mais confiante. No Teatro Trotsky, de Petrogrado, durante a representação da comédia *Os pecados do Tzar*, um grupo de monarquistas interrompeu o espetáculo e quase chegou a linchar os atores por estarem "insultando o Imperador". Certos jornais já pregavam abertamente que a Rússia precisava de um "Napoleão russo". Os intelectuais burgueses ridicularizavam os *sovietes* de deputados operários *(rabotchique deputatov)*, chamando-os de *sabatchique deputatov,* o que significa deputados de cães.

A 15 de outubro, entrevistei um grande capitalista, Stepan Georgevitch Lianozov, conhecido como o "Rockfeller Russo", um *cadete* convicto.

"A revolução – disse-me ele – é uma doença. Cedo ou tarde as potências estrangeiras terão de intervir, exatamente como um médico que trata de uma criança enferma, ou alguém que a ensina a andar. É claro que a intervenção estrangeira não se fará de modo mais ou menos impróprio. Mas os países acabarão compreendendo o perigo do bolchevismo em suas próprias terras... como o perigo que representam para si as contagiosas ideias de 'ditadura do proletariado' ou de 'revolução socialista'. Acho que será muito difícil evitar esta intervenção. As fábricas estão fechando, os transportes paralisam-se. Os alemães avançam. Entretanto, é possível que a fome e a derrota façam o povo russo voltar à razão..."

O banqueiro Lianozov estava plenamente convencido de que os fabricantes e comerciantes não poderiam, em hipótese alguma, permitir a existência dos comitês de fábrica ou tolerar o menor controle operário na indústria.

"Em relação aos bolcheviques – continuou Lianozov – penso o seguinte: ou o Governo evacua Petrogrado, declara o estado de sítio e autoriza o chefe militar do distrito a tratar esses senhores sem as formalidades legais... *ou, se a Assembleia Constituinte se deixar dominar por tendências utópicas, o Governo deverá contar com a força das armas para dissolvê-las...*"

O inverno, o terrível inverno russo, chegava. Eu ouvi muitos homens de negócios dizendo: "O inverno foi sempre o maior amigo da Rússia. É bem provável que nos livre da revolução". Sem o menor entusiasmo, os soldados sofriam e morriam na linha de frente. Os transportes ferroviários cessavam por falta de combustível. As fábricas fechavam suas portas. E, no auge do desespero, o povo gritava que a burguesia era responsável pelos sofrimentos do povo e pelas derrotas das tropas russas.

Riga foi sitiada logo após o general Kornilov ter dito publicamente: "Será necessário perder Riga para que a nação torne a ter o senso do seu dever?"

Nós, norte-americanos, custávamos a crer que a luta de classes fosse capaz de gerar ódios tão intensos. Vi oficiais na frente norte, que preferiam abertamente uma catástrofe militar a qualquer entendimento com os comitês de soldados. O secretário de seção dos *cadetes* de Petrogrado garantiu-me que o descalabro econômico geral era parte de um plano organizado para desmoralizar a revolução aos olhos das massas. Um diplomata aliado, cujo nome prometi não revelar, confirmou o que me dissera o oficial. Soube ainda que algumas minas de carvão perto de Carcóvia tinham sido incendiadas e inundadas por seus próprios donos, e que muitos engenheiros de fábricas têxteis, antes de abandoná-las em poder dos operários, destruíram suas máquinas. Empregados ferroviários haviam sido igualmente surpreendidos por trabalhadores quando inutilizavam suas locomotivas.

Grande parte da burguesia preferia os alemães à revolução. Neste número, contava-se o próprio Governo Provisório, que não escondia mais o seu ponto de vista.

Na casa onde eu residia, durante as refeições, só se falava na próxima chegada dos alemães, que viriam restabelecer "a ordem, a lei" etc... Uma tarde, tomando chá em casa de um negociante de Moscou, perguntei às onze pessoas presentes se preferiam Guilherme II aos bolcheviques. Os votos foram dez a um, a favor de Guilherme...

Os especuladores aproveitavam-se da desorganização total para amontoar fortunas, que eram despendidas em fantásticas orgias ou no suborno dos altos funcionários do Governo. Gêneros de primeira necessidade e comestíveis eram armazenados clandestinamente ou exportavam-se para a Suécia. Nos quatro primeiros meses de revolução, por exemplo, as reservas de gêneros de primeira necessidade desapareceram dos grandes armazéns municipais de Petrogrado. Os cereais acumulados davam para abastecer a cidade durante dois anos, mas, num mês, desapareceram! De acordo com um informe oficial do último ministro da Alimentação do Governo Provisório, o quilo de café, em Vladivostok, era comprado por quatro rublos, enquanto o consumidor em Petrogrado pagava-o a 26 rublos. Em todos os depósitos e armazéns havia toneladas de alimentos e roupas, que só os ricos podiam adquirir.

Conheci numa pequena cidade do interior um negociante transformado em revendedor – *maradior* (bandido), como dizem os russos. Seus três filhos tinham conseguido escapar ao serviço militar. Um deles especulava fraudulentamente com produtos alimentícios. O outro vendia ouro ilegalmente nas minas de Lena, na Finlândia. O terceiro era o principal acionista de uma fábrica de chocolate que abastecia as sociedades cooperativas locais sob a condição de estas lhe fornecerem tudo de que necessitasse. Assim, enquanto a massa popular só obtinha 125 gramas de pão negro, com cartões especiais de racionamento, ele conseguia em abundância pão branco, chá, açúcar, café, manteiga... Não obstante, quando os soldados nas trincheiras, vencidos pelo frio, pela fome e pela miséria, não puderam mais combater, toda essa família gritou, indignada: "Covardes! – que 'vergonha', por serem eles russos..." E quando, finalmente, os bolcheviques descobriram e requisitaram os vastos depósitos, que "ladrões" eles eram...

Auxiliando essa putrefação moral, moviam-se as antigas forças subterrâneas, agindo sempre com os mesmos métodos, desde a queda de Nicolau II – secretamente, mas em plena atividade.

Os agentes da misteriosa Ocrana* continuavam trabalhando como no tempo do Tzar, pró ou contra Kerensky, a serviço de quem pagasse mais... Secretamente, numerosas organizações clandestinas funcionavam, como por exemplo, os Cem Negros, ocupadíssimos em restabelecer, de uma forma ou de outra, a reação.

Nessa atmosfera de corrupção e de monstruosas incertezas, dia após dia, ouvia-se cada vez mais forte o coro profundo dos bolcheviques: "Todo o poder aos *sovietes*! Todo o poder aos representantes diretos de milhões e milhões de operários, soldados e camponeses! Fim à guerra insensata e à diplomacia secreta, à especulação e à traição! A Revolução está em perigo, e com ela a classe operária de todo o mundo!"

O embate entre o proletariado e a classe média, entre os *sovietes* e o Governo, que começara em março, estava

---

* Polícia secreta.

no auge. Após um salto gigantesco, da Idade Média ao século XX, a Rússia apresentou ao mundo alarmado dois tipos de revolução – a política e a social – por meio de uma luta sangrenta.

Que vitalidade demonstrou a Revolução Russa, depois de tantos meses de miséria e de desilusões! A burguesia precisava conhecer melhor a sua Rússia. Se assim fosse, a "doença" revolucionária não teria chegado até onde chegou...

Olhando para trás, vemos que a Rússia, antes do levante de novembro, parecia viver noutra época histórica, inacreditavelmente conservadora. Por isso teve que se adaptar com rapidez a uma existência nova e agitada. Num salto brusco, passava a situação política de tal ordem, que os *cadetes* tinham de ser considerados como "inimigos do povo"; Kerensky, como "contrarrevolucionário"; os chefes socialistas, Tsereteli, Dan, Lieber, Gotz e Avksentiev, como reacionários; e homens como Victor Tchernov e até Máximo Gorki, como direitistas...

Em dezembro de 1917, um grupo de dirigentes socialistas revolucionários fez uma visita privada a Sir George Buchanan, embaixador da Inglaterra, pedindo-lhe que não mencionasse o fato de terem ido visitá-lo, pois eles poderiam ser considerados como "elementos da extrema direita."

"E pensar", disse Sir George, "que há um ano eu recebi instruções do meu Governo para não receber Miliukov, pois ele era um perigoso esquerdista!"

Setembro e outubro são os piores meses do ano na Rússia, principalmente em Petrogrado. Sob um céu cinzento e nublado, nos dias mais curtos, a chuva cai incessante, ensopando tudo.

Amontoava-se a lama em todas as ruas, cobrindo-as com uma camada movediça e pegajosa. A falência completa da administração repercutiu enormemente na limpeza das cidades. Do Golfo da Finlândia soprava um vento úmido, que cobria as ruas com um pesado manto de neblina gelada. Durante a noite, ao mesmo tempo por economia e por medo dos zepelins*, Petrogrado ficava às escuras. Só raramente se acendia uma lâmpada, e, assim mesmo, fraca. Nas casas, em lugar de luz elétrica, empregavam-se velas ou lampiões de querosene das 18 horas à meia-noite. Das 18 até as 10 da manhã do dia seguinte, a escuridão era tão densa nas ruas, que nada se via à distância de um passo. Os roubos e os assaltos eram frequentes. Nos hotéis, os hóspedes revezavam-se durante a noite, montando guarda com um fuzil na mão. Isto acontecia sob a gestão do Governo Provisório.

Semana após semana, os gêneros de primeira necessidade escasseavam. A ração diária de pão foi diminuindo de 750 gramas para 500 gramas, e, mais tarde, para 250, e ainda para 125. Afinal, veio uma semana em que se chegou a nada: não havia mais pão. O açúcar ficou reduzido à ração de um quilo por mês, mas consegui-lo era quase impossível. Uma barra de chocolate, ou 500 gramas de caramelos da pior espécie, custava em toda parte sete ou oito rublos, isto é, um dólar, ao câmbio da época. O leite não dava senão para a metade das crianças da cidade; a maior parte dos hotéis e das famílias não teve leite durante meses. Na estação em que as frutas eram mais abundantes, peras e maçãs estavam sendo vendidas a um rublo cada uma.

Para comprar leite, pão, açúcar e fumo era necessário esperar, numa fila, durante horas seguidas, sob uma gélida chuva. Chegando em casa tarde, de volta de uma reunião que se prolongara pela noite adentro, antes do nascer do dia, vi mulheres (muitas com crianças ao colo) chegando àquela hora para serem atendidas mais cedo. Carlyle, na *História da Revolução Francesa,* disse que o povo francês distingue-se, acima de todos os outros, pela faculdade de esperar. Na Rússia, o povo estava acostumado a fazer isso

---

* Durante a Primeira Guerra Mundial, os alemães usaram dirigíveis para bombardeamento aéreo.

desde o reinado de Nicolau, o Santo. Daí por diante, com intermitência, continuou a fazer filas, até o verão de 1917, quando se estabeleceu certa ordem. Não se pode fazer ideia da situação desses pobres homens, que ficavam o dia inteiro nas ruas frígidas de Petrogrado, em pleno inverno russo! Nessas filas de homens à espera de pão, ouvi muitas vezes palavras de descontentamento que, apesar de sua índole, as multidões russas deixavam escapar...

É claro que os teatros funcionavam sem interrupção todas as noites, inclusive aos domingos. Karsavina apareceu com um novo bailado no Marinsky, e todos os amantes da boa dança foram vê-la. Chaliapine cantava. "A Morte de Ivan, o Terrível", de Tolstoi, podia ser vista no Alexinsky, representado por Meyerhold. E recordo-me de um estudante na Escola Imperial de Pajens, que se manteve de pé, falando durante todo o espetáculo, a olhar fixamente para o camarote vazio do Tzar, que tivera as águias imperiais arrancadas... O Crivoie Zercalo apresentou o "Reigen", de Schnitzler, com suntuosa montagem.

Apesar do Hermitage e outros museus terem sido transferidos para Moscou, todas as semanas realizavam-se exposições de pinturas. Grande número de mulheres intelectuais assistia às conferências sobre arte, literatura ou temas filosóficos para principiantes. A estação tesosófica foi bastante animada. E o Exército da Salvação, admitido na Rússia pela primeira vez na história, enchia as paredes com cartazes, anunciando suas reuniões protestantes, que distraíam e assombravam o auditório russo.

Como sempre acontece em casos semelhantes, a vida convencional e fútil da cidade seguia o seu curso, ignorando a revolução tanto quanto possível. Os poetas faziam versos, mas não sobre a revolução. Os pintores realistas pintavam cenas históricas da Rússia Medieval, mas não reproduziam um só aspecto da revolução. As mocinhas das províncias continuavam chegando à Capital para aprender francês e estudar canto, e os alegres oficiais exibiam nas antecâmaras os bordados dourados, os *bashiliqui** carmesins e as belas espadas caucasianas. Mulheres da pequena burguesia saíam todas as tardes para o passeio ou o chá, levando consigo o minúsculo açucareiro de ouro ou prata e um pãozinho escondido no regalo, repetindo nas conversas fúteis que faziam votos pela volta do Tzar e pela entrada dos alemães na Rússia. Ou que, pelo menos, aparecesse alguém capaz de solucionar o problema das criadas... A filha de um amigo meu chegou um dia a minha casa sufocada de indignação porque uma mulher, condutora de bonde, a havia chamado de "camarada".

No interior da imensa Rússia, tudo estava em atividade, preparando o novo mundo. Os servos, que sempre haviam sido tratados como animais de carga quase a troco de nada, já começavam a tornar-se independentes. Um par de botinas custava mais de 100 rublos, e os salários eram quase sempre inferiores a 35 rublos mensais: os criados não se sujeitavam mais a permanecer nas filas e estragar os seus sapatos. Na nova Rússia, todo homem e toda mulher podiam votar; havia jornais operários que explicavam esses novos e surpreendentes acontecimentos. Havia *sovietes* e sindicatos. Os *izvoshtchiki* (cocheiros), além do seu sindicato, possuíam até um representante no Soviete de Petrogrado. Também os garçons de cafés e restaurantes tinham sua organização e recusavam gorjetas. Nas paredes dos restaurantes havia cartazes dizendo: "Não recebemos gorjetas", ou "Pelo fato de ganhar a vida como garçom, um homem não merece ser insultado com o oferecimento de gorjetas".

Nas frentes de combate os soldados estavam em luta contra os oficiais e já conquistavam a autodeterminação pela formação dos próprios comitês. Os comitês de fábrica tornavam-se mais experientes, aumentavam as

---

* A palavra deriva de *bash* (cabeça). Espécie de touca de echarpe. Cobertura usada por certas tropas de cavalaria, ornada com borlas.

suas forças e preparavam-se para realizar sua missão histórica, combatendo a velha ordem estabelecida. A Rússia inteira aprendia a ler, e lia política, história, pois o povo queria "saber". Em cada cidade, em cada povoado, nas trincheiras, cada agrupamento político tinha o seu jornal e, às vezes, folhetos eram distribuídos aos milhares por centenas de organizações, atingindo o exército, as fábricas e os mais distantes rincões. A sede de instrução, durante tanto tempo insatisfeita, lançou a Rússia num verdadeiro delírio de manifestação de ideias. Só o Instituto Smolny, durante os primeiros seis meses, expediu caminhões e trens abarrotados de brochuras e manifestos de propaganda, que inundaram o país. A Rússia absorvia livros, manifestos e jornais como a areia suga a água. Era insaciável. E não eram fábulas, história falsificada, religião diluída ou novelas corruptoras, mas teorias econômicas e sociais, filosofia, obras de Tolstoi, Gogol e Gorki.

O "aluvião dos discursos franceses", na palavra de Carlyle, era uma simples gota d'água ao lado desse oceano. Conferências, debates, discursos nos teatros, circos, escolas, clubes, *sovietes*, salas de reunião, centros sindicais, quartéis... Comícios nas trincheiras, nos bairros operários, nas praças públicas, nas fábricas... que espetáculo maravilhoso ofereciam os quarenta mil operários da fábrica Putilov reunidos, dispostos a ouvir atentamente os sociais-democratas, os socialistas revolucionários, os anarquistas, dissessem eles o que dissessem, sem se importarem com a extensão dos discursos! Durante vários meses, em Petrogrado e em toda a Rússia, cada esquina era uma tribuna pública. Nos trens, nos bondes; em toda a parte, repentinamente, surgiam polêmicas e discursos.

A par disso, realizavam-se as conferências e os congressos panrussos, onde se reuniam habitantes dos dois continentes; as convenções dos *sovietes*, das cooperativas, dos sindicatos, dos sacerdotes, dos camponeses, dos partidos políticos: a Conferência Democrática, a Conferência de Moscou, o Conselho da República Russa. Havia sempre em Petrogrado três ou quatro convenções funcionando. Em todas as reuniões, eram rejeitadas as propostas tendentes a limitar o tempo de intervenção dos oradores. Qualquer um podia expressar livremente o seu pensamento.

Fui visitar postos avançados do 12º Exército, perto de Riga, onde os soldados, extenuados, descalços, adoeciam no lodo das trincheiras. Quando me viram, esses homens macilentos, com o sofrimento estampado nas faces, padecendo o frio e a umidade que penetravam pelos vãos abertos nas vestes esfarrapadas, correram para mim, perguntando ansiosos: "Você trouxe algo para se ler?"

Muita coisa havia mudado. A estátua de Catarina, a Grande, diante do Teatro Alexandrinsky, teve uma bandeira vermelha nas mãos. Outras foram içadas nos edifícios públicos, com as águias imperiais arrancadas ou cobertas. Nas ruas, em lugar da feroz *Gorodovoie* (Guarda-Civil), via-se agora uma polícia pacífica, desarmada, apenas patrulhando. Mas ainda havia uns tantos anacronismos. Por exemplo, a *Tabel o Rangov* – a Mesa da Hierarquia –, que Pedro, o Grande, criou com mão de ferro para subjugar a Rússia, ainda existia. Quase todo mundo, dos alunos das escolas para cima, ainda vestia os uniformes regulamentares, com a efígie do Imperador nos botões e nas ombreiras. Depois das quatro da tarde, as ruas enchiam-se de homens já velhos, com pastas debaixo do braço, que voltavam melancolicamente para casa. Eram os funcionários dos ministérios e das repartições públicas, talvez calculando intimamente quantos colegas precisavam morrer para que fossem promovidos e chegassem ao posto de chefe da administração ou a conselheiro privado, com a perspectiva de uma aposentadoria com bons vencimentos e a possibilidade de conseguir a "Cruz de Santa Ana..."

Este é o caso do senador Sokolov, que, em plena revolução, não pôde um dia participar de uma sessão do Senado, porque não vestira os trajes protocolares de serviço do Tzar!

A revolta das massas da Rússia ia dirigir-se, logo depois, contra essas forças retardatárias, que detinham o avanço de um povo em fermentação e desagregação.

CAPÍTULO II

APROXIMA-SE A TEMPESTADE

Esperando tornar-se o ditador da Rússia, em setembro, o general Kornilov marchou sobre Petrogrado. Por trás dele, aparecia o punho armado da burguesia, procurando descaradamente esmagar a revolução. Alguns ministros socialistas estavam, também, ligados à conspiração. Sobre o próprio Kerensky pesavam sérias suspeitas. Savinkov foi chamado pelo Comitê Central de seu partido, o Partido Social Revolucionário, para explicar sua atitude. Negando-se à explicação, foi expulso. Alguns generais e ministros seus aliados foram depostos.

Após a queda do gabinete, Kerensky tentou formar novo governo com a participação dos *Cadetes,* o partido da burguesia. Mas o seu partido, o Social-Revolucionário, exigiu que os *cadetes* fossem excluídos. Kerensky era contra essa resolução e ameaçou pedir demissão se os sociais-revolucionários insistissem. A agitação popular era tão intensa, porém, que, momentaneamente, não se pôde fazer-lhe oposição. Formou-se, então, um diretório de cinco velhos ministros, encabeçados por Kerensky, que assumiu o poder em caráter provisório, até a solução definitiva do impasse.

O golpe de Kornilov colocou todos os grupos socialistas, tanto os moderados como os revolucionários, numa extrema situação de combate. Basta de Kornilov. Devia constituir-se um novo governo que fosse responsável perante todos os elementos que apoiaram a revolução. Resolvido isso, o *Tsique* convidou as organizações populares a enviar delegados para uma conferência democrática, que se reuniria em setembro, na cidade de Petrogrado.

No seio do *Tsique* nasceram imediatamente três correntes. Os bolcheviques exigiam que se convocasse o Congresso Panrusso dos Sovietes, que deveria assenhorar-se do poder. O centro socialista revolucionário, dirigido por Tchernov, ao lado da esquerda socialista revolucionária, dirigida por Kamkov e Spiridonova, dos mencheviques internacionalistas do grupo Martov, do centro menchevique representado por Bogdanov e Skobeliev, pedia um governo socialista puro. Tsereteli, Dan e Lieber, à frente da ala direita menchevique, e a direita socialista revolucionária dirigida por Avksentiev e Gotz, insistiam pela participação da burguesia no novo governo.

Os bolcheviques conquistaram a maioria dos *sovietes*, quase simultaneamente, em Petrogrado, Moscou, Kiev, Odessa e noutras cidades.

Os mencheviques e socialistas revolucionários, senhores do *Tsique,* alarmados, achavam que, em último caso, Kornilov era um mal menor, em relação a Lênin. O plano da representação na Conferência Democrática foi revisto. Nele foram incluídos em maior número os delegados das cooperativas socialistas e de outras organizações conservadoras. Apesar de tudo, essa heterogênea assembleia votou, desde os primeiros instantes, um *governo de coalizão sem os cadetes.* Diante da ameaça de Kerensky, de pedir demissão, e da atitude dos socialistas moderados, que gritavam "a República corre perigo", resolveu, por pequena maioria, manifestar-se a assembleia a favor do princípio da coalizão com a burguesia, aprovando a formação de uma espécie de parlamento consultivo, sem nenhum poder legislativo, denominado Conselho Provisório da República Russa. A burguesia, praticamente, dirigia o novo ministério e possuía a maior parte dos votos no Conselho Provisório.

Como consequência, o *Tsique* perdeu a confiança das massas dos *sovietes*. Deixou de representá-las e ilegalmente opôs-se à convocação de outro congresso panrusso dos sovietes, que deveria reunir-se em setembro. O *Tsique* não só não queria convocar o Congresso, como não consentia que alguém o convocasse. Seu órgão oficial, o *Izvestia* (Novidades), já insinuava que a missão dos *sovietes* estava prestes a terminar e que, dentro em breve, seriam eles dissolvidos. Enquanto isso, o novo Governo anunciava, também, que um dos pontos do seu programa era a liquidação das "organizações irresponsáveis", isto é, dos *sovietes*.

Os bolcheviques responderam convocando o Congresso dos Sovietes para 2 de novembro e convidando-o a tomar o poder. Ao mesmo tempo, retiraram-se do Conselho Provisório da República Russa, declarando que seu partido não podia colaborar com um "governo traidor do povo."

A saída dos bolcheviques, entretanto, não trouxe a calma ao infortunado Conselho. As classes possuidoras, momentaneamente senhoras do poder, começaram a mostrar-se arrogantes. Os *cadetes* declararam que o Governo não tinha nenhum direito de proclamar a República na Rússia. Dirigiam-se ao exército e à marinha pedindo providências para a dissolução dos comitês de soldados e de marinheiros, lançando acusações contra os *sovietes*. No outro extremo da Assembleia, os mencheviques internacionalistas e a esquerda socialista revolucionária reclamavam a distribuição da terra entre os camponeses e o controle operário da indústria. Defendiam, assim, praticamente, o programa bolchevique.

Ouvi a resposta de Martov aos *cadetes*. Doente, sem esperança de cura, curvado sobre a tribuna, dizia com voz rouca, quase ininteligível, à bancada da direita:

"Vocês dizem que somos derrotistas. Mas os verdadeiros derrotistas são os que esperam o momento mais favorável para assinar a paz. São os que estão sempre propondo a paz, mas que a transferem indefinidamente, até que o exército russo fique totalmente exterminado e a Rússia esteja dividida entre os diferentes grupos imperialistas. Vocês querem apenas impor à Rússia uma política ditada pelos interesses da burguesia. A questão da paz não pode ser adiada! Apresentando-a ao povo, todos verão que o esforço desses que vocês chamam de agentes alemães, os *zimmerwaldianos**, que, em todos os países, sempre lutaram para despertar a consciência das massas democráticas, não foi inútil".

Os mencheviques e os socialistas revolucionários oscilavam entre os dois grupos. Mas, apesar de tudo, eram impelidos para a esquerda, pelo crescente descontentamento das massas. A Câmara estava dividida em dois grupos inteiramente hostis e irreconciliáveis.

Esta era a situação, quando a notícia da realização da Conferência de Paris, há tanto tempo esperada, colocou na ordem do dia o candente problema da política externa.

Teoricamente, pelo menos, todos os partidos socialistas da Rússia eram a favor de uma paz democrática, conseguida o mais depressa possível. Em maio de 1917, o Soviete de Petrogrado, que se achava sob o domínio dos mencheviques e dos socialistas revolucionários, proclamou as célebres condições de paz propostas pela Rússia. Nessa ocasião, insistiu-se na realização de uma conferência dos aliados, para discutir as finalidades da guerra. Chegou-se, até, a fixar o mês de agosto como data provável. Em seguida, essa data foi transferida para setembro. Mas, logo depois, contou que a conferência só se reuniria no dia 10 de novembro.

O Governo Provisório propôs dois representantes: o reacionário general Alexeyev e Terestchenko, Ministro do Exterior. De sua parte, nomearam os *sovietes* um delegado, Skobeliev, a quem deram informações pormenorizadas no

---

* Membros da facção de revolucionários internacionalistas dos Socialistas da Europa, assim chamados por causa de sua participação na Conferência Internacional realizada em Zimmerwald, Suíça, em 1915.

famoso *nacaz*.* Entretanto, o Governo Provisório objetou a ambos, Skobeliev e o *nacaz*. Os embaixadores dos aliados protestaram. Na Câmara dos Comuns da Inglaterra, Bonar Law, referindo-se ao assunto, chegou a dizer, friamente:

"Se depender de mim, a Conferência de Paris não discutirá, de nenhuma forma, os objetivos da guerra, mas simplesmente a maneira de fazê-la prosseguir."

Toda a imprensa conservadora da Rússia exultou; e os bolcheviques gritaram: "Vejam até onde os mencheviques e os socialistas revolucionários nos levaram com a sua política de compromissos!"

Milhões de homens do exército russo, cuja frente de combate se estendia por mais de mil quilômetros, agitados como um oceano enfurecido, enviavam à Capital, por intermédio de centenas e centenas de delegações, o grito de: "Paz! Paz!"

Atravessei o rio para ir ao Circo Moderno, onde ia ter lugar um dos grandes comícios populares, comícios estes que se realizavam todas as noites, por toda a cidade em número cada vez maior. No interior do anfiteatro, simples e triste, iluminado por cinco pequenas lâmpadas pendentes de um fio, apinhavam-se até o teto soldados, marinheiros, trabalhadores e mulheres, ouvindo atentamente os oradores, como se estivessem em jogo suas próprias vidas. Falava um soldado da 548ª Divisão. Tinha uma verdadeira angústia na fisionomia macilenta e nos gestos desesperados: "Camaradas" – gritou ele –, "os que estão no poder exigem de nós sacrifícios sobre sacrifícios. Mas, os que tudo têm, nada sofrem. Estamos em guerra com a Alemanha. Podemos consentir que generais alemães entrem para o nosso Estado-Maior? Pois bem, companheiros: estamos também em guerra com os capitalistas. Entretanto, consentimos que eles ingressem no nosso governo. O soldado quer saber por quem combate. Por Constantinopla, ou pela

---

* O *nacaz* era um documento que continha, em síntese, toda a pretensão política dos *sovietes*. (N.T.)

liberdade da Rússia? Pela democracia, ou pelo banditismo capitalista? Se me provarem que estamos lutando pela Revolução, marcharei para a frente, sem que seja preciso me ameaçarem com a pena de morte. Quando a terra pertencer aos camponeses, as fábricas, aos operários, e o poder, aos *sovietes*, então teremos o que defender, então teremos por que lutar".

Nos quartéis, escritórios, em todas as esquinas, um número incontável de soldados discutia, todos clamando pelo fim da guerra, declarando que, se o Governo não tomasse medidas enérgicas para obter a paz, o exército deixaria as trincheiras e voltaria para casa.

O orador do 8º Exército disse: "Estamos esgotados. Em cada companhia, os que ainda vivem são poucos. Se não nos derem alimentos, calçados e reforços, daqui a pouco as trincheiras estarão vazias. Paz ou víveres! Ou o Governo acaba com a guerra, ou atende às pretensões do exército..."

A seguir, em nome do 46º de Artilharia da Sibéria, falou um orador: "Os oficiais não querem reconhecer os nossos comitês. Vendem-nos ao inimigo; condenam à morte os nossos agitadores. E o Governo, contrarrevolucionário, apoia os oficiais... Julgamos que a Revolução nos ia dar a paz. Agora, o Governo não quer nem que se fale nisso. E não nos dá pão sequer para nos mantermos vivos, ou munições para enfrentarmos os combates..."

Circulavam boatos, de origem europeia, sobre propostas de paz à custa da Rússia. E as notícias na França sobre o mau-trato que as tropas russas estavam sofrendo fizeram crescer o descontentamento geral. A exemplo do que já se fizera na Rússia, a Primeira Brigada tentou substituir os oficiais por comitês de soldados e não quis seguir para Salônica, exigindo repatriamento. Foi isolada, sitiada pela fome e duramente bombardeada por um nutrido fogo de artilharia. Inúmeros soldados ali tombaram.

Em 29 de outubro, na sala de mármore branco com decorações vermelhas do Palácio Marinsky, onde estavam sendo realizadas as sessões do Conselho da República, ouvi a declaração de Terestchenko sobre a política externa do Governo, declaração que o país exausto e sedento de paz esperava com grande ansiedade.

Um moço alto, elegantemente trajado, barba escanhoada e maxilares salientes, lia, com voz suave, um discurso literário e oco. Nada de concreto. Os mesmos lugares-comuns de sempre sobre a destruição do militarismo alemão com o auxílio dos aliados. As mesmas frases de sempre sobre os "interesses nacionais" da Rússia e algumas observações a propósito das dificuldades criadas pelo *nacaz* dos *sovietes* a Skobeliev. Terminou com o chavão costumeiro: "A Rússia é uma grande potência. Aconteça o que acontecer, sê-lo-á sempre. Precisamos defendê-la e mostrar que somos soldados de um grande ideal e filhos de uma grande nação."

Ninguém ficou satisfeito. Os reacionários batiam-se por uma enérgica política imperialista. Os partidos democráticos queriam que o Governo fizesse declarações decisivas no sentido da paz. Eis um editorial do *Rabotchi i Soldat* (O Operário e o Soldado), órgão do Soviete Bolchevique de Petrogrado:

A resposta do governo às trincheiras

"O mais taciturno dos nossos ministros, o Sr. Terestchenko, acaba de dirigir as seguintes palavras às trincheiras:

"1. Continuamos fiéis aos nossos aliados. (É claro que aos governos, e não aos povos.)

"2. É inútil discutir, como faz a democracia, a respeito da possibilidade ou da impossibilidade de uma campanha durante o inverno. Só os governos aliados podem resolver isso.

"3. A ofensiva de julho deu ótimos resultados. (Não diz que resultados.)

"4. É mentira que os Aliados não se preocupam conosco. O ministro tem em seu poder importantes declarações que o demonstram. (Declarações? E os fatos? E o comportamento da marinha inglesa? E as conversações entre o Rei da Inglaterra e o contrarrevolucionário emigrado, o general Gurko? O ministro nada diz a esse respeito.)

"5. O *nacaz* e os diplomatas russos são da mesma opinião. Na Conferência Interaliada é preciso que todos falemos a mesma linguagem.

"Somente isto? Só. Aonde iremos por este caminho? Basta de confiar nos Aliados e em Terestchenko. E a paz, quando virá? Quando os Aliados o permitirem.

"Eis como o Governo responde ao desejo de paz das trincheiras!"

Nos bastidores da política russa, começou a erguer-se um poder sinistro: os cossacos. O *Novaia Jizn,* o jornal de Gorki, chamou a atenção para suas atividades:

"No começo da Revolução, os cossacos recusaram-se a atirar contra o povo. Quando Kornilov marchou sobre Petrogrado, eles recusaram-se a segui-lo. De uma passiva lealdade à Revolução, os cossacos passaram a uma ativa política ofensiva (contra ela)..."

Kaledin, *Ataman** dos cossacos do Don, fora deposto pelo Governo Provisório em virtude de suas ligações contrarrevolucionárias com Kornilov. Mas Kaledin não obedeceu. Recusou-se a abandonar o posto. Protegido por três exércitos de cossacos, instalou-se em Novotchercasqui, começando a ameaçar o Governo e a organizar conspirações. Tão grande era o seu poder, que o Governo foi obrigado a ignorar-lhe a insubordinação. Mais ainda: teve de reconhecer formalmente o Conselho da União dos

---

* *Ataman,* ou *hetman.* Chefe cossaco. Primitivamente, chefe político e militar. A partir do século XVIII, designações dos oficiais superiores das tropas cossacas do exército russo.

Exércitos Cossacos e declarar ilegal a seção cossaca dos *sovietes*, que acabava de surgir.

Em princípios de outubro, uma delegação visitou Kerensky, insistindo energicamente para que fossem desmentidas as acusações formuladas contra Kaledin, e censurando o primeiro-ministro pela condescendência para com os *sovietes*. Kerensky concordou e prometeu deixar Kaledin em paz. Parece, também, que disse: "Os dirigentes dos sovietes veem em mim um déspota, um tirano. O Governo Provisório não só não depende dos sovietes, como considera sua existência uma verdadeira calamidade".

Mais ou menos na mesma época, outra comissão de cossacos visitou o embaixador britânico, apresentando-se cinicamente como representante do "povo cossaco livre".

No Don, surgira uma espécie de República dos Cossacos. O Cuban, igualmente, declarou-se Estado Cossaco independente. Os *sovietes* de Rostov-do-Don e de Ecaterimburgo foram dissolvidos por bandos armados, e as sedes dos sindicatos mineiros de Carcóvia, assaltadas. Em todas estas manifestações, o movimento cossaco se apresentava como antissocialista e militarista. Os seus chefes, como Kaledin, Kornilov, Dutov, Carancov e Bardize, eram sustentados pelos grandes negociantes e banqueiros de Moscou. A velha Rússia desmoronava-se rapidamente.

Na Ucrânia, na Finlândia, na Polônia, na Rússia Branca, os movimentos nacionalistas desenvolviam-se e fortificavam-se audazmente. Os governos locais, sob a direção das classes ricas, pediam a autonomia e sobrepunham-se às ordens enviadas de Petrogrado. A Câmara da Finlândia, em Helsinque, recusou-se a conceder um empréstimo ao Governo Provisório, proclamou a independência do país e exigiu a retirada das tropas russas. A *Rada** burguesa de Kiev estendeu as fronteiras da Ucrânia até o distante Ural, englobando, assim, as mais férteis regiões

---

* *Rada*. Conselho popular cossaco. Conselho geral da Ucrânia.

do sul da Rússia. Além disso, começou a organizar um exército nacional. Seu primeiro-ministro, Vinintechenco, chegou a falar em paz separada com a Alemanha. O Governo Provisório estava reduzido à completa impotência. A Sibéria e o Cáucaso queriam eleger suas próprias assembleias constituintes. No país inteiro, desenvolvia-se a luta encarniçada das autoridades contra os *sovietes* locais de deputados operários e soldados.

A situação fazia-se cada vez mais caótica. Os soldados desertavam em massa; centenas de milhares abandonavam as trincheiras, em bandos errantes que, como formidável maré, se moviam em fluxos e refluxos pelo país. Os camponeses das províncias de Tambov e de Tver, cansados de esperar a divisão das terras, desesperados pelas medidas de repressão do Governo, incendiaram as casas dos senhores e assassinaram os grandes proprietários. Moscou, Odessa e a região mineira do Don estavam sempre convulsionadas por greves e *lockouts*. Todos os transportes ficaram paralisados. O exército morria de fome. Nas grandes cidades, já não havia pão.

Pressionado, ora pelos democráticos, ora pelos reacionários, o Governo nada fazia. E, quando era obrigado a agir, fazia-o sempre no interesse da burguesia. Encarregaram os cossacos de reprimir a revolta dos camponeses e as "paredes" operárias. Em Tashquent, as autoridades governamentais liquidaram o *soviete*. Em Petrogrado, o Conselho Econômico, criado para reconstruir a vida econômica do país, oscilou entre as forças antagônicas do capital e do trabalho, tornando-se, assim, impotente. E acabou sendo dissolvido por Kerensky.

Com o apoio dos *cadetes,* os velhos quadros militares reclamavam leis draconianas para restaurar a disciplina no exército e na marinha. O almirante Venderevsqui, ministro da marinha, e o general Verchovsqui, ministro da Guerra, insistiam em vão que só uma nova, voluntária e democrática disciplina, baseada na cooperação com os comitês de soldados e de marinheiros, poderia salvar o exército e a esquadra. Mas essas sugestões não foram tomadas em consideração.

Os reacionários demonstravam disposição em provocar o descontentamento popular. Kornilov reabilitava-se. A imprensa burguesa, cada vez mais insolente, defendia-o, chegando a chamá-lo de "o grande patriota russo". O jornal de Burtzev, *Obstchee Dielo* (A Causa Comum), reclamava uma ditadura do trio Kornilov-Kaledin-Kerensky.

Conversei, um dia, com Burtzev, na Sala de Imprensa do Conselho da República. Era um homenzinho curvo, de cara enrugada, olhos escondidos atrás dos óculos grossos, cabeleira desgrenhada e barba grisalha.

"Guarde bem o que digo, meu rapaz", disse-me ele. "A Rússia precisa de um homem forte. Não mais devíamos pensar em revolução, mas só em cuidar dos alemães. Foi estupidez, grande estupidez, derrotar Kornilov. Ele devia ter ganhado a partida!"

Na extrema direita, os órgãos dos vergonhosos monarquistas, *Narodnii Tribun* (Tribuna do Povo), de Purishquevitch, *Nova Russ* (A Nova Rússia) e *Zivoie Slova* (A Palavra da Vida), advogavam abertamente a destruição radical e imediata da democracia revolucionária.

A 23 de outubro, no Golfo de Riga, navios russos travaram uma batalha naval com a frota alemã. Sob pretexto de que Petrogrado corria perigo, o Governo Provisório decidiu evacuar a Capital. Em primeiro lugar, disseminaria por toda a Rússia os depósitos de munições. O Governo, em seguida, iria para Moscou. Os bolcheviques, imediatamente, começaram a gritar que o Governo ia abandonar a Capital para melhor esmagar a Revolução: "Riga foi entregue aos alemães! Agora querem entregar Petrogrado!"

A imprensa burguesa delirava de satisfação. O jornal cadete *Rietch* (A Palavra) dizia: "Em Moscou, o Governo poderá continuar a trabalhar, numa atmosfera tranquila, sem ser perturbado pelos anarquistas". Rodzianko, líder da ala direita do Partido Cadete, declarou no *Utro Rossii* (Alvorada da Rússia) que Petrogrado em poder dos alemães seria a salvação da Rússia, porque destruiria os *sovietes* e a esquadra revolucionária do Báltico:

"Petrogrado corre perigo. E eu digo: Deus proteja Petrogrado. É voz corrente que, se perdermos Petrogrado, as organizações centrais revolucionárias serão liquidadas. Tanto melhor. Assim não levarão a Rússia à catástrofe.

"Com a queda de Petrogrado, a frota do Báltico também será destruída. E isto só poderá alegrar-nos, porque a maioria dos seus navios já está completamente desmoralizada..."

Diante da ameaça de uma grande tempestade popular, porém, o Governo abandonou o plano de evacuação.

Enquanto isso, o Congresso dos Sovietes aparecia no horizonte como uma nuvem pressagiando tormenta, cheia de raios e trovões. Tanto o Governo como os socialistas moderados eram contra a realização do Congresso. Os comitês centrais do exército e da marinha, os comitês centrais de alguns sindicatos, os *sovietes* camponeses e, principalmente, o *Tsique* lutavam com todas as forças para impedir-lhe a realização. O *Izvestia* e o *Golos Soldata* (A Voz do Soldado), jornais publicados pelo Soviete de Petrogrado, no momento dirigidos pelo *Tsique,* atacavam furiosamente o Congresso, apoiados pela artilharia pesada do jornalismo socialista-revolucionário, ou seja, pela *Dielo Naroda* (A Causa do Povo) e a *Volia Naroda* (A Vontade do Povo).

Delegados eram enviados a todos os cantos. As ordens telegráficas voavam ao longo dos fios, enviando instruções aos comitês do exército, aos comitês dos distritos, para que fizessem o possível para suspender ou retardar as eleições. Foram votadas publicamente diversas resoluções contra o Congresso. Dizia-se, ainda, que a convocação do Congresso, nas vésperas da Assembleia Constituinte, era contrária aos princípios democráticos. Delegados das trincheiras, da União dos Zemstvos, da União dos Camponeses, na União dos Oficiais, dos Cavaleiros de São Jorge, dos Batalhões da Morte etc. protestavam, indignados contra a convocação... No Conselho da República Russa, todas as vozes, num único coro, se manifestavam contra. A máquina montada pela Revolução de Março funcionava a todo o vapor para impedir a realização do Congresso dos Sovietes,

Por outro lado, muitos dos *sovietes* locais já eram bolcheviques, bem como o eram muitos dos comitês de fábrica e organizações revolucionárias do exército e da marinha. Em alguns lugares, o povo, não podendo eleger livremente os delegados aos *sovietes*, improvisou reuniões para escolher seus representantes e enviá-los a Petrogrado. Em outros, os comitês que se opunham às eleições eram dissolvidos, e criados novos. Formidável onda de revolta erguia-se, rompendo a crosta que lentamente se formara sobre a chama revolucionária nos meses anteriores. Só mesmo um movimento espontâneo das massas poderia garantir a realização do Congresso Panrusso dos Sovietes.

Diariamente, nas fábricas e nos quartéis, os agitadores bolcheviques atacavam violentamente o Governo, qualificando-o de "governo de guerra civil". Um domingo, fui a Obukhovsky Zavod, fábrica de munições do Governo, situada na Avenida Schlusselburgo.

O comício realizava-se entre as paredes de pedra e argamassa de um edifício ainda em construção. Dez mil homens e mulheres, com trajes escuros, espremiam-se sobre montões de lenha e tijolos, encarrapitavam-se sobre os andaimes, ou aglomeravam-se em volta de uma tribuna forrada de vermelho, ouvindo com atenção. De espaço a espaço, um Sol desmaiado apontava entre as nuvens e, atravessando as janelas, iluminava aquela massa de rostos, simples, voltados para mim.

Lunatcharski, pequeno tipo de estudante com cara de artista, explicava por que o poder devia ser tomado pelos *sovietes*. Só os *sovietes* podiam assegurar a vitória da Revolução e combater os inimigos que, propositadamente, arruinavam o país e o exército para facilitar o aparecimento de um novo Kornilov.

Um soldado da divisão que combatia nas fronteiras romenas, fraco, trágico, gritou com voz ardente: "Camaradas! Morremos de fome e de frio nas trincheiras. Morremos inutilmente, sem razão alguma. Peço aos camaradas norte-americanos aqui presentes, que digam no seu país que os russos lutaram até a morte em defesa da sua revolução. Permaneceremos firmes, até que os outros povos venham em nosso auxílio. Companheiros! Digam aos trabalhadores da América que se levantem e lutem pela revolução social!"

Chegou a vez de Petrovsky. Magro, voz apagada, mas implacável, começou:

"A hora atual é dos fatos e não das palavras. A situação econômica é péssima. Precisamos aproveitar essa situação. Querem matar-nos de fome e de frio. Provocam-nos. Mas, se ousarem tocar nas organizações do proletariado, nós os varreremos como folhas secas da superfície da Terra."

De repente, a imprensa bolchevique aumentou. Além dos dois jornais diários do Partido, *Rabotchi Put* e *Soldat* (O Soldado), apareceu um novo para os camponeses, o *Deverenscaia Biednota* (Os Camponeses Pobres), com uma tiragem diária de meio milhão de exemplares. A 17 de outubro, surgiu outro diário, o *Rabotchi i Soldat* (O Operário e o Soldado), que, no artigo de fundo, expunha o seguinte ponto de vista bolchevique:

"O quarto ano de guerra aniquilará completamente com o país e com o exército. Petrogrado corre perigo. A contrarrevolução exulta de contente com a desgraça do povo. Desesperados, os camponeses revoltaram-se, mas os proprietários e as autoridades governamentais estão chacinando nossos irmãos do campo com as expedições de repressão. Fecham-se fábricas e minas e os operários têm diante de si uma só perspectiva: morrer de fome. A burguesia e seus generais querem restaurar uma disciplina de ferro no exército. Apoiados pela burguesia, os kornilovistas trabalham ativamente para impedir a reunião da Assembleia Constituinte.

"O Governo de Kerensky quer destruir a nação; está contra o povo, que só poderá salvar-se continuando a Revolução, levando-a até o fim. Por isso tudo, o poder deve passar às mãos dos *sovietes*.

"Reivindicamos:

"Todo poder aos *sovietes*, tanto na Capital, como nas províncias. A cessação de hostilidades em todas as frentes.

"Paz digna para todos os povos.

"Divisão das grandes propriedades entre os camponeses.

"Controle operário da produção industrial.

"Assembleia Constituinte eleita honestamente".

Vale a pena reproduzir aqui um trecho desse mesmo jornal, órgão dos bolcheviques que, nessa época, eram acusados de ser agentes sob as ordens da Alemanha:

"O Kaiser, Imperador da Alemanha, responsável pela morte de milhões de homens assassinados, quer agora atirar seu exército contra Petrogrado. Devemos dirigir um apelo fraternal aos operários, soldados e camponeses da Alemanha: Companheiros! Sigam o nosso exemplo! Levantem-se também contra essa criminosa guerra!

"Mas, isso só pode ser feito por um governo revolucionário, representando verdadeiramente os operários, os soldados e os camponeses russos, capaz de passar por cima da diplomacia e de dirigir-se diretamente às tropas alemãs, enchendo suas trincheiras de manifestos impressos em alemão. Nossa aviação poderá distribuí-los por toda a Alemanha".

No Conselho da República, o abismo que lhe separava os dois extremos tornava-se cada vez mais profundo.

"As classes proprietárias", gritava Karelin em nome da esquerda socialista revolucionária, "procuram servir-se da máquina do Estado para atrelar a Rússia ao carro de guerra dos Aliados. Todos os partidos revolucionários são contra tal política!"

O velho Nikolai Tchaikovski, representante dos socialistas populistas, falou contra a divisão das terras entre os camponeses, adotando a opinião dos *cadetes*:

"É preciso criar forte disciplina no exército. Desde o começo da guerra, tenho sempre afirmado que é um crime empreender reformas econômicas e sociais em tempo de guerra. Estamos cometendo esse crime. Eu, entretanto, não vou contra tais reformas, porque sou socialista!" (Gritos à esquerda: "Não acreditamos!" Tempestade de aplausos à direita.)

Adzemov, em nome dos *cadetes,* declarou que não via necessidade de se dizer ao exército por que combatia. Cada soldado devia compreender que seu primeiro dever era expulsar o inimigo do território da Rússia.

O próprio Kerensky usou duas vezes da palavra para defender apaixonadamente a união nacional. No fim de um dos discursos, desfez-se em lágrimas. A assembleia ouviu-o friamente, interrompendo-o com apartes irônicos.

O Instituto Smolny, quartel-general do *Tsique* e do Soviete de Petrogrado, encontrava-se a vários quilômetros da cidade, às margens do Neva. Tomei um bonde cheio de passageiros, que serpenteava e gemia, afundando-se no barro.

No fim da linha, elevavam-se as elegantes cúpulas azuis do Smolny, grande edifício de três andares, com fachada de quartel, de duzentos metros de comprimento. Ostentava, sobre a porta de entrada, enorme e insolente brasão imperial, talhado na pedra, em alto relevo. As organizações revolucionárias de obreiros e de soldados tinham-se apossado do Instituto, que, no antigo regime, fora convento-escola para os filhos da nobreza russa, patrocinada pela própria Tzarina. No interior, havia para mais de cem quartos e salas, brancos e vazios. Placas esmaltadas, no alto das portas, indicavam aos visitantes que ali ficava a "Sala de Aulas nº 4", mais adiante a "Sala dos Professores" etc. Pedaços de cartão, em lugar de placas, com letreiros mal desenhados, recentemente afixados nas portas, revelavam, no entanto, que o edifício tinha novas funções: "Comitê Central dos Sovietes de Petrogrado", *Tsique,* "Departamento das Relações Exteriores", "União dos Soldados Socialistas", "Comitê Central Panrusso dos Sindicatos", "Comitês de Fábricas", "Comitê Central do Exército". Noutras salas, realizavam-se as sessões dos departamentos centrais e as reuniões dos partidos políticos.

Através dos corredores, iluminados por lâmpadas colocadas aqui e acolá, passava uma multidão apressada de operários e soldados. Alguns vinham curvados sob o peso de grandes maços de jornais e de manifestos, isto é, de material de propaganda de toda espécie. O ruído das grossas botas sobre o assoalho lembrava um trovão surdo. Pelos cantos, viam-se cartazes com os seguintes dizeres: "Camaradas! No interesse da sua própria saúde, cuidem da higiene!" Em cada andar, no alto das escadas, haviam sido colocadas mesas para a venda de folhetos e publicações políticas. No grande refeitório de teto baixo, do andar térreo, estava instalado o restaurante. Comprei por dois rublos um talão dando direito a uma refeição. Entrei na fila de milhares de pessoas que esperavam a vez, encaminhando-se para o balcão onde vinte homens e mulheres serviam sopa de verduras, pedaços de carne, montanhas de *kasha**, que tiravam de imensos caldeirões, e pedaços de pão preto. Por cinco copeques**, podia-se tomar uma xícara de chá. Cada pessoa, depois de receber o prato, apanhava uma colher de madeira no interior de

---

* Mingau de aveia.

** Moeda divisionária. A centésima parte do rublo.

um cesto sujo de gordura. Os bancos, ao lado das mesas, estavam repletos de proletários famintos, que comiam trocando impressões, forjando planos ou dizendo gracejos mais ou menos pesados.

No primeiro andar, outro restaurante, reservado ao *Tsique,* mas onde todo mundo entrava. Nele, qualquer um podia servir-se de chá à vontade, distribuído em grandes bules, e de pão com manteiga.

No segundo andar, na ala sul do edifício, ficava o antigo salão de baile, transformado agora na grande sala de sessões. Era enorme, de teto alto e paredes brancas, iluminada por centenas de lâmpadas elétricas pendentes de candelabros de cristal e dividida ao meio por duas grandes lâmpadas de vários braços e, por detrás, uma moldura de ouro, de onde fora retirado o retrato do Tzar. Nos dias solenes, brilhavam nessa sala os reluzentes uniformes dos oficiais, as vestes eclesiásticas... Havia até um espaço especial reservado às grã-duquesas...

Do outro lado do corredor, justamente em frente ao grande salão de sessões, instalara-se o Comitê de Credenciais do Soviete, no qual se apresentavam os delegados: soldados fortes e barbudos, operários de blusas pretas, alguns camponeses com longa cabeleira caída sobre os ombros.

A moça encarregada do serviço, membro do grupo de Plekhanov, sorria desdenhosamente:

"Não se parecem nada com os delegados do primeiro congresso", disse-me ela. "Veja que fisionomias abrutalhadas e que expressões de ignorância! Que gente inculta!"

E não se enganava. A Rússia havia sido sacudida até as entranhas. Os que se achavam nas maiores profundidades é que estavam agora vindo à superfície.

O Comitê de Credenciais, nomeado pelo *Tsique,* procurava impugnar o mandato de cada delegado, inventando motivos para declará-lo sem valor, alegando quase sempre que as eleições tinham sido ilegais etc. Caracan, membro do Comitê Central Bolchevique, limitava-se a sorrir, dizendo aos delegados:

"Não se assustem. Quando chegar o momento, faremos vocês ocuparem seus lugares. Não se preocupem".

O *Rabotchi i Soldat* escrevia a respeito:

"Chamamos a atenção dos novos delegados do Congresso Panrusso para o fato seguinte: certos membros do Comitê de Organização, desejando impedir a realização do Congresso, andam dizendo que ele não mais se reunirá e aconselhando os delegados a embarcar de regresso. Não deem importância a esse amontoado de mentiras. Grandes dias se aproximam".

Era evidente que o *quorum* não seria atingido ainda a 2 de novembro. Por isso, foi necessário transferir a abertura do Congresso para o dia 7.

Mas, o país estava grandemente excitado. Os mencheviques e socialistas revolucionários, percebendo que iam ser derrotados, mudaram repentinamente de tática. Começaram a telegrafar às organizações das províncias, aconselhando-as a eleger o maior número possível de socialistas moderados. Além disso, o Comitê Executivo dos Sovietes Camponeses resolveu convocar, urgentemente, um congresso camponês, para o dia 13 de dezembro, a fim de anular todas as resoluções adotadas pelo Congresso dos Sovietes de Operários e Soldados.

Que iriam fazer os bolcheviques? Corria o boato de que os operários e soldados estavam preparando uma demonstração armada. A imprensa burguesa e reacionária profetizava uma insurreição e aconselhava o Governo a prender o Soviete de Petrogrado ou, ao menos, a impedir a reunião do Congresso. Alguns jornais, como o *Novaia Russ,* preconizavam a matança geral dos bolcheviques.

O jornal de Gorki, *Novaia Jizn,* concordava com os bolcheviques na afirmação de que os reacionários se esforçavam por destruir a Revolução e achava que, caso fosse necessário, os primeiros deveriam resistir pela força e pelas armas, porém todos os partidos da democracia revolucionária deveriam formar uma frente única.

Enquanto a democracia não tiver organizado suas forças mais importantes e encontrar ainda forte resistência, não haverá vantagens em atacar. Mas, se os elementos hostis recorrerem à força, então a democracia revolucionária deverá travar a luta para tomar o poder e nesse empreendimento será sustentada pelas camadas mais profundas do povo.

Gorki assinalou que as duas imprensas, a reacionária e a governista, incitavam os bolcheviques à violência. Acrescentava, outrossim, que uma insurreição abriria o caminho para o advento de um novo Kornilov. Por isso, aconselhava os bolcheviques a desmentirem os boatos que circulavam. Petressov, no *Dien* (O Dia), órgão menchevique, publicou um artigo sensacional, acompanhado de um mapa que, segundo ele, revelava o plano secreto da insurreição bolchevique.

Como por encanto, os pontos de parada encheram-se de advertências, manifestos, convites etc. dos comitês centrais dos moderados e conservadores, assim como do *Tsique,* atacando qualquer "manifestação" e pedindo aos soldados e operários que não dessem ouvidos aos agitadores.

Eis, por exemplo, a proclamação da seção militar do Partido Socialista Revolucionário:

"Novamente, circulam boatos a respeito de um golpe de força que se planeja. Qual é a origem desses boatos? Que organização consente que seus agitadores preguem a insurreição? Os bolcheviques, interrogados pelo *Tsique,* afirmaram que não preparam nenhuma sublevação. Entretanto, corremos perigo, porque essas notícias estão se espalhando. É possível que alguns exaltados, contrariando os sentimentos e a vontade da maioria, procurem excitar os operários, os soldados e os camponeses, e arrastá-los à insurreição. Nos momentos graves, como o que presentemente atravessa a Rússia revolucionária, qualquer levante pode desencadear uma guerra civil de consequências funestas, que seria talvez a destruição total de todas as organizações que o proletariado levantou, por meio de enormes sacrifícios. Os conspiradores contrarrevolucionários desejam a insurreição para exterminar a Revolução, abrir caminho para Guilherme II e impedir a convocação da Assembleia Constituinte.

"Ninguém deve abandonar o seu posto!

"Abaixo a insurreição!"

Num dos corredores do Smolny, a 28 de outubro, falei com Kamenev, homem baixinho, de barba ruiva e atitudes de latino. Ainda não sabia ao certo se os delegados já eram em número suficiente para a abertura do Congresso.

"Se o Congresso se realizar" – disse-me ele –, "será a expressão da vontade de esmagadora maioria do povo. Se a maioria estiver do lado dos bolcheviques, como espero, exigiremos que todo o poder passe aos *sovietes*. Desse modo, o Governo Provisório desaparecerá."

Volodarsky, jovem, alto, pálido, de óculos, aspecto doentio, disse-me categoricamente:

"Liber, Dan e os demais oportunistas estão sabotando o Congresso. Caso consigam impedir sua realização, seremos suficientemente realistas para passarmos por cima".

Nos meus apontamentos, com a data de 29 de outubro, encontro os seguintes trechos dos jornais do dia:

"*Moguilev* (quartel-general): Concentraram-se aqui os regimentos leais da Guarda, a Divisão Selvagem, os cossacos e os batalhões da Morte.

"Os *junkers* das escolas militares de Pavlovsqui, Czarcoié-Selo e Peterhof receberam ordens do Governo para se aprontarem a fim de, ao primeiro sinal, marcharem sobre Petrogrado. Os *junkers* de Oranienbaum já estão na Capital.

"Parte da divisão de carros blindados foi concentrada no Palácio de Inverno.

"Mediante uma ordem assinada por Trotsky, a fábrica de armas de Sestroretsque entregou aos delegados dos operários de Petrogrado muitos milhares de fuzis.

"Numa reunião da guarda municipal, no bairro do Baixo-Liteinii, aprovou-se uma moção, pedindo a transferência de todo o poder aos sovietes."

Tais notas dão uma ideia exata da confusão reinante nesses dias febris. Todos sentiam que alguma coisa ia acontecer, mas ninguém sabia o que seria.

Na noite de 30 de outubro, numa sessão do Soviete de Petrogrado, no Smolny, Trotsky repeliu com desprezo as afirmações da imprensa burguesa. Os jornais burgueses diziam que o soviete considerava a insurreição armada como uma tentativa dos reacionários para desacreditar e provocar a falência do Congresso.

"O Soviete de Petrogrado" – disse Trotsky – "não está preparando nenhuma demonstração armada. Mas, se for necessário, a faremos, e teremos ao nosso lado a guarnição de Petrogrado. O Governo prepara a contrarrevolução. A nossa resposta será uma ofensiva implacável e decisiva."

De fato, o Soviete de Petrogrado não ordenara qualquer demonstração. Mas o Comitê Central do Partido Comunista estudava a insurreição. Passou a noite do dia 23 reunido. Estavam presentes todos os intelectuais do Partido, os dirigentes e os delegados dos operários e da guarnição de Petrogrado. Entre os intelectuais, só Lênin e Trotsky eram pela insurreição. Os próprios militares manifestavam-se contra. Passou-se à votação.

Os partidários da insurreição ficaram em minoria.

Levantou-se, então, um trabalhador, de aspecto rude, terrivelmente indignado, furibundo:

"Falo em nome dos proletários de Petrogrado" – disse brutalmente. "Somos pela insurreição. Vocês façam o que bem entenderem. Mas, eu os previno: se deixarem que os *sovietes* sejam destruídos, vocês morrerão para nós."

Alguns soldados o apoiaram. A questão foi novamente posta em votação. E venceu!

A ala direita dos bolcheviques, contudo, dirigida por Riazanov, Kamenev e Zinoviev, continuou a bater-se contra a sublevação armada.

O *Rabotchi Put* (O Caminho Operário), a 31 de outubro, pela manhã, começou a publicar a "Carta a meus camaradas" de Lênin, um dos mais audaciosos escritos de agitação política de todos os tempos.

Lênin defendia a insurreição, rebatendo as objeções formuladas por Kamenev e Riazanov.

"Ou renunciamos à nossa palavra de ordem *Todo o poder aos sovietes*" – escrevia – "ou fazemos a insurreição. Não há outra alternativa."

Nesse mesmo dia, à tarde, Miliukov, dirigente dos *cadetes,* pronunciou brilhante e violento discurso no Conselho da República. Apontou o *nacaz* de Skobeliev como documento germanófilo, e declarou que a democracia revolucionária estava levando a Rússia à ruína. Ridicularizou Terestchenko e chegou a dizer que preferia a diplomacia alemã à russa. Na bancada da esquerda houve tumulto.

Mas, o Governo, por seu lado, não podia ignorar o efeito da propaganda bolchevique. No dia 29, uma comissão mista de representantes do Governo e do Conselho da República redigiu apressadamente dois projetos de lei. Um deles entregava a terra temporariamente aos camponeses. O outro lançava as bases de uma enérgica política de paz. No dia 30, Kerensky aboliu a pena de morte no exército. Nesse mesmo dia, à tarde, realizou-se, com a maior solenidade, a sessão inaugural da nova "comissão para o fortalecimento do regime republicano e para a luta contra a anarquia e a contrarrevolução", que, aliás, não deixaria nenhum vestígio na História.

No dia seguinte, pela manhã, em companhia de um grupo de jornalistas, entrevistei Kerensky. Foi sua última entrevista como Chefe do Governo:

"O povo russo" – disse, com amargura – "sofre em virtude do esgotamento econômico e está desiludido com os Aliados. O mundo pensa que a revolução russa está terminando. Engana-se. A revolução russa mal começou..."

Essas palavras foram bem mais proféticas do que o próprio Kerensky supunha.

A reunião do Soviete de Petrogrado, que durou toda a noite de 30, foi agitadíssima. Eu estava presente. Socialistas moderados, intelectuais, oficiais, membros dos comitês do exército e do *Tsique,* em grande número, assistiam à sessão. Os operários, camponeses e soldados, na sua linguagem simples, levantavam-se contra eles atacando-os com veemência.

Um camponês referiu-se às desordens de Tver, causadas, segundo disse, pelas prisões dos comitês agrários.

"Esse Kerensky nada mais é que um testa de ferro dos grandes proprietários", gritou. "Sabem que na Assembleia Constituinte nós lhe arrebataremos as terras. É por isso que tentam dissolvê-la."

Um mecânico da fábrica Putilov disse que os diretores estavam fechando as seções da fábrica, uma por uma, sob o pretexto de que não havia mais combustível nem matérias-primas. Mas o Comitê da Fábrica descobrira, escondida, grande quantidade de combustível e de matérias-primas.

"Estamos sendo provocados, acrescentou. Querem aniquilar-nos pela fome e obrigar-nos a agir violentamente."

Outro orador, soldado, começou assim:

"Camaradas! Trago-lhes as saudações daqueles que, nas trincheiras, estão cavando as próprias sepulturas."

Em seguida, ergueu-se outro soldado, moço, alto, porém alquebrado, e de olhos relampejantes. Foi recebido por uma tempestade de aplausos. Era Tchudnovski, que passava por morto desde os combates de julho e que, agora, ressuscitava.

"As massas do exército não têm mais nenhuma confiança nos oficiais. Os próprios comitês do exército, que se opuseram à reunião do nosso *soviete*, também nos traíram. Os soldados querem que a Assembleia Constituinte se reúna na data fixada! E ai daqueles que procurarem transferi-la! Não é uma ameaça platônica o que afirmo, porque o exército tem canhões!"

Falou, depois, da campanha eleitoral, em pleno desenvolvimento no 5º Exército.

"Os oficiais, principalmente os mencheviques e os socialistas revolucionários, trabalham sistematicamente para a derrota dos bolcheviques. Nossos jornais não podem circular livremente nas trincheiras. Nossos oradores são presos..."

Por que não menciona a falta de pão?, gritou outro soldado. "Não se vive só de pão", respondeu Tchudnovsky, rispidamente... Um oficial, menchevique até a raiz dos cabelos, delegado do Soviete de Vitebsque, falou a seguir:

"A questão do governo não é a mais difícil de resolver. A questão da guerra, sim. Antes de pensar em realizar reformas, precisamos cuidar de levar a guerra até o fim, até a vitória. (Assobios e exclamações irônicas.) Os agitadores bolcheviques" – continuou – "são uns demagogos! (Gargalhada geral.) Precisamos esquecer momentaneamente a luta de classes..."

Mas não pôde continuar. Uma tempestade de protestos, gritos, zombarias, assobios e ameaças abafou-lhe as palavras. Uma voz gritou: "Não pensa que esquecemos!"

Petrogrado apresentava curioso aspecto nesses dias. As salas dos comitês, as fábricas, estavam cheias de fuzis. Os estafetas iam e vinham. A Guarda Vermelha exercitava-se. Havia comícios todas as noites, em todos os quartéis. Passavam-se os dias em discussões longas, intermináveis.

Ao cair da tarde, o povo enchia as ruas, uma onda imensa invadia a Avenida Nevski e disputava os jornais da noite. Os assaltos aos transeuntes eram cada vez mais frequentes. Fora das ruas centrais, corria-se perigo.

Vi, certa tarde, no Sadovaies uma multidão de centenas de pessoas que atacava aos socos e aos pontapés um soldado, preso quando roubava. Em volta das mulheres, que, tiritando de frio, esperavam horas e horas em longas filas para conseguir pão e leite, circulavam misteriosos indivíduos murmurando que os judeus tinham açambarcado os estoques de víveres e que os membros dos *sovietes* viviam na opulência.

Para a entrada no Smolny, era preciso apresentar uma senha à Guarda Vermelha. Nas salas de reunião, dia e noite, pairava um zumbido constante. Centenas de soldados e operários dormiam no chão limpo, onde pudessem achar lugar. Na grande sala do primeiro andar, mais de mil pessoas esperavam o momento de tomar parte nos tumultuosos debates dos *sovietes*.

Desde o anoitecer até alta madrugada, os cassinos e os clubes regurgitavam de frequentadores que jogavam febrilmente no meio de verdadeiras torrentes de champanha. Havia paradas até de 20 mil rublos. Os cafés do centro da cidade continuavam também cheios de prostitutas cobertas de joias, exibindo custosos casacos de pele. Conspirações monarquistas, espiões alemães, contrabandistas forjando planos...

A cidade imensa, sob um céu pardacento de chuva, envolvida pelo frio implacável, caminhava, caminhava sempre, cada vez mais depressa.

Para onde?

CAPÍTULO III

ÀS VÉSPERAS

Nas relações entre um governo fraco e um povo em revolta, há certos momentos em que qualquer ação das autoridades só consegue exasperar as massas e cada recuo ou prova de fraqueza apenas tem como resultado aumentar seu desprezo.

O plano de evacuar Petrogrado desencadeou uma tormenta. Quando Kerensky afirmou que não pensava em tal coisa, ergueram-se protestos e ditos zombeteiros.

"Pressionado pela Revolução", gritava o *Rabotchi Put,* "o Governo Provisório de burgueses pretende livrar-se do aperto, afirmando mentirosamente que nunca pensou em fugir de Petrogrado, e que não quer entregar a Capital..."

Em Carcóvia, surgiu uma organização de trinta mil mineiros, que adotou o preâmbulo dos estatutos da I.W.W.*: "Não há nada de comum entre a classe trabalhadora e a classe exploradora." Dispersados pelos cossacos, os mineiros foram, em grande parte, vítimas do *lockout* dos proprietários. Os restantes declararam a greve geral. Konovalov, ministro do Comércio e da Indústria, deu carta branca ao assistente Orlov para dominar o movimento. Orlov era odiado pelos mineiros. Mas o *Tsique* não só apoiou sua indicação para o cargo, como se recusou a agir no sentido de obrigar os cossacos a se retirarem da bacia do Donetz. Em seguida, foi dissolvido o Soviete de Caluga, no qual os bolcheviques, depois de terem conquistado a maioria, resolveram decretar a liberdade de alguns presos políticos. Com a aprovação do representante do Governo,

---

* *Industrial Works of the World,* isto é, operários industriais do mundo.

a Duma Municipal enviou tropas reacionárias a Minsk e bombardeou com a artilharia a sede do *soviete*. Os bolcheviques renderam-se. Mas, no momento em que abandonavam o edifício, foram atacados pelos cossacos, que investiram contra eles gritando: "É isso que precisamos fazer com todos os outros *sovietes* bolcheviques, inclusive os de Petrogrado e de Moscou!" Esse fato levantou em toda a Rússia uma violenta onda de indignação.

Justamente nessa ocasião, o Congresso dos Sovietes do Norte realizava em Petrogrado, sob a presidência de Krylenko, a sessão final, onde, na quase totalidade, se pronunciaram pela tomada do poder pelo Congresso Panrusso. A sessão terminou com uma saudação dirigida aos bolchequives encarcerados, na qual o Congresso os convencia de que deviam alegrar-se porque a hora da libertação se aproximava. Simultaneamente, a Primeira Conferência Russa dos Comitês de Fábrica pronunciou-se, resolutamente, pelos *sovietes*, fazendo esta declaração categórica:

"Depois de derrubar o jugo do tzarismo, a classe trabalhadora deve assegurar a vitória do regime democrático na esfera da atividade produtora, vitória essa que tem sua maior expressão no controle operário da produção, que se está constituindo, espontaneamente, em virtude da criminosa política das classes dominantes".

O Sindicato dos Ferroviários exigiu que o ministro da Viação, Liverovsqui, pedisse demissão...

Skobeliev, em nome do *Tsique,* insistia para que o *nacaz* fosse apresentado na Conferência Interaliada e protestou contra a partida de Terestchenko, como delegado do Governo, para Paris. Terestchenko, por seu turno, pediu demissão.

O general Vercovsqui, na impossibilidade de realizar seu plano de reorganização do exército, só muito raramente comparecia às reuniões do Gabinete.

A 3 de novembro, o *Obchtcheie Dielo* (A Causa Comum), de Burtzev, publicou em letras garrafais o seguinte:

"Cidadãos! Salvemos a pátria!

Chegou ontem ao meu conhecimento, na sessão da Comissão da Defesa Nacional, que o ministro da Guerra, general Vercovsqui, um dos principais responsáveis pela derrota de Kornilov, propôs que assinássemos a paz em separado, independentemente dos Aliados.

"Isto significa trair a Rússia.

"Terestchenko declarou que o Governo Provisório nem sequer examinou a proposta de Vercovsqui.

"'Tem-se a impressão de que estamos numa casa de loucos!', foram as palavras de Terestchenko.

"Os membros da Comissão ficaram estupefatos com a proposta do general.

"O general Alexeyev chorou.

"Não! Isto não é uma loucura! É coisa pior ainda! É uma verdadeira traição à Rússia.

"Kerensky, Terestchenko e Necrasov precisam, o quanto antes, retratar-se publicamente com respeito às palavras de Vercovsqui.

"Cidadão: Alerta!

"A Rússia está sendo vendida!

"Salvemos a pátria!"

Na realidade, Vercovsqui havia declarado apenas que era necessário exercer certa pressão sobre os Aliados, para que apressassem as negociações de paz, porque o exército russo não podia continuar combatendo.

A declaração de Vercovsqui, tanto na Rússia como no exterior, causou impressão profunda. O general foi licenciado, "por motivos de saúde" e por tempo indeterminado, deixando o Governo. E o *Obchtcheie Dielo* não pôde mais circular.

Para domingo, 4 de novembro, estavam marcados vários comícios monstros em toda a cidade, em comemoração ao dia do Soviete de Petrogrado. Dizia-se que esses comícios tinham exclusivamente o objetivo de angariar fundos para as organizações e para a imprensa revolucionária. Mas, realmente, a finalidade era uma demonstração de força.

Inesperadamente, anunciou-se que os cossacos iam também desfilar pela Crestni Col, participando, assim, da solenidade da procissão da cruz, em honra ao santo de 1812, que libertara Moscou de Napoleão.

A atmosfera estava carregada. Qualquer centelha poderia desencadear a guerra civil. O Soviete de Petrogrado distribuiu, copiosamente, um manifesto com o título: "Irmãos Cossacos!" O manifesto dizia:

"Cossacos! Querem atirar-vos contra nós, operários e soldados. Esse plano de Caim foi preparado pelos nossos inimigos comuns: os opressores, as classes privilegiadas, os generais, banqueiros, grandes proprietários de terras, antigos funcionários, os velhos servidores do Tzar.

"Nós somos odiados pelos usuários, pelos ricaços, pelos príncipes, nobres e generais, como aqueles que existem entre vós. Todos eles estão à espera do momento oportuno para destruir o Soviete de Petrogrado e esmagar a Revolução, a fim de novamente acorrentar o povo, como nos tempos do Tzar.

"Prepara-se uma procissão de cossacos para 4 de novembro. Cada um de vós, irmãos cossacos, vai resolver, de acordo com a própria consciência, se deve ou não tomar parte nessa procissão. Nós não nos vamos intrometer na questão, porque não pretendemos tolher a liberdade de ninguém. Queremos, entretanto, dar-lhes um conselho, irmãos cossacos! Verificai bem se a procissão não é um pretexto para os vossos Kaledins vos atirarem contra os operários e os soldados, com o intuito de provocar um derramamento de sangue, uma luta fratricida a fim de esmagar a nossa libertação e a vossa."

E a procissão não se realizou...

Nos quartéis, nos bairros operários, em toda a cidade, os trabalhadores espalhavam a palavra de ordem: "Todo o poder aos *sovietes*"; e os agentes da reação aconselhavam o povo a amotinar-se e assassinar os judeus, os pequenos negociantes e os chefes socialistas.

De um lado, a imprensa monárquica preconizava sangrenta repressão. Do outro, a poderosa voz de Lênin rugia: "Insurreição! Nem um minuto de espera! Insurreição!"

A própria imprensa burguesa estava inquieta. O jornal *Birjevia Viedomosti* (Informações da Bolsa) atacava a propaganda bolchevique, qualificando-a de um atentado contra "os mais elementares princípios da sociedade, dos direitos individuais e da propriedade privada".

Mas os ataques mais violentos contra os bolcheviques partiam dos jornais socialistas moderados. "Os bolcheviques são os mais perigosos inimigos da Revolução", dizia o *Dielo Navoda*. O jornal menchevique *Dien* escrevia: "É necessário que o Governo se defenda e nos defenda". O jornal de Plekhanov, o *Iedinstvo* (Unidade), afirmava que os bolcheviques estavam armando os operários de Petrogrado, reclamando, ao mesmo tempo, severas medidas governamentais contra eles.

Mas o Governo tornava-se cada dia mais impotente. A administração municipal caía aos pedaços. Os matutinos, diariamente, anunciavam assassinatos e assaltos audaciosos. Os criminosos podiam agir à vontade.

Os operários resolveram manter a ordem. À noite, saíam aos grupos, armados, patrulhando as ruas, prendendo os ladrões e apreendendo as armas que encontravam.

No dia 1º de novembro, o coronel Polcovnicov, comandante militar de Petrogrado, baixou a seguinte ordem do dia:

"O país atravessa dias difíceis. Apesar disso, surgem, diariamente, em Petrogrado, apelos e chamados para demonstrações armadas, incitando o povo à matança. Os roubos e a desordem aumentam sem cessar.

"Essa situação desorganiza a vida dos cidadãos e dificulta a atividade sistemática das instituições governamentais e municipais.

"Compreendendo perfeitamente minha responsabilidade e toda a extensão dos meus deveres perante o país, ordeno e determino:

"1º Toda unidade militar, de acordo com normas que vão ser fixadas, deverá prestar auxílio, nos limites do território onde está a guarnição, à Municipalidade, aos comissários e à milícia, em defesa das instituições governamentais.

"2º Serão organizadas patrulhas, de acordo com o comandante do distrito e com o representante da milícia municipal. Essas patrulhas terão a missão de prender os criminosos e os desertores.

"3º Toda pessoa que penetrar nos quartéis para incitar os soldados a demonstrações armadas deve ser imediatamente presa e levada à presença do segundo comandante da praça militar.

"4º Qualquer manifestação armada e qualquer tumulto devem ser energicamente reprimidos.

"5º A guarnição deve auxiliar os comissários, impedindo as revistas domiciliares não autorizadas, ou as prisões que não forem ordenadas.

"6º As unidades militares devem comunicar, imediatamente, às autoridades do Estado-Maior de Petrogrado todos os acontecimentos anormais verificados nas zonas respectivas.

"Convido a todos os comitês e organizações do exército a cooperarem com os seus chefes no cumprimento dessa missão."

No Conselho da República, Kerensky declarou que estava a par de todos os preparativos da insurreição. Disse, também, que dispunha de forças suficientes para impedir e combater toda e qualquer manifestação. Acusou o *Novaia Rus* e o *Rabotchi Put* de estarem participando das atividades subversivas dos bolcheviques.

"Mas, como há absoluta liberdade de imprensa" – acrescentou –, "o Governo não pode lutar contra as mentiras impressas."*

Kerensky declarou, ainda, que "esses dois jornais representavam dois aspectos da mesma propaganda, cujo objetivo final era a contrarrevolução, tão ardentemente desejada pelas forças reacionárias".

"Eu estou perdido; não importa o que possa acontecer; assim mesmo tenho a audácia de dizer que não consigo compreender o inacreditável estado de provocação que os bolcheviques criaram na cidade."

A 2 de novembro, só tinham chegado 11 delegados para o Congresso dos Sovietes. Mas, no dia seguinte, eles já eram mais de 100. No dia 4, o seu número elevou-se a 175, dentre os quais 103 bolcheviques. Para o *quorum*, era necessária a presença de 400 delegados. E só faltavam quatro dias para a abertura do Congresso.

Eu passava os dias no Smolny, onde, entretanto, não era fácil entrar. Precisava primeiro atravessar duas fileiras de sentinelas postadas do lado de fora da grade do jardim. Em seguida, abria-se caminho por uma muralha de pessoas, que também desejavam entrar e que, de quatro em quatro, após responder às perguntas de praxe sobre a identidade e ocupação, recebiam um cartão especial dando direito à entrada. Esse cartão e as formalidades para o ingresso eram constantemente modificados, a fim de evitar os espiões, que sempre procuravam insinuar-se usando diversas maneiras habilidosas.

Um dia, quando chegava à porta exterior, vi Trotsky e sua mulher detidos por um soldado. Trotsky remexeu em todos os bolsos, mas não encontrou o cartão de ingresso.

– Não tem importância – disse, afinal, dirigindo-se ao soldado. – Você naturalmente me conhece. Sou Trotsky.

---

* Essa declaração era falsa. O Governo Provisório, em julho, proibira a circulação de jornais bolcheviques e agora, novamente, preparava-se para fazer a mesma coisa.

– Sem o cartão você não entra – respondeu-lhe o soldado. – Seu nome não me interessa.

– Mas, sou o Presidente do Soviete de Petrogrado.

– Se você de fato é pessoa tão importante – replicou o soldado – deve trazer consigo um papel qualquer, provando sua qualidade.

Trotsky não teve outro remédio senão ficar calmo:

– Leve-me à presença do comandante – disse.

O soldado hesitou um momento, murmurando entre dentes que não se podia estar incomodando o comandante por qualquer motivo. Afinal, chamou o chefe da guarda. Trotsky explicou a situação.

– Sou Trotsky – disse, novamente.

– Trotsky! Este nome não me é estranho – respondeu o chefe da guarda, coçando a cabeça e procurando lembrar-se. – Ah, sim!.. Já sei quem é você. Pode entrar, camarada.

Encontrei-me no corredor com Caracan, membro do Comitê Central bolchevique. Explicou-me como seria o novo Governo:

Uma organização flexível, obedecendo à vontade popular, como acontece nos *sovietes*, permitindo a livre expansão das forças locais. Atualmente, o Governo Provisório tolhe a ação das vontades democráticas locais, que estão na mesma situação que sob o regime tzarista. Na nova sociedade, toda a iniciativa virá de baixo, das massas. A forma de governo será decalcada na organização do Partido Social-Democrata russo. O novo *Tsique* será responsável perante as constantes assembleias dos congressos panrussos dos *sovietes*. Terá, desse modo, papel semelhante ao Parlamento. Em cada ministério, em lugar do ministro, haverá um comitê diretamente responsável perante os *sovietes*.

A 30 de outubro, procurei Trotsky, que marcara encontro comigo numa pequena sala do Smolny. Trotsky, sentado numa cadeira comum, diante da mesa vazia, no centro da sala, falou durante mais de uma hora, rapidamente e em tom firme. Quase não foi preciso dirigir-lhe perguntas. Eis, em síntese, o que me disse:

"O Governo Provisório está reduzido à impotência. Na realidade, é a burguesia que está no poder. Procuram ocultar esse fato por meio de uma caricatura de coalizão com os partidos que desejam prolongar a guerra até o fim. Os camponeses, cansados de esperar pela terra que lhes prometeram, rebelaram-se. Em todo o país, os trabalhadores estão descontentes. A burguesia não está ainda senhora de todo o poder. Só poderá adquiri-lo totalmente por meio da guerra civil. O método de Kornilov é o único capaz de dar todo o poder à burguesia. Mas, não tem mais forças. O exército está conosco. Os conciliadores e pacifistas, isto é, os socialistas revolucionários e os mencheviques, já perderam a autoridade, porque a luta entre camponeses e grandes senhores de terras, entre operários e patrões, entre soldados e oficiais torna-se extremamente feroz, mais irreconciliável do que nunca. Só pela ação conjunta e organizada das massas populares, só por meio da vitória da ditadura do proletariado a Revolução poderá realizar sua obra. Somente desse modo é que o povo poderá salvar-se. Os *sovietes* são a mais perfeita forma de representação popular. Encarnam a experiência revolucionária, as ideias e os objetivos da Revolução. Os *sovietes* são a espinha dorsal da Revolução, porque se apoiam nos operários das fábricas, nos soldados dos quartéis e nos trabalhadores dos campos. Tentaram criar um poder sem *sovietes*. Não foi possível. Nos corredores do Conselho da República Russa combinam-se, a todo instante, os mais variados planos contrarrevolucionários. O Partido *Cadete* é o representante legítimo da contrarrevolução militante. Os *sovietes*, ao contrário, encarnam a causa do povo. Entre os *cadetes* e os *sovietes* não há grupos de grande importância. *C'est la lucte finale*. A burguesia contrarrevolucionária concentra todas as suas forças e espera a ocasião oportuna para nos atacar. Mas nossa resposta será decisiva. Completaremos a obra que em março foi apenas começada e que progrediu bastante durante a aventura de Kornilov".

Examinou, então, a política exterior do novo Governo:

"Nosso primeiro ato será propor o armistício imediato com todos os exércitos beligerantes e realizar uma conferência na qual os povos irão discutir as bases da paz democrática. A paz firmada será tanto mais democrática quanto mais amplo for o desenvolvimento da iniciativa revolucionária na Europa. A instauração do Governo Soviético na Rússia contribuirá, enormemente, para a pacificação da Europa, porque o Governo Soviético dirigir-se-á imediatamente a todos os povos, sem intermediários, por cima dos seus governos, propondo-lhes o armistício. Depois da guerra, a Rússia revolucionária lutará para que essa paz seja uma paz sem nenhuma indenização, pelo direito dos povos poderem dispor de si mesmos e pela criação da República Federativa da Europa. No fim da guerra, vejo uma Europa reconstruída, não pelos diplomatas, mas pelo proletariado. República Federativa da Europa, eis a fórmula que convém. A autonomia nacional não será suficiente. A evolução econômica exige a abolição das fronteiras nacionais. Se a Europa permanecer dividida em grupos nacionalistas, o imperialismo continuará sua obra. Só a República Federativa da Europa poderá dar paz ao mundo. Mas esses objetivos somente poderão ser alcançados pela ação, pela iniciativa direta das massas da Europa".

Todo mundo acreditava que, de um momento para outro, os bolcheviques invadiriam as ruas e começariam a atirar sobre os indivíduos de colarinhos engomados... Mas, na realidade, a insurreição começou de maneira natural e à luz do dia.

O Governo Provisório resolveu concentrar em Petrogrado algumas tropas que combatiam nas trincheiras.

Havia na Capital uma guarnição de sessenta mil homens, que já desempenhara importante papel no decorrer dos acontecimentos revolucionários. Foram os sessenta mil homens que fizeram a balança pender para o lado da Revolução, nas transcendentais jornadas de março. Depois, criaram seus *sovietes* e, quando Kornilov estava às portas de Petrogrado, eles, de novo, lutaram pela Revolução. Agora, quase todos eram bolcheviques.

Quando o Governo Provisório manifestou desejo de evacuar Petrogrado, a guarnição lhe respondeu:

"Se o Governo não é capaz de defender a cidade, deve cuidar da paz e, se não é capaz de obter a paz, deve retirar-se e deixar o povo constituir seu próprio governo, que fará as duas coisas, isto é, defenderá Petrogrado e conseguirá a paz".

Era evidente, pois, que qualquer tentativa sediciosa dependia da atitude da guarnição de Petrogrado. O Governo desejava substituir os regimentos da guarnição por tropas de sua confiança: os cossacos e os Batalhões da Morte. Os comitês do exército, os socialistas moderados e o *Tsique,* que apoiavam essa iniciativa, começaram grande agitação na frente de combate e em Petrogrado, atacando violentamente a guarnição da cidade, que estava há oito meses tranquilamente instalada nos quartéis, enquanto seus irmãos sofriam e morriam nas trincheiras.

Sem dúvida, o argumento de que se serviam os que queriam remover a guarnição de Petrogrado tinha um fundo verdadeiro. Os regimentos da guarnição não estavam lá muito dispostos a trocar o relativo conforto dos quartéis por uma campanha de inverno. Mas não era somente por isso que não queriam partir. O Soviete de Petrogrado compreendia bem qual a intenção do Governo. E, além disso, chegavam a todo momento centenas de delegados das frentes de combate, eleitos pelos soldados, que diziam: "Sim. Precisamos de reforços, é claro. Mas, para nós, o mais importante é ter a certeza de que Petrogrado e a Revolução estão bem protegidas. Guardem a retaguarda, camaradas! Nós cuidaremos da frente!"

No dia 25 de outubro, o Comitê Central dos Sovietes, de portas fechadas, discutiu a formação de um comitê militar especial para resolver a questão. No dia seguinte, a seção de soldados do Soviete de Petrogrado nomeou um comitê que, imediatamente, declarou o boicote da imprensa burguesa e censurou vivamente o *Tsique* por sua posição diante do Congresso dos Sovietes. A 28, na sessão pública do Soviete de Petrogrado, Trotsky propôs que se sancionasse a formação do Comitê Militar Revolucionário:

"Precisamos" – disse – "criar nossa organização especial, para ir ao combate e para morrer, se for preciso".

Resolveu-se enviar duas delegações à frente: uma do *soviete* e outra da guarnição, para conferenciar com os comitês de soldados e com o Estado-Maior Geral.

Os delegados foram recebidos em Pscov pelo general Tcheramissov, comandante das forças em operação na frente norte. Como resposta, o general disse que já havia dado ordens para a guarnição de Petrogrado seguir imediatamente para a frente. Acrescentou, ainda, que nada mais tinha a dizer sobre o assunto e que não permitiria que os delegados da guarnição saíssem de Petrogrado.

Uma deputação da seção de soldados do Soviete de Petrogrado pediu que um seu representante fosse admitido no Estado-Maior do Distrito de Petrogrado. Mas a solicitação não foi atendida. O Soviete de Petrogrado pediu ainda que não se expedisse nenhuma ordem sem, antes, submetê-la à aprovação da seção de soldados do *soviete*. Também não foi atendido. Os delegados receberam esta resposta brutal: "Só reconhecemos o *Tsique*. Não temos nada com vocês. E, se transgredirem as leis, serão presos".

No dia 30, numa reunião de representantes de todos os regimentos de Petrogrado, foi aprovada a seguinte resolução:

"A guarnição de Petrogrado não reconhece mais o Governo Provisório. O Soviete de Petrogrado é o nosso

Governo. Só obedeceremos às suas ordens e por intermédio do Comitê Militar Revolucionário".

As unidades militares locais receberam ordens para esperar instruções da seção de soldados do Soviete de Petrogrado.

No dia 31, o *Tsique* convocou uma grande reunião, da qual participaram numerosos oficiais. Foi decidido formar-se um comitê para cooperar com o Estado-Maior, representado por delegados em todos os bairros da cidade.

Realizou-se no dia 3 de novembro, no Smolny, uma grande assembleia de soldados, resolvendo:

"A guarnição de Petrogrado saúda o Comitê Militar Revolucionário e promete-lhe prestar integral apoio em todos os atos, a fim de se unir, intimamente, na frente e na retaguarda, para a defesa dos interesses da Revolução.

"A guarnição declara, ainda, que, com o proletariado revolucionário, está disposta a manter a ordem em Petrogrado. Todas as tentativas de provocação dos partidários de Kornilov ou da burguesia serão impiedosamente esmagadas."

O Comitê Militar Revolucionário, consciente agora do seu poder, intimou energicamente o Estado-Maior de Petrogrado a se submeter. Ordenou que nenhuma tipografia imprimisse qualquer manifesto sem ordem do Comitê. Comissários armados visitaram o arsenal de Cronverque, onde chegaram a tempo de impedir que um carregamento de dez mil baionetas fosse enviado para Novotchercash, quartel-general de Kaledin.

Aterrorizado, o Governo prometeu imunidade ao Comitê, sob a condição de que se dissolvesse. Mas já era tarde. No dia 5 de novembro, à noite, o próprio Kerensky mandou Malevsqui convidar o Soviete de Petrogrado a fazer-se representar no Estado-Maior. O Comitê Militar Revolucionário aceitou. Uma hora depois, o general Manicovsqui, em funções de ministro da Guerra, enviou uma contraordem, retirando o convite...

Na terça-feira, dia 6 de novembro, pela manhã, a cidade viu, com assombro, afixada por toda a parte e profusamente distribuída pelas ruas, uma proclamação assinada pelo Comitê Militar Revolucionário do Soviete dos Deputados Operários e Soldados de Petrogrado. Ei-la:

AOS HABITANTES DE PETROGRADO!

"Cidadãos!

De novo, a contrarrevolução levanta criminosamente a cabeça. Os partidários de Kornilov estão mobilizando forças com o intuito de exterminar o Congresso Panrusso dos Sovietes e de dissolver a Assembleia Constituinte. Ao mesmo tempo, os 'pogromistas' vão tentar provavelmente arrastar o povo a sangrentos motins e desordens. O Soviete de Petrogrado dos Deputados Operários e Camponeses compromete-se a manter a ordem revolucionária na cidade e a reprimir todas as intentonas contrarrevolucionárias e 'pogromistas'.

A guarnição de Petrogrado não tolerará violências nem desordens. Fica autorizada a população a deter os apaches e os agitadores do 'Cem Negros' e a conduzi-los presos até o Comissariado do Soviete, no quartel mais próximo. Serão fuzilados imediatamente todos os que tentarem provocar distúrbios nas ruas de Petrogrado por meio de pilhagens e revoltas.

Cidadãos! Confiamos na vossa calma e na vossa serenidade. A causa da ordem e da Revolução está em vossas mãos, e, portanto, está em boas mãos."

A proclamação era assinada pelos regimentos que tinham comissários representando o Comitê Militar Revolucionário.

No dia 3, os dirigentes bolcheviques realizaram, de portas fechadas, outra reunião de importância histórica.

Informado por Zalkind, eu esperava do lado de fora. Volodarsky veio ao meu encontro, e contou-me o que havia acontecido. Lênin disse:

"O dia 6 de novembro será cedo demais. Precisamos ter uma base em toda a Rússia para nos lançarmos à insurreição. A 6, os delegados ao Congresso, na sua maioria ainda não estarão aqui, ainda não terão chegado. Por outro lado, no dia 8, será tarde demais. Isso porque o Congresso já estará organizado e é muito difícil fazer uma grande assembleia popular se decidir, de uma hora para outra, a entrar numa ação decisiva. Devemos, portanto, dar o golpe no dia 7, dia em que o Congresso se reúne, de modo a podermos dizer: 'Eis o poder em nossas mãos! Que irão vocês fazer dele?'"

Enquanto isso, numa das salas do andar superior, trabalhava um personagem de rosto pequeno e grande cabeleira, antigo oficial do exército do Tzar, que se tornara revolucionário e que fora obrigado a emigrar, noutros tempos. Era Antonov Ovseinco, matemático e jogador de xadrez. Estava ocupadíssimo, traçando os planos para a tomada da Capital.

O Governo também se preparava. Enviou, secretamente, ordens chamando alguns dos mais leais regimentos de longínquas regiões a Petrogrado. A artilharia dos *junkers* foi instalada no Palácio de Inverno. As ruas, pela primeira vez desde as jornadas de julho, passaram a ser patrulhadas pelos cossacos. Polcovnicov lançava os cossacos nas ruas, com ordens de reprimir "com mão de ferro" qualquer insubordinação.

Kishkin, ministro da Instrução Pública, o mais odiado do Gabinete, foi nomeado comissário especial da Segurança e da Ordem de Petrogrado. Como ajudantes, escolheu dois indivíduos tão impopulares como ele: Rutenberg e Paltchinsqui. Petrogrado, Cronstadt e a Finlândia foram declaradas em estado de sítio. O jornal burguês *Novoie Vremia* fez o seguinte comentário irônico:

"Qual é o estado de sítio? O Governo não constitui mais um centro de poder. Não tem moral e não possui a organização necessária para usar a força... Nas circunstâncias mais favoráveis, poderá apenas parlamentar com quem estiver disposto. Sua autoridade não vai além disso".

Segunda-feira, dia 5, pela manhã, dirigi-me ao Marinsky Palace para ver o que se passava no Conselho da República. Agitado debate em torno da política externa de Terestchenko. Ecos da questão de Burtzev-Vercovsqui. Todos os diplomatas estavam presentes, com exceção apenas do Embaixador da Itália, que talvez guardasse luto em virtude do desastre de Carso. Quando cheguei, o socialista revolucionário Karelin lia em voz alta um editorial do *Times,* de Londres, que dizia: "Contra o bolchevismo só há um remédio: as balas". E, voltando-se para os *cadetes,* gritou: "Esta é também a vossa opinião".

Resposta na direita: "Muito bem! Muito bem!"

– Sim, sei muito bem que todos os *cadetes* pensam deste modo. Mas, ninguém tem coragem para agir.

Skobeliev, que poderia muito bem ser o ídolo de um público de matinês, com sua cabeleira ondulada e a barba loira, timidamente tentou defender o *nacaz* do *soviete*. Falou em seguida Terestchenko, acolhido pelo grito de "Peça demissão! Peça demissão!", da bancada da esquerda. Desejava que a delegação do Governo e do *Tsique,* de partida para Paris, pensasse do mesmo modo, sem divergências, isto é, como ele. Referiu-se, depois, à restauração da disciplina no exército, à continuação da guerra, até a vitória... Grande tumulto. Diante da tenaz obstrução da esquerda, o Conselho da República passou simplesmente à ordem do dia...

Os bancos dos bolcheviques estavam vazios. Tinham saído, levando consigo a vida do Conselho. Quando descia as escadas, tive a impressão de que, apesar dos debates encarniçados, nenhuma voz real do tempestuoso mundo exterior podia penetrar naquela sala fria e elevada. E pensei comigo que o Governo Provisório ia de novo naufragar nos mesmos escolhos de "guerra e paz", que haviam feito soçobrar o Ministério Miliukov. O porteiro, ajudando-me a vestir o sobretudo, murmurava:

"Não sei o que vai ser desta pobre Rússia. Todos esses mencheviques e outros *iques*!... Essa Ucrânia, essa Finlândia, esses imperialistas alemães, esses imperialistas ingleses!... Tenho quarenta e cinco anos, mas nunca ouvi tanta conversa fiada como aqui..."

No corredor, encontrei-me com o Professor Shatsky, personagem com cara de raposa, trajando elegante casaca. Era membro influente dos *cadetes*. Perguntei-lhe qual sua opinião sobre o golpe de força projetado pelos bolcheviques.

"Bando de canalhas! Não terão coragem. E, se atreverem-se, serão liquidados num abrir e fechar de olhos. Se tal acontecer, ficaremos contentes, porque os bolcheviques serão destroçados completamente e não poderão tomar parte na Assembleia Constituinte. Veja: sou membro de uma comissão que o Governo nomeou para elaborar o projeto da Constituição. Teremos uma Assembleia Legislativa com duas Câmaras, como vocês, nos Estados Unidos. Na Câmara, terão assento os representantes dos distritos. Na Câmara Alta, ou Senado, só tomarão parte os representantes das profissões liberais, dos *zemstvos*, das cooperativas, dos sindicatos."

Saí. Fora, soprava um vento frio e úmido. A lama gelada atravessava-me a sola dos sapatos. Duas companhias de *junkers* desfilavam pela Morscaia, rígidos nos seus capotes. Cantavam em coro, como era costume no tempo do Tzar. Na primeira esquina, verifiquei que a milícia urbana estava montada. Além disso, trazia revólveres e cartucheiras novas. Um pequeno grupo, assombrado, contemplava a transformação. Na esquina da Avenida Nevski, comprei o folheto de Lênin: *Poderão os Bolcheviques Conservar-se no Poder?* Paguei-o com uma estampilha das que estavam, na época, servindo de dinheiro circulante.

Nas calçadas, fileiras de desertores vendiam cigarros e sementes de girassol. Os bondes passavam apinhados de soldados e de civis. Na Avenida Nevski, a multidão disputava os jornais, que acabavam de sair. Centenas de pessoas amontoavam-se em frente às paredes, tentando decifrar inumeráveis manifestos, apelos, proclamações etc., assinados pelos partidos socialistas moderados, pelo *Tsique,* pelos *sovietes* de camponeses, pelos comitês do exército, que, em todos os tons possíveis, aconselhavam, ameaçavam, imploravam, avisavam, pediam aos soldados e operários que se mantivessem calmos e apoiassem o Governo.

Um automóvel blindado ia e vinha, tocando a sirene. Em cada esquina, em cada espaço livre, viam-se grandes grupos de soldados e estudantes discutindo. Anoitecia rapidamente. As luzes iam-se acendendo aos poucos. E a onda humana agitava-se sempre, incansavelmente. Petrogrado tinha o aspecto característico das horas que precedem as grandes tempestades.

A cidade estava nervosa. Sobressaltava-se ao mínimo ruído. Não se via, entretanto, o menor vestígio dos bolcheviques. Os soldados continuavam nos quartéis, os operários, nas fábricas.

Entrei num cinema, nos arredores da Catedral de Cazã. Na tela, projetavam uma fita italiana, com as inevitáveis cenas de amor, sangue e intriga. Nas primeiras filas, alguns soldados e marinheiros, olhando fixamente para a tela, com expressão infantil, sem conseguir compreender a razão de tanta balbúrdia, de tanta violência e de tantos assassínios.

Voltei ao Smolny. Na sala nº 10, do último andar, estava reunido em sessão permanente o Comitê Militar Revolucionário, sob a presidência de um rapazola de dezoito anos chamado Lazimir. Lazimir deteve-se um momento, timidamente, para apertar-me a mão.

"A Fortaleza de Pedro e Paulo acaba de cair em nossas mãos", disse-me, com um sorriso de satisfação.

"Acabamos de receber o comunicado de um regimento que o Governo mandou chamar a Petrogrado. Os soldados, desconfiando de qualquer coisa, pararam o trem em Catchina e nos enviaram uma delegação. 'Que é que há?' – mandaram perguntar. 'Que têm vocês para nos dizer? Nós estamos pela Revolução: *Todo o poder aos sovietes*. E vocês?' O Comitê Militar Revolucionário respondeu ao regimento sublevado nos seguintes termos: 'Irmãos! Recebam nossas saudações, em nome da Revolução. Devem ficar aí até receberem instruções'."

Lazimir informou-me, ainda, que todas as linhas telefônicas estavam cortadas, mas que as comunicações com as fábricas e os quartéis vinham sendo feitas por meio de telefones de campanha.

Verdadeira avalancha de estafetas e de emissários entrava e saía a todo instante. Na porta, uma dúzia de voluntários dispostos a partir para levar mensagens a qualquer bairro distante. Um deles, que parecia cigano, fardado de tenente, disse-me em francês:

– Está tudo pronto. Só falta apertar o botão.

Vi passar Podvoisqui, magro e barbudo, cujo cérebro concebera o plano estratégico da insurreição; depois, passou Antonov, com barba de vários dias, o colarinho da camisa sujo, cabeceando de sono; a seguir, Krylenko, gorducho, com a grande cara de soldado sempre a sorrir, sempre gesticulando violentamente, sempre despejando uma torrente de palavras; veio, então, Dybenko, marinheiro gigante, barbudo, de fisionomia calma. Tais eram os homens do momento e do futuro.

No andar térreo, na sala dos comitês de fábrica, Setatov assinava ordens, autorizando a direção do Arsenal a entregar a cada fábrica cento e cinquenta fuzis.

Encontrei na sala alguns dirigentes bolcheviques de segundo plano. Um deles, de semblante pálido, acariciando o revólver, disse:

– Estamos numa situação tal, num momento tão decisivo, que, ou exterminamos nossos adversários, ou eles nos exterminam.

O Soviete de Petrogrado mantinha-se em sessão contínua dia e noite. Justamente no momento em que entrei na sala, Trotsky terminava um discurso:

"Indagam se temos intenção de fazer uma demonstração de força. Vou responder categoricamente. O Soviete de Petrogrado compreende que, afinal, chegou o momento de todo o poder passar às mãos dos *sovietes*. Não sabemos se, para isso, haverá ou não necessidade de recorrer a uma demonstração armada. Depende dos que se querem opor ao Congresso Panrusso. Achamos que o atual governo está à espera de uma vassourada histórica para deixar o campo livre a outro verdadeiramente popular. Mas, mesmo agora, procuramos evitar conflito. Queremos apenas que o Congresso Panrusso dos Sovietes tome todo o poder e toda a autoridade em nome da liberdade organizada do povo. Se o Governo, porém, tentar aproveitar-se das poucas horas de vida que lhe restam – vinte e quatro, quarenta e oito ou setenta e duas horas – para atacar-nos, nós, então, responderemos com energia e o esmagaremos a ferro e a fogo".

A notícia de que os socialistas revolucionários da esquerda tinham resolvido enviar delegados ao Comitê Revolucionário foi recebida com grande satisfação.

Quando saí do Smolny, às três da madrugada, vi que dois canhões de tiro rápido haviam sido instalados nos dois lados da porta e que fortes patrulhas de soldados guarneciam a entrada e os arredores.

Bill Chatov chegava nesse momento, subindo as escadas de quatro em quatro degraus, a gritar:

– Muito bem! Tudo vai às mil maravilhas! Kerensky mandou os *junkers* ocuparem nossos jornais, o *Soldat* e o *Rabotchi Put*. Mas nossas tropas destruíram todos os planos do Governo. Agora, somos nós que estamos ocupando os jornais burgueses.

Entusiasmado, deu-me uma palmada no ombro e entrou correndo no Smolny.

No dia 6, pela manhã, precisei falar ao censor, que estava instalado no Ministério das Relações Exteriores. Nas paredes, abundavam apelos históricos, dirigidos ao povo, convidando-o a manter-se calmo.

Polcovnicov publicava decretos e ordens deste gênero, uns atrás de outros:

"Ordeno e mando que todas as unidades e destacamentos continuem nos quartéis, esperando as instruções do Estado-Maior Militar do Distrito. Todo oficial que se locomover sem estar autorizado pelas autoridades superiores será sumariamente julgado pelo crime de insubordinação por um Conselho de Guerra. Proíbo, terminantemente, que as tropas obedeçam às ordens procedentes das diferentes organizações".

A imprensa matutina anunciou que o Governo suspendera os jornais *Novaia Rus, Zivoie Slovo, Rabotchi Put* e *Soldat.* Dizia, ainda, que o Governo havia decretado a prisão dos dirigentes do Soviete de Petrogrado e dos membros do Comitê Militar Revolucionário.

Quando atravessei a Praça do Palácio, várias baterias de artilharia dos *junkers* passavam a trote pelo Arco Vermelho e colocavam-se diante do Palácio. No grande edifício vermelho do Estado-Maior, havia um movimento fora do comum. À porta, vários carros blindados estavam postados em fila. A todo o momento, chegavam e partiam automóveis conduzindo oficiais. O censor mostrava-se quase tão excitado como um petiz num circo. Disse-me que Kerensky acabava de pedir demissão do Conselho da República. Saí correndo para o Marinsky Palace. Alcancei ainda o final do famoso discurso de Kerensky, mistura de paixão e de incoerência, no qual procurava justificar-se e acusar os inimigos:

"Vou citar aqui um dos mais característicos tópicos de uma série de artigos publicados no *Rabotchi Put* por

Ulianov Lênin, criminoso de Estado, que se esconde, mas que, mais dias, menos dias, cairá em nossas mãos. Este bandido, nos manifestos intitulados *Cartas aos Camaradas,* convida o proletariado e a guarnição de Petrogrado a repetir a experiência de 16 e 18 de julho, e insiste na necessidade imediata da insurreição. Além disso, outros chefes bolcheviques, nos comícios em que tomaram parte, chamaram também as massas para a insurreição armada. É preciso destacar, particularmente, a atividade do atual presidente do Soviete de Petrogrado, Bronstein Trotsky. É preciso dizer, ainda, que todos os artigos do *Rabotchi Put* e do *Soldat,* tanto pelo estilo como pelas expressões utilizadas, são absolutamente semelhantes aos de *Novaia Rus.* No momento, temos de fazer frente não a um movimento de tal ou qual partido, mas à explosão da ignorância política e dos instintos criminosos de parte da população. Isto é, temos de lutar contra uma espécie de organização, cuja finalidade é provocar, na Rússia, custe o que custar, uma inconsciente revolta para a destruição e a pilhagem. Sim, na Rússia, porque, no estado de espírito atual das massas, qualquer movimento em Petrogrado será acompanhado, inevitavelmente, das mais terríveis matanças. E o nome da Rússia ficará para sempre coberto com um manto de ódio. Conforme o próprio Ulianov Lênin confessa, a atitude da extrema esquerda da social-democracia internacional lhe é favorável".

Em seguida, Kerensky leu o seguinte trecho de um artigo de Lênin:

"É preciso não esquecer que os camaradas alemães só têm Liebknecht. Não possuem jornais, nem liberdade de reunião, nem *sovietes*. Têm contra si a brutal hostilidade de todas as classes sociais. Mas, apesar disso, os camaradas alemães trabalham ativamente. Já organizaram uma sublevação na marinha. Quanto a nós, temos dezenas de jornais, podemos reunir-nos livremente, e a maioria dos *sovietes* é nossa. Somos os proletários internacionalistas que estão, atualmente, na situação mais favorável no mundo inteiro. Nessas condições, podemos deixar de apoiar os revolucionários alemães e suas organizações que lutam pela insurreição?..."

Kerensky prosseguiu:

"Implicitamente, os fomentadores da rebelião reconhecem que, atualmente, existem na Rússia as condições mais favoráveis para a ação livre de um partido político, sob um Governo Provisório, à frente do qual se encontra um usurpador, um homem vendido à burguesia, o presidente Kerensky... Os promotores da insurreição não auxiliam os proletários alemães, mas as classes que governam a Alemanha. Abrem a frente russa ao punho de ferro de Guilherme II e da sua corja. Ao Governo Provisório não interessa verificar se os bolcheviques agem como agentes de Guilherme II de maneira consciente ou inconsciente. Do alto desta tribuna, compreendendo toda a minha responsabilidade, qualifico a ação do Partido Bolchevique como uma traição à pátria, como uma traição à Rússia. Adoto o ponto de vista da direita e proponho, com ela, que se instaure imediatamente um inquérito sumário e se ordene urgentemente as prisões necessárias. (Tumulto na extrema esquerda.) Ouçam!" – gritou com voz forte –, "no momento em que o Estado está em perigo em virtude de uma traição premeditada ou não, o Governo Provisório, e eu em primeiro lugar, preferimos a morte antes de comprometer a vida, a honra e a independência da Rússia!"

Nesse momento, um papel foi entregue a Kerensky, que continuou:

"Acabo de receber a proclamação que eles estão distribuindo aos regimentos. Eis seu conteúdo:

"O Soviete de Deputados Operários e Soldados de Petrogrado está ameaçado. Damos ordens imediatas aos regimentos para se mobilizarem em pé de guerra e esperar novas ordens. Todo atraso na execução dessas ordens será considerado como um ato de traição à Revolução.

"O Comitê Revolucionário Militar; pelo presidente Podvoisky,

       O secretário Antomov."

Kerensky prosseguiu:
"Na realidade, é um atentado para sublevar o populacho contra a ordem estabelecida, para violar a Constituição e facilitar a entrada das tropas de choque da infantaria do Kaiser...

"Digo populacho, intencionalmente, porque há a democracia consciente e seus comitês centrais, e todas as organizações do exército, tudo que a Rússia livre glorifica, o bom senso, a honra e a consciência da grande democracia russa protestam contra este estado de coisas...

"Não vim aqui me lamentar" – continuou Kerensky –, "mas dizer com energia que o Governo Provisório, que neste momento defende a nova liberdade – e a liberdade do novo Estado russo, a quem a História destina um futuro brilhante –, terá por certo o apoio de todos os cidadãos da nossa pátria, com exceção unicamente daqueles que não têm coragem de encarar a verdade frente a frente. O Governo Provisório nunca violou a liberdade e o direito que os cidadãos têm de adotar esta ou aquela convicção política. Mas, agora, o Governo Provisório declara: É preciso exterminar, imediatamente, todos os grupos políticos e partidos que ousarem levantar-se, que ousarem erguer as mãos contra a livre vontade do povo russo, que tentarem romper nossa resistência para dar passagem aos alemães. A população de Petrogrado vai compreender que ainda há na Rússia um poder resoluto, firme, disposto a tudo para salvar a pátria ameaçada. É possível que, à última hora, o bom senso, a consciência e a honra se avivem nos corações daqueles em que não se extinguiram..."

Na sala, durante este discurso, por várias vezes se levantaram clamores de ensurdecer. Quando o presidente do Conselho desceu da tribuna, pálido, coberto de suor, e saiu entre a escolta de oficiais, os oradores da esquerda começaram a atacar a direita no meio dos protestos, da indignação e do furor geral da assistência. Os próprios socialistas revolucionários, por intermédio de Gotz, fizeram coro com a direita:

– Os bolcheviques estão fazendo uma política demagógica e criminosa. Exploram o descontentamento do *populacho*. Mas é preciso reconhecer, abertamente, que certo número de reivindicações populares não foram até agora satisfeitas. Os problemas da paz, da terra, da democratização do exército, foram tratados de maneira tal pelo Governo que nenhum soldado, nenhum camponês, nenhum operário acredita que o Governo esteja seriamente disposto a resolvê-los. Nós, mencheviques, não queremos provocar uma crise de Gabinete. Estamos dispostos a defender o Governo com todas as nossas forças, até a última gota do nosso sangue. Mas é necessário que o Governo Provisório faça declarações precisas sobre os tão palpitantes problemas, que o povo há tanto tempo espera...

Em seguida, Martov declarou violentamente:

– As palavras do presidente do Conselho são inadmissíveis. Ele empregou o termo *populacho*, referindo-se a uma importante parte do proletariado e do exército. Mesmo que o movimento presente siga orientação falsa, tais palavras significam verdadeira excitação à guerra civil!

A ordem do dia proposta pela esquerda foi posta em votação. Na prática, equivalia a um voto de desconfiança:

I. "A demonstração armada, que vem sendo preparada há alguns dias, visando a um golpe de Estado, ameaça provocar a guerra civil. Cria um estado de coisas favorável aos *pogroms* e à mobilização das forças contrarrevolucionárias como os *Cem Negros*. Ademais, abre perspectivas para a impossibilidade de reunir a Assembleia Constituinte, para uma nova catástrofe militar, para o fracasso da Revolução, para a paralisação da vida econômica e o desmoronamento total do país.

II. A agitação nesse sentido tem obtido êxitos, não só em virtude das condições objetivas do estado de guerra em que nos encontramos, como, principalmente, em virtude do atraso verificado na solução de alguns problemas urgentes. É, portanto, necessário, antes de mais nada, entregar a terra aos comitês agrários e adotar uma política externa enérgica, capaz de obrigar os Aliados a ouvir nossas propostas de paz, proclamar as suas e iniciar as negociações.

III. É necessário tomar providências imediatas, a fim de interromper a propagação da onda de anarquia e de agitação *pogromista*. A criação imediata, em Petrogrado, de um comitê de segurança pública, formado por delegados da municipalidade e dos órgãos da democracia revolucionária, atuando conjuntamente com o Governo Provisório, torna-se uma providência inadiável."

É interessante assinalar que os mencheviques e os socialistas revolucionários aprovaram essa resolução por unanimidade. Kerensky chamou, então, Avksentiev ao Palácio de Inverno para pedir-lhe explicações. Se a resolução aprovada correspondia a um voto de desconfiança ao Governo, estava disposto a convidar Avksentiev a formar novo gabinete. Dan, Gotz e Avksentiev, chefes dos "conciliadores", tentaram uma última "conciliação". Disseram que a resolução de modo algum significava uma crítica ao Governo.

Na esquina da Morscaia e da Nevski, destacamentos de soldados, de baioneta calada, faziam parar todos os automóveis particulares, obrigavam os passageiros a descer e enviavam os carros para o Palácio de Inverno. Enorme multidão acompanhava curiosamente os movimentos dos soldados. Ninguém sabia se agiam em nome do Governo ou em nome do Comitê Militar Revolucionário.

Nas imediações da Catedral de Cazã, passava-se a mesma coisa: todos os carros eram detidos pelos soldados, e faziam meia volta. Cinco ou seis marinheiros, armados de fuzis, riam, cheios de coragem. Nas fitas de seus gorros liam-se os nomes *Avrora* (Aurora) e *Zaria Svobodi* (Alvorada da Liberdade), os dois encouraçados bolcheviques do Báltico. "Cronstadt já está a caminho", disse um deles. Era o mesmo que dizer-se, em 1792, nas ruas de Paris: "Os marselheses já estão a caminho". Porque, em Cronstadt, havia vinte e cinco mil marinheiros, bolcheviques até a medula dos ossos, que não temiam a morte.

Acabava de aparecer o *Rabotchi i Soldat*. Uma proclamação monumental ocupava a primeira página:

"SOLDADOS! OPERÁRIOS! CIDADÃOS!

"Os inimigos do povo passaram esta noite à ofensiva.

"Os *kornilovistas* do Estado-Maior estão fazendo vir dos subúrbios os *junkers* e os batalhões de voluntários. Os *junkers* de Oranienbaum e os voluntários de Csarscoié-Selo recusaram-se a marchar. Prepara-se um golpe de alta traição contra o Soviete de Petrogrado. Trama-se uma conspiração contrarrevolucionária contra o Congresso Panrusso dos Sovietes nas vésperas da sua abertura, contra a Assembleia Constituinte e contra o povo.

"O Soviete de Petrogrado foi encarregado de defender a Revolução. O Comitê Militar Revolucionário incumbiu-se da missão de repelir o ataque dos conspiradores. Todo o proletariado e toda a guarnição de Petrogrado estão prontos para dar aos inimigos do povo a resposta que merecem.

"O Comitê Militar Revolucionário decreta:

"I. Todos os comitês de regimentos, companhias e unidades navais, bem como os comissários do *soviete* e todas as organizações revolucionárias, permanecerão de prontidão a fim de receberem as informações concernentes aos propósitos e manejos dos conspiradores.

"II. Nenhum soldado poderá abandonar sua unidade sem autorização do Comitê.

"III. Cada unidade militar deve enviar imediatamente

dois delegados ao Smolny e cada *soviete* de distrito, cinco delegados.

"IV. Todos os membros do Soviete de Petrogrado e todos os delegados ao Congresso Panrusso dos Sovietes são convocados, imediatamente, a reunir-se num comício extraordinário no Smolny.

"A contrarrevolução, criminosamente, levantou sua cabeça.

"Um grande perigo ameaça aniquilar todas as conquistas e as esperanças dos soldados e dos trabalhadores, mas as forças da Revolução excedem de muito a dos seus inimigos.

"A causa do povo acha-se em mãos fortes. Os conspiradores serão aniquilados.

"Nada de vacilações nem de dúvidas!

"Firmeza, disciplina, tenacidade e coragem!

"Viva a Revolução!

"O Comitê Militar Revolucionário."

O Soviete de Petrogrado estava reunido em sessão permanente no Smolny, o coração da tormenta. Os delegados deitavam-se no chão para repousar um pouco, pois caíam de sono. Em seguida, levantavam-se para tomar parte nos debates. Trotsky, Kamenev, Volodarsky falavam seis, oito, doze horas por dia.

Desci ao primeiro andar e dirigi-me à sala 18, onde os delegados bolcheviques realizavam uma reunião partidária. Ouvi uma voz forte, falando sem descanso. Mas a multidão, na minha frente, não me deixava ver quem falava:

"Os 'conciliadores' dizem que estamos isolados. É preciso não lhes dar importância às palavras. Assim que começarmos as operações, não terão outro remédio senão acompanhar-nos. Em caso contrário, as massas que ainda os acompanham virão conosco e eles ficarão sozinhos".

Vi, nesse momento, que o orador agitava na mão uma folha de papel:

"Já nos acompanham", continuou. "Eis aqui uma mensagem dos socialistas revolucionários e dos mencheviques. Dizem que não concordam com nossa ação. Mas, na hipótese de o Governo nos atacar, não combaterão contra a causa do proletariado".

Os ouvintes não podiam ocultar a alegria que experimentavam diante dessas palavras. Ao cair da tarde, a grande sala de sessões ficou cheia de soldados e de operários, formando imensa massa sombria da qual se desprendiam nuvens de fumaça azul e se elevava um murmúrio profundo.

O antigo *Tsique* resolveu, finalmente, receber os delegados do novo Congresso. Isto significava não só a própria queda do *Tsique*, como a derrocada da ordem revolucionária por ele instaurada. Nessa sessão, entretanto, apenas os membros do antigo *Tsique* tiveram direito a voto.

Só depois da meia-noite, Gotz abriu a sessão. Dan levantou-se em meio de um silêncio impressionante, que me pareceu cheio de ameaças.

"As horas que vivemos" – disse –, "adquiriram um significado bem trágico. O inimigo está às portas de Petrogrado. As forças da democracia estão se organizando para combatê-lo. Mas há também o perigo de um derramamento de sangue na Capital. E a fome ameaça destruir não só nosso Governo homogêneo, como a própria Revolução. As massas estão debilitadas, esgotadas. Já começam a afastar-se da senda revolucionária. Se os bolcheviques, apesar de tudo, quiserem sublevar-se, pode-se dizer que a Revolução fracassou... (*Gritos:* 'É mentira!') Os contrarrevolucionários estão aguardando a ação dos bolcheviques para iniciar a matança. Se os bolcheviques derem um golpe de força, não haverá Assembleia Constituinte. (*Gritos:* 'Mistificador! É uma vergonha!') É inteiramente inadmissível que, na zona de operações militares, a guarnição de Petrogrado se recuse a executar as ordens do Estado-Maior e do *Tsique,* que vocês mesmos elegeram. Conceder todo o poder aos *sovietes*? Será a morte! Os bandidos e os ladrões só desejam isso para iniciar os incêndios e os saques. Quando se lançam palavras de ordem dessa espécie: 'Invadam as casas! Apoderem-se das roupas e dos calçados da burguesia!'. (*Tumulto, gritos:* 'Ninguém lançou tais palavras de ordem! Mentiroso! Cínico!') Bem, seja. É possível que as coisas não se deem assim, no começo. Mas, no fim, é inevitável! O *Tsique* dispõe de plenos poderes. Deve ser obedecido! Não temos medo das baionetas. Defenderemos a Revolução! Ninguém conseguirá tocar na Revolução, antes de passar por cima dos nossos corpos."

Alguém gritou:

– Esses corpos há muito tempo já são cadáveres!

No meio de grande tumulto, Dan respondeu, com voz estridente, dando violentos socos na mesa:

– Os que assim falam são criminosos!

Uma voz respondeu:

– Criminoso é você, que tomou o poder para entregá-lo à burguesia!

Gotz, agitando nervosamente a campainha:

– Silêncio! Do contrário, mando evacuar a sala!

Uma voz:

– Experimente, se for capaz! *(Assuadas, assobios, risos.)*

– Passemos à nossa política sobre a paz. *(Risos.)* Desgraçadamente, a Rússia não poderá continuar muito tempo em guerra. Vamos, pois, fazer a paz, mas não uma paz permanente, não a paz democrática... Hoje, no Conselho da República, votamos uma resolução, a fim de evitar derramamento de sangue, pedindo a entrega da terra aos comitês agrários e as negociações imediatas de paz... (*Risos e gritos:* "Muito tarde!")

Trotsky, sob uma onda de aplausos, subiu à tribuna. A sala inteira o saudou, erguendo-se numa tempestade de aclamações.

Com fina ironia, começou:

"A tática de Dan mostra, de maneira clara, que as massas, essas grandes massas passivas e indiferentes, estão completamente do seu lado. *(Estrepitosa gargalhada geral.)* Em seguida, voltando-se para o presidente, prosseguiu, em tom dramático: Quando propusemos a entrega da terra aos camponeses, vocês foram contra. Nós, então, dissemos aos camponeses: 'Tomem a terra, por sua própria iniciativa. Não esperem por coisa alguma nem por ninguém'. Os camponeses seguiram o nosso conselho. Hoje, vocês estão propondo o que já fizemos há mais de seis meses... Não acredito que Kerensky tivesse abolido a lei marcial e a pena de morte por motivos de ordem idealística ou sentimental. Ninguém ignora que a guarnição de Petrogrado, não lhe cumprindo as ordens, obrigou-o a retroceder e a voltar à realidade. Hoje, Dan está sendo acusado de haver feito, no Conselho da República, um vergonhoso discurso, de caráter nitidamente bolchevique. Não ficarei admirado se um dia Dan chegar a dizer que a fina flor da Revolução tomou parte na sublevação de 16 e de 17 de julho... Na resolução que Dan apresentou hoje ao Conselho da República não há uma palavra sobre o estabelecimento da disciplina no exército. Entretanto, isto faz parte do programa do seu partido... A história destes últimos meses mostra-nos que as massas já abandonaram os mencheviques. Os mencheviques e os socialistas revolucionários venceram os *cadetes*. Mas, quando tomaram o poder, deixaram-no praticamente nas mãos dos *cadetes*... Dan acaba de dizer que as massas não têm o direito de se sublevar. Mas a insurreição é um direito de todos os revolucionários! Quando as massas oprimidas se rebelam, elas estão fazendo uso de um direito seu".

Falou em seguida Lieber. A sua fisionomia e a sua língua venenosa provocaram risos e murmúrios:

"Engels e Marx sempre disseram que proletariado não tem o direito de conquistar o poder, antes de se achar preparado para isso. Numa revolução burguesa como a atual,... a conquista do poder pelas massas será o fim trágico da Revolução. Trotsky é um teórico da social-democracia. Não pode, portanto, pensar o que diz agora". (*Gritos*: "Basta!" "Basta!" "Rua com ele!") Martov foi também constantemente interrompido:

"Os internacionalistas como nós não se opõem à passagem do poder para as mãos da democracia. Condenamos, apenas, os métodos dos bolcheviques. Ainda não chegou o momento de tomar o poder..."

Dan subiu novamente à tribuna para protestar violentamente contra os atos do Comitê Militar Revolucionário, que estava censurando, por meio de um comissário, o jornal *Izvestia*. Suas palavras provocaram desordem e tumulto na assembleia. Martov tentou falar, mas não conseguiu. Por toda parte, levantavam-se delegados do exército e da frota do Báltico, gritando que o *seu* governo eram os *sovietes*!

No meio de confusão indescritível, Ehrlich apresentou uma moção aconselhando calma aos operários e aos soldados, convidando-os a não responder às provocações, reconhecendo a necessidade da criação imediata de um comitê de segurança pública, reclamando do Governo Provisório os decretos sobre a entrega da terra aos camponeses e o início das negociações de paz.

Volodarsky precipitou-se e declarou brutalmente que o *Tsique* não tinha o direito, na véspera do Congresso dos Sovietes, de usurpar as funções deste.

"Na realidade" – disse –, "o *Tsique* já deixou de existir. Esta resolução é simplesmente uma manobra de seus membros para recuperar o poder. Nós, bolcheviques, não tomaremos parte na votação desta resolução."

Depois dessas palavras, os bolcheviques retiraram-se da sala e a resolução foi aprovada.

Pelas quatro horas da madrugada, encontrei-me com Zorim no vestíbulo, de fuzil ao ombro.

– Tudo vai bem – disse-me, tranquilo e satisfeito. – Deitamos as mãos no suplente do ministro da Justiça e no ministro de Cultos. Esses dois já estão na cadeia. Seguiu um regimento para tomar a Central Telefônica; outro tomará a Agência Telegráfica, e um terceiro, o Banco do Estado. O Exército Vermelho está pronto para a ação.

Nas grades do Smolny, expostos ao frio da noite, vi, pela primeira vez, a Guarda Vermelha. Era um grupo de jovens, com roupas de operários, armados de fuzis com baionetas caladas. Conversavam nervosamente, trocando impressões entre si.

Do Oeste, por cima dos telhados das casas, chegava aos meus ouvidos o crepitar da fuzilaria. Eram os marinheiros de Cronstadt que pretendiam fechar as pontes do Neva, que os *junkers* queriam conservar a todo transe abertas para impedir que os obreiros das fábricas e os operários do bairro de Viborg se unissem às forças soviéticas do centro da cidade.*

Atrás de mim, o imenso Smolny, profusamente iluminado, zumbia como uma gigantesca colmeia.

---

* Trata-se de pontes giratórias, para permitir a passagem de embarcações maiores pelo rio.

CAPÍTULO IV

A QUEDA DO GOVERNO PROVISÓRIO

Na quarta-feira, dia 7 de novembro, levantei-me muito tarde. A Fortaleza de Pedro e Paulo dava o tiro do meio-dia quando eu descia pela Avenida Nevski. Fazia um frio úmido e irritante. As portas do Banco do Estado estavam fechadas e guardadas por soldados com baionetas caladas.

"De que lado estão vocês?", perguntei. "Do Governo?"

"Já não há mais Governo, *Slava Bogou*!" (Graças a Deus), respondeu um deles, com uma risada.

Foi tudo o que consegui saber. Os bondes passavam correndo pela Avenida Nevski, com homens, mulheres e crianças pendurados nos balaústres. As lojas estavam abertas e a multidão na rua parecia menos alarmada do que no dia anterior. A noite fizera nascer pelas paredes nova floração de apelos aos camponeses, aos soldados que combatiam nas trincheiras e aos operários de Petrogrado, condenando a insurreição.

Eis o que dizia um desses cartazes:

"A DUMA MUNICIPAL DE PETROGRADO

"Informa aos cidadãos que, em sessão extraordinária, a 6 de novembro, foi criado um comitê de segurança pública, composto de membros da Duma Central e das dumas dos distritos e representantes das seguintes organizações revolucionárias democráticas: *Tsique,* Comitê Executivo Panrusso dos Deputados Camponeses, organizações do exército, *Tsentroflot,* Soviete de Deputados Operários e Camponeses de Petrogrado(!), sindicatos etc.

"Os membros em serviço do Comitê de Segurança Pública estarão reunidos, em sessão permanente, no edifício da Duma Municipal. Telefones: 15-40, 223-77, 130-36.

"7 de novembro de 1917."

Naquele momento, não compreendi que esse apelo era uma declaração de guerra da Duma contra os bolcheviques.

Comprei um número do *Rabotchi Put,* único jornal que estava à venda. Pouco depois, um soldado cedeu-me, por 50 copeques, o seu número do *Dien.* O órgão dos bolcheviques, em grande formato, fora impresso nas oficinas do *Ruscaia Volia,* jornal reacionário. No alto, o *Dien* trazia em letras garrafais os seguintes dizeres: *Todo o Poder aos Sovietes de Operários, Soldados e Camponeses! Paz, Pão e Terra!* O artigo era assinado por Zinoviev, companheiro de esconderijo de Lênin. Começava assim:

"Todo operário, todo soldado, todo verdadeiro socialista, todo democrata sincero e honesto compreende que a situação atual nos colocou perante um dilema:

"Ou o poder continuará nas mãos da camarilha de burgueses e grandes proprietários de terra, e, nesse caso, os operários, os soldados e os camponeses só poderão esperar do Governo as mais terríveis perseguições e repressões, a continuação da guerra, a fome e a morte, ou o poder passará às mãos dos operários, dos soldados e dos camponeses revolucionários, e, assim, a tirania dos grandes proprietários de terras será para sempre abolida, os capitalistas serão rapidamente aniquilados e o novo governo cuidará logo de propor as condições para a assinatura de uma paz verdadeiramente justa. Deste modo, os camponeses terão garantida a posse da terra, e os operários, o controle da indústria; os famintos terão pão, e a criminosa e estúpida carnificina terminará."

O *Dien* publicava ainda algumas notícias fragmentárias a respeito daquela noite agitada: os bolcheviques haviam ocupado a Central Telefônica, a Estação Báltica, a Agência Telegráfica; os *junkers* de Peterhof não podiam mais vir até Petrogrado; os cossacos continuavam indecisos; alguns ministros tinham sido presos e o Chefe da Milícia Municipal, Meyer, fuzilado; por toda parte, prisões, libertações de presos, escaramuças entre patrulhas de soldados, *junkers* e guardas vermelhos.

Numa esquina da Morscaia, encontrei-me com o capitão Gomberg, menchevique, secretário da Seção Militar do seu partido. Perguntei-lhe se a insurreição já começara. Encolheu os ombros e, demonstrando cansaço, respondeu-me:

"*Tchort znalet!* O diabo o sabe! Os bolcheviques são, talvez, capazes de assaltar o poder; mas não poderão conservá-lo por mais de três dias. Não possuem estadistas. Na minha opinião, é melhor mesmo que se aventurem. Para eles, isso será o fim..."

O Hotel Militar, num dos cantos da Praça de Santo Isaac, estava cercado por um pelotão de marinheiros armados. Numerosos oficiais, moços e elegantes, passeavam no vestíbulo, conversando em voz baixa. Os marinheiros não consentiam que saíssem.

De repente, ouviu-se um tiro na rua, logo acompanhado de uma descarga. Saí correndo. Perto do Palácio Maria, onde estava reunido em sessão o Conselho da República, acontecia alguma coisa de anormal. Através da grande praça, de forma diagonal, estendia-se uma linha de soldados com os olhos fixos no telhado do hotel, dispostos a fazer fogo.

"*Provocatsia!* Dispararam contra nós!", gritou um deles, enquanto os demais se precipitavam para a porta.

No ângulo oeste do Palácio estacionava um grande automóvel blindado, sobre o qual flutuava ao vento uma

bandeira vermelha com uma inscrição recente: S.R.S.D.*
(Soviete dos Deputados Operários e Soldados.). Seus
canhões estavam apontados para Santo Isaac. Logo no
começo da Novaia Oulitsa (Rua Nova) haviam levantado
uma barricada com caixas, tonéis, móveis velhos e um
vagão. A entrada do cais da Moica estava atravancada
com grande pilha de madeira.

– Vai haver combate? – perguntei.

– Não pode demorar – respondeu nervosamente um soldado.

– Vá embora, companheiro, senão pode ser ferido.
Eles vão chegar por ali – acrescentou, apontando o Almirantado.

– Quem é que vem?

– Ah! Isso, irmão, para dizer a verdade, não sei ao certo.
E cuspiu.

Diante do Palácio, aglomerava-se uma multidão de
soldados e marinheiros. Um dos marinheiros contava como
terminou a sessão do Conselho da República:

– Chegamos e tomamos conta de todas as portas. Então, dirigi-me ao "kornilovista" contrarrevolucionário que
estava na cadeira da presidência e disse-lhe: "O Conselho
não existe mais. Levante-se e vá para casa".

Todos riram. Depois de exibir os papéis, consegui
chegar à porta da galeria de imprensa. Um marinheiro
gigantesco deteve-me, sorrindo, e ao ver que lhe mostrava
meu salvo-conduto, disse-me:

– Mesmo que você fosse o próprio São Miguel, não
passaria, camarada.

Através dos vidros da porta, via-se o rosto convulsionado de um correspondente dos jornais franceses que, não
podendo sair dali, com certeza protestava, pois gesticulava
desesperadamente. Pouco além, um homenzinho fardado
de general, com um bigodinho grisalho no meio de um
grupo de soldados, estava rubro de cólera.

---

* *Soviet Rabotchique Soldatsquique Deputatov,* em russo.

– Sou o general Alexiev – gritava. – Como superior de vocês e como membro do Conselho da República, exijo que me deixem passar.

A sentinela coçou a cabeça, desviando o olhar para ocultar o embaraço. Depois, chamou um oficial, que também ficou todo atrapalhado, quando soube de quem se tratava. E, sem perceber bem o que fazia, perfilou-se:

– Vashe Vuisokoprevoskhoditelstvo (Excelência) – balbuciou, empregando involuntariamente a fórmula do velho regime –, a entrada no Palácio foi terminantemente proibida. Não tenho o direito.

Chegou um automóvel no qual reconheci Gotz, que parecia rir gostosamente. Alguns minutos depois, outro automóvel ocupado por soldados armados, que conduziam, presos, os membros do Governo Provisório. Justamente nesse momento, Peters, um letão, membro do Comitê Militar Revolucionário, atravessou a praça a correr:

– Julguei – disse eu –, que desde ontem à noite esses senhores já tinham sido postos em lugar seguro.

– Oh! – respondeu-me com um gesto de contrariedade –, os imbecis deixaram sair quase todos, antes que pudéssemos intervir.

Ao longo da Avenida Voskresensky, postavam-se marinheiros. Ao longe, só se viam soldados marchando.

Dirigi-me, então, para o Palácio de Inverno, seguindo a Admiralteisky. Todas as entradas da Praça do Palácio estavam guardadas por sentinelas. A Oeste, um cordão de tropas continha a multidão agitada. Na praça, a não ser alguns soldados transportando pedaços de madeira do pátio para a porta principal, tudo o mais permanecia tranquilo. Impossível saber se as sentinelas eram a favor do Governo, ou dos *sovietes*. Os papéis que obtivera no Smolny não serviam para nada. Resolvi, então, dar um golpe de audácia. Avancei com ar importante até a fileira de guardas e, exibindo meu passaporte norte-americano, disse em tom enérgico: "Serviço oficial", e consegui passar. No saguão do Palácio, os mesmos porteiros de sempre, que gentilmente me desembaraçaram do chapéu e do capote. Subi. No corredor, sombrio e lúgubre, despojado de seus tapetes, passavam criados sem saber o que fazer. Diante da porta de Kerensky, estava um oficial ainda jovem, mordendo o bigode nervosamente. Indaguei se era possível entrevistar o presidente do Conselho. Juntou os calcanhares, inclinou-se e respondeu-me em francês:

– Sinto muito, mas não é possível. Alexandre Fiodorovitch está muito ocupado neste momento...

Depois, examinando-me, acrescentou:

– Na verdade, agora não está aqui.

– Onde poderei encontrá-lo?

– Partiu para a frente de combate... E, como seu automóvel estava sem gasolina, fomos obrigados a pedi-la emprestada no Hospital Inglês...

– E os ministros?

– Estão reunidos em sessão, mas não sei exatamente em que sala.

– Saberá dizer-me se é verdade que os bolcheviques vêm para cá?

– Sem dúvida. Não devem tardar. Espero, de um momento para outro, um telefonema anunciando sua chegada. Mas estamos preparados. Os *junkers* estão no Palácio. Ali atrás daquela porta.

– Pode-se entrar?

– Não, impossível. É proibido.

Apertou-me as mãos, precipitadamente, e afastou-se. Dirigi-me à porta proibida, aberta num tabique improvisado, que dividia o corredor ao meio. Estava fechada. No outro lado, ouviam-se vozes e alguém ria. Único ruído no Palácio; no mais, era tudo silêncio de túmulo.

Aproximou-se um velho porteiro:

– *Barine**, é proibida a entrada.

– Por que esta porta está fechada a chave?

---

* Senhor, *Sir*.

– Para os soldados não saírem.

Após alguns minutos, afastou-se, dizendo que ia tomar uma xícara de chá. Dei volta à chave e abri a porta. Os soldados viram-me entrar, mas nada disseram.

No fim do corredor, encontrei uma vasta sala, com cornijas douradas e enfeitada com enormes candelabros de cristal. Logo adiante, havia uma série de salas menores, sobriamente decoradas. Ao longo do corredor, junto às paredes, de ambos os lados, alinhavam-se mantas e colchões sujos, sobre os quais alguns soldados se estendiam. O chão estava recoberto por verdadeira camada de pontas de cigarro, pedaços de pão, roupas, garrafas vazias, com rótulos indicando bebidas francesas. Os soldados, com os distintivos vermelhos das escolas militares dos *junkers*, andavam de um lado para outro, envoltos em pesada atmosfera, carregada de fumo e recendendo a suor. Um *junker* tinha na mão uma garrafa de Borgonha, naturalmente subtraída da adega do Palácio. Todos se mostravam admirados de ver-me ali. Cheguei, afinal, a outra série de grandes e luxuosos salões. As janelas muito altas davam para a praça. Nas paredes, em molduras douradas e maciças, viam-se quadros representando cenas históricas: "12 de outubro de 1812", "6 de novembro de 1812", "16-28 de agosto de 1813". Um deles tinha um buraco na parte de cima, ao lado direito.

Esses salões estavam transformados num imenso quartel há várias semanas. Era o que se podia concluir pelo aspecto do soalho e das paredes. Ao pé das janelas, metralhadoras. No chão, entre os colchões, amontoavam-se feixes de fuzis.

Eu e meus colegas olhávamos os quadros, quando senti junto a mim um hálito cheirando a álcool. Quase ao mesmo tempo, uma voz grossa disse bem perto de nós, num francês detestável:

– Pela maneira de olharem os quadros, vejo que os senhores são estrangeiros.

Voltamo-nos. Estava ao nosso lado um homenzinho baixo, cheio de corpo e calvo, que nos cumprimentava:

– São norte-americanos? Estou encantado. Sou o capitão do Estado-Maior, Wladimir Artsibachev, à disposição dos senhores...

Não parecia estranhar que quatro estranhos, e entre eles uma mulher, tivessem conseguido atravessar as linhas do exército, que se preparava para repelir um ataque. Começou a lamentar a situação da Rússia:

– Ah!... Não são só os bolcheviques! Se pelos menos as belas tradições do exército russo não fossem tão desprezadas! Vejam os senhores os alunos das escolas militares, os futuros oficiais do nosso exército. São por acaso *gentlemen*? Kerensky abriu as portas aos inferiores, a qualquer soldado capaz de passar num exame. É natural que muitos, muitos mesmo, estejam contaminados pelas ideias revolucionárias...

E, passando bruscamente a outro assunto:

– Tenho vontade de sair da Rússia. Estou disposto a entrar para o exército norte-americano. Os senhores serão capazes de ajudar-me? Se falassem com o cônsul talvez tudo se arranjasse... Vou dar-lhes o meu endereço.

Apesar de nos desculparmos, escreveu o endereço num pedaço de papel. Pareceu, depois disso, sentir-se melhor. Guardei o endereço que nos deu. "Segunda Escola Militar de Oraniembaum. Velho Peterhof."*

– Hoje de manhã, passamos em revista as tropas, continuou, guiando-nos pelas salas e dando-nos explicações. O Batalhão Feminino resolveu continuar fiel ao Governo.

– As mulheres-soldados estão no Palácio?

– Sim, mas nas salas de trás, para não sofrerem nada em caso de combate.

– É uma grande responsabilidade.

Ficamos algum tempo junto a uma janela contemplando três companhias de *junkers* que, vestindo

---

* Em russo no original. (N.T.)

compridos capotes, estavam formadas diante do Palácio. Um oficial de grande estatura, ar enérgico, discursava. Reconheci nele Stanquievitch, comissário militar em chefe do Governo Provisório. Passados alguns minutos, duas companhias levaram as armas aos ombros. Deram três vivas, atravessaram a praça e desapareceram por trás do Arco Vermelho, marchando em direção à pacífica cidade.

– Vão ocupar a Central Telefônica – disse alguém.

Começamos a conversar com três cadetes. Disseram-nos que acabavam de ingressar na Escola Militar. Antes, eram inferiores. Deram seus nomes. Roberto Olev, Alejo Vassilenco e Erni Sacha. Este último, estoniano. Não sentiam mais, naquele momento, a antiga vontade de ser oficiais, porque estes eram muito impopulares. Pareciam não saber que atitude adotar. Mostravam-se indecisos e desgostosos.

Apesar disso, não deixaram de dizer em tom fanfarrão:

– Se os bolcheviques vierem, nós lhes mostraremos como se combate. São uns patrões. Têm medo de lutar. Mas, se porventura formos vencidos, cada um de nós guardará uma bala para si mesmo...

Justamente nesse instante crepitou um tiroteio bem perto. Na praça, uns fugiam, outros se deitavam no chão.

Os *isvoztchiques**voltaram aos pontos. As pessoas começaram a levantar-se. Os *junkers* desembocaram pelo Arco Vermelho. Não vinham mais em marcha cadenciada. E um deles era carregado por dois companheiros.

A tarde caía. O grande semicírculo dos edifícios das repartições do Governo parecia deserto. Fomos cear no Hotel de França. Não tínhamos ainda acabado de tomar a sopa, quando o chefe dos garçons chegou, muito pálido, convidando-nos a passar para o salão dos fundos porque iam apagar as luzes do café.

---

* *Isvoztchiques*. Cocheiros típicos de carros de praça. (N.T.)

– Vai haver "barulho" – disse.

Quando saímos, a Morscaia estava completamente às escuras. Só no fim da Avenida Nevski é que havia uma pequena claridade. Via-se aí um grande automóvel blindado, com o motor em movimento e soltando espessa fumaça escura. Um menino, trepado no para-lama, olhava para dentro do cano da metralhadora. Em torno do automóvel, um grupo de soldados parecia esperar qualquer coisa.

Voltamos para o Arco Vermelho, onde outro grupo de soldados discutia, acaloradamente, olhando de vez em quando para a fachada brilhantemente iluminada do Palácio de Inverno.

– Não, camaradas – dizia um deles –, não podemos atirar. O Batalhão das Mulheres está lá dentro. Vão depois dizer que atiramos contra mulheres russas.

Quando dobramos a Avenida Nevski, outro carro de assalto aproximou-se da esquina. Um homem levantou a cabeça, no alto da torre, e gritou:

– Para a frente! Chegou o momento de atacar.

O motorista do primeiro carro aproximou-se e gritou bem alto, a fim de dominar com a voz o ruído do motor:

– O Comitê mandou-nos esperar. Colocaram a artilharia por trás de uma trincheira de madeira, lá embaixo.

Os bondes não trafegavam mais. As ruas estavam desertas e as luzes, apagadas. Mas, pouco adiante, víamos os bondes passando, a multidão, as fachadas das casas iluminadas, os anúncios luminosos na fachada dos cinemas. A vida continuava, como de costume. Tínhamos conosco entradas para o bailado do Teatro Maria. Aliás, todos os teatros davam espetáculo. Mas o espetáculo de fora era muito mais interessante.

Tropeçamos, na escuridão, com os montões de madeira que fechavam a Ponte da Polícia. Alguns soldados assentaram uma peça de três polegadas, pronta para disparar, defronte do Palácio Stroganof. Grupos de homens, com uniformes diferentes, iam e vinham, sem saber que rumo tomar, discutindo ininterruptamente. Tinha-se a impressão de que toda a cidade viera passear na Avenida Nevski. Em cada esquina, uma multidão discutia acaloradamente. Em cada cruzamento, piquetes de dez ou mais soldados montava guarda. Homens já velhos, envolvidos em luxuosos capotes de peles, rubros de cólera, levantavam os punhos fechados para os soldados, numa ameaça impotente. Mulheres elegantes injuriavam a tropa. Os soldados respondiam delicadamente, atrapalhados, confusos...

Os carros blindados subiam e desciam as ruas, trazendo, ao lado dos nomes dos primeiros tzares – Oleg, Rurique, Sviatoslav –, grandes iniciais, em vermelho, do Partido Operário Social-Democrata Russo: R.S.D.R.P.*

Na Avenida Mikhailovsky, um homem, que levava debaixo do braço um volumoso maço de jornais, foi assaltado pela multidão que, com frenesi, disputava as folhas, arrancando-as violentamente, como um bando de lobos famintos sobre uma presa. Houve quem oferecesse um rublo, cinco rublos, dez rublos por um exemplar. Era o *Rabotchi i Soldat* anunciando a vitória da Revolução Proletária e a libertação de todos os bolcheviques que ainda estavam presos. O jornal pedia o auxílio dos exércitos da frente e da retaguarda. Era um jornal ardente, impresso em caracteres enormes, sem qualquer notícia.

Na esquina da Avenida Sadovaia reuniam-se mais ou menos umas duzentas pessoas, olhando para o telhado de um alto edifício, onde uma centelha brilhava e logo se extinguia.

– Olhem! – disse um camponês alto, apontando para o telhado. – É um provocador. É capaz de atirar no povo...

Tinha-se a impressão de que ninguém pensava em ir investigar.

Chegamos ao Smolny, cuja fachada maciça estava toda iluminada. Das ruas mergulhadas na escuridão che-

---

* *Rossiscaia Sotsial-Demochaeetchescaia Rabotchaia Partia,* em russo. (N.T.)

gavam sombras de forma imprecisa, movendo-se com precipitação. Passavam automóveis e motocicletas. Um enorme automóvel blindado, cor de elefante, avançava, buzinando, com duas bandeiras vermelhas nas portinholas. Fazia frio. Os soldados vermelhos tinham acendido uma fogueira ao lado da grade. Na parte de dentro, à luz do fogo, as sentinelas deciframram com dificuldade nossos passaportes e nos examinaram. Os canhões e as metralhadoras, postadas aos dois lados da entrada, estavam à mostra. As fitas de balas pendiam das culatras como serpentes metálicas. Alguns autos blindados, com os motores em movimento, formavam em fileira, no pátio, debaixo das árvores. Os longos corredores, sem nenhum revestimento, estremeciam sob o ruído ensurdecedor dos passos e dos gritos. Estavam quase às escuras. Reinava febril atmosfera de agitação. Montões de homens espremiam-se na escada: operários com blusas e gorros de pele negra, muitos trazendo o fuzil ao ombro, ou soldados com pesados capotes cor de terra e com a *chapca** cinzenta achatada na parte mais alta. Alguns chefes, Lunatcharski, Kamenev, corriam, rodeados por grupos de camaradas, falando todos, ao mesmo tempo, com a ansiedade estampada na fisionomia, com pastas de papéis debaixo dos braços. A sessão extraordinária do Soviete de Petrogrado terminara naquele momento.

Fiz Kamenev parar. Pequeno, movimentos vivos, rosto largo e expressivo, quase sem pescoço, Kamenev traduziu-me rapidamente para o francês a resolução que acabava de ser aprovada:

"O Soviete de Deputados Operários e Soldados de Petrogrado saúda a Revolução vitoriosa do proletariado e da guarnição de Petrogrado. Ao mesmo tempo, deseja salientar, em particular, a união, a organização, a disciplina e cooperação admiráveis das massas, durante a sublevação. Poucas revoluções venceram com tão pequeno derrama-

---

* Gorro de pele.

mento de sangue, venceram tão rapidamente e de maneira tão completa.

"O Soviete declara que está firmemente convencido de que o Governo Soviético Operário e Camponês, que vai ser criado pela Revolução e que assegura a aliança entre o proletariado das cidades e as massas camponesas pobres, entrará no caminho que conduz ao socialismo, uma vez que o socialismo é a única maneira de eliminar para sempre a crise, a miséria e os terríveis horrores da guerra.

"O novo Governo Operário e Camponês vai apresentar imediatamente a todos os países beligerantes propostas no sentido de obter uma paz democrática e justa.

"Vai suprimir imediatamente a grande propriedade senhorial da terra e entregar as terras aos camponeses. Vai também estabelecer o controle operário sobre a produção e a divisão dos produtos manufaturados, instaurando, simultaneamente, o controle de todos os bancos, que vão ser transformados em monopólio do Estado.

"O Soviete de Deputados Operários e Soldados de Petrogrado chama todos os operários de todos os países da Rússia para que se coloquem com toda a energia e com a maior abnegação a serviço da revolução operária e camponesa. O Soviete declara ter a certeza de que os operários das cidades, aliados aos camponeses pobres, saberão forjar uma disciplina inflexível e assegurar a ordem revolucionária mais perfeita, sem a qual será impossível fazer triunfar o socialismo. O Soviete igualmente está seguro de que o proletariado dos países da Europa ocidental auxiliará o proletariado russo na transformação socialista da Rússia, até a vitória completa e definitiva do socialismo em todo o mundo."

– Então, vocês acham que a partida está ganha? – perguntei.

Kamenev encolheu os membros.

– Ainda há muita coisa por fazer, muita coisa mesmo. Estamos apenas começando.

Encontrei Riazanov no vestíbulo. Era vice-presidente do Conselho dos Sindicatos. Estava taciturno e mordia a todo o instante o bigode grisalho:

– É uma loucura, uma loucura! – gritava. – Os trabalhadores da Europa não vão se mover. Toda a Rússia...

Levantou desesperadamente os braços para o céu e afastou-se, rapidamente. Riazanov e Kamenev opunham-se à insurreição, e tinham sido, por isso, severamente criticados por Lênin.

A sessão foi decisiva. Em nome do Comitê Militar Revolucionário, Trotsky declarou que o Governo Provisório não existia mais.

– Todos os governos burgueses – dizia ele – têm a característica de sempre enganar o povo. Nós, o Soviete dos Deputados Operários, Soldados e Camponeses, vamos fazer uma experiência sem precedentes na História. Vamos criar um governo cuja finalidade única será satisfazer as necessidades dos operários, dos soldados e dos camponeses.

Lênin foi recebido por imensa ovação. Profetizou a revolução social no mundo inteiro. E Zinoviev gritou:

– Hoje, pagamos uma dívida ao proletariado internacional. Assestamos terrível golpe na guerra. Desferimos terrível golpe em todos os imperialismos, particularmente no imperialismo alemão, em Guilherme II, o Carrasco...

Logo depois, Trotsky anunciou que haviam sido enviados telegramas comunicando a vitória a todas as frentes do exército. Mas até aquele momento nenhuma resposta chegara. Falava-se que tropas marchavam sobre Petrogrado. Era preciso enviar uma delegação ao seu encontro para fazê-las conhecer a verdade.

Alguém gritou:

– Vocês não esperaram que o Congresso Panrusso dos Soviets manifestasse sua vontade!

Trotsky responde friamente:

— A vontade do Congresso Panrusso dos Sovietes foi precedida pela sublevação dos operários e soldados de Petrogrado.

Depois de abrir caminho através da multidão, que se comprimia na porta, consegui entrar na sala de sessões. Comprimidos nos bancos, sob os brancos candelabros, apertados uns contra os outros nos corredores e nos cantos, sentados nos parapeitos das janelas e até nos bordos da tribuna, os representantes dos operários e dos soldados de toda a Rússia esperavam, uns em silêncio cheio de ansiedade, outros num estado de excitação indescritível, que o presidente tocasse a campainha, abrindo os trabalhos.

Era sufocante a temperatura da sala, apenas aquecida pelo calor de centenas de corpos humanos suados. Espessa nuvem azulada elevava-se dessa multidão, tornando o ar irrespirável. De vez em quando, um dos presentes subia à tribuna e pedia aos camaradas que não fumassem. Então toda a sala, inclusive os fumantes, começava a gritar: "Não fumem, camaradas!" E todos continuavam fumando. Petrovsky, delegado anarquista das fábricas de Obucovo, arranjou-me lugar ao seu lado. Com a barba por fazer, sujo de óleo, estava morto de cansaço, esgotado por várias noites passadas em claro no Comitê Militar Revolucionário.

Os antigos dirigentes do *Tsique* ocupavam a tribuna. Pela última vez, iam presidir esses turbulentos *sovietes*, que vinham contra desde o começo da Revolução, mas que agora se voltavam contra eles. Assim terminava a primeira etapa da Revolução, que aqueles homens tinham procurado conservar nos limites da prudência. Mas os três principais elementos não estavam presentes: Kerensky, a caminho da frente de combate, atravessava províncias que já começavam também a agitar-se de maneira assustadora; Nikolai Chkheidze, a velha águia, retirara-se, desdenhosamente, para as montanhas da Geórgia, onde, pouco depois, iria morrer de tuberculose; por último, o sempre otimista Tsereteli, também já atacado pela tuberculose, devia, entretanto, continuar ainda pondo sua eloquência sem par a serviço de uma causa perdida. Gota, Dan, Lieber, Bogdanov, Broido e Filicovsqui estavam presentes, com as fisionomias pálidas, os olhos fundos, faiscando de indignação. Por cima de suas cabeças, fervia e borbulhava o Segundo Congresso Panrusso dos Sovietes; o Comitê Militar Revolucionário forjava o ferro em brasa, manejava arrojadamente todos os fios da insurreição, martelava com toda a força do seu poderoso braço...

Eram dez horas e quarenta minutos da noite.

Dan, homem de aspecto sereno, calvo, trajando um uniforme mal talhado de médico militar, agitou a campainha.

Instantaneamente, fez-se silêncio, um silêncio imponente, perturbado apenas pelos empurrões e pelas discussões na porta.

"O poder está em nossas mãos", começou, com voz triste. E, em seguida, depois de breve pausa, baixando a voz: "Camaradas! O Congresso dos Sovietes reúne-se em circunstâncias inesperadas, num momento tão extraordinário, que todos os presentes compreenderão por que o *Tsique* julga desnecessário abrir esta sessão com um discurso político. Compreenderão ainda melhor, quando souberem que sou membro da presidência do *Tsique* e que, agora mesmo, nossos camaradas de partido estão no Palácio de Inverno, sob bombardeio, sacrificados no cumprimento das funções de ministros que o *Tsique* lhes confiou". (*Tumulto*.) Está aberta a primeira sessão do Segundo Congresso dos Sovietes de Deputados Operários e Soldados.

A eleição do presidente fez-se num ambiente de grande agitação. Avanessov anunciou que, em virtude de uma combinação realizada entre bolcheviques, socialistas revolucionários e mencheviques, a presidência devia ser eleita por meio de votação proporcional. Vários mencheviques ergueram-se para protestar. Um soldado barbudo gritou: "Vocês precisam lembrar-se do seu procedimento conosco, os bolcheviques, quando ainda éramos minoria."

A votação deu o seguinte resultado: 14 bolcheviques, 7 socialistas revolucionários e 1 internacionalista (grupo Gorki). Hendelmann declarou que os socialistas revolucionários da direita e do centro recusavam-se a tomar parte na presidência. Quintchuc subiu à tribuna para fazer a mesma declaração, em nome dos mencheviques. Os mencheviques internacionalistas também declararam que, enquanto aguardavam os acontecimentos, não podiam tomar parte na presidência. *(Aplausos isolados e protestos.)* Uma voz: "Renegados! Como vocês têm coragem de usar o nome de socialistas?!"

Um delegado ucraniano pediu e obteve um posto. Logo após, o antigo *Tsique* desceu da tribuna. E em seu lugar subiram Trotsky, Kamenev, Lunatcharski, Kollontai, Noguine. A sala inteira ergueu-se numa tempestade entusiástica de aplausos. Os bolcheviques eram uma seita desprezada e perseguida quatro meses atrás. E agora, estavam no posto supremo, no leme da imensa Rússia em plena insurreição!

Kamenev leu a ordem do dia: 1. Organização do poder. 2. A guerra e a paz. 3. A Assembleia Constituinte.

Lozovsqui levantou-se para dizer que, de acordo com o que havia sido combinado entre os diferentes grupos, propunha, em primeiro lugar, a leitura e a discussão do informe do Soviete de Petrogrado. Em seguida, os membros do *Tsique* e os representantes dos diferentes partidos poderiam fazer uso da palavra. Depois disso é que a ordem do dia seria discutida.

Mas, de repente, ouviu-se uma nova voz, mais profunda, dominando o tumulto da assembleia. Era a voz surda do canhão! Todos os olhares voltaram-se ansiosamente para as janelas. Uma espécie de febre ardente dominou a assembleia.

Martov pediu a palavra. E, com voz rouca, disse:

"Camaradas! A guerra civil já começou. É necessário discutir em primeiro lugar a solução pacífica da crise. Tanto por questões de princípios como por motivos políticos, devemos começar a sessão de hoje discutindo com a maior urgência os meios de fazer cessar a guerra civil. Nossos irmãos estão morrendo nas ruas... neste momento em que se procura resolver a questão do poder, antes da abertura do Congresso dos Sovietes, por meio de uma conspiração militar organizada por um único dos partidos revolucionários. (Durante alguns instantes o trovejar da artilharia abafou-lhe as palavras.)...Todos os partidos devem encarar este problema de frente. A primeira questão que o Congresso vai discutir é a do poder. Mas ela já está sendo resolvida nas ruas, pela força das armas... Temos a missão de criar um poder que toda a democracia possa reconhecer. Se este Congresso quer ser o porta-voz da democracia revolucionária, não deve ficar de braços cruzados ante a guerra civil que ameaça fazer explodir uma perigosa contrarrevolução. Só há uma solução pacífica para a crise atual: a formação de um poder com a participação de todas as organizações democráticas num bloco unido... Proponho que se eleja uma delegação para negociar com todos os partidos e organizações socialistas."

O surdo ribombar do canhão continuava estremecendo os vidros das janelas, com intermitências regulares, enquanto os deputados discutiam e se insultavam.

Foi assim, sob o troar da artilharia, na obscuridade, no meio de ódios, de medo e da mais temerária das audácias, que nasceu a nova Rússia.

A esquerda socialista revolucionária e os social-democratas unificados apoiaram a proposição de Martov que, posta em votação, foi aprovada. Um soldado comunicou que o Soviete Panrusso dos Camponeses se havia recusado a enviar delegados ao Congresso. Propôs que se delegassem poderes a um comitê para convidá-lo oficialmente. "Mas, ao mesmo tempo, como estão presentes alguns deputados camponeses, proponho que tenham direito a voto." Essa proposta foi imediatamente aprovada.

Carrach, com dragonas de capitão, pediu a palavra em tom violento:

"Os politiqueiros hipócritas que governam esta assembleia" disse "declararam que estamos aqui para resolver a questão do poder. Pois bem, essa questão estava sendo resolvida em nossas costas, antes da abertura do Congresso. Mas os golpes que se desfecham no momento contra o Palácio de Inverno são as pancadas que enterram os pregos no caixão do partido político responsável por essa aventura". *(Tumulto.)* A seguir, Carrach disse: "Enquanto discutimos aqui os problemas da paz, combate-se nas ruas... Os socialistas revolucionários e os mencheviques declaram-se absolutamente contrários a esse movimento e concitam os poderes públicos a lutar com todas as forças contra qualquer tentativa de conquista do poder pela violência!"

Cutchine, delegado do 12º Exército e representante de um *ique* qualquer, declarou:

"Estou aqui apenas em caráter informativo. Vou voltar para a frente de combate. Lá, todos os comitês acham que a posse do poder pelos *sovietes*, três semanas antes da reunião da Constituinte, é uma punhalada que se desfecha pelas costas no exército. É um crime contra a nação".

Gritos: "É mentira! É mentira". Quando Cutchine conseguiu novamente falar, continuou:

"Isso não pode continuar. Vamos pôr um ponto final, agora mesmo, nessa criminosa aventura! Peço a todos os delegados que abandonem a sala, para o bem do país e da Revolução!" E encaminhou-se para a porta, debaixo de uma gritaria ensurdecedora. Vários delegados atiraram-se a ele em atitude de ameaça. Ouviu-se, então, a voz adocicada e persuasiva de um oficial de barba pontiaguda:

"Falo em nome dos delegados da frente de combate. O exército está representado neste Congresso de maneira imperfeita. Por outro lado, não acredito que seja necessária a realização de um Congresso dos Sovietes três semanas antes da abertura da Constituinte."

Gritos irromperam de todos os lados, cada vez mais violentos. Ele continuou:

"O exército não acredita que o Congresso dos Sovietes tenha autoridade suficiente..."

Os soldados levantaram-se em toda a sala, gritando:

– Em nome de quem você está falando? Quem você representa aqui?

– O Comitê Central Executivo dos Soldados do 5º Exército, o 2º Regimento F, o 1º Regimento N, o 3º de Fuzileiros C.

– Quando foi você eleito? Você representa os oficiais e não os soldados! Cale a boca! Deixe os soldados falarem! *(Aplausos e protestos.)*

"Nós, o grupo da frente de combate" – continuou o oficial de barba pontiaguda –, "abrimos mão de toda responsabilidade nos acontecimentos passados e presentes. Achamos que é necessário mobilizar todas as forças revolucionárias conscientes para salvar a Revolução. O lugar do grupo combatente é na rua, e não nesta sala."

A assembleia agitou-se:

– Você fala em nome do Estado-Maior, e não do exército!

– Convido todos os soldados conscientes a abandonarem o Congresso!

– "Kornilovista"! Contrarrevolucionário! Provocador!

Em nome dos mencheviques, Quintchuque declarou que só havia uma maneira de solucionar pacificamente a situação: entabular negociações com o Governo Provisório para a formação de novo Gabinete, contando com o apoio de todas as camadas sociais. Durante vários minutos não pôde continuar. Quando a gritaria abrandou, levantou a voz e leu, aos gritos, a seguinte declaração menchevique:

"Tendo os bolcheviques fomentado uma conspiração militar com o auxílio do Soviete de Petrogrado, sem consultar os demais grupos e partidos, achamos que não podemos mais continuar neste Congresso. Retiramo-nos, pois, convidando os demais grupos para uma reunião a fim de discutirmos a situação."

"Desertor!" Em seguida, ouviu-se que, no meio da algazarra, em nome dos socialistas revolucionários, Hendelmann protestava contra o bombardeio do Palácio de Inverno:

– Nós protestamos contra semelhante anarquia!

Mal descera da tribuna, um jovem soldado, magro, olhos fulgurantes, precipitou-se e, estendendo os braços numa gesticulação dramática, impôs silêncio:

"Camaradas! Chamo-me Peterson e represento o 2º de Infantaria letão. Vocês já ouviram declarações dos delegados do exército. Essas declarações seriam aceitáveis se aqueles que as fizeram fossem *verdadeiros representantes do exército. (Aplausos entusiásticos.)* Sei o que estou dizendo: *esses delegados não representam os soldados.* Há bastante tempo que o 2º Exército está exigindo a reeleição do Soviete e do Comitê Executivo dos Soldados. Foi convocado um 'pequeno' *soviete*, mas a convocação do 'grande' *soviete* foi adiada até fins de setembro, para que esses senhores reacionários pudessem aparecer aqui como delegados dos soldados. Os soldados letões disseram muitas vezes: 'Basta de resoluções! Basta de mistificação! Exigimos fatos, ação! Queremos o poder!' Esses impostores, que aqui se apresentaram como delegados, podem abandonar o Congresso, porque não representam o exército. O exército não está com eles".

A sala foi sacudida por aplausos. No começo da sessão, os delegados, surpreendidos pela rapidez dos acontecimentos e pelos estampidos do canhão, não sabiam que posição deviam tomar. Vacilavam. Durante uma hora haviam desfechado sobre suas cabeças marteladas e marteladas do alto da tribuna. Haviam-se fundido numa massa única. Mas ficaram também aniquilados. Seria possível? Iriam ficar sozinhos? Toda a Rússia estaria contra eles? Era verdade que o exército marchava sobre Petrogrado? Mas aquele soldado, com olhar límpido, havia chegado e, como um relâmpago, toda a verdade lhes havia aparecido diante dos olhos. Seu pensamento era bem o pensamento dos soldados. Os milhões de operários e de camponeses eram homens como eles. Pensavam e sentiam da mesma maneira.

Outros soldados ocuparam a tribuna, entre os quais Gzelstchaque, que falou em nome dos delegados do exército em operações na frente de combate. "A resolução de abandonar o Congresso" – disse – "havia sido aprovada por pequena maioria. Além disso, os *membros bolcheviques não haviam tomado parte na votação*, pois entendiam que a votação devia ser feita por partidos políticos e não por grupos, distritos, territórios ou profissões."

"Centenas de delegados das trincheiras" – continuou – "foram eleitos sem a participação dos soldados. A maioria dos comitês do exército não representa mais os sentimentos nem o pensamento dos soldados."

Luquianov proclamou que os oficiais como Carrach e Quintchuque não podiam representar nesse Congresso o pensamento do exército, nas unicamente o ponto de vista do comando:

– Os que estão nas trincheiras desejam do fundo do coração que o poder passe para as mãos dos *sovietes*!

A maré, no Congresso, voltava à preamar.

Falou em seguida Abramovitch, com os olhos piscando atrás das espessas lentes dos óculos, tremendo de raiva. Representava no Congresso o *Bund,* o partido dos sociais-democratas judeus:

"O que se passa em Petrogrado, neste momento, é uma espantosa calamidade. O grupo do *Bund* coloca-se ao lado da declaração dos mencheviques e dos socialistas revolucionários e retira-se do Congresso. Temos o dever de agir assim, pois, do contrário, trairíamos o proletariado russo. Não podemos assumir a responsabilidade dos crimes que estão sendo cometidos. O bombardeio do Palácio de Inverno continua. A Duma Municipal também está sendo bombardeada. O *Bund* resolveu, de acordo com os socialistas revolucionários e os mencheviques, morrer com o Governo Provisório. Vamos para seu lado e, sem armas, lutaremos de peito aberto contra as metralhadoras dos terroristas. Convidamos os delegados do presente Congresso..." Não pôde continuar. Suas palavras perdiam-se entre protestos, ameaças, assobios, vaias, insultos, que atingiram o auge quando cinquenta delegados se ergueram e caminharam para a saída.

Kamenev agitava desesperadamente a campainha.

– Continuai nos vossos lugares! Continuemos os trabalhos! – gritava.

Trotsky levantou-se. O rosto pálido e a expressão cruel, pronunciou bem claramente, com sua voz metálica, sonora, com frieza e desprezo:

– Todos esses oportunistas que se dizem socialistas, tais como os mencheviques, os socialistas revolucionários, o *Bund,* podem ir embora. Não são mais que lixo do passado, que a mão da História vai varrer e atirar no monturo!

Riazanov comunicou, em nome dos bolcheviques, que, a pedido da Duma Municipal, o Comitê Militar Revolucionário enviara uma delegação ao Palácio de Inverno para entabular negociações.

– Vamos fazer todo o possível para evitar derrame de sangue.

Saímos apressadamente. Paramos um momento na sala do Comitê Militar Revolucionário. Ali trabalhava-se a todo vapor. Incessantemente, entravam e saíam estafetas, esbaforidos. A todo instante partiam comissários, com poderes de vida e de morte, para todos os cantos da cidade. As campainhas dos telefones tilintavam constantemente.

Abriu-se a porta e, do interior da sala, saiu uma baforada de ar quente, uma nuvem de fumaça de cigarro. Vimos os vultos de alguns homens com os cabelos revoltos, debruçados sobre um mapa, debaixo de lâmpadas elétricas. O camarada Josefov-Duquevinsqui, jovem, sorridente, com uma mecha de cabelos muito loiros caídos sobre a testa, entregou-nos os salvo-condutos.

Quando saímos pela noite fria, vimos toda a praça fronteira ao Smolny transformada em imenso parque de automóveis. Dominando o ruído dos motores, ressoava ao longe a voz dos canhões. Diante da porta, estacionava um grande caminhão sacudido pela trepidação do motor. Alguns homens carregavam-no. Ao lado, estavam seus fuzis.

– Para onde vão? – gritei.

– Para a cidade, para qualquer lugar – respondeu-me um operário, fazendo um grande gesto de entusiasmo.

Mostramos nossos salvo-condutos.

– Podem vir com a gente. Mas, vai haver tiroteio...

Subimos. O motorista deu partida ao grande caminhão que se precipitou para a frente, atirando-nos de encontro aos que subiam. Passamos em frente às fogueiras dos portões, que projetavam um clarão avermelhado no rosto dos operários armados, que as cercavam. Saímos a toda velocidade pela Avenida Suvorosvsqui, sacudidos por violentos solavancos.

Um dos homens rasgou o invólucro de um dos embrulhos e começou a atirar para fora punhados de manifestos. Resolvemos imitá-los. Nosso caminhão, sempre correndo, mergulhava na escuridão da rua, deixando uma esteira branca de manifestos, que voavam em todas as direções.

Os raros transeuntes que se viam pelas ruas nessa hora avançada levantavam do chão os manifestos. As patrulhas, nas encruzilhadas, precipitavam-se, com os braços estendidos para apanhá-los no ar.

De vez em quando, encontrávamos homens armados que nos mandavam parar, gritando "*Shtoi!*" e apontando os fuzis. Mas nosso chofer dizia-lhes qualquer coisa que não compreendíamos e o caminhão partia de novo em disparada.

Apanhei um dos manifestos e, com dificuldade, aos solavancos, quando passávamos pelos trechos iluminados, consegui ler:

"Cidadãos da Rússia.

"O Governo Provisório foi deposto. O poder passou para as mãos do Comitê Militar Revolucionário, órgão do Soviete dos Deputados Operários e Soldados de Petrogrado, que está à frente do proletariado e da guarnição de Petrogrado.

"O povo pegou em armas para lutar pela proposta imediata de uma paz democrática, pela abolição da grande propriedade agrária, pelo controle da produção pelos trabalhadores, pela criação de um Governo Soviético. A causa do povo, encarnada nesses princípios, triunfou definitivamente.

"VIVA A REVOLUÇÃO DOS OPERÁRIOS, DOS SOLDADOS E DOS CAMPONESES

"O Comitê Militar Revolucionário do Soviete dos Deputados Operários e Soldados de Petrogrado."

Meu vizinho, homem de olhos oblíquos e rosto de mongol, avisou-nos:

– Cuidado! Neste lugar há sempre agentes provocadores, que costumam atirar do alto da janela!

Chegamos à praça Anamenscaia, sombria e semideserta. Quase fomos de encontro à estátua de Trubetscoi. Entramos pela larga Avenida Nevski. Três homens, com os olhos fixos no alto das janelas, estavam prontos para atirar. Atrás do caminhão, pessoas corriam para apanhar os manifestos que jogávamos. Já não ouvimos o troar do canhão. E, quanto mais nos aproximávamos do Palácio de Inverno, mais as ruas pareciam desertas e tranquilas. A Duma Municipal estava vivamente iluminada. Um pouco mais longe, vimos, na sombra, a tropa. Um grupo de marinheiros interpelou-nos energicamente. Fomos obrigados a parar. Diminuímos a marcha do caminhão e saltamos.

Aos nossos olhos, desenrolava-se um espetáculo curioso. Na esquina do Canal de Catarina, sob o globo de luz artificial, um cordão de marinheiros armados, no meio da Avenida Nevski, impedia a passagem de uma multidão que formava em coluna por quatro. Ao redor, trezentas ou quatrocentas pessoas aproximadamente: homens de fraque, damas elegantes, oficiais e indivíduos de todas as condições sociais. Reconheci entre essa gente alguns delegados do Congresso, chefes menchevíques e socialistas revolucionários: o magro Avxentiex, com sua barba vermelha, presidente do Soviete dos Camponeses, Soroquine, porta-voz de Kerensky; Quintechuque, Abramovitch, o velho Schreider, alcaide de Petrogrado, de barbas brancas, e Procopovitch, ministro do Abastecimento do Governo Provisório, que havia sido preso e logo depois solto, naquela mesma manhã. Vi também Malquine, correspondente do *Russian Daily News.* "Vamos ao Palácio de Inverno buscar a morte!", disse-me ele, galhofando. A coluna parou. À sua frente, Schreider e Procopovitch começavam a discutir vivamente e a apostrofar um marinheiro muito alto, que parecia comandar o destacamento.

– Queremos passar – gritavam. – Todos esses camaradas vêm do Congresso dos Sovietes. Podem ver os seus cartões de identidade. Resolvemos instalar-nos no Palácio de Inverno.

O marinheiro ficou atrapalhado. Coçou a cabeça com a mão enorme e franziu o cenho.

– O Comitê ordenou-me não deixar ninguém entrar no Palácio de Inverno – murmurou. Vou mandar um camarada telefonar para o Smolny.

– Queremos passar imediatamente! Não estamos armados. Passaremos com ou sem autorização – gritou, excitadíssimo, o velho Schreider.

– Mas não posso deixar. Recebi ordens do Comitê – repetiu o marinheiro, já meio zangado.

– Atirem contra nós, se quiserem! Vamos passar! Para a frente! – gritavam de todos os lados. – Estamos dispostos a morrer. Podem atirar, se vocês têm coragem de atirar contra russos, contra camaradas. Apontem os seus fuzis aos nossos peitos. Atirem!

– Não – respondeu o marinheiro com firmeza. – Vocês não podem passar.

– E se passarmos? Que farão vocês? Terão coragem de atirar?

– Não. Não queremos atirar sobre pessoas desarmadas. Não atiraremos sobre russos desarmados.

– Queremos passar. Que podem vocês fazer?

– Vamos avisar – respondeu o marinheiro, já impaciente. – Não podemos deixar vocês passarem. Vamos avisar.

– Que vão vocês fazer? Vamos! Digam!

Outro marinheiro, já irritado, não se conteve e interveio:

– Que vamos nós fazer? Vamos repelir vocês – disse em tom enérgico. – E, se nos obrigarem, não tenham dúvidas, dispararemos. Voltem para suas casas e deixem-nos em paz.

Um grande clamor de descontentamento e de raiva foi a resposta. Procopovitch subiu num caixão e, agitando o guarda-chuva, começou a discursar:

"Camaradas! Cidadãos! Empregam a força contra nós. Não podemos consentir que esses ignorantes manchem as mãos em nosso sangue inocente. Isso seria incompatível com a nossa dignidade. Não podemos ser fuzilados aqui por esses guarda-agulhas. (Até hoje não sei o que ele quis dizer com esta palavra, *guarda-agulhas*.)

Voltemos para a Duma a fim de estudar o melhor meio de salvar o país e a Revolução!

Ditas essas palavras, o cortejo voltou na direção em que viera, e, no meio de um silêncio imponente, começou a subir a Avenida Nevski, sempre em coluna por quatro.

Aproveitando a confusão, insinuamo-nos por entre as sentinelas, encaminhando-nos para o Palácio de Inverno.

A escuridão era completa. Só entrevíamos os piquetes de cavalarianos regulares e os soldados vermelhos que montavam guarda atentamente. Nas proximidades da Catedral de Cazã, no meio da rua, estava assentado um canhão de três polegadas, na posição em que ficara depois do recuo do último tiro, disparado por cima dos telhados.

Em pé ou sentados nas soleiras das portas, os soldados conversavam em voz baixa, os olhos fixos na Ponte da Polícia. Ouvi um deles dizer: "Talvez estejamos enganados..." Nos extremos das ruas, as patrulhas detinham os transeuntes. Pormenor interessante: mesmo as patrulhas de tropas regulares estavam sempre sob o comando de um guarda vermelho.

A fuzilaria cessara. Quando chegamos a Morscaia, alguém gritou: "Os *junkers* pediram para parlamentar".

Ouvimos vozes dando ordens. Em seguida, dentro da escuridão da noite, vimos uma massa negra que se deslocava silenciosamente. O ruído dos passos e o tilintar das armas eram a única coisa que se ouvia. Nem risos, nem cantos. Unimo-nos às primeiras fileiras. E, como um rio negro que corresse por toda a rua, passamos sob o Arco Vermelho. Um homem que ia na minha frente disse em voz baixa: "Cuidado, camaradas! Não devemos confiar neles. Com toda a certeza vão atirar".

Depois de atravessarmos o Arco, começamos a andar mais depressa, agachados, fazendo tudo para ficarmos tão pequenos quanto possível. Tornamos a nos juntar por detrás do pedestal da Coluna de Alexandre.

– Quantos mortos já tiveram vocês? – perguntei.

– Não sei ao certo... Cerca de dez, mais ou menos.

Depois de ficar alguns minutos atrás da coluna, a tropa, composta de várias centenas de homens, recobrou a calma. E sem novas ordens, espontaneamente, tornou a avançar. Graças à luz que se coava pelas janelas do Palácio de Inverno, pude verificar que os da frente eram duzentos ou trezentos guardas vermelhos, entre os quais se encontravam espalhados alguns soldados. Escalamos a barricada de toros de madeira, que defendia o Palácio. Soltamos um grito de triunfo. Tropeçamos, do outro lado, com um montão de fuzis, abandonados pelos *junkers*. Nos dois lados da entrada principal, as portas escancaradas deixavam escapar um feixe de luz. O enorme edifício estava mergulhado em profundo silêncio.

A tropa, impaciente, arrastou-nos para a entrada da direita, para uma enorme sala abobadada, de paredes nuas. Era a adega do Leste, de onde partia um labirinto de corredores e escadarias. Os guardas vermelhos e os soldados atiraram-se logo aos grandes caixotes de madeira, que se encontravam ali depositados, e os abriram a golpes de carabina. Saltaram do interior tapetes, cortinas, roupas, objetos de porcelana, cristais. Um deles mostrou aos companheiros um grande relógio de bronze, que colocou sobre os ombros. Outro enfiou no chapéu uma pena de avestruz.

A pilhagem ia começar, quando alguém disse com voz forte: "Camaradas! Não toquem nisto, não apanhem coisa alguma. Tudo isto pertence ao povo!" Ouvi depois mais de vinte vozes, dizendo: "Alto! Deixemos as coisas nos seus lugares! Não podemos tocar em nada, porque tudo isto é propriedade do povo". Todos aqueles que se tinham apoderado de algum objeto foram obrigados a restituí-lo. As peças de damasco e os tapetes voltaram aos seus lugares. Dois homens encarregaram-se do relógio de bronze que, como os demais objetos, foram novamente acondicionados às pressas nas caixas de onde haviam sido tirados. Espontaneamente, soldados e guardas vermelhos ofereceram-se para montar guarda e evitar o saque. Essas medidas contra a pilhagem foram tomadas com admirável naturalidade. Nos corredores e nas escadas, reboavam, amortecidos pelos recôncavos, morrendo a distância, os gritos: "Disciplina revolucionária! Propriedade do povo!"

Dirigimo-nos para a entrada da esquerda, do lado do Oeste. Aí foi também necessário tomar medidas contra o saque.

– Abandonem o Palácio! – gritava um guarda vermelho. – Vamos, camaradas! Mostremos que não somos ladrões nem bandidos! Todo o mundo para fora do Palácio, com exceção dos comissários, até que tudo fique sob a guarda de sentinelas!

Dois guardas vermelhos, um oficial e um soldado, ficaram de pé com os revólveres na mão. Outro sentou-se numa mesa e começou a escrever. Dentro da sala soavam gritos: "Todos para fora! Todos para fora!"

Pouco a pouco, a tropa abandonou o Palácio, aos empurrões, murmurando, protestando. Todos os soldados foram revistados. Reviravam-lhes os bolsos e examinavam-lhes os capotes. Tudo o que evidentemente não lhes pertencia era apreendido. O secretário, sentado à mesa, tomava nota, e o objeto era depositado numa sala próxima.

Surgiram depois alguns *junkers,* que iam sendo revistados, de quatro em quatro. A comissão tratava-os com cuidado todo particular. Durante a revista e o registro de seus nomes, eram aquinhoados com vários qualificativos: "Provocadores! Kornilovistas! Contrarrevolucionários! Assassinos do povo!" Os *junkers* não sofreram, entretanto, a menor violência. Apesar disso, mostravam-se aterrorizados. Muitos foram encontrados com os bolsos cheios. Os objetos apreendidos eram anotados numa folha e depositados numa saleta, ao lado. Depois de desarmados, os *junkers* foram soltos. "Vocês serão capazes de pegar novamente em armas contra o povo?"

Respondiam, jurando, que não. A essa promessa, punham-nos em liberdade. Perguntamos se podíamos entrar. A comissão vacilou. Depois, um gigantesco guarda vermelho respondeu-nos com uma categórica negativa. Disse-nos que a entrada fora terminantemente proibida.

– E, além disso... quem são vocês? Como podemos saber se são nossos, ou se são aliados de Kerensky?

Éramos cinco e, entre nós, duas mulheres.

"Passagem, camaradas." Apareceu na porta um soldado e um guarda vermelho, abrindo caminho no meio da multidão. Atrás deles, outros guardas, com as baionetas caladas, escoltando meia dúzia de indivíduos à paisana, enfileirados, que passavam de um em um. Eram os membros do Governo Provisório. À frente vinha Kishkin. Tinha o semblante rígido e pálido. Logo em seguida, Rutenberg, cabisbaixo, olhando o chão. Atrás dele, Terestchenko, deitando olhares ameaçadores para todos os lados. Ao cruzar conosco, olhou-nos fixamente. Desfilaram em silêncio. Os insurretos vitoriosos só se manifestavam por pequenos murmúrios apenas perceptíveis. Soubemos mais tarde que o povo, na rua, quis linchá-los, tendo sido necessário disparar alguns tiros para dispersar os atacantes. Mas, depois do incidente, os marinheiros conseguiram conduzir os prisioneiros sãos e salvos para a Fortaleza de Pedro e Paulo.

Aproveitando-nos da confusão, conseguimos penetrar no Palácio. Dentro, reinava ainda grande efervescência. Todas as salas estavam sendo revistadas, à procura de *junkers* que poderiam estar escondidos. Todavia, não se encontrou mais nenhum. Subimos e percorremos os salões. O Palácio fora invadido também pelo outro lado, por destacamentos da margem do Neva. Os quadros, as estátuas, os tapetes e os armários estavam como haviam sido encontrados: intactos. Mas, nos gabinetes, as gavetas das secretárias e as portas dos armários tinham sido abertas. Os papéis estavam espalhados pelo chão. Nos dormitórios, as cobertas foram arrancadas das camas e os guarda-roupas, completamente saqueados. A roupa era a mais cobiçada presa dos trabalhadores, que dela tanto precisavam. Numa sala, onde guardavam alguns móveis, encontramos dois soldados arrancando o couro de Córdova que forrava as poltronas e sofás. Disseram-nos que o tiravam para fazer calçados.

Os velhos empregados do Palácio, com os uniformes azuis, iam e vinham, nervosos, repetindo automaticamente: "Por aqui não se entra, senhor. É proibido!" Chegamos, por fim, à luxuosa sala de ouro e malaquita, com ricos adornos de veludo carmesim, onde os ministros haviam estado reunidos durante todo o dia anterior, toda a noite, e de onde só saíram pouco antes, escoltados pelos guardas vermelhos. A grande mesa, coberta com pano verde, encontrava-se como os ministros a deixaram no momento de serem presos. Diante de cada cadeira, um tinteiro, uma pena e folhas de papel em branco, ao lado de outra com planos de ação escritos às pressas, com rascunhos de manifestos e de proclamações, naturalmente rejeitadas pela sua evidente inutilidade. A parte inferior das folhas de papel estava coberta de linhas irregulares, desenhos geométricos e figuras toscas maquinalmente traçados pelos ministros, enquanto ouviam, já sem esperanças, os quiméricos projetos dos colegas. Li, no canto de uma dessas folhas, a seguinte frase, escrita pela mão de Konovalov: "O Governo Provisório pede que todas as classes apoiem o Governo..."

Convém lembrar que, apesar do Palácio de Inverno ter sido cercado, até o último momento o Governo se mantivera em constante comunicação com a frente e com as províncias. Os bolcheviques ocuparam o Ministério da Guerra às primeiras horas da manhã. Mas ignoravam a existência de uma linha telegráfica militar no sótão e de uma linha telefônica particular ligada ao Palácio de Inverno. Um jovem oficial trabalhara o dia e a noite, inundando o país de chamados, apelos e proclamações. Quando soube que o Palácio de Inverno fora ocupado, apanhou o quepe, colocou-o na cabeça e retirou-se calmamente do edifício. Preocupados como estávamos, não percebemos que os soldados nos observavam agora com desconfiança. Íamos de sala em sala, acompanhados por pequenos grupos. E quando chegamos à galeria dos quadros, onde já estivéramos à tarde com os *junkers,* vimo-nos repentinamente cercados por centenas de pessoas. Um soldado de colossal estatura pôs-se à nossa frente e, com a fisionomia a indicar graves suspeitas a nosso respeito, perguntou com voz rouca:

– Quem são vocês? Que estão fazendo aqui?

Os outros foram-se aproximando cada vez mais, deitando sobre nós olhares ameaçadores: "Provocadores", murmuravam alguns. "Ladrões", disse outro. Apresentei-lhes os nossos salvo-condutos, passados pelo Comitê Militar Revolucionário. O soldado arrebatou-os de minhas mãos, virou-os por todos os lados, examinando-os sem compreender. Evidentemente, não sabia ler. Depois, devolveu-nos com um gesto de desprezo, cuspindo em atitude de quem sente nojo: "Papéis! Já sabemos o que valem os papéis!", disse-me com uma cara medonha. Os outros começaram a avançar para nós como um rebanho selvagem que tivesse conseguido apanhar um *cowboy* desprevenido e a pé. Por cima de suas cabeças, vi um oficial que parecia não saber que partido devia tomar. Chamei-o. Dirigiu-se para nós, abrindo caminho através da muralha humana que se formara à nossa volta.

– Sou o comissário! – disse, dirigindo-se a mim. – Quem são vocês? Que se passou aqui?

Os homens afastaram-se um pouco, em atitude de espera. Mostrei-lhes meus papéis.

– São estrangeiros? – perguntou em francês. – Estão se arriscando muito...

Em seguida, voltou-se para os soldados e, apontando nossos papéis, disse-lhes, gritando:

— Camaradas! São nossos companheiros de outro país, da América. Vieram para, depois, contar aos companheiros a coragem e a disciplina voluntária do exército proletário.

— Como foi que você soube disso? – perguntou um corpulento soldado, pouco convencido com as palavras dele. – Eu digo que esses homens são provocadores. Dizem que vieram ver a disciplina revolucionária do exército proletário. Mas passeavam livremente pelo Palácio. Quem sabe se não estão com os bolsos cheios?

— É claro! Vamos revistá-los! O camarada tem toda a razão – gritaram os outros, avançando para nós.

— Camaradas! Camaradas! – gritou novamente o oficial, com a fronte molhada de suor. – Sou Comissário do Comitê Militar Revolucionário. Vocês têm ou não têm confiança em mim? Garanto-lhes que estes salvo-condutos estão com a mesma assinatura que o meu.

Acompanhou-nos, em seguida, através do Palácio, até uma porta que se abria para o cais do Neva, na qual funcionava uma comissão de visitas.

— Escaparam por um triz! – disse-nos várias vezes, passando o lenço pelo rosto para enxugar o suor.

— Que aconteceu com o Batalhão de Mulheres? – perguntei.

— Ah, as mulheres?! – respondeu rindo. – Quando chegamos, estavam todas trancadas numa sala dos fundos. A princípio, não sabíamos o que fazer delas. Algumas tiveram crises de nervos. Finalmente, resolvemos levá-las à Estação da Finlândia, na qual tomaram o trem para Levachovo, onde possuem um acampamento, conforme pediram...

Saímos. Fazia um frio glacial. O silêncio dessa noite polar era de vez em quando interrompido pelos ruídos de tropas invisíveis, pela marcha das patrulhas. Do outro lado do rio, onde a Fortaleza de Pedro e Paulo aparecia como uma massa escura, veio em nossa direção um ruído surdo, indefinível... Sob nossos pés estavam pequenos fragmentos do estuque da cornija do Palácio, onde caíram dois obuzes do Couraçado Aurora.* Fora disso, nada indicava que o Palácio tivesse sido bombardeado, pois as balas não causaram mais nenhum estrago senão esse.

Eram três horas da madrugada. Reverberavam todas as luzes da Avenida Nevski. O canhão de três polegadas desaparecera. Víamos, agora, unicamente, guardas vermelhos e soldados sentados de cócoras, ao redor das fogueiras. Sem sua presença, ninguém seria capaz de dizer que, pouco antes, Petrogrado fora agitada por uma insurreição. A cidade estava tranquila, tão quieta como talvez nunca tivesse estado em outra época da sua história. Naquela noite, não houve um único crime; nem um só roubo.

O edifício da Duma Municipal estava com todas as luzes acesas. Subimos à Sala de Alexandre, rodeada de tribunas e com as paredes recobertas de retratos da família imperial, emoldurados a ouro, agora ocultos por cortinas vermelhas.

Em torno do estrado, de onde Skobeliev falava, agrupavam-se umas cem pessoas. Skobeliev propunha a união de todos os elementos e facções antibolcheviques numa única e poderosa organização intitulada Comitê Para a Salvação da Rússia e da Revolução. À minha vista, foi organizado esse Comitê de Salvação, que, daí por diante, seria o mais temível inimigo dos bolcheviques, ora atuando com o próprio nome, que indicava claramente seus fins, ora acobertando-se sob o título de Comitê de Segurança Pública, por meio do qual procurava simular neutralidade.

Dan, Gotz e Avksentiev estavam presentes. Viam-se também alguns membros da oposição do Congresso dos Soviets, outros do Comitê Executivo dos Soviets

---

* O Couraçado Aurora, um navio de porte relativamente pequeno, continua ancorado no mesmo lugar de onde bombardeou o Palácio de Inverno, transformado em monumento revolucionário.

Camponeses, o velho Procopovitch e até alguns membros do Conselho da República, entre os quais Vinaver e seus companheiros do Partido *Cadete*.

Lieber declarou que o Congresso dos Sovietes era ilegal e que o antigo *Tsique* ia continuar funcionando... Redigiu-se, em seguida, um projeto de manifesto, dirigido ao país.

Tomei um carro. Mal acabei de dizer ao cocheiro: "Vamos para o Smolny", vi, com surpresa, que sacudia a cabeça e nos convidava a saltar: "É impossível! Aquilo é um inferno!..."

Depois de andar um tempo enorme à procura de condução, conseguimos encontrar um cocheiro disposto a levar-nos. Cobrou-nos trinta rublos, largando-nos dois quarteirões antes do Smolny.

As janelas do Smolny ainda estavam iluminadas. Os automóveis iam e vinham. Encolhidas ao redor das fogueiras, as sentinelas interrogavam, ansiosamente, os recém-chegados, sobre a marcha dos acontecimentos. Os corredores estavam cheios de gente nervosa e atarefada, de olhos sonolentos, suja. Em certas salas de reunião, vimos homens dormindo no chão, abraçados aos fuzis. Alguns delegados haviam-se retirado do Congresso, mas, assim mesmo, a sala de sessões ainda estava abarrotada e agitada como um mar em borrasca. Quando entramos, Kamenev lia os nomes dos ministros que tinham sido presos. O de Terestchenko foi recebido com uma tempestade de aplausos, de risos, de gritos de alegria. Rutenberg obteve menos êxito. O de Palchinsqui provocou um furacão de protestos, de gritos de raiva, de hurras. Em seguida, comunicaram que Tchudnovsky fora nomeado comissário do Palácio de Inverno.

Essa declaração foi interrompida por um acontecimento dramático. Um camponês de elevada estatura, o rosto barbudo convulsionado pela raiva, subiu à tribuna e desferiu formidável murro na mesa da Presidência:

– Nós, socialistas revolucionários, exigimos a liberdade imediata dos ministros socialistas presos no Palácio de Inverno. Camaradas! Quatro companheiros nossos, que arriscaram a vida combatendo a tirania tzarista, acabam de ser atirados à prisão de Pedro e Paulo, o histórico túmulo da liberdade!

No meio do tumulto, esmurrando a mesa e gritando, outro delegado colocou-se ao seu lado, e, dirigindo-se à Presidência, indagou:

– Os representantes das massas revolucionárias poderão continuar sentados nesses bancos, enquanto a Ocrana dos bolcheviques tortura seus chefes?

Trotsky, de pé, pedia silêncio. Depois de alguns minutos, conseguiu falar:

– Esses "camaradas" foram presos em flagrante, quando conspiravam para esmagar os *sovietes*, em aliança com o aventureiro Kerensky. Não podíamos ser tolerantes. Eles, depois dos dias 16 e 18 de julho, agiram contra nós sem a menor cerimônia, abertamente. Agora, os partidários da guerra até o fim e os pusilânimes estão escondidos ou presos. Temos sobre nossos ombros imensas responsabilidades. Temos de salvar a Revolução. Mais do que nunca, neste momento, é necessário trabalhar, trabalhar e trabalhar. Não podemos ceder... Antes a morte!

Um comissário, recém-chegado a todo o galope de Csarscoié-Selo, substituiu-o na tribuna. Estava ofegante e coberto de lama.

– A guarnição de Csarscoié-Selo está às portas de Petrogrado, disposta a lutar pelos *sovietes* sob a direção do Comitê Militar Revolucionário, disse ele. (Repetidos hurras de entusiasmo.) O corpo de ciclistas, enviado da frente, acaba de chegar a Csarscoié-Selo. Os soldados estão do nosso lado. Reconhecem o poder dos *sovietes*. Concordam com a entrega imediata da terra aos camponeses e do controle das fábricas aos operários. O 5º Batalhão de Ciclistas, aquartelado em Csarscoié-Selo, também está do nosso lado...

Falou, em seguida, um delegado do 3º Batalhão de Ciclistas. Em meio a um delirante entusiasmo, disse que o destacamento havia recebido da frente sudoeste ordem para vir defender Petrogrado. Essa ordem foi julgada suspeita, desde os primeiros momentos. Na estação de Peredolnaia, os representantes do 5º Batalhão de Csarscoié-Selo, que esperavam pelos ciclistas, puderam verificar, no comício ali realizado, que "os ciclistas se recusavam unanimemente a verter o sangue dos seus irmãos para defender um governo de burgueses e de grandes proprietários de terras".

Em nome dos mencheviques internacionalistas, Capelinsqui propôs a eleição de um comitê para tentar resolver pacificamente as questões que estavam sendo solucionadas pela guerra civil: "Não pode haver nenhuma solução pacífica", gritou a assembleia. "A única solução possível é a vitória!" A proposta de Capelinsqui foi rejeitada por maioria esmagadora. Os mencheviques internacionalistas, depois disso, abandonaram o Congresso, debaixo de uma saraivada de injúrias e de zombarias. A Assembleia vencera o temor dos primeiros momentos. Agora, não hesitava mais. Estava decididamente pela vitória armada da insurreição.

Resolveu não levar em consideração a retirada de algumas facções. Em seguida, começou a discutir o seguinte manifesto, dirigido aos operários, soldados e camponeses de toda a Rússia.

"OPERÁRIOS, SOLDADOS, CAMPONESES

"O Segundo Congresso Panrusso dos Sovietes de Deputados Operários e Soldados acaba de iniciar seus trabalhos. Representa a imensa maioria dos *sovietes* e, no seu seio, estão também alguns delegados de sovietes camponeses. O antigo *Tsique* oportunista não tem mais qualquer poder. Apoiando-se na vontade da imensa maioria dos operários, soldados e camponeses e na vitória dos operários e da guarnição de Petrogrado, o Congresso assume o poder.

"O Governo Provisório foi deposto. A maior parte dos seus membros já está presa.

"O poder soviético vai propor uma paz democrática imediata a todas as nações e um armistício imediato em todas as frentes. Vai proceder à entrega dos bens dos grandes proprietários de terras, da Coroa e da Igreja aos comitês de camponeses. Vai defender os direitos dos soldados e estabelecer uma completa democracia no exército. Vai instituir o controle operário da produção, assegurar a convocação da Assembleia Constituinte na data fixada e agir com presteza no sentido de abastecer as cidades de pão e as aldeias de todos os gêneros de primeira necessidade. Vai também assegurar a todas as nacionalidades da Rússia o direito absoluto de disporem de si próprias.

"O Congresso resolve transferir em todas as províncias o exercício do poder aos *sovietes* dos deputados operários, camponeses e soldados, que devem manter a mais perfeita disciplina revolucionária.

"O Congresso convida os soldados das trincheiras a se conservarem vigilantes e firmes. O Congresso dos Sovietes está firmemente convencido de que o exército revolucionário se acha disposto a lutar em defesa da Revolução, repelindo os ataques imperialistas, até que o novo governo possa firmar, definitivamente, a paz democrática que proporá imediatamente a todos os povos. O novo governo vai cuidar imediatamente de satisfazer as necessidades do exército revolucionário, por meio de uma firme política de requisições e de taxação das classes possuidoras, em favor do melhoramento da situação das famílias dos soldados.

"Os kornilovistas – Kerensky, Kaledin e outros – esforçam-se para atirar as tropas contra Petrogrado. Vários regimentos, que haviam sido enganados por Kerensky, já passaram para o lado do povo insurreto.

"Soldados! Lutai ativamente contra o kornilovista Kerensky! Alerta!

"Ferroviários! Parai todos os trens de tropas enviadas por Kerensky contra Petrogrado!

"Soldados, operários, funcionários: o destino da Revolução e da paz democrática está em vossas mãos!

"Viva a Revolução!

"O Congresso Panrusso dos *sovietes* dos Deputados Operários e Soldados.

"Os delegados dos *sovietes* camponeses presentes."

Eram exatamente cinco horas e dezessete minutos da manhã, quando Krylenko, cambaleando de cansaço, subiu à tribuna com um telegrama na mão: "Camaradas! Acabamos de receber o segundo telegrama da frente norte". E leu: "O 2º Exército saúda o Congresso dos Sovietes e comunica a formação do Comitê Militar Revolucionário, que assumiu o comando da frente norte..." (Delírio indescritível. Os delegados atiraram-se uns nos braços dos outros, chorando.) Krylenko continua: "O general Tcheremissov reconheceu o Comitê. O comissário do governo Provisório, Voitinsqui, pediu demissão..."

A situação, pois, era a seguinte: Lênin e os operários de Petrogrado haviam-se resolvido pela insurreição; o Soviete de Petrogrado derrubara o Governo Provisório e colocara o Congresso dos Sovietes ante um fato consumado, ante um vitorioso golpe de Estado. Faltava, agora, conquistar a imensa Rússia... e, depois, o mundo. A Rússia iria apoiar a insurreição de Petrogrado? Iria também sublevar-se? E o mundo? Os povos iriam atender ao apelo que se lhes dirigia? A onda vermelha iria erguer-se da mesma forma no resto do mundo?

Já haviam soado as seis horas da manhã, mais ainda era noite fechada. Fazia frio. Lentamente, uma estranha claridade pálida invadiu as ruas, amortecendo a luz das fogueiras. Eram os primeiros clarões da intensa madrugada que começava em toda a Rússia!

CAPÍTULO V

AO TRABALHO

Quinta-feira, 8 de novembro. O Sol ergueu-se sobre uma cidade no auge da excitação e da desordem, sobre uma nação convulsionada, agitada por formidável tormenta.

Aparentemente, tudo estava tranquilo. Centenas de milhares de pessoas dirigiam-se pacatamente para suas casas e levantavam-se cedo para o trabalho. Em Petrogrado, os bondes circulavam. Os armazéns e os restaurantes continuavam abertos. Os teatros, bastante concorridos. Anunciava-se até uma exposição de pintura... A vida cotidiana continuava no seu ritmo de sempre, com sua complexidade costumeira, que nem a guerra conseguia modificar. Nada é tão surpreendente como essa vitalidade do organismo social. Diante das maiores calamidades, ele continua alimentando-se, vestindo-se e até distraindo-se.

Circulavam mil boatos. Dizia-se, por exemplo, que Kerensky conseguira organizar um forte exército, na frente de combate que marchava sobre a Capital.

O *Volia Naroda* publicou o seguinte *pricaz**, enviado por Kerensky, de Pscov:

"As desordens, provocadas pela louca tentativa dos bolcheviques, levaram o país às bordas de um abismo. O esforço conjugado de todas as vontades, a maior coragem e a maior abnegação de cada cidadão devem ser postos a serviço da Pátria, para que ela possa sair vitoriosa da terrível provocação por que está passando.

Até o momento da formação do novo Governo Provisório, todos devem continuar nos seus postos e cumprir seu dever para com a Rússia martirizada. Não nos devemos esquecer de que o menor obstáculo oposto

---

* Manifesto, ordem, ultimato.

à ação dos atuais organismos militares pode determinar terríveis desgraças. Pode provocar um enfraquecimento da resistência na frente de combate e a invasão do país pelo inimigo. É necessário, portanto, salvaguardar a todo o custo a potência combativa das tropas e manter a mais perfeita ordem, preservando o exército de novos choques, assegurando a existência de uma confiança recíproca entre comandantes e subordinados. Ordeno que todos os chefes e comissários, em nome da salvação da pátria, permaneçam nos seus postos, como eu permaneço no meu de chefe supremo dos Exércitos, até que o Governo Provisório da República manifeste sua vontade".

Em resposta, foi afixado em todas as paredes o seguinte manifesto:

"AVISO AO CONGRESSO PANRUSSO DOS SOVIETES

"Os antigos ministros, Konovalov, Kishkin, Terestchenko, Malientovitch, Nikitin e alguns outros, foram detidos pelo Comitê Militar Revolucionário. Kerensky fugiu. Todas as organizações militares receberam ordens no sentido de tomar as providências necessárias para a imediata captura de Kerensky e para o seu embarque, preso, para esta cidade.

"Qualquer auxílio prestado a Kerensky será considerado como grave crime contra o Estado e, como tal, punido."

O Comitê Militar Revolucionário desencadeou a ofensiva a todo o vapor. Em seu caminho, surgiram como faíscas as ordens, os avisos, os apelos, os decretos. Ordenou-se que Kornilov fosse transportado para Petrogrado. Todos os membros dos comitês agrários que tinham sido presos pelo Governo Provisório foram postos em liberdade. Foi abolida a pena de morte no exército. Os funcionários receberam ordem de continuar trabalhando, sob pena de severos castigos. Um decreto estabelecia que a especulação ou o saque seriam punidos com a pena capital. Foram nomeados provisoriamente os seguintes comissários, para os diferentes ministérios: Exterior, Uritsqui e Trotsky; Interior e Justiça, Ricov; Trabalho, Chliapnicov; Fazenda, Menjinsky; Assistência Pública, Alexandra Kollontai; Comércio, Indústria e Viação, Riazanov; Marinha, o marinheiro Corbir; Correios e Telégrafos, Spiro; Teatros, Maraviov; Imprensa Nacional, Dervichev; Cidade de Petrogrado, o tenente Nesterov; Frente Norte, Pozern.

O exército foi convidado a indicar comitês militares revolucionários; os ferroviários, a manter a ordem e, principalmente, a evitar todo o atraso no transporte de víveres destinados às cidades e aos soldados da frente de combate. Em compensação, eles, os ferroviários, seriam representados no Ministério da Viação e Comunicações.

Um dos manifestos do Comitê era endereçado aos cossacos:

"Irmãos cossacos! Querem atirar-vos contra Petrogrado. Querem obrigar-vos a combater contra os operários e os soldados revolucionários da Capital. Para isso, dizem que Petrogrado odeia os cossacos. Não deem ouvidos a uma só palavra dos nossos inimigos comuns, os grandes proprietários de terras e capitalistas.

"Nosso Congresso tem representantes de todas as organizações conscientes de operários, soldados e camponeses de toda a Rússia.

"O Congresso deseja que os trabalhadores cossacos ingressem no seu seio. Os generais reacionários, lacaios dos grandes proprietários e de Nicolau, o Sanguinário, são nossos inimigos. Os cossacos, que sofrem por falta de terras, são nossos irmãos.

"Dizem-vos que os *sovietes* querem tirar as terras dos cossacos. É mentira. A Revolução só quer confiscar as terras dos grandes proprietários cossacos para entregá--las ao povo.

"Organizem vossos próprios *sovietes* de deputados cossacos! Unam-se aos operários, aos soldados e aos camponeses!

"Mostrem aos 'Cem Negros' que não são traidores do povo, que não querem ser odiados por toda a Rússia revolucionária!

"Irmãos cossacos! Não obedeçam a uma só ordem dos inimigos do povo! Enviem vossos delegados a Petrogrado, para entrarem em contato conosco, como já fizeram nossos camaradas do Corpo de Ciclistas e de várias forças cossacas! Os cossacos da guarnição de Petrogrado podem orgulhar-se de não terem correspondido às esperanças dos inimigos do povo. Negaram-se a atacar seus irmãos. Não quiseram combater a guarnição revolucionária e os operários de Petrogrado!

"Irmãos cossacos! O Congresso Panrusso dos Sovietes estende-vos fraternalmente a mão!

"Viva a união dos cossacos, dos operários, dos soldados e dos camponeses de toda a Rússia!"

O campo contrário respondia com uma chusma de manifestos, que colocava em todas as paredes, distribuídos profusamente. Por toda parte apareciam folhas volantes, jornais, maldizendo, profetizando as piores desgraças... Os adversários da Revolução combatiam, agora, servindo-se apenas dos comunicados de imprensa, porque todas as outras armas estavam em mãos dos *sovietes*.

Eis aqui, por exemplo, um apelo do Comitê Para a Salvação da Rússia e da Revolução, que foi amplamente difundido na Rússia e em toda a Europa:

"AOS CIDADÃOS DA REPÚBLICA RUSSA

"No dia 7 de novembro, contrariando a vontade das massas revolucionárias, os bolcheviques, criminosamente, prenderam parte do Governo Provisório, dissolveram o Conselho da República e proclamaram um poder ilegal.

Uma violência dessa índole contra o Governo de toda a Rússia revolucionária, justamente no momento em que o perigo exterior nos ameaça mais do que nunca, é um inqualificável crime contra a pátria.

"A insurreição bolchevique é um golpe mortal desferido na causa da defesa nacional, retardando, por mais tempo, a paz que todos desejam.

"A guerra civil, desencadeada pelos bolcheviques, ameaça atirar o país nos horrores da anarquia e da contrarrevolução e fazer fracassar a Assembleia Constituinte, que deve consolidar o regime republicano e entregar, para sempre, as terras ao povo.

"Assegurando a continuidade de um único poder governamental legal, o Comitê para a Salvação do País e da Revolução, instituído na noite de 7 de novembro, vai cuidar imediatamente da formação de um novo Governo Provisório. Esse governo, apoiando-se nas forças da democracia, assumirá a direção do país até a realização da Assembleia Constituinte, salvando-o da anarquia e da contrarrevolução. O Comitê para a Salvação do País e da Revolução confia em todos vós, cidadãos.

"Ninguém deve reconhecer a autoridade dos sectários! Ninguém deve cumprir suas ordens!

"De pé, para a defesa do país e da Revolução!

"Apoiai o Comitê para a Salvação do País e da Revolução! (Assinado):

"O Conselho da República Russa
"A Duma Municipal de Petrogrado
"O Tsique do Primeiro Congresso
"O Comitê Executivo dos Sovietes Camponeses
"As facções socialistas revolucionárias menchevique, social-democrata unificada, o grupo Edinstvo do 2º Congresso."

O Partido Socialista Revolucionário, os mencheviques, os *sovietes* camponeses, o Comitê Central do

Exército e da Marinha etc., também haviam lançado seus manifestos:

"...A fome aniquilará Petrogrado. Os exércitos alemães vão calcar aos pés a nossa liberdade. Os *pogroms* dos 'Cem Negros' devastarão a Rússia, se todos nós, operários, soldados, cidadãos conscientes, não nos unirmos.

"Não vos deixeis iludir pelas promessas dos bolcheviques! Sua promessa de paz imediata é uma mentira! Sua promessa de pão, um engodo! Sua promessa de terra, um conto de fadas!

"Camaradas! Os bolcheviques vos enganaram vil e criminosamente. Os bolcheviques tomaram o poder sozinhos. Esconderam a sua conspiração de todos os outros partidos, que também faziam parte dos *sovietes*. Eles vos prometem terras e liberdade. Mas a anarquia provocada pelos bolcheviques servirá, unicamente, para que a contrarrevolução triunfe e vos prive da terra e da liberdade..."

A linguagem dos jornais não era menos violenta:

"O nosso dever" – escrevia o *Dielo Naroda* – "é desmascarar esses traidores da classe operária. Nosso dever é mobilizar todas as forças para lutar em defesa da Revolução!"

O *Izvestia*, falando pela última vez em nome do antigo *Tsique*, anunciava uma punição terrível:

"Declaramos que o Congresso dos Sovietes nunca existiu. Eis nossa opinião sobre tal congresso. Declaramos que apenas se realizou uma conferência privada, da facção bolchevique, que, de maneira alguma, podia julgar-se no direito de destituir o *Tsique* de todos os seus poderes..."

O *Novaia Jizn* propunha a formação de novo governo, com a participação de todos os partidos socialistas, e criticava severamente os socialistas revolucionários e os mencheviques por se terem retirado do Congresso. Acrescentava que a significação da insurreição bolchevique era bem clara: depois dela, não se podia ter mais ilusão sobre a possibilidade de coalizão com a burguesia.

O Rabotchi Put, adotando o título de *Pravda**, o jornal de Lênin que fora proibido em julho, dizia orgulhosamente e em tom ameaçador:

"Operários, soldados, camponeses! Em março, derrubastes a tirania da nobreza! Ontem, assestastes um golpe decisivo na tirania da burguesia!

"A tarefa mais urgente, agora, é defender as vizinhanças de Petrogrado. Em segundo lugar, desarmar definitivamente os elementos contrarrevolucionários de Petrogrado.

"A terceira tarefa a executar é a organização definitiva do poder revolucionário, assegurando a realização do seu programa..."

Apareceram poucos jornais dos *cadetes*. A burguesia analisa os acontecimentos em tom irônico, como quem dissesse aos demais partidos: *"Eu não disse a vocês?"* Viam-se as figuras mais destacadas do Partido *Cadete* entre a Duma Municipal e o Comitê de Salvação. A burguesia esperava o momento de agir, que com certeza não iria tardar muito. Excetuando Lênin, Trotsky, os operários de Petrogrado e os soldados, ninguém acreditava que os bolcheviques poderiam manter-se no poder por mais de três dias. Nesse mesmo dia, à tarde, dirigi-me à Sala Nicolau, anfiteatro de teto alto, onde a Duma estava em sessão permanente, sempre agitada, congregando todas as forças da oposição. O velho prefeito Schreider, majestoso, com a cabeleira e a barba brancas, comunicava o resultado de sua visita, na noite anterior, ao Smolny, para protestar em nome do Governo Municipal Autônomo.

– A Duma, o único poder legal existente na Capital, eleito pelo sufrágio igualitário, direto e secreto, não reconhece o novo poder – dissera ele a Trotsky.

E Trotsky respondera:

– A própria Constituição nos dá o remédio para tal situação: dissolveremos a Duma e procederemos a novas eleições.

---

* A verdade.

Essas palavras provocaram exclamações de furor:

– Querem fazer reconhecer um governo à força de baionetas – continuou o velho, dirigindo-se à Duma. – Em breve, teremos tal governo! Mas eu só considero como legítimo aquele que for reconhecido pelo povo, pela maioria, e não um poder criado pela minoria usurpadora!

Aplausos entusiásticos em todos os bancos, menos na bancada bolchevique. Em meio do tumulto, o prefeito anunciou que os bolcheviques já tinham violado a autonomia municipal, designando comissários para diversos distritos.

O orador da facção bolchevique, procurando dominar o tumulto, gritou que a decisão do Congresso dos Sovietes significava que toda a Rússia aprovava a ação dos bolcheviques.

– Vós – acrescentou – não sois mais os verdadeiros representantes da população de Petrogrado! (Gritos: "Isso é um insulto!")

O velho prefeito, sem perder o ar solene, lembrou ao orador que a Duma fora eleita pelo voto popular mais livre que era possível existir.

– Sem dúvida – respondeu o orador bolchevique. – Mas quando foi isso? Há quanto tempo? Hoje, a Duma, o *Tsique* e os comitês do exército não representam mais ninguém!

– Não houve novo Congresso dos Sovietes! – gritavam na sala.

– A facção bolchevique nega-se a continuar por mais tempo neste ninho de contrarrevolução! (Tumulto.) Propomos a eleição de nova Duma...

E os bolcheviques abandonaram o recinto aos gritos de "Agentes da Alemanha! Abaixo os traidores!"

Tchingariov, um *cadete,* exigiu que todos os funcionários municipais que haviam aceito cargos do Comitê Militar Revolucionário fossem demitidos e julgados pelos tribunais. Schreider levantou-se com uma moção de protesto contra a ameaça de dissolução dos bolcheviques, na qual declarava que a Duma, como representante legal da população, negava-se a abandonar seu posto. A Sala de Alexandre, onde tinha lugar a reunião do Comitê da Salvação, estava abarrotada. Skobeliev falava novamente.

– A Revolução nunca esteve em situação tão crítica. Nunca, como agora, a existência do Estado russo esteve tão ameaçada. Nunca a História colocou na ordem do dia, de maneira tão brutal e categórica para a Rússia, a questão de ser ou não ser. Chegou o momento decisivo. É necessário salvar a Revolução. Compreendendo a imensa gravidade do momento, as forças vivas da democracia revolucionária se unem, num caldeamento expressivo de vontades organizadas. Surgiu, assim, o Comitê para a Salvação do País e da Revolução... Morreremos, mas não abandonaremos os nossos postos!

A notícia da adesão do Sindicato dos Ferroviários ao Comitê da Salvação foi recebida com ruidosas manifestações de alegria. Momentos depois, chegaram os representantes dos Correios e Telégrafos. Por último, entraram alguns mencheviques internacionalistas, que foram recebidos debaixo de palmas. Os ferroviários declararam que não reconheciam o poder bolchevique. Já haviam assumido o controle das estradas de ferro e não o entregariam a nenhum poder de usurpadores, fosse qual fosse. O delegado dos telegrafistas declarou que os operadores se recusavam a trabalhar sob a direção do comissário bolchevique. Os carteiros não entregariam a correspondência endereçada ao Smolny. As linhas telegráficas do Smolny estavam cortadas. Foi com vivo prazer que a Assembleia ouviu a narrativa da recepção que Uritsqui teve no Ministério do Exterior. Uritsqui exigira a entrega dos tratados secretos, mas Neratov expulsou-o, com o auxílio de todos os funcionários, que se declararam em greve.

Era a guerra. A guerra abertamente declarada; a guerra à maneira russa, pelas greves e pela sabotagem. O presidente leu uma lista de nomes e distribuiu tarefas. Este ficava encarregado da vigilância dos ministérios; outro, dos bancos etc. Uma comissão especial incumbiu-se de intervir junto aos soldados, nos quartéis, a fim de mantê--los em atitude neutra. ("Soldados russos! Não derramai o sangue de vossos irmãos!") Uma comissão devia partir para conferenciar com Kerensky. Outros seguiriam para diversos pontos do país, a fim de criar sucursais do Comitê de Salvação e unificar todas as correntes antibolcheviques.

A Assembleia fervilhava de indignação: "Será possível! Então, esses bolcheviques querem ditar leis à *intelligentsia**, às pessoas cultas? Eles vão ver o que é bom!" O contraste entre essa assembleia e o Congresso dos Sovietes era, de fato, surpreendente. No Congresso, viam-se soldados esfarrapados, operários de mãos calosas, camponeses pobres, curvados, estampando no rosto todo o sofrimento da luta brutal pela vida. Aqui estavam os chefes mencheviques e socialistas revolucionários – os Avksentiev, os Dan, os Lieber – os antigos ministros socia-listas – os Skobeliev, os Tchernov, ombro a ombro com os *cadetes,* como o melífluo Shatsky, o perfumado Vinaver, com jornalistas, estudantes, intelectuais de quase todas as tendências. Na Duma, todos estavam bem nutridos, bem--vestidos; entre eles, não vi mais do que três proletários...

As notícias chegavam. Os fiéis *teqkhntsi* de Kornilov haviam degolado o grupo de proteção pessoal do chefe, em Bicov. Kornilov conseguira fugir. Kaledin avançava para o Norte. O Soviete de Moscou também organizara um comitê militar revolucionário e já estava em negociações com o comandante militar da cidade para obter o arsenal e armar os operários.

Enquanto isso, circulavam os mais disparatados boatos, na maioria sem nenhum fundamento, exageros e deturpações de fatos, ou simples mentiras. Assim, por exemplo, um jovem *cadete,* muito vivo, antigo secretário

---

* Elite intelectual.

particular de Miliukov e de Terestchenko, chamou-nos em particular para contar pormenorizadamente a ocupação do Palácio de Inverno:

— Os bolcheviques eram comandados por oficiais alemães e austríacos – afirmou.

— Será possível? – respondemos por cortesia. – Como foi que conseguiu saber isso?

— Por um amigo meu. Esteve presente e viu esses oficiais.

— Como pôde ele saber que eram oficiais alemães?

— Ora, pelo uniforme!

Boatos absurdos como este circulavam às centenas. E não eram veiculados apenas pela imprensa antibolchevique. Muitos personagens importantes, como certos socialistas revolucionários considerados amigos da verdade, também os levavam a sério...

Quase sempre, as histórias referiam-se a violências ou ações de terroristas praticadas pelos bolcheviques. Dizia-se e imprimia-se, por exemplo, que os guardas vermelhos não só haviam saqueado o Palácio de Inverno, como tinham assassinado os *junkers,* depois de desarmá-los, matando também alguns ministros... As mulheres-soldados haviam sido todas violentadas tão barbaramente, que muitas, para escapar às torturas, se tinham suicidado.

A Duma Municipal aceitava todas essas mentiras sem discutir. Mas o pior foi que, nessas narrativas fantásticas, impressas nos jornais com minúcias horripilantes, se citavam, frequentemente, os nomes das supostas vítimas. E a Duma foi invadida por uma multidão de mães, pais e esposos, loucos de dor, que queriam saber, ao certo, se as notícias publicadas sobre seus parentes eram, de fato, verdadeiras.

O caso do príncipe Tumanov foi típico. Segundo os jornais, seu corpo fora encontrado boiando no Moica. Horas depois, a família do príncipe desmentiu a notícia, dizendo que ele estava preso. Mas, como era absolutamente necessário identificar o cadáver, a imprensa afirmou que era o corpo do general Denissov. Entretanto, o general também estava vivo. De minha parte, fiz um rigoroso inquérito e, por mais que procurasse e indagasse, não encontrei em parte alguma nem sombras desse cadáver.

Quando saí da Duma, dois homens distribuíam manifestos a uma enorme multidão que enchia a Avenida Nevski, multidão composta quase que exclusivamente por homens de negócios, pequenos comerciantes, funcionários e empregados.

Apanhei um e li.

"Em sua sessão de 26 de outubro, a Duma Municipal, em virtude da situação, decretou que os domicílios particulares são invioláveis e convidou a população de Petrogrado, por intermédio dos 'comitês de residência', a se opor a qualquer tentativa de invasão das residências pela força, recorrendo às armas, sem vacilação, no próprio interesse dos cidadãos."

No extremo da Liteini, cinco ou seis soldados vermelhos e dois ou três marinheiros cercavam um jornaleiro exigindo que lhes entregasse todos os exemplares do jornal menchevique *Rabotchata Gazeta* (A Gazeta Operária). Furioso, gritando e gesticulando, o jornaleiro protestava, até que um dos marinheiros arrancou-lhe violentamente os jornais.

Uma multidão, ameaçadora, insultando a patrulha, juntou-se no local do incidente. Um operário procurava convencer os presentes e o jornaleiro:

– Este jornal publicou a proclamação de Kerensky, dizendo que matamos os russos e que, por isso, vai correr sangue...

O Smolny trabalhava incessantemente; não digo mais do que nunca, porque isso era impossível. Sempre o mesmo vaivém, nos corredores mal iluminados; grupos operários, armados de fuzis; chefes políticos com as pastas cheias de papéis, dando explicações, ordens, correndo, cercados de amigos e de colaboradores. Homens completamente fora de si, prodígios vivos de vigília e de trabalho, com a barba por fazer, os olhos queimados pela febre, andando em linha reta para o objetivo fixado, arrastados por uma irresistível excitação. Havia tanta coisa por fazer! Tanta coisa! Assumir a direção de todos os órgãos do Governo; organizar a cidade; garantir a fidelidade da guarnição; lutar contra a Duma e o Comitê de Salvação; conter os exércitos alemães; preparar a luta contra Kerensky; levar a notícia desses acontecimentos às províncias; fazer propaganda em Arcangel, em Vladivostoque... Os funcionários do Estado e da Capital não queriam obedecer às ordens dos comissários. Nos Correios e Telégrafos, eles se negavam a garantir o funcionamento do serviço de comunicações. Os ferroviários não atendiam aos pedidos de trens. Kerensky aproximava-se. A guarnição não estava completamente firme e ainda vacilava. Os cossacos organizavam um ataque... Contra os bolcheviques lutavam, não só a burguesia organizada, como todos os partidos socialistas, com exceção apenas da esquerda socialista revolucionária, de alguns mencheviques internacionalistas e de vários sociais-democratas internacionalistas. Mesmo esses não tinham ainda tomado posição definida. Os bolcheviques só podiam contar, pois, com a massa operária e os soldados. O número dos camponeses que os apoiavam era até então desconhecido. Não contavam, também, com grande quantidade de homens cultos e experientes.

Riazanov, enquanto subia a escadaria principal, dizia-me, gesticulando e gracejando, que ele, comissário do Comércio, não conhecia coisa alguma de negócios. Na sala de café do primeiro andar, só a um canto, estava um homem envolvido num capote de pele de cabra – eu ia dizer que ele não tirava esse capote nem para dormir, mas, na verdade, esse homem mostrava claramente, pelo seu aspecto, que não dormia há vários dias – com a barba de três dias, amontoando nervosamente algarismos numa folha de papel sujo, mordendo de vez em quando o lápis. Era Menjinsky, comissário das Finanças do Ministério da Fazenda. Fora designado para esse cargo unicamente porque era antigo empregado do Banco Francês. E aqueles quatro homens que saíam a correr do Comitê Militar Revolucionário, tomando apressadamente algumas notas em pedaços de papel, eram comissários que iam partir para os quatro cantos da Rússia, levando notícias e argumentos para combater o inimigo por todos os meios ao seu alcance.

O Congresso reunir-se-ia à uma hora. Mas, a grande sala de sessões, muito antes, já estava cheia. Até as sete horas, a Presidência não apareceu. Os bolcheviques e os socialistas revolucionários de esquerda realizavam reuniões em suas salas. Durante toda a tarde, Lênin e Trotsky discutiam acaloradamente, combatendo várias correntes e tendências de conciliação, que se manifestavam dentro das próprias fileiras. Uma parte dos bolcheviques era da opinião de que se deviam fazer tantas concessões quantas fossem necessárias para a formação de um governo de coalizão socialista. "Sozinhos, não nos poderemos manter", gritavam. "Todos contra nós. Não temos homens para atender a todas as necessidades. Ficaremos isolados e cairemos." Tal era a linguagem de Kamenev, Riazanov e outros.

Mas, Lênin, apoiado por Trotsky, continuava firme como um rochedo.

– Os que querem um compromisso, aceitem primeiro o nosso programa. Serão, então, imediatamente admitidos por nós. Não cederemos uma só polegada. Se, entre nós, há indivíduos que não têm coragem nem vontade de arriscar-se como nós nos arriscamos, que esses se retirem e se juntem aos outros poltrões e conciliadores! Com o apoio dos soldados e dos operários, marcharemos para a frente!

Às sete e cinco, os socialistas revolucionários comunicaram que continuariam no Comitê Militar Revolucionário.

– Vocês estão vendo – disse Lênin –, eles nos acompanham!

Um pouco mais tarde, na mesa de imprensa, situada na grande sala de sessões, onde nos havíamos sentado, fomos abordados por um anarquista, que colaborava em vários jornais burgueses, pedindo-nos que fôssemos ver o que a Presidência estava fazendo. Na sala do *Tsique* não havia ninguém. Fomos à sala do Soviete de Petrogrado e também a encontramos vazia. Percorremos todo o Smolny, sala por sala. Ninguém soube dizer onde se encontrava o órgão dirigente do Congresso. Enquanto atravessávamos o Smolny, meu companheiro descrevia seu passado revolucionário e as saudades que sentia do seu longo e agradável desterro na França. Sobre os bolcheviques, disse-me que eram indivíduos de baixa esfera, grosseiros, ignorantes e desprovidos de sentimentos estéticos. Estava ao meu lado um espécime típico da *intelligentsia russa*... Cheguei, afinal, à sala nº 7, onde se instalara o Comitê Militar Revolucionário, que trabalhava no meio de uma agitação terrível. Abriu-se a porta e saiu um homem gorducho, com o semblante abatido, vestindo uniforme sem distintivos. Parecia sorrir. Mas logo verifiquei que aquele sorriso era quase apenas uma contração forçada e permanente de cansaço. Era Krylenko.

Meu companheiro, jovem de educação esmerada, soltou uma exclamação de alegria e dirigiu-se para ele:

– Nikolai Vasilyevich – disse, estendendo a mão. – Não me conhece mais, camarada? Estivemos juntos na prisão!

Krylenko parou e fez um esforço de memória, olhando-o fixamente:

– Ah, sim! – respondeu afinal, olhando o outro com visível simpatia. – Você... Como está?

Abraçaram-se.

– Que faz por aqui?

– Vim somente para vê-lo... Parece que os seus vão bem...

– Sem dúvida – respondeu Krylenko, com um tom de voz que denotava grande força de vontade. – A Revolução Proletária está vitoriosa em toda a linha.

E acrescentou:

– Mas é bem possível que nos encontremos novamente na prisão.

Meu companheiro despediu-se de Krylenko e veio ao meu encontro. Disse-me, então:

– Como sabe, sou discípulo de Cropotquine. Para nós, a Revolução é um grande erro, porque não despertou nas massas o sentimento patriótico. Isso demonstra que o povo russo não está ainda preparado para a Revolução.

Exatamente às oito horas e quarenta minutos, uma tempestade de aplausos anunciou a chegada da Presidência, com Lênin, o grande Lênin, à frente.

Uma silhueta baixa. Cabeça redonda e calva, mergulhada entre os ombros. Olhos pequenos, nariz rombudo, boca larga e generosa. Mandíbula pesada. Estava completamente barbeado. Mas a sua barba, dantes tão conhecida e que daquele momento em diante iria ser eterna, já começava a despontar novamente. O casaco estava puído; as calças eram compridas demais. Sua aparência física não indicava que ele poderia ser um ídolo das multidões. Mas foi querido e venerado como poucos chefes em toda a História. Um estranho chefe popular. Chefe só pelo poder do espírito. Sem brilho, sem ditos chistosos, intransigente e sempre em destaque, sem a menor particularidade interessante, mas possuindo, em alto grau, a capacidade de explicar ideias profundas em termos simples e de analisar concretamente as situações. Senhor de prodigiosa audácia intelectual. Tal era Lênin. Kamenev leu um relatório expondo a atividade do Comitê

Militar Revolucionário: abolição da pena de morte no exército; restabelecimento da liberdade de propaganda; libertação de todos os soldados e oficiais detidos por motivos políticos; ordem de prisão contra Kerensky; confiscação dos estoques de gêneros de primeira necessidade acumulados nos grandes armazéns particulares. Ouviu-se delirante salva de palmas.

Em seguida, o orador do *Bund* (facção social-democrata israelita) pediu a palavra. Na sua opinião, a atitude intransigente dos bolcheviques ia determinar a morte da Revolução. Eis por que, dizia ele, os delegados do *Bund* se julgavam na obrigação de não continuar participando do Congresso. (Gritos: "Nós pensávamos que vocês já tivessem ido embora desde ontem! Podem retirar-se, quantas vezes quiserem!")

Substitui-o na tribuna o representante dos mencheviques internacionalistas. (Aparte: "Que é isso? Você ainda tem coragem de aparecer aqui?") O orador explicou que só uma parte dos mencheviques internacionalistas havia se retirado do Congresso. Os demais estavam dispostos a continuar.

– Julgamos que a passagem do poder para as mãos dos *sovietes* será, não só perigosa, como talvez fatal. (Interrupções.) Mas achamos que nossa obrigação é permanecer no Congresso, para aqui votar contra a passagem do poder para as mãos dos *sovietes*.

Outros oradores ocuparam a tribuna, aparentemente sem nenhuma ordem. Um delegado dos mineiros da bacia do Donetz pediu que o Congresso tomasse todas as providências necessárias para evitar que Kaledin interrompesse o abastecimento de carvão e víveres da cidade. Alguns soldados, recém-chegados das trincheiras, em nome de seus regimentos, transmitiram as saudações entusiásticas dos companheiros. Afinal, Lênin levantou-se. Apoiando-se no parapeito da tribuna, percorreu a assistência com seus olhinhos piscos, aparentemente insensível à imensa ovação da Assembleia, que o aclamou durante vários minutos. Quando as palmas abrandaram, disse, simplesmente:

— Passemos agora à edificação da ordem socialista. — Novamente, estalou na sala uma formidável tempestade de aplausos. — Em primeiro lugar — continuou —, é necessário agir praticamente no sentido de se obter a paz. Vamos fazer propostas de paz a todos os povos dos países beligerantes, na base das condições soviéticas, isto é, vamos propor uma paz sem anexações e com o direito dos povos disporem de si próprios. Ao mesmo tempo, como sempre prometemos, vamos publicar e repudiar os tratados secretos. O problema da guerra e da paz é tão claro, que creio poder ler, sem mais preâmbulos, um projeto de manifesto dirigido aos povos de todos os países beligerantes.

Sua grande boca parecia sorrir. Abria-se inteiramente quando falava. A voz, apesar de rouca, não era desagradável. Estava como que endurecida por anos e anos de discursos. As palavras saíam num tom monótono, sempre igual. Tinha-se a impressão de que sua voz nunca mais ia se interromper. Quando desejava frisar, deixar bem clara uma frase, uma ideia, Lênin inclinava-se ligeiramente para a frente. Não gesticulava. E, a seus pés, milhares de rostos simples estavam voltados para ele, numa expressão de profunda alegria interior, numa espécie de intensa adoração.

Lênin começou a ler:

"PROCLAMAÇÃO AOS POVOS E AOS GOVERNOS DE TODOS OS PAÍSES BELIGERANTES

"O Governo Operário e Camponês, que surgiu da Revolução dos dias 6 e 7 de novembro, apoiado nos *sovietes* dos deputados operários, soldados e camponeses, propõe a todos os povos beligerantes e aos seus governos a abertura imediata de negociações, visando ao estabelecimento de uma paz democrática e justa.

"Pela expressão *paz democrática e justa* – paz ardentemente desejada pela imensa maioria dos operários e das classes laboriosas esgotadas pela guerra, paz que os operários e camponeses russos, depois de terem derrubado o governo tzarista, sempre exigiram –, o Governo entende uma paz imediata e sem anexações, isto é, sem a conquista de territórios de outros países, sem a submissão violenta de populações de outras nacionalidades e sem indenizações.

"O Governo da Rússia propõe a todos os povos beligerantes a conclusão imediata dessa paz e declara-se disposto a tomar, sem perda de tempo, todas as medidas decisivas necessárias, até que as assembleias autorizadas dos diferentes povos e nações ratifiquem as condições da mesma.

"Entendemos como anexação e conquista de territórios de outros países, de acordo com a concepção do direito da democracia em geral e da classe operária em particular, toda a união pela força de povos pouco numerosos e débeis a um Estado grande e poderoso, sem a expressão clara, precisa e livre do consentimento e do desejo do povo, seja qual for o grau de civilização do povo anexado ou mantido anexado, seja qual for a época em que tal união se tenha realizado pela força dentro das fronteiras de outro Estado, esteja esse povo na Europa ou nos longínquos países de além-mar.

"Se um povo se encontra submetido pela força dentro das fronteiras de outro Estado; se, apesar do desejo por ele expressado por meio da imprensa, de comícios populares, de resoluções de partidos políticos ou por meio de motins e sublevações contra a opressão nacionalista, esse povo não obtiver o direito de escolher a sua forma de governo por sufrágio universal livre, isto é, sem a menor pressão e depois da retirada de todas as forças militares do Estado que realizou a 'união' ou que é o mais forte, tal 'união' será uma anexação, uma conquista e um ato de violência.

"Na opinião do Governo, a continuação desta guerra para resolver a questão da divisão entre as nações fortes e ricas das nacionalidades débeis por elas conquistadas é o maior crime que se pode cometer contra a Humanidade. Por isso, proclama, solenemente, sua resolução de assinar imediatamente a paz para pôr fim a esta guerra, nas condições acima expostas, paz igualmente justa para todas as nacionalidades, sem exceção.

"Por outro lado, o Governo declara que não dá às suas condições de paz o caráter de um *ultimatum*; isto é, está disposto a examinar todas as que lhe vierem a ser apresentadas, mas insiste em que essas propostas sejam formuladas com a maior rapidez possível, com a maior clareza, sem nenhuma ambiguidade e nenhum caráter secreto.

"O Governo resolve abolir a diplomacia secreta e manifesta sua firme vontade de realizar todas as negociações à luz do dia, diante dos olhares do mundo inteiro. Resolve, também, publicar imediatamente todos os tratados secretos ratificados e concluídos pelo governo dos grandes proprietários e dos capitalistas no período compreendido entre março e 7 de novembro de 1917. Todas as cláusulas desses acordos secretos, cuja finalidade era apenas proporcionar vantagens e privilégios aos grandes proprietários de terras e capitalistas russos, bem como manter e aumentar as anexações já realizadas pelo imperialismo russo, ficam denunciadas desde agora e sem reservas pelo Governo.

"Propondo a todos os governos e a todos os povos a abertura de negociações públicas no sentido da obtenção da paz, o Governo declara-se disposto a negociar telegraficamente, por escrito ou por meio de conversações, com os representantes dos diversos países, ou por meio de conferências em que se reúnam esses representantes. Para facilitar tais conversações, o Governo enviará plenipotenciários aos países neutros.

"Este Governo propõe a todos os governos e a todos os povos dos países beligerantes a aceitação de um armistício imediato, julgando que a duração desse armistício deverá ser, no mínimo, de três meses, isto é, um prazo suficiente, não só para que se realizem as conferências entre os representantes de todos os povos, sem exceção de nenhum, que foram arrastados à guerra ou obrigados a dela participarem, como para que nos diferentes países sejam convocadas assembleias com poderes para ratificar definitivamente as condições de paz.

"Ao mesmo tempo que dirige a presente proposta de paz aos governos e aos povos de todos os países beligerantes, o Governo Provisório Operário e Camponês da Rússia dirige-se, particularmente, aos operários conscientes das três nações mais adiantadas da Humanidade e aos três Estados mais importantes e mais interessados na guerra atual: a Inglaterra, a França e a Alemanha. Os operários desses países são os trabalhadores que prestaram enormes serviços à causa do progresso e do socialismo. Os magníficos exemplos do cartismo, na Inglaterra; a série de revoluções de importância mundial, realizadas pelo proletariado francês, e também, na Alemanha, a heroica luta contra as leis de exceção, da mesma forma que a lenta formação das organizações de massas do proletariado alemão por meio de esforço tenaz e disciplinado que pode servir de exemplo ao proletariado do mundo inteiro; todos esses exemplos de heroísmo proletário, esses monumentos da evolução histórica, constituem para nós garantia segura de que os operários dos referidos países compreenderão que o seu dever é libertar a humanidade dos horrores e das consequências da guerra; é uma garantia de que esses operários, por meio de uma ação geral, decisiva e irresistivelmente enérgica, ajudar-nos-ão a conduzir a causa da paz até uma solução feliz e, ao mesmo tempo, a libertar as massas exploradas de toda escravidão e de toda exploração."

Quando a tempestade de aplausos serenou, Lênin acrescentou:

– Propomos que o Congresso ratifique esta declaração. Vamos dirigi-la ao mesmo tempo aos governos e aos povos porque, dirigindo-a unicamente aos povos dos países beligerantes, poderíamos retardar a conclusão da paz. As condições de paz, elaboradas durante o armistício, serão ratificadas pela Assembleia Constituinte. Fixamos a duração do prazo em três meses, porque desejamos conceder aos povos um repouso tão grande quanto possível depois de tão sangrento extermínio e porque, nesse prazo, poderão eleger seus representantes. Esta proposição de paz vai merecer a oposição de todos os governantes imperialistas. Não temos a esperança de que a revolução vá estalar, dentro de pouco tempo, em todos os países beligerantes. Por esse motivo, dirigimo-nos particularmente aos operários da França, da Inglaterra e da Alemanha. A Revolução de 6-7 de novembro – disse, terminando – inaugurou na História a era da *Revolução Social.* O movimento operário, em nome da paz e do socialismo, vencerá e realizará sua missão.

Em tudo isso, havia algo de impressionante. O tom calmo e poderoso com que ele dizia as coisas comovia as almas. Era por isso que a multidão acreditava, quando Lênin falava.

Foi rapidamente resolvido que só os representantes dos grupos políticos usariam da palavra para manifestar-se a respeito do projeto e que o tempo máximo de cada intervenção seria de quinze minutos.

O primeiro orador foi Karelin. Falou em nome da esquerda socialista revolucionária.

– Nosso grupo – disse – não teve oportunidade de participar da elaboração da proclamação que acaba de ser lida. Ela foi redigida unicamente pelos bolcheviques. Mas votamos a favor do texto dessa proclamação, cujo espírito se harmoniza com o nosso ponto de vista.

Em nome dos sociais-democratas internacionalistas, falou Kramarov, volumoso, míope, que mais tarde iria tornar-se célebre no papel de palhaço da oposição.

– Só um governo organizado com a participação de todos os partidos – disse – pode ter autoridade necessária para entabular negociações de tão grande vulto. Se se organizar um governo de coalizão socialista, o grupo que represento apoiará integralmente o programa; caso contrário, só poderemos apoiá-lo parcialmente. Sobre o manifesto que foi lido, devo declarar que nós, internacionalistas, concordamos com seus artigos fundamentais.

No meio de crescente entusiasmo, os diferentes grupos votaram a favor da proclamação: os sociais-democratas ucranianos, os sociais-democratas lituanos, os sociais-democratas populares, os sociais-democratas poloneses, os socialistas poloneses (estes manifestaram sua preferência por um governo de coalizão socialista), os sociais-democratas letões.

Alguma coisa havia despertado bruscamente em todos aqueles homens. Um deles falou na "revolução mundial em marcha, de que somos a vanguarda". Outro, da "nova era de fraternidade, em que todos os povos formarão uma só família..."

Um delegado fez a seguinte observação, em caráter pessoal:

– Há uma contradição: inicialmente, vocês disseram que desejam uma paz sem anexações. Em seguida, vocês dizem que vão tomar em consideração todas as propostas de paz. Tomar em consideração significa aceitar...

Lênin interrompeu-o bruscamente dizendo:

– Queremos uma paz justa. Mas não receamos uma guerra revolucionária. É bem provável que os governos imperialistas não respondam ao nosso apelo. Evitamos, no entanto, lançar um *ultimatum*, porque poderiam responder facilmente com um não. Se o proletariado alemão compreender que estamos dispostos a examinar todas as propostas de paz que nos forem dirigidas, isso poderá muito bem tornar-se a gota d'água que fará transbordar o copo... E a Revolução rebentará na Alemanha! Estamos dispostos a examinar todas as condições de paz, mas isto não quer dizer que as aceitaremos. Estamos dispostos a lutar até o fim por algumas das nossas condições, mas há outras pelas quais não vale a pena continuar a guerra. O que desejamos, antes de mais nada, sobretudo, é acabar com a guerra.

Às 10h35, Kamenev pediu que todos os que estivessem de acordo com a proclamação erguessem os braços. Um só delegado ousou votar contra. Mas os protestos contra sua atitude foram tão violentos que retirou o voto... A proclamação foi aprovada, assim, por unanimidade.

Sob o domínio de um sentimento comum, todos, insensivelmente, se levantaram. Então, irrompeu em uníssono, num lento "crescendo", de todas as bocas, a *Internacional*. Um velho soldado de cabelos brancos chorava como criança. E o canto reboava pela sala, fazendo estremecer as janelas e as portas, indo perder-se, correndo, no céu silencioso. "A guerra acabou!" "A guerra acabou!", gritava ao meu lado um jovem operário, radiante de contentamento. Em seguida, quando terminaram e ainda continuavam de pé, alguém gritou: "Camaradas! Lembremo-nos dos que tombaram pela causa da liberdade!" Entoaram, então, a *Marcha Fúnebre,* esse cântico ao mesmo tempo majestoso, melancólico e triunfante, tão russo, tão comovente. A *Internacional* era, afinal, um hino estrangeiro. A *Marcha Fúnebre,* ao contrário, parecia ser a própria alma das grandes massas russas, cujos delegados, reunidos naquela sala, construíram, com sua visão ainda imprecisa, uma Rússia nova... e talvez muito mais.

> *"Oh! Irmãos caídos na luta fatal,*
> *Vítimas do sagrado amor pelo povo*
> *Por ele tudo destes;*
> *Por sua honra, a vida e a liberdade.*

Sofrestes em tenebrosos presídios,
Condenados por verdugos infames;
Sofrestes no desterro, sob o peso dos grilhões...
Adeus, irmãos! Trilhastes pela senda verdadeira.
Um dia há de chegar, e o povo há de despertar
Grande, poderoso e livre...
Adeus, irmãos..."

Pela vitória da grande causa, muitos mártires tombados na primavera haviam descido, para descansar para sempre, no Túmulo Fraternal do Campo de Marte. Pela causa, milhares e dezenas de milhares de homens haviam morrido nos presídios, no desterro, nas minas, na Sibéria. Talvez nem tudo se tenha passado como eles esperavam, nem tampouco como a *intelligentsia* desejava. Mas o fato estava consumado. O fenômeno se produzira, brutalmente, irresistivelmente, desprezando as fórmulas e o sentimentalismo, em toda a sua realidade!

Em seguida, Lênin leu o decreto sobre a terra:

"1. Fica abolida a propriedade privada da terra, sem qualquer indenização.

"2. Todas as grandes propriedades territoriais, todas as terras pertencentes à Coroa, às ordens religiosas, à Igreja, compreendendo o gado, o material agrícola e os edifícios com todas as suas dependências, ficam à disposição dos comitês distritais agrários e camponeses até a reunião da Assembleia Constituinte.

"3. Todo e qualquer prejuízo causado à propriedade confiscada, que pertence definitivamente ao povo, será considerado como grave delito, e os culpados serão julgados pelos tribunais revolucionários. Os *sovietes* distritais dos deputados camponeses devem adotar as medidas necessárias à manutenção da ordem mais rigorosa no momento da transmissão da propriedade da terra, no sentido de determinar sua superfície e a designação das submetidas ao confisco, com o fim de se estabelecer o inventário de todas as propriedades confiscadas e a mais severa proteção revolucionária das explorações agrícolas, dos edifícios, dos utensílios, do gado, dos produtos etc., que devem ser entregues ao povo.

"4. Até decisão definitiva da Assembleia Constituinte, a aplicação das grandes reformas agrárias deve ser orientada pela *Instrução Camponesa* apensa a este, estabelecida de acordo com as 242 instruções camponesas locais pela redação do *Izvestia* do Soviete Panrusso dos Deputados Camponeses e publicada no número 88, do *Izvestia*. (Petrogrado, número 88, de 19 de agosto de 1917.)

"As terras dos camponeses e dos cossacos, que servem como soldados no exército, não serão confiscadas."

– Não se trata – declarou Lênin – de um projeto semelhante ao do antigo ministro Tchernov, que queria realizar as reformas por cima. O problema da divisão da terra deve ser resolvido pela base, por baixo, no próprio campo. A porção de terra que cada camponês irá receber não será a mesma em todos os lugares. Sob o Governo Provisório, os grandes proprietários negavam-se pura e simplesmente a obedecer às ordens dos comitês agrários, desses comitês concebidos por Ivov, realizados por Tchingariov e administrados por Kerensky.

Antes do começo dos debates, um homem abriu passagem, aos empurrões, através da assistência e subiu precipitadamente à tribuna. Era Pianique, membro do Comitê Executivo dos Sovietes Camponeses. Estava extraordinariamente furioso.

– O Comitê Executivo do Congresso Panrusso dos Deputados Camponeses protesta contra a prisão de nossos camaradas, os ministros Salasquine e Maslov – gritou brutalmente, fixando a assembleia. Exigimos sua libertação imediata! Estão na Fortaleza de Pedro e Paulo. Precisamos agir imediatamente. Não há um instante a perder.

Foi substituído na tribuna por um soldado, com a barba em desordem e os olhos chamejantes:

– Vocês estão aqui sentados, falando em dar as terras aos camponeses. Mas, agem como tiranos e usurpadores no que diz respeito aos representantes eleitos pelos camponeses. Quero preveni-los – acrescentou, levando o punho em atitude ameaçadora – de que, se tocarem num só dos seus cabelos, haverá uma revolta.

A assembleia começou a agitar-se.

Trotsky levantou-se, tranquilo, sarcástico, consciente da sua força, saudado por aclamações:

– Ontem mesmo – disse – o Comitê Militar Revolucionário resolveu soltar os ministros socialistas revolucionários e os mencheviques Maslov, Salasquine, Gvosdiov e Maliantovitch. Se eles ainda estão na Fortaleza de Pedro e Paulo é porque estamos imensamente ocupados, sem tempo para nada. Mas, mesmo depois de soltos, ficarão em suas casas severamente vigiados até que possamos esclarecer o grau de sua cumplicidade na traição de Kerensky, durante a tentativa de Kornilov.

– Em nenhuma revolução, em nenhuma época, se viu ação semelhante – vociferou Pianique.

– Você está enganado – replicou Trotsky. – Vimos muita coisa dessa natureza no decorrer da Revolução. Durante as jornadas de julho, centenas de nossos camaradas foram presos... Quando a companheira Kollontai foi posta em liberdade por ordem do médico, Avksentiev colocou-lhe na porta dois antigos agentes da polícia secreta tzarista.

Os camponeses bateram em retirada, resmungando, no meio de exclamações irônicas.

Em seguida, o representante dos socialistas revolucionários da esquerda falou sobre o decreto das terras. Seu grupo o aprovava em linhas gerais, mas não aceitava a votação sem discussão prévia. Era necessário consultar os *sovietes*.

Os mencheviques internacionalistas não queriam votar sem antes reunir seu grupo.

O chefe dos maximalistas – a ala anarquista dos camponeses – expressou-se da seguinte maneira:

– Devemos inclinar-nos diante do partido que, desde os primeiros momentos, sem frases, agiu concretamente, tomando tal providência.

Depois, um camponês típico, de longos cabelos e botas, apareceu na tribuna. Inclinou-se para cada canto da sala, cumprimentando, e disse:

– Saúdo a todos, camaradas e cidadãos. Perto daqui, alguns *cadetes* estão passeando. Se prenderam nossos camponeses socialistas, por que não prendem também esses?

Tais palavras levantaram viva discussão entre os camponeses, muito semelhante à da véspera, entre os soldados. Via-se que, indiscutivelmente, estavam ali os verdadeiros proletários da terra. Um deles declarou:

– Os membros do nosso Comitê Executivo, da marca de Avksentiev e dos outros, que nós pensávamos serem nossos protetores, defensores dos interesses dos camponeses, não são senão *cadetes* sem vergonha! Precisam também ir para a cadeia! É preciso prendê-los.

E outro:

– Quem são Pianique e Avksentiev? Não são camponeses. São bons para conversa fiada.

A assembleia viu que esses camponeses eram seus irmãos e os aplaudiu. Os socialistas revolucionários propuseram que se suspendessem os trabalhos por meia hora. Alguns delegados já se encaminhavam para as portas. Mas, Lênin ergueu-se e disse:

– Não temos tempo a perder, camaradas! É preciso que os jornais de amanhã, pela manhã, publiquem notícias da maior importância para a Rússia. Não podemos, portanto, perder tempo. Dominando o ruído das discussões e o arrastar dos pés no chão, ouviu-se a voz de um emissário do Comitê Revolucionário, que gritava:

"Quinze agitadores para a sala nº 7. Imediatamente! Vão para as trincheiras!..."

Duas horas e meia depois, os delegados começaram a aparecer. A Presidência novamente se instalou à mesa. E reabriu-se a sessão com a leitura de telegramas anunciando a adesão de vários regimentos ao Comitê Militar Revolucionário. A assembleia pouco a pouco foi se ambientando, sentindo-se mais à vontade.

Um delegado das tropas russas em operações na frente macedônica fez descrição comovedora da situação dos soldados: "Os nossos 'aliados' fazem-nos sofrer mais que os próprios inimigos". Os delegados do 10º e do 12º exércitos, recém-chegados, declararam: "Estamos com vocês. Todas as nossas forças estão à disposição de vocês". Um soldado camponês protestou contra a libertação dos "sociais-traidores Maslov e Salasquine". Referiu-se ao Comitê Executivo dos Sovietes Camponeses dizendo que seus membros deviam ser presos em massa.

Agora, falava-se a verdadeira linguagem revolucionária. Um deputado das tropas russas da Pérsia declarou que tinha ordens de exigir a entrega de todo o poder aos *sovietes*. Outro orador, oficial ucraniano, falando no idioma materno, disse: "O nacionalismo não tem nada a ver com a crise atual. Viva a ditadura mundial do proletariado!" Desse momento em diante, ninguém poderia reduzir a Rússia ao silêncio.

Kamenev afirmou, então, que as forças antibolcheviques procuravam fomentar desordens no país e leu o seguinte apelo do Congresso dirigido a todos os *sovietes* da Rússia:

"O Congresso Panrusso dos Sovietes convida o Governo Provisório a tomar sérias medidas contra as tentativas contrarrevolucionárias e os *pogroms* antissemitas ou de outra natureza. A honra da Revolução dos operários, dos camponeses e dos soldados exige que nenhum *pogrom* seja tolerado.

"A Guarda Vermelha de Petrogrado, a guarnição revolucionária e os marinheiros estão mantendo a mais estrita ordem na Capital.

"Operários, soldados, camponeses! Segui em todos os lugares o exemplo dos operários e dos soldados de Petrogrado!

"Camaradas, soldados e cossacos! A conservação da verdadeira ordem revolucionária é um tarefa que vos cabe!"

Às duas horas, foi posto em votação o decreto sobre a terra. Só se registrou um voto contra. Os delegados camponeses estavam radiantes de alegria. Dessa maneira, os bolcheviques, destruindo todas as oposições, lançavam-se à ação, irresistivelmente. Eram os únicos que possuíam programa claramente definido. Todos os outros, há oito meses, em lugar de agir, entregavam-se, unicamente, a discussões acadêmicas e estéreis.

Um soldado, muito magro, esfarrapado, protestou veementemente contra o artigo da *Instrução Camponesa* que privava os desertores de todos os direitos na partilha da terra nas aldeias. Foi recebido, a princípio, com protestos e assobios. Mas sua palavra simples e comovente impôs pouco a pouco o silêncio.

– Atirado contra a vontade à matança das trincheiras – gritou – nesta criminosa e absurda carnificina que vocês mesmos condenaram no decreto sobre a terra, o soldado concentrou na Revolução todas as suas esperanças de paz e liberdade. De paz? O Governo Kerensky obrigou-o a voltar à Galícia para continuar matando. E Terestchenko respondeu com gargalhadas aos pedidos dos soldados nesse sentido. De liberdade? No Governo Kerensky, os comitês de soldados foram dissolvidos, seus jornais interditados, seus oradores detidos. Nas aldeias, os grandes proprietários zombavam dos comitês agrários e prendiam seus membros. Em Petrogrado, a burguesia, aliada aos alemães, obstruía a remessa de víveres e de munições, destinadas ao exército, que morria de fome, sem calçado e sem roupas. Quem foi o culpado da deserção? O Governo de Kerensky, que vocês derrubaram!

Quando desceu da tribuna, recebeu vibrantes aplausos. Mas outro soldado refutou, apaixonadamente:

– O Governo de Kerensky não pode ser invocado para justificar um ato tão indigno como a deserção, declarou. Os desertores são covardes, porque voltam para as suas casas, deixando os camaradas das trincheiras. Todo desertor é traidor e merece ser castigado... (Tumulto. Gritos: "Basta! Silêncio!")

Kamenev, para evitar que a discussão se prolongasse, propôs que se incumbisse o Governo de resolver a questão.

Às 2h30 da madrugada, em meio a profundo silêncio, Kamenev começou a ler o decreto sobre a formação do novo governo:

"As diferentes funções do Estado ficarão a cargo de comissões. Os membros dessas comissões serão encarregados da realização do programa do Congresso, em estreita ligação com as organizações de operários, de marinheiros e soldados, de camponeses e funcionários. O poder governamental caberá a um Conselho formado pelos presidentes das comissões, que será o Conselho dos Comissários do Povo.

"O controle da atividade dos comissários e o direito de demiti-los cabem ao Congresso Panrusso e ao seu Comitê Central Executivo."

O silêncio continuou. Mas, quando Kamenev começou a ler a lista de comissários, os aplausos estouraram depois de cada nome, principalmente depois dos de Lênin e de Trotsky.

Presidente do Conselho: Vladimir Ulianov. (Lênin)
Interior (Governo): A. I. Ricov.
Agricultura: V. P. Miliutine.
Trabalho: Shliapnicov.
Guerra e Marinha: Um comitê formado por V. A. Osveinco (Antonov), N. V. Krylenko e R. M. Dybenko.

Comércio: V. P. Noguine.
Instrução Pública: A. V. Lunatcharski.
Finanças (Fazenda): I. I. Squevortsov. (Stepanov)
Exterior: L. D. Bronstein. (Trotsky)
Justiça: G. I. Opocov. (Lomov)
Abastecimento: I. A. Teodorovich.
Correios e Telégrafos: N. P. Avilov. (Gliebov)
Encarregado das Nacionalidades: L. V. Djugatchvili. (Stálin.)
Estradas de Ferro: ainda não nomeado.

A sala estava repleta de baionetas. O Comitê Militar armava todo mundo, preparando-se o bolchevismo para o combate decisivo contra Kerensky. O vento soprava do Sudoeste, trazendo o som das cornetas de suas tropas. Ninguém pensou em voltar para casa. Ao contrário, a todo momento, entravam na sala centenas de novos delegados. Caras rudes de soldados e de camponeses que, de pé, ouviam horas inteiras os discursos, sem acusar cansaço. O ar estava pesado, carregado de fumaça de cigarro, rarefeito pela respiração de centenas de homens e impregnado do cheiro das roupas pesadas e suarentas.

Avilov, redator-chefe do *Novaia Jizn*, falou em nome dos sociais-democratas internacionalistas e dos mencheviques internacionalistas, que continuavam no Congresso. Sua fisionomia jovem e inteligente, suas roupas bem talhadas, contrastavam com o ambiente.

– Precisamos indagar – disse – para onde vamos... Devemos ver na facilidade com que foi derrubado o Governo de coalizão, não a força da ala esquerda da democracia, mas a incapacidade daquele governo em resolver os problemas do pão e da paz. A ala esquerda não conseguirá manter-se no poder porque também não poderá solucionar esses problemas... Poderá dar pão ao povo? Há pouco trigo. A maioria dos camponeses não está convosco, porque não lhe podeis dar as máquinas que desejam. É quase impossível encontrar combustível e outras matérias-primas de primeira necessidade... No que se refere à paz, as dificuldades ainda são maiores. Os Aliados não quiseram entabular negociações com Skobeliev. Nunca poderão aceitar a paz dentro das condições por vós estipuladas. A paz não será assinada, nem em Londres, nem em Paris, nem em Berlim... Também não podeis esperar auxílio eficiente do proletariado dos países aliados que ainda está muito distante da luta revolucionária. É preciso não esquecer que a democracia dos países aliados não entrou em acordo na Conferência de Estocolmo. Soube também, agora, pelo camarada Goldenberg, um dos nossos delegados à Conferência de Estocolmo, que os representantes da extrema esquerda da social-democracia alemã declararam que a Revolução será impossível, se a guerra continuar. Avilov começou a ser assediado por apartes, mas enfrentou-os:

— A Rússia ficará isolada e, com isso, lhe chegará a derrota. E a coalizão austro-alemã e a franco-britânica assinarão a paz à custa da Rússia. Se conseguirmos uma paz em separado com a Alemanha, será também em más condições para a Rússia. Há pouco fui informado de que os embaixadores dos Aliados vão partir e que estão sendo organizados em todas as cidades comitês para a salvação do país e da Revolução. Nenhum partido poderá vencer essas enormes dificuldades. Só um governo de coalizão, apoiado pela maioria do povo, poderá levar a Revolução até o fim.

Leu, a seguir, a resolução das duas facções:

"Reconhecendo que, para salvar as conquistas da Revolução, é indispensável constituir-se um governo que se apoie na democracia revolucionária organizada sob a forma de *sovietes* dos deputados operários, soldados e camponeses; reconhecendo, por outro lado, que a missão desse governo deve ser a conclusão de uma paz democrática o mais depressa possível, a entrega da terra aos comitês agrários, a organização do controle da produção industrial e a convocação da Assembleia Constituinte na data fixada, o Congresso indica um comitê executivo encarregado de constituir esse governo mediante o acordo prévio dos diversos grupos democráticos que tomam parte no Congresso".

Apesar da exaltação revolucionária da assembleia vitoriosa, a argumentação objetiva de Avilov exerceu profunda impressão nos presentes. Quando terminou, não houve assobios nem protestos. Houve, até, quem o aplaudisse.

Subiu à tribuna Karelin, jovem de coragem a toda prova e de uma sinceridade unanimemente reconhecida. Falou em nome dos socialistas revolucionários da esquerda, do partido de Maria Spiridonova, o único que acompanhou os bolcheviques, o partido que representava os camponeses revolucionários.

– Nosso partido – disse – não aceitou nenhum cargo no Conselho dos Comissários do Povo, porque não queremos nos separar para sempre do exército revolucionário que abandonou o Congresso. Essa separação impossibilitaria, no futuro, o papel que temos desempenhado de intermediários entre os bolcheviques e os demais grupos democráticos. Achamos que tal é a nossa principal tarefa, no momento presente. Não podemos, por isso, apoiar senão um governo de coalizão socialista. Protestamos contra a conduta tirânica dos bolcheviques. Nossos comissários foram violentamente afastados dos seus cargos. Nosso único órgão, o *Znamia Truda* (A Bandeira do Trabalho), foi ontem suspenso. A Duma Central está organizando contra vós um poderoso comitê para a salvação do país e da Revolução. Já estais isolados, vosso governo não conta com o apoio de nenhum outro grupo democrático.

Trotsky subiu de novo à tribuna, seguro de si mesmo, com ar dominador, com aquela expressão sarcástica no canto da boca, que já era por si só uma zombaria. Falou com voz sonora. E a multidão levantou-se para aclamá-lo.

– As observações sobre o isolamento de nosso partido não são novas. Nas vésperas da insurreição, todos diziam que nosso fracasso seria fatal. Todos estavam contra nós, com exceção do grupo dos socialistas revolucionários de esquerda, que colaborava conosco no Comitê Militar Revolucionário. Como conseguimos, nessas condições, derrubar o Governo quase sem derramamento de sangue? O fato basta para demonstrar que *não nos encontrávamos isolados*. Na realidade, era o Governo Provisório que estava abandonado. Os partidos democráticos que lutam contra nós é que estavam e que estão isolados e separados para sempre do proletariado. Falaram na necessidade de coalizão. Só há uma possível: a dos operários, soldados e camponeses pobres... A que *espécie* de coalizão se refere Avilov? De uma coalizão com os que apoiaram o governo de traição ao povo. Coalizão nem sempre quer dizer força. Por exemplo: teríamos podido realizar a insurreição se tivéssemos Dan e Avksentiev entre nós? (Gargalhadas.) Avksentiev não conseguiu dar muito pão. Uma coalizão com os partidários da guerra poderia dar mais pão que ele? Entre os camponeses e Avksentiev, que mandou fechar os comitês agrários, nós preferimos ficar com os camponeses! A nossa revolução vai ser, na História, um exemplo clássico de revolução. Fomos acusados de repelir um pacto com os demais partidos democráticos. Mas de quem foi a culpa? Nossa, ou deles? Ou, como pretende Karelin , houve algum mal-entendido? Não, camaradas! Quando um partido, em plena luta revolucionária, envolto ainda na fumaça da pólvora, diz: "Eis o poder: tomai-o" e as pessoas, diante desse oferecimento, passam-se para o lado do inimigo, não se trata de equívoco ou de engano. Isso significa uma declaração de guerra sem quartel. Não fomos nós que declaramos essa guerra... Avilov afirma que nossos esforços em favor da paz serão inúteis, se continuarmos *isolados*. Repito: uma coalizão com Skobeliev, ou mesmo com Terestchenko, não poderia auxiliar na luta pela paz. Avilov ameaça-nos com a perspectiva de uma paz à nossa custa. A isso respondo. A Rússia revolucionária estará inevitavelmente perdida se a Europa continuar sob o governo da burguesia imperialista... Se a Revolução Russa não conseguir desencadear um movimento revolucionário na Europa, as potências europeias esmagarão a Revolução Russa!

Este discurso foi recebido com delirante entusiasmo por todos aqueles que se sentiam os campeões da causa da libertação da humanidade. Daquele momento em diante, houve em todos os atos das massas um sentimento de consciência e uma decisão que nunca mais iria abandoná-las.

Mas, no outro campo, organizava-se também a luta... Kamenev deu a palavra a um delegado do Sindicato dos Ferroviários, homem corpulento e de fisionomia rude, deitando hostilidade por todos os poros. Suas palavras caíram como bombas no meio da Assembleia:

– Em nome da mais poderosa organização da Rússia, reclamo o direito à palavra e digo: fui encarregado pelo Sindicato de transmitir a todos vocês sua resolução sobre o problema da formação de um novo governo. O Comitê Central não prestará o menor apoio aos bolcheviques, se continuarem no seu propósito de se isolarem do conjunto da democracia russa. (Grande tumulto em toda a sala.) Em 1905, durante a "aventura Kornilov", os ferroviários foram os melhores defensores da Revolução. Mas, apesar disso, não foram convidados a participar deste Congresso.

Uma voz: "Foi o antigo *Tsique* que não os convidou!"

O orador não respondeu ao aparte, e prosseguiu:

– Não reconhecemos a legalidade deste Congresso, desde que os socialistas revolucionários e os mencheviques dele se retiram. O Sindicato não é partidário do antigo *Tsique,* mas declara que o Congresso não tem o direito de eleger um novo comitê. O poder deve pertencer a um governo socialista e revolucionário, responsável perante os órgãos de toda a democracia. Até a constituição de um poder semelhante, o Sindicato dos Ferroviários, que se nega a transportar para Petrogrado as tropas contrarrevolucionárias, negar-se-á, igualmente, a executar as ordens que não forem, antes, aprovadas pelo seu Comitê Executivo. O sindicato resolveu assumir sozinho a direção das estradas de ferro de toda a Rússia.

Suas últimas palavras foram abafadas por furiosa saraivada de insultos.

Mas o semblante preocupado dos membros da Presidência demonstrava que a declaração constituía um golpe bem rude desfechado contra a Assembleia. Kamenev, entretanto, limitou-se a dizer que a legalidade do Congresso era uma questão acima de qualquer discussão.

Passou-se à votação. O Conselho dos Comissários do Povo foi aprovado por enorme maioria.

A eleição do novo *Tsique,* o novo Parlamento da República Russa, durou apenas quinze minutos. Trotsky anunciou sua composição: 100 membros, dentre os quais 70 bolcheviques. Os postos correspondentes aos camponeses e aos grupos dissidentes continuariam vagos. "Receberemos no Governo todos os grupos que adotarem o nosso programa", terminou Trotsky.

Depois dessas palavras, o II Congresso Panrusso dos Sovietes dissolveu-se e, imediatamente, seus membros partiram para os quatro cantos da Rússia, espalhando a notícia dos grandes acontecimentos.

Eram sete horas, mais ou menos, quando eu e meu colega acordamos os condutores de bondes, que o Sindicato dos Empregados dos Bondes enviava sempre para o Smolny, a fim de conduzir os delegados às suas casas. No interior dos carros, abarrotados de gente, não reinava tanta alegria como na noite anterior. Muitos mostravam-se preocupados. Alguns chegavam até a dizer: "Somos os donos. Como poderemos fazer executar nossas vontades?"

Na casa de apartamentos onde morávamos, fomos detidos na escuridão por uma patrulha de cidadãos armados, que nos revistou minuciosamente. O manifesto de Duma estava dando resultado.

A dona da casa, vestindo uma camisola de seda cor-de-rosa, quando percebeu que chegávamos veio nos dizer:

– O Comitê de Residências insiste novamente para que os senhores prestem também serviços na guarda, como os outros homens desta casa.

– Para que serve a guarda?

– Para proteger as casas, as mulheres e as crianças.

– Mas proteger de quê?

– Dos ladrões e dos assassinos.

– E se vier aqui um comissário do Comitê Militar Revolucionário revistar a casa e verificar se temos armas?

– Ora!... Todos dizem sempre que são comissários... Além disso, qual a diferença entre uns e outros?

Afirmei, então, solenemente, que o cônsul havia proibido qualquer cidadão norte-americano de pegar em armas, principalmente ao lado da *intelligentsia* russa...

CAPÍTULO VI

O COMITÊ DE SALVAÇÃO

"Sexta-feira, 9 de novembro.

"Novotchercasque, 8 de novembro.

"Ante a sublevação bolchevique e as tentativas levadas a cabo em Petrogrado e noutras cidades para destituir o Governo Provisório e tomar o poder, o Governo Cossaco, considerando criminosos e absolutamente inadmissíveis semelhantes atos, prestará, solidário com todas as tropas cossacas*, seu inteiro apoio ao Governo Provisório atual, que é um governo de coalizão. Tendo em vista a situação excepcional e a momentânea interrupção das comunicações com o poder central, o Governo Cossaco, enquanto aguarda a volta ao poder do Governo Provisório e o restabelecimento da ordem na Rússia, assumiu, em data de 7 de novembro, todo o poder na região do Don.

"(Assinado): Atamã Kaledin.
"Presidente do Governo das Tropas Cossacas."

PRICAZ DO PRESIDENTE DO CONSELHO, KERENSKY (Expedido de Gatchina.)

"Eu, Presidente do Conselho do Governo Provisório e Chefe Supremo de todas as Forças Armadas da República

---

* O exército russo era composto por três espécies de tropa: a Guarda Imperial, o exército regular e os cossacos. A guarda era um tropa de elite, seus oficiais não recebiam soldo e eram nobres. O exército propriamente dito era formado por convocados, camponeses na sua maioria, que serviam durante três anos. Os cossacos constituíam um corpo de tropas à parte, permanentemente mobilizado.

Russa, comunico que assumi o comando das tropas da frente fiéis à pátria.

"Ordeno que todas as forças do Distrito Militar de Petrogrado que, por ignorância ou irreflexão, se passaram para o lado dos traidores do país e da Revolução, voltem, imediatamente, ao cumprimento do dever.

"Esta ordem deve ser lida perante cada regimento, batalhão e esquadrão.

"(Assinado): O Presidente do Conselho do Governo Provisório e Supremo Comandante, A. F. Kerensky."

TELEGRAMA DE KERENSKY AO COMANDANTE EM CHEFE DA FRENTE NORTE:

"A cidade de Gatchina foi tomada pelos regimentos fiéis, sem derramamento de sangue.

"Alguns destacamentos de marinheiros de Cronstadt e regimentos de Semenov e Ismailov entregaram suas armas sem resistência e aderiram às tropas do Governo.

"Ordeno a todas as unidades designadas que avancem o mais rapidamente possível.

"O Comitê Militar Revolucionário já transmitiu às suas tropas a ordem de bater em retirada."

Gatchina, situada a cerca de 30 quilômetros ao Sudoeste, fora tomada durante a noite. Alguns destacamentos dos referidos regimentos, mas não os marinheiros, tinham sido, de fato, sitiados pelos cossacos, enquanto erravam sem chefe pelas vizinhanças, razão por que se viram obrigados a entregar as armas. Era, porém, inexato que se tivessem unido às tropas do Governo, pois grande número deles, confusos e envergonhados, dirigiram-se imediatamente ao Smolny para explicar seu procedimento: não julgavam que os cossacos estivessem tão perto... tinham procurado entrar em conversação com eles...

Aparentemente, na frente revolucionária reinava a maior confusão. As guarnições das pequenas cidades situadas ao Sul tinham-se irremediavelmente cindido em duas facções e até em três: o alto comando era partidário de Kerensky, na falta de autoridade mais forte; a maioria dos homens pertencia aos *sovietes*; o restante vacilava lamentavelmente.

O Comitê Revolucionário nomeou a toda pressa, para a defesa de Petrogrado, um capitão de carreira, Muraviov, homem ambicioso, o mesmo que organizara, no verão, os Batalhões da Morte e que induzira o Governo a "ser mais duro com os bolcheviques e varrê-los de uma vez por todas". Homem de temperamento militar, admirador da força e da audácia, talvez sinceramente.

Ao sair à rua, no dia seguinte de manhã, encontrei ao pé da minha porta dois novos grupos do Comitê Militar Revolucionário insistindo para que se abrissem, como de costume, as lojas e os armazéns e para que se pusessem à disposição do Comitê os locais vagos...

Havia trinta e seis horas que os bolcheviques se achavam isolados da província e do resto do mundo. Os ferroviários e os telegrafistas negaram-se a transmitir os comunicados, e os empregados dos correios, a expedir a correspondência. Somente a estação telegráfica do Estado, em Csarscoié-Selo, lançava de meia em meia hora os comunicados e os manifestos, aos quatro pontos cardeais. Os comissários do Smolny rivalizavam em presteza com os da Duma Municipal na expedição dos trens através da metade do globo terrestre. Dois aviões, carregados de propaganda, alçaram voo em demanda das frentes.

E a onda da insurreição estendia-se pela Rússia, com uma rapidez que sobrepujava a de todas as transmissões humanas. O Soviete de Helsinque votou sua adesão à Revolução; os bolcheviques de Kiev apoderaram-se do Arsenal e dos Telégrafos, sendo, porém, expulsos pelos delegados do Congresso Cossaco que realizava sessões na cidade; em Cazã, um comitê militar revolucionário prendeu o estado-maior da guarnição local e o comissário do Governo Provisório; do longínquo Crasnoiarsque, na Sibéria, chegava a notícia de que os *sovietes* tinham-se apoderado dos órgãos municipais; em Moscou, onde se agravara a situação por uma grande "parede" dos operários da indústria do couro e por uma ameaça de *lockout* geral, os *sovietes* haviam votado, por esmagadora maioria, o apoio à ação bolchevique de Petrogrado, e funcionava já um comitê militar revolucionário.

Idênticos acontecimentos verificavam-se por toda parte. Os soldados e os operários das fábricas eram, na maioria, partidários dos *sovietes*; os oficiais, os *junkers* e a classe média, geralmente, estavam ao lado do Governo, assim como os *cadetes* e os partidos socialistas moderados. Surgiram em todas as cidades comitês para a salvação do país e da Revolução, armando-se para a guerra civil.

A imensa Rússia encontrava-se em plena desagregação. Aliás, esse processo já se desenvolvia desde 1906. A Revolução de Março veio apenas precipitá-lo, traçando o esboço de um novo regime, mas conservando a estrutura do antigo. Agora, os bolcheviques, como se dissipassem com um sopro uma nuvem de fumaça, haviam derrubado esse arcabouço numa só noite.

A velha Rússia não mais existia. A sociedade humana retornara ao primitivo estado de fusão. E sobre o encapelado mar de chamas, em que a luta de classes se desenvolvia rude e implacavelmente, surgia, lentamente, a frágil casca de novos sistemas.

Em Petrogrado, os dezesseis ministérios estavam em greve, chefiados pelo Ministério do Trabalho e do Abastecimento, criado pela coalizão socialista de agosto.

Nunca nenhum grupo de homens se viu tão abandonado como aquele "punhado de bolcheviques", nessa escura e fria manhã em que se acumulavam sobre suas cabeças nuvens de terríveis tempestades. Entre a espada e a parede, o Comitê Militar lutava desesperadamente para continuar existindo. *"De l'audace, encore de l'audace, et toujours de l'audace."** Às cinco horas da madrugada, os guardas vermelhos invadiram, inesperadamente, a Imprensa Nacional; confiscaram milhões de exemplares do manifesto da Duma e suprimiram o órgão municipal oficial, *Viestnique Gorodscovo Samovpravlenia.* Invadiram, também, as oficinas dos jornais burgueses, inclusive as do *Golos Soldata,* órgão do antigo *Tsique,* que, entretanto, fora publicado com o nome trocado para *Soldatsqui Golos,* com uma tiragem de 100.000 exemplares:

"Os homens que nos atraiçoaram durante a noite, que suprimiram os jornais, não poderão conservar o país por muito tempo na ignorância! O país saberá a verdade! O país vai julgá-los, senhores bolcheviques! Esperem um pouco!..."

Quando descia pela Avenida Nevski, pouco depois do meio-dia, encontrei enorme multidão estacionada em frente à Duma, obstruindo completamente a rua, e vi alguns guardas vermelhos e marinheiros, com baioneta calada, cada qual cercado por uma centena de pessoas – empregados, estudantes, funcionários – que os ameaçavam com os punhos cerrados, insultando-os. Na escadaria, escoteiros e oficiais distribuíam o *Soldatsqui Golos.* Um operário, empunhando um revólver, tremendo de cólera, exigia, no meio da multidão hostil, que lhe entregassem os exemplares do jornal.

Creio que nunca houve na História coisa alguma que se possa comparar aos acontecimentos dessa Revolução. De um lado, um punhado de operários e soldados, de armas na mão, representando a insurreição vitoriosa, sereno, mas com aspecto miserável; do outro, uma multidão furiosa, formada pela mesma espécie de indivíduos que se aglomeravam ao meio-dia nas esquinas da Quinta Avenida, de

---

* Em francês no original. (N.T.)

Nova Iorque, rindo, injuriando, vociferando: "Traidores! Provocadores!"

As portas da Duma estavam guardadas por estudantes e oficiais que traziam no braço uma fita branca com a seguinte inscrição, em letras vermelhas: "Milícia do Comitê de Salvação Pública". Uns seis escoteiros iam e vinham, incessantemente. No interior, reinava grande agitação. Quando eu e meu companheiro subíamos as escadas, o capitão Gomberg, que descia, nos disse:

– Vão dissolver a Duma. O comissário bolchevique está falando com o prefeito.

Realmente, quando chegamos em cima, vimos Riazanov, que logo depois saiu correndo e desapareceu. Tinha vindo pedir à Duma que reconhecesse o Governo do Conselho dos Comissários do Povo. Mas o prefeito, em nome da Duma, respondera-lhe com uma negativa categórica.

No interior do edifício, a multidão barulhenta corria, gritava e gesticulava: políticos, funcionários, intelectuais, jornalistas, correspondentes estrangeiros, oficiais franceses e ingleses... O engenheiro chefe da cidade, apontando para esses oficiais, dizia com ar triunfante:

– As embaixadas reconhecem que a Duma é o único poder legal. Esses assassinos e bandidos bolcheviques, dentro de algumas horas, não existirão mais. Toda a Rússia vai passar-se para o nosso lado...

O Comitê para a Salvação da Rússia e da Revolução estava reunido na Sala Alexandre, sob a presidência de Filipovsqui. Skobeliev mais uma vez ocupava a tribuna, para comunicar, no meio de aplausos, as novas adesões: O Comitê Executivo dos Sovietes Camponeses: o antigo *Tsique*; o Comitê Central do Executivo; o Tsentroflot; os grupos mencheviques e socialistas revolucionários, assim como o grupo dissidente do Congresso dos Sovietes; os comitês centrais dos partidos menchevique, Socialista Revolucionário e Socialista Popular; o grupo Edinstvo; a União Camponesa; as cooperativas; o *zemstvos*; as municipalidades; o Sindicato dos Correios e Telégrafos; o Sindicato dos Ferroviários; o Conselho da República Russa; a União das Uniões; a Associação Comercial; a Associação dos Industriais.

–... O poder dos *sovietes* não é um poder democrático. Não é uma ditadura do proletariado: é uma ditadura *contra* o proletariado. Todos aqueles que já se sentem ou que são capazes de sentir o entusiasmo revolucionário devem cerrar fileiras em torno de nós, para a defesa da Revolução! Neste momento, não temos apenas que neutralizar a campanha dos demagogos irresponsáveis. Precisamos, também, combater a contrarrevolução. Consta que alguns generais, nas províncias, procuram aproveitar-se da situação atual para marchar sobre Petrogrado. Se essas notícias forem verdadeiras, só vêm provar, mais uma vez, que é necessário organizar um governo democrático sobre sólidas bases. De outro modo, as tropas da direita substituirão as tropas da esquerda... A guarnição de Petrogrado não pode conservar-se neutra no momento em que os cidadãos que compram o *Golos Soldata* e os jornaleiros que vendem a *Rabotchi Gazeta* estão sendo presos nas ruas... A hora das resoluções parlamentares já passou! Os que não têm fé na Revolução devem abandonar esta sala! Para organizarmos um poder único precisamos, antes de tudo, restaurar o prestígio da Revolução. Devemos jurar que, para salvar a Revolução, estamos todos prontos a sacrificar as nossas vidas!

Toda a sala se levantou, com os olhos febris, e aplaudiu entusiasticamente. Não havia ali um só representante do proletariado...

Em seguida, falou Veinstein:

– Precisamos ter calma e não agir enquanto a opinião pública não estiver nitidamente do nosso lado, apoiando o Comitê para a Salvação da Rússia e da Revolução. Nesse momento, poderemos, então, passar da defensiva à ação!

O delegado do Sindicato dos Ferroviários comunicou que sua organização ia tomar a iniciativa de formar um novo governo e que seus representantes já estavam negociando nesse sentido com o Smolny. Deviam admitir os bolcheviques no novo governo? Martov falou a favor da admissão:

– É indiscutível que eles representam um dos mais importantes partidos políticos.

As opiniões estavam divididas. A ala direita dos mencheviques e dos socialistas revolucionários, os socialistas populares, as cooperativas e os elementos burgueses opunham-se encarniçadamente à participação dos bolcheviques.

– Eles traíram a Rússia – disse um orador. Desencadearam a guerra civil, abrindo caminho para os alemães. Precisamos esmagá-los sem a menor piedade!

Skobeliev manifestou-se a favor da exclusão, tanto dos bolcheviques como dos *cadetes*.

Conversamos com um jovem socialista revolucionário que se retirara da Conferência Democrática junto com os bolcheviques, na noite em que Tsereteli e os "conciliadores" haviam imposto uma coalizão da democracia russa.

– Você por aqui? – perguntei espantado. Seus olhos relampejaram.

– Sim! – gritou. – Retirei-me do Congresso com meu partido, quarta-feira à noite. Não expus minha vida durante vinte anos para agora submeter-se à tirania dessas feras. Seus métodos são intoleráveis. Mas eles não se lembraram dos camponeses... Quando os camponeses começarem a mover-se, em menos de um minuto eles deixarão de existir!

– Mas os camponeses irão contra eles? Não acha que ficaram satisfeitos com o decreto sobre a terra? Que mais poderão querer?

– Ah, o decreto sobre a terra! – respondeu, furioso. – Sabe o que significa esse decreto? É integralmente o programa do Partido Socialista Revolucionário! Foi o meu partido que elaborou essa política, depois de estudar cuidadosamente as aspirações dos próprios camponeses. Isto é um ultraje!...

– Se o decreto corresponde exatamente à política de vocês, não compreendo suas objeções. Ele não corresponde aos desejos dos camponeses? Como querem vocês agora combatê-lo?

– Será possível que não me compreenda? Não vê que os camponeses vão verificar que foram enganados; que esses usurpadores roubaram o programa do Partido Socialista Revolucionário?

Resolvi mudar de assunto. Perguntei se era verdade que Kaledin avançava para o Norte.

Respondeu-me afirmativamente, com um gesto. E, esfregando as mãos, com uma espécie de amarga satisfação:

– Sim. Veja agora o que esses bolcheviques fizeram. Dirigiram a contrarrevolução contra nós. A Revolução está perdida! A Revolução está perdida!

– Vocês vão lutar para defendê-la?

– Claro que sim. Vamos defendê-la até a última gota de nosso sangue. Mas não daremos a mão aos bolcheviques.

– Entretanto, se Kaledin ameaçar Petrogrado e os bolcheviques organizarem a defesa da cidade, vocês não lutarão ao lado deles?

– Claro que não. Nós também defenderemos a cidade, mas não ao lado dos bolcheviques. Kaledin é um inimigo da Revolução, mas os bolcheviques, também.

– Quem vocês preferem: Kaledin ou os bolcheviques?

– Isso não se discute! – respondeu, irritado. – Repito mais uma vez: a Revolução está perdida e a culpa é dos bolcheviques. Mas, por que falarmos nisso? Kerensky vem aí... Depois de amanhã, passaremos à ofensiva. O

Smolny já enviou delegados, convidando-nos a organizar com eles o novo governo... Agora, a situação já é outra. Estão reduzidos à impotência! Não estenderemos a mão aos bolcheviques.

Ouvi o estampido de um tiro, disparado do lado de fora. Corri para a janela. Um guarda vermelho, perdendo a paciência diante dos insultos recebidos, disparara a sua arma, ferindo uma jovem no braço. Vi um carro transportá-la no meio da multidão irritada, cujos gritos chegavam até mim. De repente, apareceu um carro blindado no extremo da Mikhailovsky, com as metralhadoras voltadas para o povo. Imediatamente, o formigueiro humano dispersou-se. Os habitantes de Petrogrado já estavam habituados a fugir das balas; num abrir e fechar de olhos, os homens deitaram-se por terra, no meio da rua ou nos passeios, ou refugiaram-se atrás de postes, para se protegerem da metralha. O automóvel blindado avançou, lentamente, chegando até a porta da Duma. Um homem pôs a cabeça para fora e pediu que lhe entregassem todos os exemplares do *Soldatsqui Golos*. Os jornaleiros, rindo, correram com os jornais para dentro do edifício. Depois de alguns instantes, o automóvel blindado, hesitante, fez manobras e desapareceu na Avenida Nevski, enquanto os homens e as mulheres se levantavam, sacudindo as roupas.

No interior da Duma, todo mundo corria, procurando nervosamente esconder em qualquer lugar as pilhas do *Soldatsqui Golos*.

No meio da confusão, entrou precipitadamente um jornalista, gritando e agitando um papel:

– Vejam! Manifesto de Crasnov!

Todos correram para ele:

– Precisamos reimprimi-lo imediatamente e distribuí-lo nos quartéis.

"Por ordem do Chefe Supremo dos Exércitos, fui nomeado comandante das tropas concentradas em Petrogrado.

"Cidadãos, soldados, bravos cossacos do Don, do Cubã, da Transbaical, do Amur, do Ienisei! Dirijo-me a todos vós, que vos conservastes fiéis ao vosso juramento de soldados, que prometestes nunca violar vosso juramento de cossacos!

"Em Petrogrado, reina a anarquia e a tirania! Petrogrado está sob a ameaça da fome! Cabe a vós salvá-la. Cabe a vós salvar a Rússia da vergonha a que foi exposta por um punhado de ignorantes, vendidos ao ouro do Imperador Guilherme II.

"O Governo Provisório, ao qual todos vós jurastes obedecer fielmente, durante as jornadas de março, não foi vencido. Foi derrubado pela violência, mas prepara-se para retomar as posições perdidas com o auxílio das tropas da frente.

"Fiel ao seu dever, o Conselho da União dos Exércitos Cossacos, depois de reunir todos os cossacos sob seu comando, firme na convicção que o anima, apoiado pela vontade unânime do povo russo, jurou servir ao nosso país, como nossos antepassados serviram em 1612, durante o terrível período de revoltas quando os cossacos do Don libertaram Moscou, ameaçada pelos suecos, pelos polacos e lituanos e destroçada pelas dissensões interiores.

"As tropas regulares olham para esses criminosos com horror e desprezo. Seus saques, suas violências, seus assassinatos, sua forma germânica de tratar as vítimas que tombam momentaneamente, mas que não estão vencidas, fazem com que todo o povo esteja voltado contra eles.

"Cidadãos, soldados, bravos cossacos de Petrogrado! Enviai-me vossos delegados, para que eu possa saber quem são os traidores da pátria e quem são seus defensores e para evitar que se derrame sangue inocente!"

Nesse momento, de boca em boca, circulou a notícia de que o edifício estava cercado pelos guardas vermelhos. Entrou um oficial, com fita vermelha no braço, que logo penetrou no gabinete do prefeito. Alguns instantes depois, o velho Schreider apareceu à porta do gabinete. Estava desfigurado. Seu rosto avermelhava e empalidecia, alternativamente.

– A Duma vai reunir-se agora mesmo em sessão extraordinária – gritou.

Na sala de sessões, todos os trabalhos foram suspensos.

– Todos os membros da Duma para a sessão extraordinária!

– Que houve?

– Não sei... Vão prender-nos... Vão dissolver a Duma. Os deputados estão sendo detidos na porta...

Começaram a fervilhar os comentários.

Na Sala Nicolau, havia lugar apenas para se ficar de pé. O prefeito declarou que todas as saídas estavam guardadas por destacamentos militares e que ninguém podia entrar ou sair. Um comissário dissera que a Duma ia ser dissolvida e que todos os seus membros seriam encarcerados. Após essa declaração, uma tempestade de discursos sacudiu a sala. Tanto dos bancos dos deputados como da assistência ergueram-se numerosas vozes dizendo que ninguém tinha o direito de dissolver um conselho municipal livremente eleito. As pessoas dos prefeitos e dos membros da Duma eram invioláveis. Os tiranos, os provocadores, os agentes da Alemanha, nunca seriam conhecidos! Quanto às ameaças de dissolução, viessem executá-las!

– Para se apoderarem desta Câmara, terão primeiro de passar por cima dos nossos cadáveres! Faremos como os senadores romanos. Esperaremos com dignidade a chegada dos bárbaros! Em seguida, votaram uma série de resoluções. Uma pedia que se pusessem as dumas e os zemstvos de toda a Rússia a par da situação da Duma Municipal de Petrogrado. Outra estabelecia que o prefeito e o presidente da Duma não poderiam nunca entrar em negociações com os representantes do Comitê Militar Revolucionário ou com o intitulado Conselho dos Comissários do Povo. Uma terceira resolução pedia que se imprimisse novo apelo dirigido à população de Petrogrado, exortando-a a defender a municipalidade que havia eleito. Uma quarta propunha que a Duma ficasse reunida em sessão permanente. Enquanto isso, um delegado telefonou para o Smolny e soube que o Comitê Militar Revolucionário não ordenara que a Duma fosse cercada. As tropas iam ser retiradas.

Quando descia a escadaria, Riazanov passou como vendaval pela porta adentro, muito agitado.

– Você vem para dissolver a Duma? – perguntei-lhe.

– Céus! Nada disso! Houve engano. Hoje, pela manhã, garanti ao prefeito que não incomodaríamos a Duma.

Ao cair da noite, chegou pela Avenida Nevski uma dupla fileira de ciclistas, com os fuzis a tiracolo. Fizeram alto. A multidão crivou-os de perguntas.

– Quem são vocês? De onde vêm? – perguntou um homem gordo, com o cigarro no canto da boca.

– Somos do 12º Exército. Chegamos da frente para ajudar os *sovietes* a esmagar a maldita burguesia!

Gritos furiosos:

– São os polícias bolcheviques, os cossacos bolcheviques!

Um oficialzinho, metido numa capa de couro, descia as escadas, correndo.

– A guarnição dá meia-volta – segredou-me ao ouvido. – É o começo do fim dos bolcheviques. O senhor quer assistir à transformação? Quer ver como a maré vai baixar do lado deles? Acompanhe-me.

Seguiu pela Mikhailovsky. Seguimos, andando a passos rápidos. Que regimento mudou de atitude?

– Os *bronoviqui*...

A coisa era grave. Os *bronoviqui,* a tropa dos carros blindados, representava, de fato, a chave da situação. Quem a tivesse ao seu lado poderia considerar-se vitorioso.

— Seguiram para lá os comissários do Comitê Para a Salvação da Rússia e da Revolução e os da Duma. Neste momento estão deliberando.

— Deliberando o quê? Para resolver de que lado vão combater?

— Ah, não! Não poderíamos apresentar a questão deste modo! Eles nunca combateriam contra os bolcheviques. Estamos vendo se conseguimos com que fiquem neutros. Então, os *junkers* e os cossacos.

A porta da grande Autoescola Mikhailovsky estava escancarada. Duas sentinelas quiseram deter-nos, mas não lhes demos importância e, aos gritos, fomos entrando. O interior aparecia iluminado apenas por uma lâmpada pendente do teto do grande pátio. As colunas e janelas laterais estavam imersas na sombra. Imensas silhuetas de carros blindados destacavam-se dessa penumbra. Em torno de um deles, que fora colocado no meio do pátio, debaixo da luz, aglomeravam-se cerca de dois mil soldados, de uniformes escuros, que pareciam perdidos na imensidão do edifício imperial. Uma dúzia de homens — oficiais, presidentes e oradores dos comitês de soldados — estavam encarapitados em cima do carro blindado. Um orador falava do alto da torres do carro.

Era Canianov, que, no último verão, presidira o Congresso Panrusso dos *Bronoviqui*. Ágil e elegante, com seu capote de couro e dragonas de tenente, defendia, eloquentemente, a neutralidade.

— Para nós, é horrível ter de matar nossos irmãos, russos como nós. É necessário evitar que os soldados, que juntos lutaram contra o Tzar e que venceram o inimigo externo em combates para sempre gravados nas páginas da História, se chacinem, agora, mutuamente, numa guerra civil. Nós, soldados, que temos a ver com disputas entre partidos políticos? Não quero dizer que o Governo Provisório seja um governo democrático. Também não queremos uma coalizão com a burguesia. Isso de modo algum aceitaríamos. Mas é preciso organizar o governo da democracia unificada; caso contrário, a Rússia estará perdida! Só um governo desse gênero poderá evitar a guerra civil, a carnificina entre irmãos!

O discurso foi recebido com simpatia. Todos pareciam concordar. O orador foi aplaudido, quando desceu da improvisada tribuna. Ergueu-se, então, um soldado, com a fisionomia pálida, contraída:

– Camaradas! – gritou. – Cheguei neste momento da frente romena para dizer a todos: queremos paz, queremos paz, sem perda de um minuto! Para conseguirmos isso, acompanharemos tanto os bolcheviques como esse novo governo. Paz! Não podemos mais combater. Não queremos lutar contra alemães, ou contra russos.

Depois dessas palavras, pulou para o chão. Daquela massa já alvoroçada elevou-se um murmúrio confuso e angustioso, que se transformou em agitação de cólera, quando o orador seguinte, um menchevique partidário da guerra até o fim, tentou mostrar que a luta só poderia terminar pela vitória dos Aliados.

– Fala como Kerensky – bradou a voz rude de um soldado.

Em seguida, um delegado da Duma falou a favor da neutralidade. Os presentes ouviram-no com visível aborrecimento. Viam que o orador não era um dos seus. Nunca, em parte alguma, vi homens se esforçando tanto para compreender e tomar uma resolução. Os soldados estavam imóveis como estátuas de pedra, os olhos cravados no orador, fixando-o sem pestanejar, de maneira aterradora. Das frontes, gotejava-lhes o suor. Eram gigantes, de olhos límpidos e ingênuos de crianças e expressão de guerreiros de epopeia.

Prosseguindo no comício, um bolchevique, membro da unidade, falou com ódio e violência. Mas, do mesmo modo que o outro orador, também não conseguiu o apoio da assistência.

Os soldados, naquele momento, viviam num mundo diferente das suas preocupações habituais. Seus espíritos estavam cheios de Rússia, de socialismo, como se deles dependesse a vida ou a morte da Revolução.

Sucediam-se os oradores, que falavam, ora no meio de um silêncio carregado de hostilidades, ora no meio de clamores de aprovação ou de cólera. Devemos intervir ou permanecer neutros? Canionov voltou, persuasivo e simpático. Mas, apesar de todos os seus discursos sobre a paz, não era ele um oficial, um partidário da guerra até o fim?

Um operário de Vassili Ostrov foi recebido com as seguintes palavras: "Será você, trabalhador, que nos poderá dar a paz?"

Ao meu lado, uma espécie de claque, formada quase que exclusivamente por oficiais, aplaudia os defensores da neutralidade, gritando a todo instante: "Canionov! Canionov!", assobiando e insultando quando os bolcheviques tentavam falar.

De repente, na parte superior de um automóvel, os delegados dos comitês e os oficiais começaram a discutir com vivacidade, gesticulando animadamente. Os presentes quiseram saber o que se passava. Aquela massa humana começou a agitar-se com violência.

De súbito, um soldado, desprendendo-se violentamente das mãos de um oficial que procurava segurá-lo, levantou a mão e gritou:

– Camaradas! O camarada Krylenko está aqui e quer falar.

Uma tempestade de aplausos, de assobios, de gritos:
– Que fale! Queremos ouvi-lo!
– Para fora! Não queremos ouvir!

No meio da confusão, o comissário do Povo para a Guerra subiu no automóvel, ajudado por numerosas mãos que o empurraram pela frente e pelas costas. Ficou um momento imóvel. Depois, avançando para o radiador do carro, percorreu a assistência com olhar sorridente. Era gorducho, de pernas curtas. Estava com a cabeça descoberta e sem nenhum distintivo no uniforme.

A claque, ao meu lado, assobiava sem descanso:

– Canionov! Queremos Canionov! Fora! Abaixo o traidor!

A multidão tornou-se tumultuosa, avançando lentamente para o nosso lado, como uma avalancha. Alguns homens de cenho carregado abriram caminho na minha direção:

– Quem é que está perturbando nosso comício? – gritaram. – Quem está assobiando e vaiando o orador?

A claque não respondeu, dissolvendo-se para não se juntar mais.

– Camaradas, soldados – começou Krylenko com a voz amortecida pelo cansaço. – Quase não posso falar. Sinto muito, mas há quatro noites que não durmo. Não preciso dizer-lhes que também sou soldado. Do mesmo modo não preciso afirmar que desejo a paz. O que lhes quero dizer, companheiros, é que o Partido Bolchevique, conduzindo a revolução vitoriosa dos operários e dos soldados com o apoio de todos nós, os bravos camaradas, que derrubaram para sempre o poder da sanguinária burguesia, prometeu propor a paz e, hoje mesmo, cumpriu essa promessa. (Tempestade de aplausos.) Pedem-lhes agora que fiquem indiferentes enquanto os *junkers* e os Batalhões da Morte, que nunca ficarão neutros, estão nos fuzilando nas ruas e apoiando a marcha de Kerensky e de outros da sua laia sobre Petrogrado. Kaledin vem da frente do Don; Kornilov reúne seus *tekhintsi* para renovar a intentona de agosto. Todos esses socialistas revolucionários e mencheviques, que lhes insinuavam para ficar neutros, como conseguiram manter-se no poder de julho em diante? Não foi pela guerra civil, na qual sempre se colocaram ao lado da burguesia, como ainda o fazem? Não preciso convencê-los, porque todos aqui já tomaram há muito tempo um partido. A questão é bem simples. De um lado estão Kerensky, Kaledin,

Kornilov, os mencheviques, os socialistas revolucionários, os *cadetes,* a Duma, dizendo a todo o instante que suas intenções são as melhores possíveis. Do outro, estão os operários, os soldados, os marinheiros, os camponeses pobres... O Governo está em nossas mãos. Sois os donos. A imensa Rússia vos pertence. Dar-lhe-eis as costas?

Krylenko só se conservava de pé à custa de enorme esforço. De sua voz cansada, de suas palavras, transpirava a sinceridade. Por fim, cambaleou e quase caiu. Cem braços estenderam-se para ajudá-lo a descer.

Então, o enorme pátio escuro estremeceu, sacudido por estrondosa ovação.

Canionov tentou falar novamente. Mas, como todos gritassem "Vamos votar! Vamos votar!", inclinou-se e leu uma resolução propondo que a delegação dos *bronoviqui* abandonasse o Comitê Militar Revolucionário e que o regimento se conservasse neutro na guerra civil.

Passou-se à votação. Os que se manifestassem de acordo com a proposta apresentada por Canionov deveriam passar para o lado direito, e os que estivessem contra, para o esquerdo.

Houve alguns segundos de indecisão, de muda expectativa. Afinal, os homens começaram a passar cada vez mais rapidamente para o lado esquerdo. Centenas de vigorosos soldados, atropelando-se, avançaram, formando uma massa compacta, sobre o solo sujo, no meio da escuridão. Ao meu lado, cerca de 50 homens, distanciados uns dos outros, abandonados pela avalancha, continuavam votando a favor da resolução. Quando um hurra de triunfo estremeceu o pátio, eles deram meia-volta e retiraram-se precipitadamente do edifício, e alguns deles, nesse momento, haviam abandonado também a Revolução...

Imagine-se a mesma luta em todos os quartéis da cidade, em todos os distritos, em toda a frente, na Rússia inteira. Imagine-se, em todos os quartéis, os Krylenkos, caindo de cansaço, correndo de um lugar para outro, discutindo, ameaçando, suplicando. Imagine-se, finalmente, as mesmas cenas em todos os sindicatos, nas fábricas, nas aldeias, em todos os navios da esquadra espalhados pelos mais longínquos mares. Imagine-se, em todo o país, centenas de milhares de russos, de operários, camponeses, marinheiros, com os olhos cravados nos oradores, esforçando-se intensamente para compreender e em seguida resolver, pensando com todas as suas forças... para, afinal, com a mesma unanimidade, tomarem idêntica decisão.

Eis o que foi a Revolução Russa.

No Smolny, o novo Conselho dos Comissários do Povo não estava inativo. Seu primeiro decreto já fora impresso e, à tarde, era distribuído aos milhares nas ruas das cidades, enquanto os trens partiam carregados de milhões de exemplares para o Norte e para o Este:

"Em nome do Governo da República Russa, eleito pelo Conselho Panrusso dos Deputados Operários e Soldados, com a participação de deputados camponeses, o Conselho dos Comissários do Povo decreta:

"1º As eleições para a Assembleia Constituinte devem ser realizadas na data fixada, dia 12 de novembro.

"2º Todas as comissões eleitorais, todos os órgãos municipais locais, os *sovietes* de deputados operários, soldados, camponeses, as organizações de soldados da frente não devem poupar esforços no sentido de garantir a liberdade e a normalidade da votação na data fixada.

"Em nome do Governo da República Russa,

"O Presidente do Conselho de Comissários do Povo Vladimir Ulianov Lênin."

A Duma Municipal também continuava trabalhando ativamente. Quando chegamos, um membro do Conselho da República discursava:

– O Conselho – dizia –, não se considera dissolvido. Acha apenas que não poderá prosseguir os trabalhos enquanto não tiver novo local para realizar as reuniões. Por isso, para não ficar inativo, o Comitê Diretor resolveu incorporar-se ao Comitê para a Salvação da Rússia e da Revolução.

Foi esta a última manifestação do Conselho da República Russa que a História teve a registrar....

Em seguida, como de costume, desfilaram os delegados dos ministérios, do *Vicjel,* do Sindicato dos Correios e Telégrafos, afirmando pela centésima vez que estavam resolvidos a não trabalhar para os usurpadores bolcheviques. Um *junker* que estivera na Palácio de Inverno traçou, com cores vivas, o quadro da sua atitude heroica, ao lado dos companheiros, confrontando-a com o vergonhoso procedimento dos guardas vermelhos... Todo mundo aplaudia, bebendo-lhe as palavras. Um indivíduo leu um artigo do jornal socialista revolucionário, o *Narod,* que avaliava os estragos do Palácio de Inverno em quinhentos milhões de rublos e descrevia, com abundantes pormenores, as cenas das pilhagens e dos prejuízos sofridos pelo Palácio...

De vez em quando, alguém comunicava as últimas notícias recebidas pelo telefone. Os quatro ministros socialistas tinham sido postos em liberdade. Krylenko apresentara-se na Fortaleza de Pedro e Paulo para avisar ao almirante Verderevsky que a Pasta da Marinha estava vaga, pedindo-lhe, em nome de toda a Rússia, que assumisse o cargo, sob o controle dos Comissários do Povo E o velho marinheiro aceitara. Kerensky avançava. As guarnições bolcheviques recuavam ante a sua ofensiva. O Smolny publicara novo decreto, ampliando os poderes da Duma Municipal na parte relativa ao abastecimento de víveres.

Essa última "insolência" provocou uma explosão de furor. Esse Lênin, o usurpador, o tirano, tivera a audácia de mandar seus comissários tomarem conta da garagem municipal! Atrevera-se até a invadir os depósitos municipais e a imiscuir-se nas atividades do Comitê de Abastecimento e na distribuição de víveres! Esse Lênin pretendia até definir os limites do poder de um município livre, independente e autônomo! Um deputado, com o punho crispado, propôs privar a cidade de víveres, caso os bolcheviques tentassem intervir no funcionamento do Comitê de Abastecimento. Outro representante especial do Comitê de Abastecimento comunicou que a cidade estava quase sem alimentos. Diante dessa gravíssima situação, pedia que se enviassem delegados a fim de apressar a chegada dos trens de víveres.

Diedonenco anunciou, dramaticamente, que a guarnição vacilava: o regimento de Semenov já havia resolvido colocar-se à disposição do Partido Socialista Revolucionário; os tripulantes dos torpedeiros do Neva continuavam indecisos. A Duma escolheu logo sete delegados, a fim de intensificarem a propaganda entre os soldados e marinheiros.

Em seguida, o velho prefeito subiu à tribuna:

– Camaradas e cidadãos! Acabo de receber uma notícia alarmante. Disseram-me que os prisioneiros de Pedro e Paulo correm perigo. Catorze *junkers* da Escola Pavlovsque foram despidos e torturados pelos guardas bolcheviques. Um deles enlouqueceu. Os ministros estão ameaçados de linchamento!

Estas palavras levantaram uma onda de indignação e de gritos de horror, que se tornaram mais violentos quando uma mulher pequena e gorducha, trajando vestido cinza, pediu a palavra, falando com a voz dura e metálica. Vera Slutscaia, antiga revolucionária e representante bolchevique na Duma:

– Isso é mentira! É uma provocação! – gritou impassível sob uma chuva de apartes e insultos. O Governo Operário e Camponês, que aboliu a pena de morte, não admite em hipótese alguma atos dessa natureza! Exijo que se nomeie imediatamente uma comissão para verificar se tais fatos são verdadeiros! Se a declaração que acaba de ser feita contiver a menor parcela de verdade, o Governo tomará as mais enérgicas providências para punir os responsáveis!

Formou-se num instante uma comissão, com a participação de membros de todos os partidos, que se dirigiu logo à Fortaleza de Pedro e Paulo, a fim de averiguar. Saí atrás dela. Deixei a Duma organizando outra comissão encarregada de ir ao encontro de Kerensky, para evitar derramamento de sangue na ocasião da sua entrada na Capital.

Já era mais de meia-noite quando passei em frente às sentinelas da Fortaleza. Sob a fraca claridade de algumas lâmpadas elétricas, contornei a igreja, onde estão as tumbas dos tzares. Passei debaixo da sua elegante torre dourada, cujo relógio continuou, durante muitos meses depois da Revolução, a tocar ao meio-dia o "*Boze Tzaria Crani...*"* Naquele lugar não se via viva alma. A maioria das janelas não estava sequer iluminada. De quando em quando, esbarrava com vultos tateando na escuridão, que respondiam às minhas perguntas com o habitual *Ia nié znaiu***. À minha direita, erguia-se a massa sombria do edifício Trubetscoi, cemitério dos vivos, em que tantos mártires da liberdade perderam a vida ou a razão nos tempos do Tzar, e onde, depois, o Governo Provisório encarcerara os ministros do Tzar; atualmente, servia aos bolcheviques para encarcerar os ministros do Governo Provisório.

Um marinheiro, gentilmente, conduziu-me ao gabinete do comandante. Meia dúzia de guardas vermelhos, marinheiros e soldados estavam sentados numa sala de temperatura agradável cheia de fumo, impregnada do delicioso cheiro de um fumegante samovar. Fui recebido cordialmente. Ofereceram-me chá. O comandante não estava. Saíra para acompanhar uma comissão de *sabotajniqui* (sabotadores) da Duma Municipal, que diziam terem sido os *junkers* assassinados. E todos riram gostosamente, achando graça na visita da comissão.

---

* Deus protege o Tzar.

** Não sei.

A um canto da sala, estava sentado um homenzinho calvo, com o semblante abatido, envolto em luxuoso capote de peles. Mordia o bigode e olhava assustado para os lados. Parecia um rato numa ratoeira. Fora preso naquele instante. Alguém disse, apontando displicentemente para seu lado, que era um ministro ou coisa semelhante.

O homenzinho parecia não ouvir. Estava evidentemente aterrorizado, embora os que se achavam na sala não lhe manifestassem a menor hostilidade.

Dirigi-me a ele, falando-lhe em francês.

– Sou o conde Tolstoi, respondeu-me, inclinando-se gravemente. Não sei por que fui preso... Quando me dirigia para casa e atravessava a Ponte Trotsky, dois desses... desses... indivíduos prenderam-me. Fui comissário do Governo Provisório, adido ao Estado-Maior. Mas não fui, de modo algum, membro do Governo.

– Acho que devemos mandá-lo embora – disse um marinheiro. – Ele é inofensivo.

– Não! – respondeu o soldado que o trouxera. – É preciso falar com o comandante.

– Com o comandante?! – disse o marinheiro, afinal. – Fizemos a Revolução para continuar obedecendo a oficiais?

Um intendente do Regimento de Paulo contou-me como a insurreição começara.

– O Regimento achava-se de serviço no Estado-Maior Geral, na noite do dia 6. Eu e mais alguns camaradas estávamos de guarda: Ivan Pavlovitch e outro camarada, cujo nome não me recordo, esconderam-se atrás das cortinas da janela, na sala onde se realizava a reunião do Estado-Maior. Ouviram toda a conversa. Souberam, assim, que o Estado-Maior ia dar ordens aos *junkers* de Gatchina para virem, à noite, para Petrogrado, e avisar os cossacos para estarem aqui no dia seguinte de manhã. Os principais pontos da cidade deviam ser ocupados antes do romper da aurora. Resolveram também tomar as pontes.

Mas, quando falaram em cercar o Smolny, Ivan Pavlovitch não pôde mais resistir. Àquela hora havia pouco movimento. Aproveitou-se disso para sair cautelosamente do seu esconderijo e descer até o corpo da guarda, deixando seu camarada escutando na sala do Estado-Maior. Eu também desconfiei de que o Estado-Maior estava preparando qualquer coisa, porque a todo instante chegavam automóveis com oficiais e todos os ministros estavam presentes. Ivan Pavlovitch contou-me tudo que acabara de ouvir. Eram duas e meia da madrugada. O secretário do comitê do regimento estava presente. Transmitimo-lhes o que se estava passando, pedindo a sua opinião. "Precisamos prender todas as pessoas que entrarem ou saírem", disse ele. Foi o que fizemos. Ao fim de uma hora, já tínhamos prendido vários oficiais e dois ministros, que enviamos diretamente para o Smolny. Mas o Comitê Militar Revolucionário não sabia do que se tratava. Pouco depois, recebemos ordem para deixar que todas as pessoas circulassem livremente e não prender ninguém. Fomos correndo ao Smolny. Só depois de uma hora é que o Comitê Militar Revolucionário começou a compreender que tínhamos razão e que estavam preparando uma guerra contra nós. Quando voltamos ao Estado-Maior, já eram cinco horas da manhã e quase todos se haviam retirado. Assim mesmo, prendemos alguns.... Mas a guarnição já estava prevenida. E isso era o mais importante.

Um guarda vermelho, de Vassili-Ostrov, contou, com grande riqueza de minúcias, como começara no seu distrito o grande dia da insurreição.

– Não tínhamos metralhadoras – disse, rindo – e não podíamos ir buscá-las no Smolny. O camarada Zalkind, membro do *Uprava**, lembrou-se, de repente, que na sala da Duma havia uma metralhadora tomada aos alemães. Dirigimo-nos para lá, em companhia de outro camarada. Os mencheviques e os socialistas revolucionários estavam

---

* Escritório Central.

reunidos justamente naquele momento. Abrimos a porta e entramos. Eles eram doze ou treze. Nós, apenas três. Quando nos viram entrar, não disseram coisa alguma. Deixaram apenas de falar e fecharam a porta. Desmontamos, então, a metralhadora. O camarada Zalkind levou sobre o ombro uma parte e eu, outra. Saímos. Ninguém disse uma palavra.

– Sabe como foi ocupado o Palácio de Inverno? – perguntou um marinheiro. – Às onze horas, mais ou menos, verificamos que não havia mais nenhum *junker* do lado do Neva. Então, derrubamos as portas e começamos a entrar e a subir pelas escadas, em grupos pequenos. Quando chegamos em cima, fomos presos pelos *junkers,* que nos desarmaram. Mas nossos companheiros, que continuavam chegando, nos ajudaram e aí fomos nós que desarmamos os *junkers...*

Nesse momento, chegou o comandante. Era um suboficial ainda moço e de aspecto jovial. Estava com um dos braços numa tipoia e com os olhos fundos. Há várias noites que não dormia. Olhou em primeiro lugar para o prisioneiro, que começou logo, sem preâmbulos, a explicar sua situação.

– Ah, perfeitamente! – interrompeu o suboficial. – Você fazia parte do comitê que não quis entregar o Estado-Maior, quarta-feira à tarde, não é? Bem, não precisamos de sua presença aqui, cidadão. Queira desculpar-me.

Abriu a porta e, com um gesto, indicou ao conde Tolstoi que podia ir-se embora. Ouvi alguns murmúrios de protestos, principalmente do lado dos guardas vermelhos. O marinheiro gritou triunfalmente:

– Estão vendo? Eu não disse?

Dois soldados dirigiram-se ao comandante. Tinham sido enviados pela guarnição da Fortaleza para protestar, porque os presos – diziam – recebiam a mesma comida que os soldados. E havia muito pouca comida, apenas o suficiente para não se morrer de fome. Por que os contrarrevolucionários estavam sendo tratados tão bem?

– Camaradas! Somos revolucionários e não bandidos! – respondeu o comandante.

E voltou-se para o lado em que estávamos, eu e meu colega.

Dissemo-lhes ser voz corrente que os *junkers* estavam sendo torturados e que ministros corriam perigo de vida. Poderíamos ver os prisioneiros, a fim de desmentir para o mundo esses boatos mentirosos?

– Não – respondeu o jovem oficial, nervosamente. – Não quero incomodar os presos outra vez. Ainda há pouco fui obrigado a acordá-los. Eles, com toda certeza, pensaram que íamos assassiná-los. A maioria dos *junkers* já foi posta em liberdade. Os poucos que ainda estão presos serão soltos amanhã.

E voltou-nos as costas, bruscamente.

– Poderemos falar com a comissão da Duma?

O comandante, que enchia de chá a sua xícara, fez um gesto afirmativo.

– Devem estar ainda aí, no pátio – disse, displicentemente.

De fato: os membros da comissão estavam do outro lado da porta, formando um grupo ao redor do prefeito. Discutiam animadamente, sob a luz fraca de uma lâmpada.

– Senhor prefeito – disse eu –, somos correspondentes de jornais dos Estados Unidos da América do Norte. O senhor pode comunicar-nos oficialmente o resultado da investigação que realizaram?

Voltou-nos o rosto digno e venerável:

– As acusações são absolutamente falsas – disse lentamente, destacando as sílabas. – Os ministros estão sendo tratados com toda consideração. Só podem queixar-se dos incidentes verificados quando foram trazidos para cá. Quanto aos *junkers,* não sofreram coisa alguma; absolutamente nada...

Ao longo da Avenida Nevski, através das trevas da cidade deserta, passava em silêncio uma interminável coluna de soldados, que seguia ao encontro de Kerensky. Os automóveis, com os faróis apagados, circulavam pelas vielas escuras. No número 6 da Fontanca, sede do quartel--general do Soviete de Camponeses, assim como em certo edifício da Avenida Nevski e na Escola de Engenharia, trabalhava-se furtivamente. A Duma tinha as luzes acesas.

No Smolny, das salas do Comitê Militar Revolucionário pareciam sair chispas e centelhas, como de um dínamo que trabalhasse no máximo da sua capacidade, com corrente de alta potência.

CAPÍTULO VII

A FRENTE REVOLUCIONÁRIA

"Sábado, 10 de novembro.

"Cidadãos! O Comitê Militar Revolucionário declara que não permitirá a menor perturbação da ordem revolucionária. Os roubos, os atos de banditismo, os ataques a mão armada e as tentativas de *pogroms* serão severamente reprimidos.

"Seguindo o exemplo da Comuna de Paris, o comitê eliminará sem piedade os ladrões e os provocadores de desordens."

A cidade estava tranquila. Nenhum assalto, nenhum roubo, nem sequer uma briga entre bêbados. À noite, patrulhas armadas percorriam as ruas silenciosas. Nas praças, os soldados e os guardas vermelhos, ao redor das fogueiras, riam e cantavam. Durante o dia, grandes multidões aglomeravam-se nas calçadas para ouvir as intermináveis discussões entre estudantes, soldados, negociantes, operários.

Os cidadãos seguravam-se pelo braço no meio da rua:

– É verdade que os cossacos vêm aí?

– Não.

– Quais são as últimas novidades?

– Não sei de nada. Por onde andará Kerensky?

– Ouvi dizer que está somente a oito *verstas** de Petrogrado. É verdade que os bolcheviques se refugiaram no Cruzador Aurora?

– É o que dizem...

Nas paredes, um ou outro jornal estampava as últimas notícias: retificações, apelos, decretos.

Um longo manifesto reproduzia o histórico apelo do Comitê Executivo dos Deputados Camponeses...

---

* Medida linear que vale aproximadamente 1.067 metros.

"...Os bolcheviques afirmam, cinicamente, que contam com o apoio dos Sovietes de Deputados Camponeses.

"Toda a Rússia operária precisa saber que isso é uma mentira, que todos os camponeses, por intermédio do Comitê Executivo do Soviete Panrusso dos Deputados Camponeses, repelem, com indignação, qualquer participação dos camponeses organizados nessa criminosa violação da vontade da classe operária."

Eis outro manifesto da Seção dos Soldados, do Partido Socialista Revolucionário:

"A louca tentativa dos bolcheviques está prestes a fracassar. A guarnição está dividida. Os funcionários dos ministérios declararam-se em greve. Dentro em pouco, não haverá mais pão. Todos os partidos, com exceção dos bolcheviques, abandonaram o Congresso. Os bolcheviques estão sós.

"Convidamos todos os elementos honestos a cerrar fileiras em torno do Comitê para a Salvação da Rússia e da Revolução e a preparar-se para responder seriamente ao primeiro chamado do Comitê Central."

Em impresso especial, o Conselho da República citava as seguintes calamidades:

"Cedendo à força das baionetas, o Conselho da República foi obrigado a dissolver-se no dia 7 de novembro, suspendendo, assim, provisoriamente, seus trabalhos.

"Os usurpadores do poder, que têm sempre nos lábios as palavras liberdade e socialismo, encarceraram numa prisão vários membros do Governo Provisório, inclusive os ministros socialistas; suspenderam os jornais e apoderaram-se de suas oficinas gráficas. Tal Governo deve ser considerado como inimigo do povo e da Revolução. Precisamos lutar até derrubá-lo.

"O Conselho de República, enquanto espera poder reencetar seus trabalhos, convida todos os cidadãos a agrupar-se, estreitamente unidos, em todas as seções locais do Comitê para a Salvação da Rússia e da Revolução, que trabalha para acelerar a queda dos bolcheviques e para a formação de um governo capaz de dirigir o país até a reunião da Assembleia Constituinte."

O *Dielo Naroda* escrevia:

"Uma revolução é uma sublevação de todo o povo. Pois bem, que vemos entre nós? Um punhado de pobres loucos, enganados por Lênin e por Trotsky... Seus decretos e seus apelos serão mais tarde recolhidos ao museu das curiosidades históricas..."

E o *Narodnoie Slovo* (A Palavra do Povo), órgão socialista popular, dizia:

"Governo operário e camponês? Ninguém reconhecerá tal governo. Ele só poderá ser reconhecido pelos países inimigos..."

A imprensa burguesa desaparecera, provisoriamente.

O *Pravda* publica um resumo da primeira reunião do novo *Tsique,* o Parlamento da República Soviética Russa. Miliutine, Comissário da Agricultura, tinha declarado nessa reunião que o antigo Comitê Executivo dos Sovietes Camponeses convocara o Congresso Camponês Panrusso para o dia 13 de dezembro.

– Em nossa opinião – dissera ele – não podemos esperar. Necessitamos do apoio dos camponeses. Proponho, portanto, que o convoquemos imediatamente.

Os socialistas revolucionários da esquerda concordaram. Rapidamente redigiu-se um apelo aos camponeses da Rússia. Foi escolhido um comitê de cinco membros para a execução do projeto. O problema dos planos para a divisão das terras e para o controle da indústria foi adiado até que os peritos terminassem os trabalhos.

Foram lidos e aprovados três decretos: o Regulamento Geral da Imprensa, elaborado por Lênin, mandando suspender imediatamente todos os jornais que incitassem os cidadãos à resistência ou que deformassem, conscientemente, as notícias; um segundo decreto estabelecia a moratória para o pagamento dos aluguéis; o terceiro, criava a milícia operária.

Foram, além disso, aprovadas outras providências: concedendo à Duma Municipal o poder de requisitar os andares e compartimentos dos prédios vazios; ordenando que todos os vagões fossem descarregados ao chegar às estações, a fim de facilitar a distribuição de gêneros de primeira necessidade e de tornar disponível a maior quantidade possível de material rodante.

Duas horas mais tarde, o Comitê Executivo dos Sovietes Camponeses passava para toda a Rússia o seguinte telegrama:

"Uma organização irregular bolchevique, chamada Comitê Organizador do Congresso Camponês, convidou todos os *sovietes* camponeses a enviar delegados para um congresso que se vai realizar em Petrogrado.

"O Comitê Executivo Panrusso de Deputados Camponeses declara que considera perigoso o afastamento das províncias, neste momento, das forças indispensáveis à eleição da Assembleia Constituinte, mormente quando os camponeses e todo o país só podem ser salvos pela reunião dessa assembleia. Confirmamos, mais uma vez, que o Congresso Camponês vai reunir-se somente a 13 de dezembro."

A Duma estava em efervescência. Os oficiais iam e vinham. O prefeito conferenciava com os chefes do Comitê para a Salvação. Chegou, correndo, um conselheiro com a proclamação de Kerensky, que um avião, voando baixo, havia deixado cair às centenas na Avenida Nevski. Essa proclamação ameaçava com terrível vingança a todos os que se submetessem aos bolcheviques e ordenava aos soldados que depusessem as armas e se concentrassem no Campo de Marte.

Disseram-nos que o primeiro-ministro já se havia apoderado de Csarscoié-Selo e se encontrava nas proximidades de Petrogrado, apenas a cinco milhas da Capital.

Devia entrar na cidade no dia seguinte, pela manhã, isto é, algumas horas mais tarde. As tropas soviéticas, que se mantinham em contato com os cossacos, tinham-se passado para o lado do Governo Provisório. Tchernov estava não se sabia onde, procurando organizar uma força "neutra", para se colocar entre os dois grupos e impedir a guerra civil.

Dizia-se, também, que os regimentos da Capital tinham resolvido não continuar apoiando os bolcheviques. O Smolny já estava abandonado... e a máquina governamental não funcionava mais. Os empregados do Banco do Estado negavam-se a trabalhar sob as ordens dos comissários do Smolny e a entregar-lhes qualquer importância em dinheiro. Todos os bancos particulares estavam de portas fechadas. Os funcionários dos ministérios declararam-se em greve. A Duma Municipal nomeara um comitê especial para percorrer as casas comerciais, recolhendo fundo para pagar os "paredistas"...

Trotsky, tendo-se apresentado no Comissariado dos Negócios Exteriores para mandar traduzir o decreto sobre a paz nas principais línguas estrangeiras, fora recebido com um pedido de demissão de seiscentos funcionários... Chliapnicov, Comissário do Trabalho, ordenara que todos os empregados do seu Comissariado voltassem aos seus postos dentro de vinte e quatro horas, sob pena de perderem os seus lugares, o direito de aposentadoria etc. Mas só os serventes obedeceram... Várias seções do Comitê de Abastecimento, para não se submeterem aos bolcheviques, já não estavam funcionando. Apesar das sedutoras promessas de aumento nos salários e de melhorias na situação, os empregados da central telefônica não transmitiam as comunicações do quartel-general soviético.

O Partido Socialista Revolucionário votara a expulsão dos membros que tinham permanecido no Congresso dos *Sovietes* ou que participaram da insurreição.

Na província, Moguilev pronunciara-se contra os bolcheviques. Os cossacos, em Kiev, haviam dissolvido os sovietes e estavam prendendo os chefes dos insurretos. O Soviete e a guarnição de Luga, em nome de trinta mil homens, declararam-se fiéis ao Governo Provisório e convidaram toda a Rússia a lhes seguir o exemplo. Kaledin dispersara todos os sovietes e sindicatos da bacia do Don e suas forças marchavam para o Norte.

Um representante dos ferroviários disse:

– Expedimos ontem um telegrama a toda a Rússia pedindo a cessação imediata da luta entre os partidos e reclamando a formação de um governo de coalizão socialista. Se não formos ouvidos, amanhã lançaremos um manifesto chamando os ferroviários para uma greve... Amanhã, pela manhã, todos os grupos vão reunir-se para examinar a questão. Os bolcheviques parece que estão com vontade de que se ajustem contas com eles!

– Se viverem até lá! – exclamou, rindo, o engenheiro chefe do município, homem corpulento e corado.

Quando chegamos às imediações do Smolny – não só não estava abandonado como estava mais ativo do que nunca, num vaivém incessante, mais febril e intenso – encontrei vários redatores de jornais burgueses e socialistas "moderados".

– Puseram-nos na rua! – exclamou o redator do *Volia Naroda*. – Bontch-Bruievitch foi à sala da imprensa e pediu que nos retirássemos! Chegou até a dizer que éramos espiões!

E todos começaram a gritar em coro:

– Violência! Ultraje! Liberdade de imprensa!

"No vestíbulo, proclamações e ordens do Comitê Militar Revolucionário formavam grandes pilhas, em cima das mesas. Os operários transportavam os pacotes de comunicados para automóveis estacionados no lado de fora.

Um dos manifestos dizia:

"AO PELOURINHO!

"No trágico momento que atravessamos, os mencheviques e seus partidários, do mesmo modo que os socialistas revolucionários da direita, traíram a classe operária, passando para as fileiras de Kornilov, Kerensky e Savinkov.

"Imprimem as ordens do traidor Kerensky e semeiam o pânico nas cidades, espalhando os mais ridículos boatos a propósito de supostas vitórias desses renegados.

"Cidadãos! Não confiai um só momento nesses embustes! Não há força capaz de vencer a Revolução Russa. Ao primeiro-ministro Kerensky e aos da sua laia, espera-os o castigo merecido. Nós os levaremos ao pelourinho! Entregá-los-emos ao desprezo dos operários, soldados, marinheiros e camponeses, que eles querem escravizar, prendendo-os com as antigas cadeias. Esses mentirosos jamais poderão apagar de seus nomes a nódoa da indignação e do desprezo do povo! Vergonha e maldição sobre os traidores do povo!"

O Comitê Revolucionário funcionava, agora, num local mais amplo, na sala nº 17, do andar de cima. Suas portas estavam guardadas por dois guardas vermelhos. No interior, aglomerava-se uma multidão de pessoas bem-vestidas, de aspecto respeitável, mas intimamente devoradas por sentimentos de ódio e vingança. Eram burgueses, que solicitavam permissão para seus automóveis saírem da cidade e passaportes. Entre eles, muitos estrangeiros. Bill Chatov e Peters estavam de serviço. Ambos interromperam a atividade para mostrar os últimos boletins. O 179º Regimento da Reserva pronunciara-se a favor dos bolcheviques. Cinco mil estivadores de Putilov saudavam o novo Governo. O Comitê Central dos Sindicatos também enviara seu apoio entusiástico. A guarnição e a esquerda de Reval tinham eleito comitês militares revolucionários e enviavam tropas. Os comitês militares revolucionários estavam senhores da situação em Pscov e em Minsk. Saudações dos Sovietes de Tzartsin, Rovensqui-do-Don, Tchernogosque e Sebastopol. A Divisão da Finlândia e os novos comitês dos 5º e 6º Exércitos juravam fidelidade.

As notícias de Moscou eram incertas. Os pontos estratégicos de cidades estavam ocupados pelas tropas do Comitê Militar Revolucionário: duas companhias, de serviço no Kremlin, passaram-se para o lado dos *sovietes*. Mas o Arsenal estava ainda em poder do coronel Riabtsev e dos seus *junkers*. O Comitê Militar Revolucionário pedira a Riabtsev armas para os operários, mas ainda estava em negociações com ele às primeiras horas da manhã. Bruscamente, o Comitê fora intimado a ordenar às tropas soviéticas a que depusessem as armas e se dissolvessem. As ruas de Moscou já tinham sido agitadas pelo tiroteio de alguns combates.

Em Petrogrado, o Estado-Maior submetera-se incontinenti aos comissários do Smolny. O *Tsentroflot* resistira, mas acabara sendo ocupado por Dybenko, à frente de uma companhia de marinheiros de Cronstadt. Formaram um novo *Tsentroflot,* com o apoio das divisões navais do Báltico e do Mar Negro.

Sob essa alegre confiança, porém, notava-se vivo sentimento de inquietação. Os cossacos do Kerensky avançavam e possuíam artilharia. Scripnique, secretário dos comitês de fábrica, garantiu-me que Kerensky estava organizando uma divisão militar. Mas acrescentou altivamente:

– Não nos apanharão vivos!

Petrovsky, com um sorriso cheio de cansaço, disse-me:

– Amanhã talvez possamos dormir... para sempre...

E Lovovsky, com o rosto macilento e sua barba ruiva:

– Que probabilidades temos a nosso favor? Estamos sós. Somos uma multidão impotente contra tropas exercitadas!

No Sul e no Sudoeste, os *sovietes* estavam fugindo diante da ofensiva de Kerensky. As guarnições de Gatchina, de Pavlovsque e de Csarscoié-Selo estavam divididas: uma parte desejava conservar-se neutra; o restante, sem oficiais, recuava, para a Capital, na maior desordem.

Nas salas afixaram o seguinte comunicado:

"Csarscoié-Selo, 10 de novembro, às 8 horas da manhã.

"Para ser comunicado a todo o Estado-Maior, comandantes em chefe, em toda parte, a todos, a todos, a todos!

"O ex-ministro Kerensky procura fazer crer, por meio de mentirosos telegramas circulares, que as tropas revolucionárias de Petrogrado depuseram as armas e passaram-se para o lado das forças do antigo governo de traidores e que o Comitê Militar Revolucionário lhes havia dado ordens de render-se. Os soldados de um povo livre não se entregam nem se rendem.

"Nossas tropas abandonaram Gatchina em boa ordem, a fim de evitar derramamento de sangue entre elas e seus irmãos cossacos, que se deixaram enganar. Recuaram para ocupar posição estratégica mais favorável. Sua posição atual é tão forte que não há motivos para inquietações. Mesmo que Kerensky e seus companheiros de armas dispusessem de forças dez vezes superiores às que possuem atualmente, seriam facilmente vencidos. O moral de nossas tropas é excelente.

"Em Petrogrado reina tranquilidade.

"O chefe da Defesa de Petrogrado e do Distrito de Petrogrado. Tenente-coronel Muraviov."

No momento em que saíamos da sala do Comitê Militar Revolucionário, entrou Antonov com um papel na mão, pálido como um morto.

– Expedir isto imediatamente! – ordenou.

"A TODOS OS *SOVIETES* DE BAIRRO DE DEPUTADOS OPERÁRIOS E A TODOS OS COMITÊS DE FÁBRICA

"ORDEM

"Os bandos kornilovistas de Kerensky ameaçam as proximidades da Capital. Já foram expedidas ordens para que essa intentona contrarrevolucionária, dirigida contra o povo e suas conquistas, seja esmagada sem a menor piedade.

"O Exército e a Guarda Vermelha estão prontos para defender os operários.

"Ordenamos a todos os *sovietes* de bairro e aos comitês de fábrica:

"1. Que enviem o maior número possível de operários para abrir trincheiras, levantar barricadas e colocar arames farpados.

"2. Que, se for necessário, o trabalho seja imediatamente interrompido em todas as fábricas.

"3. Que se reúna imediatamente todo o arame comum ou farpado disponível, assim como todas as ferramentas necessárias para construir trincheiras e levantar barricadas.

"4. Armar os operários com todas as armas disponíveis.

"5. Observar a mais rigorosa disciplina e estar a postos para apoiar por todos os meios o exército da Revolução.

"O presidente do Soviete de Deputados Operários e Soldados, comissário do Povo:

Leon Trotsky

"O presidente do Comitê Militar Revolucionário, comandante em chefe do Distrito:

N. Podovoisqui."

Saímos. Fora, ouvi ulularem as sirenes das fábricas, espalhando seus clamores roucos pelo céu daquele dia sombrio e triste. Milhares e milhares de operários, homens e mulheres, enchiam as ruas. Milhares e milhares de miseráveis cortiços vomitavam seus moradores famélicos de rosto cor de terra. A Petrogrado Vermelha corria perigo! Os cossacos? Para o Sul, para o Sudoeste, pelas velhas ruas que conduzem à Porta de Moscou, corriam multidões de homens, de mulheres e de crianças armadas de fuzis, de picaretas, de pás, de rolos de arame, com as cartucheiras por cima das roupas de trabalho. Nunca houve tão formidável mobilização de toda uma cidade imensa! Rolavam como torrente, arrastando, na passagem, companhias de soldados, canhões, caminhões, automóveis, carros: o proletariado revolucionário ia oferecer o peito às balas para defender a capital da República Operária e Camponesa.

Diante da porta do Smolny, estacionara um automóvel. Um homenzinho franzino, com óculos escuros, que lhe aumentavam os olhos congestionados, falava com esforço, encostado num para-lama, as mãos no bolso do capote puído. Ao seu lado, um enorme marinheiro barbado, de fisionomia e olhos juvenis, caminhava, nervoso, brincando distraidamente com o revólver que nunca largava. Esses dois homens eram Antonov e Dybenko.

Alguns soldados apoiavam as bicicletas militares no estribo do carro. O motorista protestava. Iam arranhar o verniz! Ele, naturalmente, era bolchevique e sabia que aquele automóvel fora de um burguês e que as bicicletas estavam a serviço de ligação dos estafetas militares. Mas seu orgulho profissional se revoltava. As bicicletas, contudo, ficaram mesmo encostadas ao automóvel....

Os comissários do povo, da Guerra e da Marinha, iam inspecionar a frente revolucionária. Podia acompanhá-los. Não. Era impossível. O automóvel tinha apenas cinco lugares, que já estavam ocupados pelos dois comissários, duas ordenanças e o motorista. Um dos meus conhecidos russos, entretanto, a que darei o nome de Trucichca, instalou-se calmamente no automóvel e não houve meios de o fazer descer...

Não tenho razões para duvidar, de leve que seja, da narrativa que Trucichca me fez, mais tarde, dessa viagem. No caminho, através da Avenida Suvorovsqui, um dos homens pôs em discussão o problema da comida. Podiam ficar durante três ou quatro dias numa localidade onde fosse difícil conseguir alimentos. Pararam o automóvel. E dinheiro? O comissário da Guerra revistou os bolsos. Não tinha sequer um "copeque". O comissário da Marinha e o motorista também não tinham nem um vintém. Trucichca foi quem pagou as despesas.

– E, agora, que vamos fazer? – perguntou Antonov.

– Requisitar outro carro! – respondeu Dybenko, empunhando o revólver.

Antonov plantou-se no meio da rua e fez parar um automóvel dirigido por um soldado.

– Preciso do automóvel! – disse Antonov.

– Mas eu não o dou – respondeu o soldado.

– Sabe com quem está falando? – insistiu Antonov, mostrando-lhe um papel que certificava sua qualidade de comandante em chefe dos exércitos da República Russa, afirmando ainda que todos lhe deviam obediência absoluta.

– Mesmo que fosse o diabo em pessoa – redarguiu o soldado com violência – não lhe daria o automóvel! Pertence ao Primeiro Regimento de Metralhadoras, e está cheio de munições!

Um automóvel de praça, que passava com a bandeira italiana, veio resolver a dificuldade. (Durante os períodos um pouco agitados, os proprietários de automóveis particulares costumavam registrá-los como pertencendo a consulados estrangeiros, a fim de os salvar das requisições.) A volumosa personagem que nele viajava, envolvida em luxuoso capote de peles, foi obrigada a descer. E a viagem continuou.

Ao chegar a Nasvscaia Zastva, a cerca de dez milhas do Smolny, Antonov perguntou pelo comandante da Guarda Vermelha. Foi levado ao extremo da cidade, onde várias centenas de operários tinham cavado trincheiras e esperavam os cossacos.

– Vai tudo bem, camarada? – perguntou Antonov.

– Está tudo em ordem, camarada – respondeu o Comandante. – O moral das tropas é excelente. Mas... estamos quase sem munições...

– No Smolny temos grandes quantidades. Vou dar-lhe uma ordem.

E começou a revirar os bolsos.

– Quem tem um pedaço de papel? – perguntou.

Nem Dybenko, nem os agentes de ligação, ninguém tinha papel.

Trucichca ofereceu-lhe sua caderneta.

– Que diabo! Também não tenho lápis! – exclamou Antonov. – Quem tem um lápis?

Naturalmente, só Trucichca tinha um lápis...

Ficamos sós. Resolvemos, então, ir para a Estação de Csarscoié-Selo. Subimos a Avenida Nevski e vimos os guardas vermelhos desfilando, uns de fuzis com baionetas, outros apenas com os fuzis. A tarde desse dia de inverno caía rapidamente. Os guardas vermelhos, de cabeça erguida, formando uma coluna mais ou menos reta, de quatro em quatro, atolavam os pés no barro gelado, sem música nem tambores. Por cima de suas cabeças, ondulava uma bandeira vermelha com a inscrição em letras douradas mal pintadas: "Paz! Terra!" Todos jovens. A expressão de suas fisionomias era a de homens que sabem que vão morrer. Numerosas pessoas, demonstrando ao mesmo tempo curiosidade e desprezo, olhavam das calçadas, vendo-os passar, no meio de um silêncio carregado de ódio.

Na estação ferroviária ninguém nos soube dizer onde estava Kerensky, nem onde estava a frente. Os trens não iam além de Csarscoié.

Nosso vagão ia cheio de camponeses, que voltavam para casa carregados de embrulhos e jornais da noite. As conversações giravam unicamente em torno da revolução bolchevique. Afora isto, ninguém seria capaz de dizer que a poderosa Rússia estava dividida ao meio pela guerra civil e que o nosso trem se dirigia para a zona de combate. Pela janela, podíamos ver, na escuridão cada vez maior, as massas de soldados que avançavam para a cidade, pelo caminho cheio de lama, brandindo armas como argumento. Um trem de carga, abarrotado de tropas e completamente iluminado, estacionava num desvio da estação. Isso era tudo. Para trás de nós, no horizonte, o resplendor da Capital ia-se apagando cada vez mais na escuridão da noite. Por uma rua distante, vinha um bonde em nossa direção...

A Estação de Csarscoié-Selo estava calma. Mas, aqui e acolá, grupos de soldados discutiam ou pilheriavam em voz baixa, deitando olhares furtivos em direção à estrada deserta que conduzia a Gatchina. Perguntei-lhes de que lado estavam.

– Uf! – fez um deles. – Não sabemos, na verdade, o que pensar.. Não resta dúvida de que Kerensky é provocador... Mas, por outro lado, não podemos admitir que os russos disparem contra os próprios irmãos!

O gabinete do comissário da estação estava ocupado por um simples soldado, gordo, jovial e barbudo, com a fita vermelha de um comitê de regimento. Os papéis que nos foram entregues no Smolny produziram-lhe forte impressão. Era decidido partidário dos *sovietes*. Mas mostrava-se um pouco desorientado.

– Os guardas vermelhos estiveram aqui há poucas horas, mas já se foram. Esta manhã veio um comissário, mas retirou-se com a chegada dos cossacos.

– Os cossacos ainda estão aqui?

Abanou a cabeça com ar triste:

– Já combatemos. Os cossacos chegaram de manhã, bem cedo.

Fizeram duzentos ou trezentos prisioneiros e mataram uns vinte e cinco, mais ou menos.

– E onde se acham agora?

– Oh! Não podem estar muito longe! Não sei ao certo onde se encontram. Saíram daqui naquela direção... Fez um gesto vago, apontando para Oeste.

Tomamos uma ótima refeição, melhor e muito mais barata que em Petrogrado, no restaurante da estação. Ao nosso lado, estava sentado um oficial francês, que acabava de chegar a pé de Gatchina. Segundo nos disse, lá também estava tudo tranquilo e Kerensky era senhor da cidade.

– Ah, esses russos, que gente! – e acrescentou: – Veja que guerra civil! Tudo, menos combater!

Saímos em direção à cidade. Na porta da estação, vimos dois soldados com as baionetas caladas, rodeados por uma centena de comerciantes, funcionários e estudantes, que os insultavam violentamente, gesticulando e gritando. Os soldados estavam atrapalhados e aborrecidos, como crianças que se veem injustamente censuradas. Um jovem alto, de aspecto arrogante, com uniforme de estudante, dirigia o ataque.

– Creio que vocês compreendem que, pegando em armas contra seus irmãos, estão servindo de instrumento a assassinos e traidores – dizia ele em tom insolente.

– Não, não é isso, irmão – respondeu o soldado com ingênua sinceridade. – Há duas classes: o proletariado e a burguesia... Nós...

– Ah, já conheço esse estribilho – interrompeu o estudante. – Vocês, camponeses ignorantes, ficam convencidos ouvindo meia dúzia de frases feitas. E depois, sem haver entendido uma só palavra, começam a repeti-las a torto e a direito, como papagaios.

A multidão caiu na gargalhada.

– Eu sou estudante, e, além disso, marxista. Como tal, digo que vocês não estão combatendo pela causa do socialismo, mas pela anarquia e em proveito da Alemanha.

– Ah! – explicou o soldado com a fronte empapada de suor. – Já se vê que o senhor é homem instruído. Eu sou apenas um ignorante. Mas parece-me que...

– Você acredita, por acaso, que Lênin é um verdadeiro amigo do proletariado? – atalhou o outro.

– Claro que sim – respondeu o soldado, sentindo-se mal com as zombarias da multidão.

– Mas não sabe que Lênin atravessou a Alemanha num trem blindado? Não sabe que Lênin recebeu dinheiro dos alemães?

– Oh! Não sei nada disso! – disse o soldado com firmeza. – Vejo que o que ele disse é o que preciso ouvir e, como eu, todas as pessoas simples do nosso meio. Há duas classes, a burguesia e o proletariado.

– Você está louco, amigo! Estive dois anos em Schüsselburgo por causa da minha atividade revolucionária, enquanto vocês, naquele tempo, disparavam contra nós e cantavam *Deus proteja o Tzar*. Meu nome é Vassili Georgevitch Panyin. Nunca ouviu falar em mim?

– Sinto dizer, mas nunca ouvi, não senhor – disse humildemente o soldado. – Não sou mais que um ignorante, e o senhor, sem dúvida alguma, é um herói!

– Sou isso mesmo – disse o estudante com firmeza. – E combato os bolcheviques, que trabalham para aniquilar nossa Rússia, nossa livre revolução. Como você explica isso?

O soldado coçou a cabeça.

– Eu não sei como se explica isso – disse careteando pelo esforço que fazia para conseguir explicar-se. – A mim tudo me parece claro... Mas, sou apenas um ignorante. Parece-me que não há mais de duas classes: o proletariado e a burguesia...

– Lá vem você com a estúpida cantiga de sempre! – gritou o estudante.

– Duas classes – continuou o soldado com obstinação –, e quem não está com uma, está com a outra...

Tornamos a subir a rua. As lâmpadas eram raras e muito espaçadas. Poucos transeuntes. Sobre a cidade pairava um silêncio cheio de ameaças. Dir-se-ia que se estava numa espécie de purgatório, entre o céu e o inferno, uma "terra de ninguém" política. Só as lojas continuavam brilhantemente iluminadas e cheias de gente. Na porta de uma casa de banhos, uma fileira de pessoas. Era sábado. E, nesse dia, toda a Rússia toma banho e se perfuma. Não duvidamos um só momento de que não encontraríamos nem cossacos nem tropas soviéticas nos lugares onde se realizam essas cerimônias.

À medida que nos aproximávamos do Parque Imperial, as ruas tornavam-se cada vez mais desertas. Um pastor protestante apontou-nos, espantado, o quartel-general do *soviete* e fugiu em seguida. O Soviete de Petrogrado instalara-se numa das salas do palácio do duque, defronte do parque. As janelas estavam às escuras e as portas fechadas. Um soldado, que passava com as mãos apoiadas no cinto das calças, observava-nos com olhar terrivelmente desconfiado.

– O Soviete já se foi embora há dois dias – disse.

– Para onde?

Encolheu os ombros.

– Nie znayu (não sei...).

Pouco mais longe, num grande edifício inteiramente iluminado, ouviam-se marteladas. Ficamos indecisos, quando vimos chegar um soldado e um marinheiro. Afinal, resolvemos mostrar nossos salvo-condutos do Smolny.

– Vocês são partidários dos *sovietes*? – perguntamos.

Sem nos responder, entreolharam-se, assustados.

– Que se passa aí dentro? – perguntou o marinheiro indicando o edifício.

– Não sei.

O soldado estendeu timidamente o braço e empurrou a porta. Vimos uma sala, enfeitada com vasos de plantas, com fileiras de cadeiras e um estrado em construção.

Uma mulher muito alta avançou para nós, com um martelo na mão e a boca cheia de pregos.

– Que desejam vocês?

– Há espetáculo esta noite? – inquiriu o marinheiro com timidez.

– Vai haver uma representação de amadores, domingo à noite – respondeu a mulher em tom brutal. – Podem ir embora!

Tentamos conversar com o soldado e o marinheiro. Mas ambos mostraram-se desconfiados, desaparecendo na escuridão.

Continuamos em direção ao Palácio Imperial, margeando o grande parque às escuras, com seus fantásticos pavilhões, suas pontes orientais, que mal se percebiam na penumbra da noite. Chegava aos nossos ouvidos o murmúrio da água correndo nas fontes. Numa gruta artificial, onde um cômico cisne de pedra deitava pelo bico um eterno jato de água, tivemos, de repente, a impressão de que estávamos sendo observados. Levantamos os olhos e encontramos, realmente, meia dúzia de gigantes armados, olhando-nos fixamente do alto de um terraço. Subimos até onde eles estavam.

– Quem são vocês? – perguntamos.

– Somos a guarda – respondeu um deles.

Todos estavam com aspecto de cansaço, o que não era nada de estranhar depois de tantas semanas de discussão e debates, que se prolongavam noite e dia.

– Vocês pertencem às tropas de Kerensky ou às dos *sovietes*?

Ficaram um momento silenciosos. Depois de se entreolharem, bastante embaraçados, disseram:

– Somos neutros.

Passando sob o pórtico do enorme Palácio de Catalina, penetramos no pátio interior e indagamos onde ficava o quartel-general. Uma sentinela saiu de dentro da guarita branca e disse-nos que o comandante estava lá dentro.

Numa elegante sala estilo georgiano, dividida em duas metades iguais por dupla chaminé, um grupo de oficiais trocava impressões. Estavam pálidos, agitadíssimos e pareciam ter passado a noite em claro. Apresentamos nossos papéis bolcheviques, recebidos do Smolny, a um deles, que nos indicou o coronel, homem já idoso, de barba branca, com o uniforme cheio de condecorações.

Mostrou-se surpreso.

– Como conseguiram os senhores chegar até cá sem serem mortos? As ruas são muito perigosas. As paixões políticas estão muito exaltadas em Csarscoié-Selo. Esta manhã houve luta e, amanhã pela manhã, haverá novos combates. Kerensky entrará na cidade às oito horas.

– Onde estão os cossacos?

– A cerca de uma milha, nesta direção – respondeu, estendendo o braço.

– E as forças daqui, preparam-se para defender a cidade do seu ataque?

– Oh, não! – disse, sorrindo. – Estamos aqui justamente para auxiliar Kerensky.

Sentimos um calafrio, já que nossos papéis nos convertiam em ardorosos revolucionários!

Mas o coronel continuou, com uma tosse seca:

– Com esses salvo-condutos, suas vidas correm perigo, se forem presos. Se os senhores querem assistir ao combate, posso oferecer-lhes ordem para que fiquem alojados no hotel dos oficiais. E, se quiserem, passem por aqui às 7 da manhã, que poderei dar-lhes novos documentos.

– Então, os senhores são partidários de Kerensky? – perguntamos.

– Isto é, de Kerensky, propriamente, não!

E, vacilando:

– A maioria dos soldados da guarnição é bolchevique. Esta manhã, depois da batalha, seguiram todos em direção a Petrogrado, levando a artilharia com eles. Na realidade, nenhum soldado é partidário de Kerensky. Mas há alguns que não querem lutar nem de um lado, nem de outro. Quase todos os oficiais passaram-se para o lado de Kerensky ou simplesmente desapareceram. Como os senhores veem, nossa situação é bastante delicada.

De tudo o que nos foi dito, concluímos que não ia haver combate. Por gentileza, o coronel fez-nos acompanhar até a estação por seu ordenança, rapaz do Sul, filho de franceses que tinham emigrado para a Bessarábia.

– Não tenho medo do perigo nem do cansaço – repetia a todo instante. – O pior é que há três anos não vejo minha mãe.

Enquanto o trem rodava para Petrogrado, na noite gelada, podíamos ver, através da portinhola, soldados gesticulando à luz das fogueiras, ou carros blindados, formados em fileira, nas encruzilhadas, com os soldados conversando nas torres.

Durante aquela noite agitada, grupos de soldados e de guardas vermelhos erraram, sem chefes, pela planície inóspita, no meio da confusão e da desordem, enquanto os comissários do Comitê Militar Revolucionário corriam de um lado para outro, procurando organizar a defesa.

De volta à cidade, encontramos uma multidão exaltada, que parecia oceano revolto, fustigando as casas da Avenida Nevski. Havia alguma coisa no ar. Desde que saltamos na Estação de Varsóvia já ouvíramos, ao longe, surdo ribombar de canhões. Nas escolas dos *junkers,* reinava febril atividade. Alguns membros da Duma iam de quartel em quartel, fazendo discursos, descrevendo cenas, citando exemplos terríveis da "brutalidade bolchevique": matança de *junkers,* no Palácio de Inverno; violação de mulheres por soldados; execução de uma jovem em frente à Duma; assassinato do príncipe Tumanov... Na Sala Alexandre, na Duma, o Comitê Para a Salvação realizava uma sessão extraordinária. Os comissários corriam em todos os sentidos. Os jornalistas, que tinham sido expulsos do Smolny, estavam ali, cheios de orgulho. Não quiseram acreditar no que víramos em Csarscoié-Selo. "Como assim? Pois então não sabem que Csarscoié-Selo está em poder de Kerensky? Vocês pensam que não sabemos, também, que os cossacos já estão em Pulcovo? Se a Duma estava até elegendo um comitê para receber Kerensky, no dia seguinte, de manhã, quando desembarcasse na Estação de Petrogrado...."

Um deles confiou-nos grande segredo: disse-nos que a contrarrevolução ia começar à meia-noite. Entregou-nos dois manifestos. O primeiro, assinado por Gotz e Polcovnicov, ordenava a moralização geral sob o comando do Comitê para a Salvação da Rússia e da Revolução. As escolas de *junkers,* os soldados em convalescença nos hospitais, os cavaleiros de S. Jorge eram chamados para a luta.

O outro manifesto, subscrito pelo próprio Comitê, dizia o seguinte:

"À POPULAÇÃO DE PETROGRADO

"Camaradas operários, soldados e cidadãos de Petrogrado, revolucionários!

"Os bolcheviques, ao mesmo tempo que reclamam a paz nas trincheiras, incitam a guerra fratricida na retaguarda!

"Não deem ouvidos aos seus apelos provocadores! Não abram trincheiras!

"Abaixo as barricadas traidoras! Deponham as armas!

"Soldados, voltem para os seus quartéis!

"A guerra que começou em Petrogrado será a morte da Revolução.

"Em nome da liberdade, da terra e da paz, cerremos fileiras em torno do Comitê para a Salvação da Rússia e da Revolução."

"Quando saímos da Duma, vimos passar um destacamento de guardas vermelhos, com aspecto de desesperados. Desciam pela rua sombria, conduzindo uma dúzia de prisioneiros, membros da seção local do Conselho dos Cossacos surpreendidos em flagrante delito, apanhados quando urdiam planos contrarrevolucionários no quartel-general.

Um soldado, acompanhado por um rapaz que levava uma lata de goma, colava nas paredes grandes cartazes, com dizeres impressos em letras enormes.

"Pelo presente decreto, o Governo declara Petrogrado e seus arredores em estado de sítio. Ficam proibidas, até nova ordem, todas as assembleias e comícios.

"Presidente do Comitê Militar Revolucionário,

"N. Podovoisqui."

O vento trazia-nos aos ouvidos uma sinfonia de sons de todas as espécies: gritos, disparos longínquos, ruídos de buzinas. A cidade velava, inquieta e nervosa.

Ao amanhecer, um destacamento de *junkers* disfarçados com fardamentos dos soldados do Regimento Semenov (antigo regimento da Guarda, que, em março de 1917, havia aderido à Revolução) apresentou-se na Central Telefônica à hora do revezamento da guarda. Conhecendo a contrassenha bolchevique, receberam a guarda sem despertar suspeitas. Alguns minutos depois, passou Antonov, fazendo a ronda. Foi preso pelos *junkers* e encerrado numa saleta. Quando a verdadeira guarda veio render os companheiros, foi recebida com uma descarga. Muitos soldados tombaram mortos.

A contrarrevolução havia começado.

CAPÍTULO VIII

A CONTRARREVOLUÇÃO

No dia seguinte, sábado, 11 de novembro, logo pela manhã, os cossacos entraram em Csarscoié-Selo. Kerensky montava um cavalo branco. Os sinos repicavam. Do alto de uma colina próxima, podia-se ver toda a imensidão pardacenta da Capital deitada sobre a planície uniforme. De espaço a espaço, destacavam-se as cúpulas multicores e as flechas douradas. E por trás da planície, no fundo, o Golfo da Finlândia aparecia, brilhando como uma superfície de aço polido.

Não houve luta. Mas Kerensky agiu de maneira tão estúpida, que foi vítima da própria ação. Às 7 horas da manhã, intimou o 2º de Fuzileiros, aquartelado em Csarscoié-Selo, a depor as armas. Responderam os soldados que ficariam neutros, mas não entregariam as armas. Kerensky irritou-se, enviando-lhes um *ultimatum* concedendo dez minutos para se renderem incondicionalmente. Os soldados, que há oito meses não recebiam ordens desse gênero, que já se haviam habituado à autodisciplina dos seus comitês, ficaram indignados. A ordem de Kerensky lembrava o antigo regime! Poucos minutos depois, a artilharia dos Cossacos rompeu fogo contra o quartel, matando oito homens. Daí por diante não houve mais "neutros" em Csarscoié-Selo.

Petrogrado acordou com o tiroteio. Ouvia-se, ao longe, o ruído das forças marchando para o combate. Sob o céu escuro, o vento gelado trazia um cheiro de neve. Pela manhã, importantes forças de *junkers* ocupavam o Clube Militar e a Agência Telegráfica. Só depois de sangrenta batalha essas posições foram reconquistadas. A Central Telefônica estava cercada por marinheiros.

Entrincheirados no centro da Morscaia, por trás das barricadas feitas com tonéis, caixões e pranchas de ferro, protegidos pela esquina da Gorocovaia com a Praça de Santo Isaac, atiravam contra tudo que se movesse. De tempos a tempos, surgia um auto com a bandeira da Cruz Vermelha, que os marinheiros deixavam passar. Nosso colega Alberto Rhys Williams, que se encontrava na Central Telefônica, saiu num automóvel da Cruz Vermelha, aparentemente carregado de feridos. Depois de dar diversas voltas pela cidade, o carro seguiu para a Escola Militar Micrailovsqui, quartel-general da contrarrevolução. Um oficial francês, que se achava no pátio, parecia dirigir as operações. Era dessa forma que se abastecia a Central Telefônica de munições e de víveres. Grande número dessas falsas ambulâncias foram unicamente utilizadas pelos *junkers* como meio de comunicação ou abastecimento.

Cinco ou seis automóveis blindados da antiga divisão britânica estavam em poder dos contrarrevolucionários. Luiza Bryant, margeando a Praça de Santo Isaac, viu chegar um desses autos do lado do Almirantado e dirigir-se à Central. A máquina parou justamente na esquina da Gogolia. Vários marinheiros, entrincheirados em montes de lenha, começaram a fazer fogo. A metralhadora da torrinha girou e respondeu com uma chuva de balas sobre a pilha de lenha e sobre a multidão que, de longe, acompanhava com ansiedade os acontecimentos. Sete pessoas do povo caíram mortas na passagem abobadada em que se encontrava Luzia Bryant, entre elas duas crianças. Então, os marinheiros, aos gritos, deixaram a barricada e avançaram sob a chuva de balas, cercaram o monstro e, pelas aberturas, cravaram as baionetas nos seus tripulantes, berrando e praguejando. O motorista gritou que estava ferido. Foi posto em liberdade. Logo correu à Duma para contar essa nova "atrocidade" dos bolcheviques. Entre os mortos do automóvel estava um oficial inglês.

Os jornais mais tarde protestaram contra o fato de um oficial francês, feito prisioneiro no interior de um automóvel blindado, ter sido enviado para a Fortaleza de Pedro e Paulo. A própria Embaixada Francesa, pouco depois, desmentia a notícia, mas um conselheiro municipal afirmou que fora ele que conseguira a liberdade desse oficial. Deixando de lado a atitude das embaixadas, o certo é que houve oficiais franceses e ingleses que tomaram parte nos combates, chegando mesmo a assistir às sessões do Comitê de Salvação e a prestar-lhe auxílio, discutindo, dando opiniões e conselhos.

Neste dia, em vários bairros, repetiram-se os choques entre *junkers* e guardas vermelhos. Houve também combates entre autos blindados. Por toda parte ouviam-se descargas, próximas ou distantes, tiros isolados, ou o crepitar das metralhadoras. As lojas fecharam as portas, mas os negócios continuavam. Também as salas dos cinemas, com as luzes de fora apagadas, estavam abarrotadas. Os bondes trafegavam, os telefonemas funcionavam e, quando se fazia uma ligação, ouvia-se perfeitamente o barulho do tiroteio. As ligações telefônicas com o Smolny estavam cortadas. Em compensação, o Comitê de Salvação e a Duma mantinham-se em ligação permanente com todas as escolas militares e com Kerensky, em Csarscoié-Selo.

Às 7 da manhã, a Escola Vladimir foi visitada por uma patrulha de soldados, marinheiros e guardas vermelhos, que concederam aos *junkers* vinte minutos para se renderem. O *ultimatum* foi rejeitado. Uma hora depois, os *junkers* tentaram sair. Mas foram repelidos por violento tiroteio, que partia da esquina da Grebetscaia e da Avenida Bolchói. As tropas soviéticas cercaram o edifício e abriram fogo. Ao mesmo tempo, dois autos iam e vinham, cobrindo a Escola Vladimir com uma saraivada de balas das suas metralhadoras. Os *junkers* pediram reforços pelo telefone. Responderam os cossacos que não podiam sair porque estavam cercados por importante força de marinheiros, armada com dois canhões.

A Escola do Imperador Paulo também estava cercada, e a maior parte dos *junkers* da Escola Micrailovsqui já lutava nas ruas. Às 11 e meia, foram colocadas três peças de campanha diante do edifício. Os *junkers* responderam ao novo *ultimatum* matando dois parlamentares soviéticos que avançavam com bandeira branca. Começou, então, um verdadeiro bombardeio. Nas paredes da Escola abriram-se grandes brechas. Os *junkers* defendiam-se desesperadamente. Guardas vermelhos, que se dirigiam ao assalto em ondas e aos gritos, eram dizimados pela metralha. Kerensky telefonara de Csarscoié-Selo, proibindo qualquer negociação com o Comitê Militar Revolucionário.

Exasperadas pela derrota e pelo número de mortos, as tropas soviéticas desencadearam terrível tempestade de chama e aço contra o edifício. Nem os oficiais conseguiram conter aquele medonho bombardeio. Um comissário do Smolny, Quirilov, querendo fazê-lo cessar, quase foi linchado. O sangue dos guardas vermelhos fervia nas veias.

Afinal, às duas e meia, os *junkers* levantaram bandeira branca. Estavam dispostos a render-se, no caso de lhes pouparem as vidas. Foram atendidos. Mas os guardas vermelhos e os soldados, sem ouvir coisa alguma, nem atender a ninguém, precipitaram-se pelas fendas, janelas e portas do edifício. Cinco *junkers* tombaram a golpes de baioneta. Os restantes, aproximadamente duzentos, foram conduzidos com uma escolta para a Fortaleza de Pedro e Paulo. Para evitar o linchamento dos presos, levaram-nos em pequenos grupos. Mas, assim mesmo, no caminho, a multidão avançou sobre um dos grupos e matou oito prisioneiros. Mais de cem soldados e guardas vermelhos haviam tombado mortos no combate.

Duas horas mais tarde, a Duma recebeu uma comunicação telefônica, anunciando que os vencedores se dirigiam para *Ingenierni Zamoque,* a Escola de Engenharia. Doze deputados foram-lhe ao encontro, sobraçando pacotes do último manifesto do Comitê de Salvação. Alguns deles nunca mais apareceram... Todas as escolas renderam-se sem resistência e seus ocupantes foram, sãos e salvos, conduzidos como prisioneiros para a Fortaleza de Pedro e Paulo e para Cronstadt.

A Central Telefônica resistiu até a tarde. Finalmente, foi tomada pelos marinheiros, com o apoio de um carro blindado bolchevique. As mocinhas, que trabalhavam como telefonistas, apavoradas, corriam qual baratas tontas. E os *junkers,* para não serem identificados, arrancavam os distintivos. Um deles disse a Williams que lhe daria tudo o que pedisse se lhe cedesse o capote para disfarçar-se. "Vamos ser todos assassinados", gritavam, pois muitos haviam prometido, sob palavra de honra, no Palácio de Inverno, que não pegariam em armas contra o povo. Williams ofereceu-se como mediador, com a condição de porem Antonov em liberdade. Foi logo atendido. Williams e Antonov fizeram, então, discursos aos marinheiros vitoriosos e exasperados pelas perdas que haviam sofrido. Mais uma vez, os *junkers* conseguiram retirar-se em liberdade. Alguns, entretanto, descobertos quando tentavam, aterrorizados, fugir pelos telhados, ou esconder-se nas águas furtadas, foram atirados lá de cima à rua.

Em farrapos, ensanguentados, mas vitoriosos, os marinheiros e os operários entraram na sala dos quadros telefônicos. Frente àquela porção de moças bonitas, pararam, atrapalhados, confusos, sem ânimo para avançar. Nenhuma dessas jovens foi ofendida ou ultrajada. A princípio assustadas, refugiaram-se nos cantos. Em seguida, vendo que nada lhes acontecia, deram livre expansão aos seus sentimentos: "Passem já para fora, seus imundos, seus brutos!" Os marinheiros e guardas vermelhos ficaram bastante atrapalhados. "Seus brutos! Seus indecentes!", gritavam as mocinhas, pondo as capas e chapéus para sair.

De fato, era muito mais romântico entregar pentes de balas e pensar ferimentos aos jovens e brilhantes alunos da Escola Militar, moços de "boas famílias", descendentes da aristocracia russa e que combatiam para restaurar o trono do Tzar! E esses outros, quem eram? Gente vulgar, simples operários, camponeses, plebe inculta, gentinha...

O comissário do Comitê Militar Revolucionário, o pequeno Vichniaque, procurou mostrar às jovens que não deviam retirar-se esgotando todos os recursos da sua amabilidade.

– Até hoje – disse ele – as telefonistas foram sempre tratadas muito mal. O serviço telefônico está subordinado à Duma Municipal. Para ganhar sessenta rublos por mês, uma telefonista tem de trabalhar dez horas por dia, ou mais... De agora em diante tudo isso vai mudar. O Governo pensa em subordinar o serviço telefônico ao Ministério dos Correios e Telégrafos. As telefonistas terão, assim, seus salários imediatamente aumentados de 12 rublos. Passarão a trabalhar menor número de horas por dia. As telefonistas pertencem à classe trabalhadora e também têm o direito de ser felizes!

– A classe trabalhadora! Esses homens estão malucos! Julgam, com certeza, que pode haver alguma coisa de comum entre nós e eles.... Entre nós, moças de família, e esses tipos sem eira nem beira... Ficar? Nem por mil rublos!...

Orgulhosas, cheias de si, as telefonistas saíram da sala.

Só os empregados ficaram nos seus postos. Mas os quadros de ligação não podiam ficar abandonados. As comunicações telefônicas precisavam ser consertadas, custasse o que custasse. Só seis telefonistas profissionais resolveram ficar.

Recorreu-se aos voluntários. Surgiram logo mais de cem: marinheiros, soldados, operários. As seis mocinhas corriam de um lado para outro, explicando, ajudando, consertando. Bem ou mal, as comunicações foram restabelecidas e os fios novamente começaram a zunir. Era preciso, o mais depressa possível, ligar telefonicamente o Smolny com as fábricas e os quartéis e, em seguida, cortar todas as ligações com a Duma e as escolas militares. Ao entardecer, quando começaram a circular as notícias do que se havia passado, centenas e centenas de burgueses começaram a manifestar descontentamento: "Canalhas! Imbecis! Esperem um pouco, que já verão. Isso não ficará muito tempo assim! Os cossacos ajustarão contas com vocês!"

Anoitecia. Um vento frio e cortante varria a Avenida Nevski quase deserta. Diante da Catedral de Cazã estacionara uma grande multidão: operários, soldados e, sobretudo, negociantes e empregados, discutindo as mesmas coisas de sempre:

– Mas Lênin não conseguirá que a Alemanha aceite a paz – gritou um.

Um soldado, ainda jovem, respondeu energicamente:

– De quem será a culpa? Do seu maldito Kerensky, esse nojento burguês! Para o diabo com Kerensky! Não o queremos! Precisamos é de Lênin!...

Em frente à Duma, um oficial arrancava os manifestos que tinham sido colocados ao muro, praguejando em voz alta. Um desses manifestos dizia:

"À POPULAÇÃO DE PETROGRADO

"Nesta hora cheia de ameaças, quando a Duma Municipal deveria fazer todos os esforços para acalmar a população e garantir-lhe o pão e outras coisas indispensáveis, os socialistas revolucionários e os *cadetes,* esquecendo-se do seu dever, transformaram a Duma em assembleia contrarrevolucionária. Além disso, procuraram atirar uma parte do povo contra a restante, a fim de facilitar a vitória de Kornilov e Kerensky. Em lugar de cumprir com seus mais elementares deveres, os socialistas revolucionários e os *cadetes* transformaram a Duma em arena de luta política contra os *sovietes* de deputados operários, soldados e camponeses, contra o governo revolucionário de paz, pão e liberdade.

"Cidadãos de Petrogrado! Nós, facção bolchevique do Conselho Municipal, que fomos eleitos por vós, temos a obrigação de denunciar a aliança que acaba de ser concertada entre a ala direita dos socialistas revolucionários e os *cadetes*, para trair o compromisso que assumiram perante o povo e para levar o povo à fome e à guerra civil. Nós, os eleitos por cento e oitenta e três mil votos, temos a obrigação de denunciar ao povo o que se está passando na Duma e, ao mesmo tempo, declararmos que não assumimos qualquer responsabilidade pelas deploráveis e inevitáveis consequências da criminosa atividade dos socialistas-revolucionários e dos *cadetes*."

Disparos isolados cortavam o silêncio da noite. Mas a cidade estava calma, fria, como que esgotada pelas violentas convulsões que a haviam agitado.

Na Sala Nicolau, a sessão da Duma estava quase terminada. Essa arbitrária Duma mostrava-se um tanto atordoada. A todo instante, chegavam mensageiros com novas notícias: a tomada da Companhia Telefônica, os combates nas ruas, a queda da Escola Vladimir.

– A Duma – declarou Trup – apoia a democracia na luta contra a tirania e a violência. Mas, vença quem vencer, não aceitará nunca a justiça sumária e a tortura.

A isso, Conovsqui, um velho *cadete*, hercúleo e de expressão cruel, respondeu:

– Quando as tropas do governo legal entrarem em Petrogrado e fuzilarem os insurretos, ninguém poderá dizer que tal coisa represente um ato de justiça sumária!

A sala inteira, o seu partido, inclusive, protestou.

Reinava a dúvida, o desânimo. A contrarrevolução recuava. O Comitê Central do Partido Socialista Revolucionário aprovara uma moção de desconfiança em sua representação na Duma. A ala esquerda do partido ganhava terreno. Avksentiev pediu demissão. Chegou um mensageiro com a notícia de que a delegação enviada à estação onde Kerensky ia desembarcar fora presa. Ouvia-se nas ruas o surdo ribombar de canhões, que o vento parecia trazer do Oeste ou do Sudoeste. E Kerensky não chegava...

Só três jornais tinham sido impressos: o *Pravda,* o *Dielo Naroda* e o *Novaia Jizn.* Todos falavam, longamente, no novo governo de coalizão. O órgão socialista revolucionário pedia um governo sem *cadetes* nem bolcheviques. Gorki era mais otimista: achava que as concessões que o Smolny acabara de fazer indicavam que ia formar-se um governo unicamente socialista, contendo em si todos os partidos, menos a burguesia. O *Pravda* criticava com mordacidade todos os defensores da coalizão:

"Provoca risos a ideia de uma coalizão entre partidos políticos compostos, em grande parte, de pequenos grupinhos de jornalistas, que atualmente só têm como patrimônio a simpatia dos meios burgueses e um passado imundo, e que, hoje, não defendem mais os interesses nem dos operários, nem dos camponeses. A única coalizão que se podia fazer já está feita: é a coalizão do partido revolucionário do proletariado com o exército revolucionário e os camponeses pobres."

Um jornalzinho pretensioso, o *Vicjel,* declarava que se não se chegasse a um entendimento entre os partidos, os ferroviários declarar-se-iam em greve:

"Os verdadeiros vencedores dessas lutas, os que poderão salvar o pouco que ainda existe da nossa Pátria, não serão nem os bolcheviques, nem o Comitê de Salvação, nem as tropas de Kerensky, mas nós, o Sindicato dos Ferroviários.

"Os guardas vermelhos nunca poderão organizar um serviço tão complexo como o dos transportes ferroviários. Por outro lado, o Governo Provisório também se mostra incapaz de exercer o poder...

"Nós não prestaremos nossos serviços a nenhum partido, sem exceção, a não ser que o poder seja exercido por meio de um governo que conte com a simpatia de toda a democracia."

O Smolny estava cheio de vida, de inesgotável energia humana.

Na sede dos sindicatos fui apresentado por Lovovsky a um representante dos ferroviários da Linha Nicolau, o qual me disse que seus companheiros estavam realizando comícios de protesto contra a posição dos chefes.

– Todo o poder aos *sovietes*! – gritou, dando um murro na mesa. – Os *oborontsi* (traidores) do Comitê Central fazem o jogo de Kornilov. Tentaram enviar uma delegação ao Stavca*, mas foi presa em Minsqui. Queremos uma conferência panrussa.

O mesmo acontecia nos sovietes e nos comitês do exército. As organizações democráticas, uma por uma, desagregavam-se, transformavam-se. As cooperativas estavam desorganizadas pelas lutas internas. Depois de sessões tempestuosas, os trabalhos do Comitê Executivo dos Deputados Camponeses foram suspensos. Até entre os cossacos a agitação crescia.

No último andar do Smolny, o Comitê Militar Revolucionário trabalhava intensamente, sem um momento de descanso. Os homens ali entravam repousados e fortes. Mas, em seguida, noite e dia, a terrível máquina lhes consumia todas as forças. Saíam exaustos, cegos, cansados, roucos, imundos, para cair como uma massa inerte no chão, mortos de sono.

O Comitê da Salvação não podia mais funcionar. Suas sessões acabavam de ser proibidas pelo Smolny. Estava fora da lei. Montes de manifestos cobriam o chão:

"...Conspiradores, que não contam com nenhum apoio da guarnição nem da classe operária, esperam vencer,

---

* Quartel-general.

espontaneamente, por meio de um golpe. Seu plano foi descoberto a tempo pelo aspirante Blagonravov, graças à vigilância de um guarda vermelho. O centro da conspiração era o Comitê de Salvação. O coronel Polcovnicov teria o comando das tropas e todas as ordens vinham assinadas por Gotz, membro do antigo *Tsique,* que havia sido posto em liberdade sob palavra.

"O Comitê Militar Revolucionário leva esses fatos ao conhecimento do povo de Petrogrado e decreta a prisão de todos os implicados na conspiração, que serão julgados por um conselho de guerra revolucionário."

Chegou a notícia de que, em Moscou, os *junkers* e os cossacos haviam cercado o Kremlin e intimado as forças soviéticas a deporem as armas. As tropas aceitaram, mas no momento em que deixavam o Kremlin foram assaltadas a tiros. A notícia acrescentava que outras forças bolcheviques, de menor importância, acabavam também de ser expulsas dos Telégrafos e da Companhia Telefônica.

O centro da cidade estava, assim, em poder dos *junkers;* porém, as tropas soviéticas se reagrupavam, cercando-os. Combatia-se ainda nas ruas. Todas as tentativas de acordo tinham fracassado. Os sovietes dispunham de 10.000 soldados da guarnição e de alguns milhares de guardas vermelhos. O Governo contava com 6.000 *junkers,* 2.500 cossacos e 2.000 guardas brancos.

O Soviete de Petrogrado estava reunido. Ao lado da sala em que realizava sua sessão, o novo Comitê Executivo dos Sovietes *(Tsique)* examinava as ordens e os decretos que o Conselho dos Comissários do Povo lhe enviava do andar superior. Entre esses decretos, achavam-se leis a ratificar ou a promulgar, a lei sobre a jornada de trabalho de oito horas e o "Projeto de um Sistema de Educação Popular", organizado por Lunatcharski.

Algumas centenas de delegados assistiam às duas assembleias, quase todos armados. O Smolny estava, decerto, ocupado apenas pela guarda, que instalara algumas metralhadoras nos batentes das janelas, apontando para as partes laterais do edifício.

Um delegado do *Vicjel* falava no *Tsique:*

– Não transportaremos as tropas de nenhum partido, sem exceção. Já enviamos uma delegação a Kerensky para dizer-lhe que, se continuar marchando sobre Petrogrado, cortaremos todas as linhas de comunicação.

Terminou, como sempre, reclamando uma conferência de todos os partidos socialistas para a organização do novo governo.

Kamenev respondeu prudentemente. Disse que os bolcheviques não eram contrários a essa conferência. Achavam, entretanto, que a questão mais importante não era a formação de um governo desse gênero, mas que esse governo aceitasse o programa do Congresso dos Sovietes. O *Tsique* já havia tomado posição em face da declaração dos socialistas revolucionários de esquerda e dos sociais-democratas internacionalistas, resolvido a aceitar uma proposta de representação proporcional na conferência, com a participação dos delegados do Comitê do Exército e dos Sovietes Camponeses.

Trotsky, na sala maior, passava em revista os acontecimentos do dia:

– Intimamos os *junkers* da Escola Vladimir a deporem as armas. Mas, agora, o sangue já correu. Só nos resta, pois, um caminho: a luta implacável. É pueril acreditar que poderemos vencer de outro modo. Chegou o momento decisivo. Todos devem auxiliar o Comitê Militar Revolucionário, indicando os depósitos de arame farpado, de gasolina, de armas. Já temos o poder. Precisamos, agora, conservá-lo.

O menchevique Jofe quis ler uma declaração do seu partido, mas Trotsky recusou-se a abrir "um debate sobre questões de princípios", dizendo:

– Nossas discussões realizam-se atualmente nas ruas! Já demos o passo decisivo. Todos nós, eu inclusive, assumimos a responsabilidade do que está acontecendo.

Os soldados que haviam chegado de Gatchina falaram, manifestando seus pontos de vista. Um deles, do batalhão de choque da 481º Divisão, disse: "Quando as trincheiras souberem disso, gritarão todas como um só homem: 'Esse sim! Esse é o nosso governo!'." Um *junker* de Peterhov declarou que ele e dois companheiros tinham-se recusado a marchar contra os sovietes e que, quando seus camaradas depuseram as armas no Palácio de Inverno, fora ele indicado como seu representante e enviado ao Smolny para se pôr a serviço da "verdadeira revolução."

Trotsky ergueu-se, de novo, ardente, infatigável, dando ordens, respondendo às perguntas:

– A pequena burguesia, para aniquilar o proletariado, os soldados e os camponeses, é capaz de se aliar até com o diabo.

Como os casos de embriaguez se tornavam cada vez mais frequentes, Trotsky declarou:

– Camaradas! É preciso não beber! Ninguém deve andar pelas ruas depois das oito horas, exceto as patrulhas. Vamos dar busca em todos os lugares suspeitos, e o álcool que for encontrado será destruído. Não podemos tolerar o menor abuso dos traficantes de álcool.

O Comitê Militar Revolucionário, neste momento, solicitou a presença da delegação da seção de Viborg e, logo depois, da delegação dos operários da Usina Putilov, que imediatamente se apresentaram.

– Para cada revolucionário morto – disse Trotsky – mataremos cinco contrarrevolucionários!

Voltei para a cidade. A Duma estava profusamente iluminada. Por suas portas penetrava grande multidão. Do andar térreo partiam gritos e gemidos de dor. A turba comprimia-se em frente ao grande quadro de avisos, onde estava afixada a relação dos *junkers* mortos durante o dia, ou que apenas passavam por mortos, pois muitos deles reapareceram, mais tarde, sem um arranhão.

Em cima, na Sala Alexandre, o Comitê para a Salvação da Rússia e da Revolução continuava reunido. Viam-se aí oficiais com distintivos vermelhos e dourados, fisionomias conhecidas de intelectuais mencheviques e socialistas revolucionários, diplomatas e banqueiros de olhar duro e vestes faustosas, funcionários do antigo regime, damas elegantes.

Chegaram as telefonistas. Uma por uma, essas pobres mocinhas, malvestidas, procurando imitar as elegantes com os sapatos surrados e os rostos abatidos, subiram à tribuna. Uma por uma, corando de prazer ante os aplausos da alta sociedade de Petrogrado, começaram a falar, satisfeitas por serem ouvidas pelos oficiais, ricaços, grandes vultos da política, descrevendo seus sofrimentos e angústias quando os bolcheviques entraram na Central Telefônica, e proclamando sua fidelidade incondicional ao antigo regime, à ordem estabelecida, ao poder.

A Duma estava em sessão, na Sala Nicolau. O prefeito declarou com otimismo que os regimentos de Petrogrado já estavam envergonhados da sua atitude anterior. A propaganda surtia efeitos rápidos... Os emissários iam e vinham, descrevendo as selvagerias dos bolcheviques e crivando os *junkers* de perguntas, procurando ansiosamente saber as últimas novidades.

– A força moral vencerá os bolcheviques – disse Trup –, não as baionetas.

Mas a situação na frente revolucionária não era nada animadora. O inimigo possuía trens blindados com canhões. As forças soviéticas, formadas na quase totalidade de guardas vermelhos pouco experientes, não tinham oficiais, nem um plano preestabelecido. Só fora possível mobilizar 5 mil soldados regulares. O resto da guarnição estava ocupada em combater a revolta dos *junkers* ou permanecia indecisa, sem tomar partido. Às 10 horas da noite,

Lênin falou num comício de delegados dos regimentos que, por maioria esmagadora, se pronunciaram a favor da luta. Elegeu-se um comitê de cinco soldados: o Estado-Maior. Ao amanhecer, os regimentos seguiam para a frente.

Quando voltava para casa, vi os soldados marchando, com passo cadenciado, as baionetas alinhadas, através das ruas desertas da cidade conquistada.

Nesse mesmo momento, no quartel-general do *Vicjel,* na Sadovaia, todos os partidos socialistas trabalhavam para formar um novo governo. Em nome do centro menchevique, Abramovitch declarou que não devia haver vencedores nem vencidos, que era preciso passar uma esponja sobre o passado. Todos os grupos da esquerda concordaram com essa resolução. Em nome da direita menchevique, Dan propôs uma trégua aos bolcheviques, nas seguintes condições: 1. a Guarda Vermelha seria desarmada; 2. a guarnição de Petrogrado ficaria subordinada à Duma; 3. as forças de Kerensky ficariam proibidas de disparar um só tiro ou de fazer uma só prisão; 4. formação de um ministério, com a participação de todos os partidos socialistas, menos os bolcheviques. Riazanov e Kamenev responderam, em nome do Smolny, dizendo que a ideia de um governo de coalizão de todos os partidos era aceitável, mas protestavam contra a proposta de Dan. Os socialistas revolucionários estavam divididos. O Comitê Executivo dos Sovietes de Camponeses e os socialistas revolucionários recusavam, terminantemente, a participação dos bolcheviques. Depois de calorosa disputa, elegeu-se uma comissão para organizar um plano viável. Esta discutiu a noite toda, todo o dia seguinte e toda a noite desse dia. Já se havia feito, anteriormente, a 9 de novembro, uma tentativa de reconciliação semelhante. Martov e Gorki foram os promotores. Mas como Kerensky estava próximo, e como o Comitê Para a Salvação da Rússia e da Revolução continuava a agir, a ala direita menchevique, os socialistas revolucionários e os socialistas populares tinham respondido negativamente. Desta vez, no entanto, o rápido esmagamento da revolta dos *junkers* deixara-os sobressaltados.

Segunda-feira, 12, foi um dia de expectativa. Toda a Rússia estava com os olhos voltados para a planície pardacenta, que se estende às portas de Petrogrado, onde todas as forças disponíveis do antigo regime combatiam o poder ainda desorganizado do novo regime. Combatiam o desconhecido. Em Moscou chegara-se a uma trégua. Os dois adversários parlamentavam, esperando o resultado dos acontecimentos na Capital. Os delegados do Congresso dos Sovietes partiam em trens rápidos que os conduziam até os confins da Ásia, para levar às províncias a cruz de fogo da Revolução. A notícia do milagre, em ondas cada vez maiores, espalhava-se por todo o país. Os povoados e as longínquas aldeias já se agitavam e se rebelavam. Em toda parte, os *sovietes* e os comitês revolucionários erguiam-se contra as dumas, os *zemstvos* e os comissários governamentais; a Guarda Vermelha, contra a Guarda Branca. Lutava-se nas ruas; discutia-se apaixonadamente. Tudo dependia de Petrogrado.

O Smolny estava quase vazio. Mas a Duma regurgitava de gente. O velho prefeito, com a imponência de sempre, protestava contra o manifesto dos conselheiros bolcheviques.

– A Duma não é foco contrarrevolucionário, dizia com energia. A Duma não intervém nas lutas entre os partidos. Neste momento, quando no país não há ordem legal, o Governo Municipal Autônomo é o único representante da ordem. A população pacífica não pensa de outro modo e as embaixadas estrangeiras só reconhecem os documentos visados pelo prefeito da cidade. A mentalidade europeia não pode admitir senão isso, porque o Governo Municipal Autônomo é o único órgão capaz de proteger os interesses dos cidadãos. A cidade tem o dever de abrigar com hospitalidade todas as organizações que aqui se instalarem. Não pode a Duma, portanto, proibir a circulação de qualquer jornal nesta cidade. O campo de nossa atividade ampliou-se. Precisamos de maior liberdade de ação. Nossos direitos devem ser respeitados pelos dois campos. Somos completamente neutros! Quando os *junkers* ocuparam a Central Telefônica, o coronel Polcovnicov mandou cortar as comunicações com o Smolny. Mas, graças à minha intervenção, essas ligações foram conservadas.

Partiram gargalhadas irônicas da bancada bolchevique. A ala direita praguejou.

– Apesar disso – continuou Schreider –, somos tidos como contrarrevolucionários. Somos apontados assim nos manifestos. Fomos privados de nossos meios de transporte. Tiraram nossos últimos automóveis. Se a cidade se vir a braços com a fome, a culpa não será nossa. Nossos protestos não são ouvidos.

Cobozev, membro bolchevique do Conselho Municipal, pôs em discussão o caso da requisição dos automóveis municipais pelo Comitê Militar Revolucionário. Disse que o ato era admissível. Mas julgava que ele se verificara em virtude de uma ordem individual ou de uma necessidade urgente

– O prefeito – continuou – diz que não devemos transformar as sessões da Duma em comícios políticos. Mas são justamente os mencheviques e os socialistas revolucionários que fazem agitação partidária, aqui dentro. Na porta da Duma, distribuem seus jornais ilegais, o *Iscra* (A Centelha), o *Soldatsqui Golos* e o *Rabotchi Gazeta*, que incitam o povo à insurreição. Que aconteceria se nós, bolcheviques, também começássemos a distribuir nossos órgãos aqui dentro? Mas não faremos isso, porque respeitamos a Duma. Não atacamos o Governo Municipal Autônomo nem pensamos em atacá-lo. Como vocês publicaram, todavia, um manifesto dirigido ao povo, também nos achamos com o direito de publicar o nosso.

O *cadete* Tchingariov ocupou a tribuna para declarar que não se devia discutir com indivíduos que estavam sendo acusados e que não eram mais que traidores! Propôs que se expulsassem todos os bolcheviques da Duma. Mas a votação dessa proposta foi adiada porque não havia qualquer fato que pudesse ser invocado contra os representantes bolcheviques ocupantes de cargos na administração municipal.

Dois mencheviques internacionalistas declararam, então, que o manifesto dos conselheiros municipais bolcheviques era um convite direto à carnificina.

– Se todo ato dirigido contra os bolcheviques pode ser qualificado de contrarrevolucionário – disse Pinquievitch –, não sei que diferença existe entre revolução e anarquia! Os bolcheviques esperam desencadear as violentas paixões das massas, nós só contamos com nossa firmeza moral. Protestaremos contra toda violência, parta de onde partir, porque nosso dever é procurar uma solução pacífica.

– O manifesto distribuído nas ruas, intitulado "Ao pelourinho", e que incita o povo a matar os mencheviques e os socialistas-revolucionários – disse Nazarief –, é um crime que vocês bolcheviques nunca mais poderão apagar. Os horrores de ontem não foram senão o prólogo dos novos horrores que vocês preparam por meio desse manifesto. Sempre procurei reconciliá-los com os demais partidos. Mas, neste momento, não sinto por vocês senão desprezo.

Os conselheiros bolcheviques levantaram-se e responderam com violência ao assalto das vozes roucas e cheias de ódio dos adversários. De um lado e de outro partiam gritos, protestos, e viam-se semblantes e gestos ameaçadores.

Saí da sala, esbarrando com o menchevique Gomberg, engenheiro chefe da cidade, e com três ou quatro jornalistas. Todos falavam com animação:

– Veja você! – disseram-me. – Os covardes têm medo de nós. Não têm coragem de prender a Duma. O Comitê

Militar Revolucionário não ousa mandar um comissário aqui. Hoje, no fim da Sadavaia, vi um guarda vermelho tentando impedir que um menino vendesse o *Soldatsqui Golos*. O garoto limitou-se a rir, enquanto que a multidão, por pouco, não linchava o bandido. Tudo agora é questão de horas. Mesmo que Kerensky não venha, eles não possuem meios para organizar um governo. Que gente incompreensível! Tenho a impressão de que dentro do Smolny eles lutam entre si!

Um socialista revolucionário, meu amigo, chamou-me a um canto e disse-me:

– Sei onde está escondido o Comitê de Salvação da Rússia e da Revolução. Quer falar com seus membros?

A cidade retomara seu aspecto normal, com as vitrinas das casas já abertas e iluminadas. As luzes brilhavam. Nas ruas, grande massa de povo passeava e discutia. Na Avenida Nevski, nº 89, entramos num corredor e chegamos ao pátio de uma enorme casa coletiva. No quarto nº 229, meu amigo bateu de maneira especial. Ouvimos passos. Uma porta rangeu e em seguida entreabriu-se, aparecendo um rosto de mulher. Após nos examinar um minuto, fez-nos entrar. Era uma senhora de aspecto calmo, já madura. "Quiril, está muito bem!", gritou para dentro. Na sala de jantar, em cima da mesa, fumegava um samovar. Ao seu lado, pratos com fatias de pão e arenques. De trás de uma cortina saiu um homem fardado e, de uma pequena sala, outro, vestido com roupas de operário. Pareciam encantados com a presença, naquele momento, de um jornalista norte-americano. Com certo orgulho, disseram-me que seriam na certa fuzilados pelos bolcheviques se fossem encontrados ali. Não quiseram dar seus nomes, mas afirmaram que eram socialistas revolucionários.

– Por que publicam os senhores essas mentiras nos seus jornais? – perguntei.

Sem se mostrar ofendido, o oficial respondeu:

– Sim. O senhor tem razão. Mas, que vamos fazer? – e encolheu os ombros. – O senhor compreende: é preciso criar certo estado de espírito no povo...

O outro interrompeu:

– É uma simples aventura dos bolcheviques. Não têm intelectuais. Os ministérios não estão dispostos a ajudá-los. Além disso, a Rússia não é uma cidade, é um país. Estamos convencidos de que só poderão manter-se mais alguns dias. Resolvemos, portanto, apoiar o adversário mais forte, Kerensky, ajudando-o a restabelecer a ordem.

– Muito bem – disse eu. – Mas, então, por que se unem aos *cadetes*? – O pseudo-operário respondeu sorrindo:

– Para falar a verdade, as massas estão, neste momento, com os bolcheviques. Atualmente, não temos ninguém do nosso lado. Não poderíamos reunir nem um pelotão de soldados. Nem armas temos... Presentemente, só há dois partidos fortes: os bolcheviques e os reacionários, ocultos, quase todos, atrás dos *cadetes*. Estes pensam que se servem de nós, mas, na realidade, somos nós que nos servimos deles. Depois de derrubar os bolcheviques, ajustaremos contas com os *cadetes*.

– Os bolcheviques serão admitidos no novo governo?

Coçou a cabeça:

– A pergunta não é fácil de responder. É evidente que, se não forem admitidos, começarão de novo. Em todo caso, poderão ser os árbitros da situação, na Constituinte. Mas é preciso, naturalmente, que haja Constituinte.

– Essa questão – disse o oficial – traz consigo a participação dos *cadetes* no novo governo, pelas mesmas razões. O senhor já deve saber que os *cadetes* não são partidários da Assembleia Constituinte, principalmente se for possível esmagar desde já os bolcheviques.

E sacudiu a cabeça.

– Para nós, russos, a política não é coisa ainda bem clara. Os senhores, norte-americanos, nascem políticos.

Ocupam-se com política há muito tempo. Nós, de um ano para cá, é que a conhecemos.

– Qual é sua opinião sobre Kerensky? – perguntei.

– Oh! Kerensky é o responsável por todos os erros do Governo Provisório – respondeu o outro. – Foi ele que nos fez aceitar a coalizão com a burguesia. Se tivesse pedido demissão, como ameaçava fazer, teria provocado uma crise do gabinete dezesseis semanas antes da Assembleia Constituinte. E era justamente isso o que desejávamos evitar.

– Mas, afinal, não foi o que acabou acontecendo?

– Sem dúvida. Entretanto, como podíamos prever que isso ia acontecer? Os Kerensky e os Avksentiev nos enganaram, Gotz é um pouco mais radical. Eu sou partidário de Tchernov. Ele sim é que é um verdadeiro revolucionário. O próprio Lênin declarou hoje que não é contra a entrada de Tchernov no governo. Também queremos tirar Kerensky do governo, mas achamos prudente esperar pela Constituinte. A princípio, fui partidário dos bolcheviques. Mas, quando vi que o Comitê Central do meu partido votava contra eles... Que podia fazer? Era uma questão de disciplina partidária. O governo bolchevique não poderá durar mais de uma semana. Virá abaixo. Se os socialistas revolucionários souberem ficar de lado e esperar, o poder cairá em suas mãos, sem o menor esforço. É claro que, se tivermos que aguardar mais de uma semana, o país ficará de tal forma desorganizado que os imperialistas alemães vencerão com a maior facilidade. Foi justamente por isso que fomos obrigados a iniciar nosso movimento, contando apenas com a promessa de apoio dos regimentos, que também, à última hora, se voltaram contra nós. Só os *junkers* ficaram do nosso lado.

– E os cossacos?

O oficial suspirou.

– Estes nem se moveram. De início, disseram que marchariam se fossem apoiados pela infantaria. Depois, declararam que ficariam do lado de Kerensky, porque a maioria deles era composta de seus partidários. Também disseram que sempre se acusavam os cossacos de serem inimigos hereditários da democracia...

Finalmente, acabaram enviando o seguinte comunicado: "Os bolcheviques prometeram que não tirariam nossas terras. Como nada temos a temer, ficaremos neutros".

Enquanto conversava, entravam e saíam pessoas continuamente, na maioria oficiais que tinham arrancado os distintivos. De onde estava, podia vê-los numa sala próxima. Ouvia também suas palavras. Discutiam em voz baixa.

Olhando na direção do quarto de banho, no momento em que o vento levantou a cortina, descobri um corpulento oficial, com uniforme de coronel, escrevendo de cócoras. Reconheci-o. Era o coronel Polcovnicov, antigo comandante militar de Petrogrado. O Comitê Militar Revolucionário daria uma fortuna pela sua prisão.

– Qual é nosso programa? – continuou o oficial. – É o seguinte: entrega das terras aos comitês agrários; representação dos operários da direção da indústria; um enérgico programa de paz... Mas não um *ultimatum* ao mundo inteiro, como o programa dos bolcheviques. Os bolcheviques não poderão cumprir as promessas que fizeram às massas. Eles roubaram nosso programa para obter o apoio dos camponeses. Isso é uma desonestidade! Se esperassem pela Assembleia Constituinte...

– O importante não é a Assembleia Constituinte – aparteou outro. – Se os bolcheviques quiserem criar na Rússia um estado socialista, não poderemos, em hipótese alguma, colaborar com eles. Kerensky cometeu falta bem grave. Mostrou aos bolcheviques quais eram suas intenções, dizendo no Conselho de Estado que havia anunciado sua prisão...

– E os senhores, que pretendem fazer agora?

Os dois homens olharam-se.

– O senhor verá dentro de alguns dias. Se pudermos contar com forças suficientes, não transigiremos com os bolcheviques. Em caso contrário, talvez sejamos obrigados a...

De volta, na Avenida Nevski, subi num bonde tão cheio, que os estribos, de tanto peso, quase tocavam o chão. Depois de uma viagem lenta e monótona, cheguei ao Smolny. Mescovsqui, um homenzinho vivo e cortês, passeava no pátio com ar apreensivo. Disse-me que a greve dos ministérios começava a surtir efeito.

O Conselho de Comissários do Povo prometera publicar os tratados secretos. Mas Neratov, funcionário responsável por esses papéis, havia desaparecido. Dizia-se que estava oculto na Embaixada Britânica. A greve dos bancos era também bastante grave.

– Sem dinheiro – disse Menzisqui – nada poderemos fazer. Temos que pagar os salários dos ferroviários e dos empregados dos Correios e Telégrafos. Todos os bancos estão fechados, inclusive o Banco do Estado. E eles são a chave da situação. Todos os empregados bancários foram comprados. Mas Lênin resolveu mandar forçar os porões do Banco do Estado com dinamite e baixou um decreto ordenando a abertura de todos os estabelecimentos bancários particulares. Se até amanhã não abrirem as portas, nós as forçaremos.

O Soviete de Petrogrado estava em franca atividade. A maioria das pessoas presente tinha armas. Trotsky falava:

– Os cossacos abandonaram Csarscoié-Selo. (A sala em peso aplaudiu com entusiasmo.) Mas a batalha apenas começou. Em Pulcovo estão se verificando sangrentos combates. É necessário enviar todas as forças disponíveis. As notícias de Moscou são más. O Kremlin está em poder dos *junkers,* e os operários têm poucas armas. Tudo depende de Petrogrado. Nas trincheiras, a notícia da paz e da entrega das terras produziu delírio. Kerensky distribuiu nas trincheiras grande quantidade de manifestos, anunciando que Petrogrado está sendo arrasada e que os bolcheviques, desesperados, matam as mulheres e as crianças. Mas ninguém acredita nesses boatos. Os cruzadores Oleg, Aurora e República ancoraram no Neva e apontaram os canhões para a cidade.

— Por que você não vai combater ao lado dos seus guardas vermelhos? – interrompeu uma voz rude.

— É justamente o que vou fazer... – respondeu Trotsky, abandonando a tribuna.

Um pouco mais pálido que habitualmente, saiu em companhia de um amigo, dirigindo-se rápido para o automóvel que o esperava.

Kamenev pediu a palavra para relatar os trabalhos da conferência de conciliação dos partidos.

— Os mencheviques tinham sido repelidos com desdém – disse ele. – Até as seções do Sindicato dos Ferroviários tinham votado contra... Agora que estamos no poder, agora, que nossa ação repercute em toda a Rússia, só nos apresentam três "pequenas" condições: primeira, que entreguemos o poder; segunda, que trabalhemos para convencer os soldados a continuar a guerra; terceira, que os camponeses não falem mais em terra...

Lênin apareceu um instante na tribuna para rebater as acusações dos socialistas revolucionários:

— Somos acusados de haver roubado seu programa agrário... Se isso aconteceu, recebam nossos parabéns. Esse programa é a única coisa que nos interessa.

A sessão continuou no mesmo diapasão. Vários líderes vieram à tribuna para dar explicações, uns para defender, outros para acusar. Soldados e operários pediam a palavra, expressando os pensamentos e sentimentos mais íntimos. O auditório constantemente mudava e se renovava.

De vez em quando, eram chamados os membros deste ou daquele destacamento, a fim de seguirem para a linha de fogo. Vários eram substituídos ou dispensados por estarem feridos. Outros vinham buscar armas no Smolny. Eram três horas da manhã. Ao sair da sala, encontrei-me com Holtzman, do Comitê Militar Revolucionário, que chegava correndo, pálido e transfigurado.

– Tudo vai bem! – exclamou, apertando-me as mãos. – Um telegrama da frente! Kerensky está perdido! Olhe!

Entregou-me uma folha de papel escrita a lápis. Vendo que não conseguíamos decifrá-la, leu-a em voz alta:

"Pulcovo, Estado-Maior, 2h10 da madrugada.

A noite de 30-31 de outubro passará à História. Kerensky tentou atirar as forças contrarrevolucionárias contra a Capital, mas foi definitivamente repelido. Kerensky recua, nós avançamos. Os soldados, os marinheiros e os operários de Petrogrado demonstraram sua vontade de consolidar, de armas na mão, a autoridade da democracia. A burguesia tentou isolar o exército revolucionário. Kerensky procurou aniquilá-lo, valendo-se dos cossacos. Esses dois planos fracassaram completamente. A grande ideia do domínio da democracia proletária e camponesa estreitou as fileiras do exército, temperando-lhe a vontade.

"De agora em diante, o país inteiro ficará convencido de que o poder soviético não terá uma existência efêmera. O poder dos operários, dos soldados e dos camponeses é uma realidade indestrutível! A derrota de Kerensky é a derrota dos grandes proprietários, da burguesia e dos 'kornilovistas'. A derrota de Kerensky significa a confirmação do direito do povo a uma vida de liberdade e paz, de possuir para sempre terra, pão e poder. O destacamento de Pulcovo lutou heroicamente pela causa da revolução operária e camponesa. Já não é mais possível votar ao passado. Teremos de lutar, vencer obstáculos e sacrifícios. Mas o caminho está aberto. A vitória é certa.

"A Rússia revolucionária e o poder soviético sentem-se orgulhosos pela ação do destacamento de Pulcovo, comandado pelo coronel Valden. Glória eterna aos que tombaram! Glória aos combatentes da Revolução! Glória aos soldados e aos oficiais que foram fiéis ao povo!

"Viva a Rússia revolucionária, popular e socialista!

"Em nome do Conselho dos Comissários do Povo

"L. Trotsky"

Ao atravessar a Praça Znamencaia, notei grande movimento em frente à Estação Nicolau. Defronte do edifício, acotovelavam-se várias centenas de marinheiros armados de fuzis. De pé, na grade, um membro do *Vicjel* discutia com eles:

– Camaradas! Não podemos levá-los a Moscou. Somos neutros. Não transportaremos forças de nenhum partido. Não podemos levá-los a Moscou, porque lá a guerra civil já irrompeu.

Um rugido imenso foi a resposta. Os marinheiros começaram a avançar. De repente, o portão escancarou-se, e apareceram dois ou três guarda-freios, um maquinista e mais alguns ferroviários.

– É por aqui, camaradas! – gritou um deles. – Nós os levaremos a Moscou, a Vladivostoque, aonde quiserem! Viva a Revolução!...

CAPÍTULO IX

A VITÓRIA

"ORDEM Nº 1
"ÀS PORTAS DO DESTACAMENTO DE PULCOVO

"13 de novembro de 1917, às 9 horas e 38 minutos.

"Após encarniçada batalha, as tropas do destacamento de Pulcovo derrotaram completamente as tropas contrarrevolucionárias, que, abandonando suas posições em desordem, retiraram-se por trás de Csarscoié-Selo, em direção a Pavlovsque e Gatchina.

"Nossos postos avançados ocupam o extremo noroeste de Csarscoié-Selo e a Estação Alexandrovscaia. O destacamento de Colpino estava à nossa esquerda, e o de Csarscoié-Selo, à nossa direita.

"As forças de Pulcovo devem ocupar Csarscoié-Selo e fortificar todas as vias de comunicação, principalmente do lado de Gatchina. Ordeno, igualmente, que se ocupe Pavlovsque, que deve ser fortificada pelo Sul, e a estrada de ferro até o Don.

"As tropas devem tomar as providências necessárias para a fortificação das posições que ocupam, por trincheiras e outros meios defensivos. Devem manter-se em ligação constante com os destacamentos de Colpino e de Csarscoié-Selo, assim como o Estado-Maior do Comando-Geral da Defesa de Petrogrado.

"O comandante em chefe das forças em operações contra as tropas contrarrevolucionárias de Kerensky,

"Tenente-coronel Muraviov"

Terça-feira, de manhã. Mas, seria possível? Dois dias antes, no campo de Petrogrado, havia apenas bandos sem chefes, sem víveres, sem artilharia, vagando à toa, sem nenhuma orientação. O que teria fundido essas massas desorganizadas e sem disciplina, de guardas-vermelhos e de soldados sem oficiais, num exército obediente aos chefes por eles mesmos escolhidos, num exército temperado para receber o choque da artilharia e o assalto da cavalaria cossaca?

Os povos sublevados transtornam todas as regras da arte militar. Basta lembrar os exércitos esfarrapados da Revolução Francesa em Valmy, e Wissemburgo. As forças soviéticas tinham pela frente o bloco dos *junkers*, dos cossacos, dos grandes proprietários, da nobreza, dos "Cem Negros", a perspectiva de restauração do Tzar, da Ocrana, das prisões siberianas e, além disso, a terrível ameaça do imperialismo alemão... A vitória era o fim da opressão e o começo de uma era nova e feliz!

Domingo, à noite, enquanto os comissários do Comitê Militar Revolucionário voltavam, desesperados, do campo de batalha, a guarnição de Petrogrado elegia seu comitê dos cinco, seu estado-maior de combate: três soldados e dois oficiais, todos inimigos jurados da contrarrevolução. O tenente-coronel Muraviov, antigo patriota, era um homem capaz. Mas os revolucionários precisavam vigiá-lo. Em Colpino, Obucovo, Pulcovo, Crasnoié-Selo formavam-se destacamentos provisórios. Os efetivos desses destacamentos, aumentados com as unidades extraviadas, que iam sendo pouco a pouco incorporadas, compunham-me de soldados, marinheiros, guardas vermelhos, infantaria, cavalaria e artilharia, tudo misturado, e ainda carros blindados.

Ao amanhecer, entrou-se em contato com as patrulhas cossacas de Kerensky. Em cada encontro, uma descarga, uma ordem: rendam-se! No ar frio e parado, elevava-se o fragor da batalha. Nos bandos errantes, acampados ao redor das fogueiras... "Começou", diziam os homens. E logo marchavam para o combate. Por todas as estradas e caminhos, os trabalhadores, em grupo, apressavam o passo. Surgiam, assim, como por milagre, de todos os pontos, multidões exasperadas. Os comissários iam ao seu encontro, distribuindo posições a ocupar, ou trabalho a executar. Desta vez, a guerra era sua, a guerra e o mundo, o seu mundo. E os chefes escolhidos por eles mesmos. As vontades múltiplas e incoerentes da massa fundiam-se numa vontade única.

Os combatentes dessas jornadas, mais tarde, contaram como os marinheiros, depois de queimarem o último cartucho, se atiravam ao assalto; como os operários, sem treino militar, resistiram à carga dos cossacos e os desmontaram à baioneta; como a multidão anônima, que durante a noite se reuniu no campo de combate, cresceu, formou um oceano que cobriu o inimigo. Segunda-feira, antes da meia-noite, os cossacos já estavam dispersos e, em fuga, abandonando a artilharia. O exército do proletariado, avançando em toda a frente, entrou em Csarscoié-Selo, antes que o inimigo tivesse podido destruir a grande estação de telégrafo, de onde os comissários do Smolny irradiaram, imediatamente, para o mundo inteiro, um hino de vitória.

"A TODOS OS *SOVIETES* DE DEPUTADOS OPERÁRIOS E SOLDADOS

"A 12 de novembro, num encarniçado combate travado perto de Csarscoié-Selo, o exército revolucionário desbaratou completamente as forças contrarrevolucionárias de Kerensky e de Kornilov. Em nome do Governo Revolucionário, ordeno que todos os regimentos continuem a luta contra os inimigos da democracia revolucionária e que adotem as medidas necessárias para a prisão de Kerensky e para impedir a repetição de aventuras semelhantes, que ameaçam as conquistas da Revolução e a vitória do proletariado. Viva o exército revolucionário!...

"Muraviov."

Notícias das províncias:

Em Sebastopol, o soviete local tomou o poder. Depois de formidável comício, as tripulações dos encouraçados que se encontravam no porto obrigaram os oficiais a jurar que obedeceriam ao novo governo. Em Nijni-Novgorod, o *soviete* estava também no poder. As notícias de Cazã anunciavam combates nas ruas entre *junkers* de uma brigada de artilharia e a guarnição bolchevique.

Em Moscou, recomeçara uma luta desesperada. Os *junkers* e os guardas brancos, que ocupavam o Kremlin e o centro da cidade, estavam sendo assaltados por todos os lados pelas tropas do Comitê Militar Revolucionário. A artilharia soviética fora instalada na Praça Skobeliev, de onde bombardeava a Duma Municipal, a Chefatura de Polícia e o Hotel Metrópole. Na Taverscaia e na Niquitscaia, o povo arrancava as pedras das ruas para fazer barricadas. Os bairros dos grandes bancos e das casas do alto comércio estavam sob uma chuva de balas. Não havia luz nem comunicação telefônica. A população burguesa achava-se refugiada nos subterrâneos. O último boletim dizia que o Comitê Militar Revolucionário havia dirigido um *ultimatum* ao Comitê de Salvação Pública, exigindo a rendição, sob pena de bombardearem o Kremlin.

– Bombardearem o Kremlin? – diziam. – Não terão coragem.

De Vologda até Tchita, no outro extremo da Sibéria, de Pscov até Sebastopol, no Mar Negro, nas grandes e nas pequenas aldeias, as chamas da guerra civil já se levantavam bem alto. O governo do povo, em Petrogrado, recebeu as felicitações de mil fábricas, de mil comunas camponesas, dos regimentos, dos exércitos, dos navios que se achavam em pleno oceano.

O governo cossaco de Novcotcherscasque telegrafou a Kerensky: "O governo das tropas cossacas convida o Governo Provisório e os membros do Conselho da República a virem, se for possível, a Novotcherscasque, onde poderemos organizar, conjuntamente a luta contra os bolcheviques".

A Finlândia começava também a agitar-se. O Soviete de Helsinque e o *Tsentrobalt* (Comitê Central da Esquadra do Báltico) proclamaram o estado de sítio e declararam que todas as tentativas dirigidas contra a ação das forças bolcheviques ou qualquer resistência armada oposta às ordens do Conselho dos Comissários do Povo seriam severamente reprimidas. Ao mesmo tempo, a União dos Ferroviários da Finlândia declarou a greve geral em todo o país, pleiteando a aplicação imediata das leis votadas pela dieta socialista de junho de 1917, dissolvida por ordem de Kerensky.

Na manhã seguinte, bem cedo, dirigi-me ao Smolny. Quando passava pela vereda de madeira, que conduz à parte externa do edifício, caíram do céu pardacento os primeiros flocos de neve, leves e hesitantes.

– Neve! – gritou um soldado, que se achava de guarda, com um gesto de alegria. – É o que há de melhor para a saúde!

No interior, os compridos corredores escuros e as salas silenciosas pareciam abandonadas. Não se via ninguém no enorme edifício. De repente, um barulho surdo e estranho chegou aos meus ouvidos. Olhando em torno, vi, no chão, ao longo das paredes, homens que dormiam. Criaturas rudes, operários e soldados, verdadeiros bonecos de barro, estendidos isoladamente ou amontoados, indiferentes à morte. Alguns estavam enrolados em panos ensanguentados. No chão, ao abandono, fuzis e cartucheiras. Ante meus olhos, repousava o exército do proletariado! Na cantina do primeiro andar, havia um ajuntamento tão grande, que mal se podia passar. O ar, viciado. Através dos vidros embaçados, filtrava uma pálida claridade. Por cima do mostrador, em cima da mesa, junto a um samovar, entre xícaras com restos de chá, descobri, ao avesso, um exemplar do último *Boletim do Comitê Militar Revolucionário,* com a página final cheia de traços irregulares. Era a homenagem da lembrança, que um soldado prestava aos camaradas tombados na luta contra Kerensky, no momento em que o sono o dominou. No papel pareciam ter corrido lágrimas...

"Alexei Vinogradov. D. Leonsqui.
D. Mosquevine. D. Preobrajensqui.
S. Stolbicov. V. Laidanqui.
A. Voscressensqui. M. Bertchicov.

Todos eles foram chamados às fileiras a 15 de novembro de 1916.

Somente três ainda vivem: Miguel Bertchicov, Alexei Voscressensqui e Dmitri Leonsqui.

Dormi, águias das batalhas!
Descansem em paz vossas almas!
Irmãos! Bem mereceis
Repouso e felicidade eternos!..."

Só o Comitê Militar Revolucionário não dormia. Ao contrário, trabalhava sem descanso. Scripnique saiu do aposento do fundo e anunciou que Gotz fora detido, mas negara categoricamente ter assinado, com Avksentiev, a proclamação do Comitê para a Salvação da Rússia. O Comitê, por outro lado, tinha repudiado o apelo à guarnição. Scripnique acrescentou que ainda existia certa hostilidade entre os regimentos da cidade. O Regimento de Volnisque, por exemplo, negara-se a lutar contra Kerensky.

Diversos destacamentos de tropas "neutras", conduzidos por Tchernov, encontravam-se em Gatchina, onde procuravam dissuadir Kerensky de marchar sobre Petrogrado.

Scripnique pôs-se a rir.

– Agora já não podem existir *neutros*. A vitória está em nossas mãos! Iluminava-lhe o rosto, de traços pronunciados, uma exaltação quase religiosa. Chegaram da frente mais de sessenta delegados, trazendo-nos a certeza da colaboração de todos os exércitos, com exceção da frente romena, da qual nada sabemos. Os comitês do exército interceptam todas as notícias de Petrogrado, mas já organizamos um serviço regular de correios.

No pavimento térreo, encontramos Kamenev, que acabava de chegar. Embora extenuado pela sessão noturna da "Conferência para a Formação de um Novo Governo", estava satisfeito.

– Já os socialistas revolucionários inclinam-se a favor da nossa admissão ao novo governo – disse-me. – Os grupos da direita estão aterrorizados com tribunais revolucionários e pedem, espantados, que, antes de tudo, e sobretudo, os dissolvamos. Aceitamos a proposta do *Vicjel* referente à formação de um governo socialista homogêneo; tratamos, atualmente, dessa questão. É o fruto da nossa vitória. Quando éramos os mais fracos, nada queriam conosco; agora, todo mundo é partidário de um acordo com os *sovietes*. Entretanto, o que necessitamos é de uma vitória verdadeiramente decisiva. Kerensky quer armistício, mas será preciso que capitule.

Tal era o estado de espírito dos chefes bolcheviques. A um jornalista estrangeiro que solicitava uma declaração, Trotsky disse:

– A única declaração possível, neste momento, é a que fazemos pela boca dos nossos canhões!

Dissimulava-se, contudo, nesse ambiente de vitória, grave inquietação, motivada pelo problema financeiro. Em vez de abrir os bancos, seguindo as ordens do Comitê Militar Revolucionário, o Sindicato de Empregados de Bancos, após uma reunião, declarara greve. O Smolny pedira cerca de 33 milhões de rublos ao Banco do Estado, mas o caixa fechara o guichê e não concordara em fazer pagamentos senão aos representantes do Governo Provisório. Serviam-se os reacionários do Banco do Estado como de uma arma política. Quando o *Vicjel* pediu dinheiro para pagar os ordenados do pessoal das estradas de ferro, disseram-lhe que se dirigisse ao Smolny.

Transportei-me ao Banco do Estado, a fim de visitar o novo comissário, um bolchevique ucraniano chamado Petrovitch, que procurava pôr ordem no caos em que os "paredistas" o tinham deixado. Nos escritórios do imenso estabelecimento, os voluntários, operários, soldados, marinheiros, abobalhados, gaguejando, suando em bicas, empalideciam sobre os enormes livros...

O edifício da Duma estava abarrotado de gente. Ainda se lançavam desafios isolados ao novo governo, mas já eram raros. Um apelo fora dirigido aos camponeses pelo Comitê Agrário Central, ordenando-lhes que não reconhecessem o decreto sobre a terra adotado pelo Congresso dos Sovietes, com o pretexto de que provocaria a desordem e a guerra civil. O prefeito Schreider anunciou que, em vista da insurreição bolchevique, era preciso adiar *sine die* as eleições à Assembleia Constituinte.

Duas preocupações pareciam dominar os espíritos, indignados pela ferocidade da guerra civil: pôr termo ao derramamento de sangue e constituir um novo governo. Já não se falava de "esmagar os bolcheviques", e tampouco de os excluir do novo governo, exceção feita nos meios socialistas populistas e no Soviete de Camponeses. O Comitê Central do Exército, o mais acirrado inimigo do Smolny, chegou a telefonar a Mogilev: "Se, para a constituição do novo ministério, for preciso fazer um pacto com os bolcheviques, nós consentiremos que sejam admitidos no gabinete, porém *em minoria*".

O *Pravda* chamava ironicamente a atenção dos leitores para os "sentimentos humanitários" de Kerensky, publicando sua mensagem ao Comitê para a Salvação da Rússia e da Revolução:

"De acordo com as propostas do Comitê para a Salvação e de todas as organizações democráticas que o apoiam, suspendi qualquer ação militar contra os rebeldes e deleguei poderes ao comissário adjunto ao comandante em chefe, Stanquievitch, para que inicie as negociações. Tomem as medidas necessárias para evitar inúteis derramamentos de sangue".

O *Vicjel* enviou o seguinte telegrama a toda a Rússia:

"A Conferência entre o Sindicato dos Ferroviários e os representantes dos partidos e das organizações em luta, que reconhecem a necessidade de um acordo, reprova, categoricamente, o terrorismo político da guerra civil, mormente entre as facções da democracia revolucionária, e declara que o mesmo, sob qualquer forma que seja, está, neste momento, em contradição com o sentido e o objetivo das negociações entabuladas para a formação de um novo governo".

A Conferência enviou algumas delegações à frente, a Gatchina. Parecia imediato o encontro da solução definitiva no decorrer dos seus trabalhos. Tinham resolvido, até, eleger um conselho provisório do povo, composto de uns 400 membros, dos quais 75 representando o Smolny, 75 o antigo *Tsique* e o resto repartido entre a Duma Municipal, os sindicatos, os comitês agrários e os partidos políticos. Tchernov fora nomeado para a Presidência do Conselho. Segundo se dizia, Lênin e Trotsky seriam excluídos.

Por volta de meio-dia, encontrava-me de novo no Smolny, falando com o motorista de uma ambulância que se dirigia à frente revolucionária. Pedi-lhe que me deixasse acompanhá-lo. Consentiu. Era voluntário da Universidade. Pelo caminho, conversava comigo num alemão horrível: *Also, gut! Wir nach die Kazernen zu essen geben!* Quando chegamos a Quirotchnaia, entramos num pátio enorme, cercado por edifícios militares. Subimos por uma escada escura e chegamos a uma habitação baixa, iluminada por uma única janela. Sentados à grande mesa de madeira, cerca de vinte soldados estavam tomando sopa de legumes, com colheres de pau, servida em pratos de folha. Conversavam e riam ao mesmo tempo, com grande animação.

– Saúdo o Comitê do 6º Batalhão de Engenharia! – exclamou meu companheiro, apresentando-me como socialista norte-americano.

Todos se levantaram para cumprimentar-me. Um velho soldado apertou-me contra o peito, beijando-me calorosamente. Deram-me uma colher de pau e sentei-me à mesa. Trouxeram-me um prato cheio de *kasha*, um enorme pedaço de pão de centeio e os inevitáveis bules. E todos começaram a fazer-me perguntas sobre os EUA. Era verdade que os homens vendiam o voto por dinheiro? Como, então, conseguiam aquilo que desejavam? E o *Tammany*? Era certo que, num país livre, um punhado de indivíduos podia dominar uma cidade inteira e explorá-la em proveito próprio? Por que o povo suportava tanta coisa?... Na Rússia, mesmo sob a dominação tzarista, coisas assim não seriam possíveis. Sem dúvida, sempre existira a corrupção. Mas comprar uma cidade inteira, com seus habitantes, num país livre! Então o povo não tinha nenhum sentimento revolucionário?

Procurei explicar-lhes que, no meu país, o povo trata de realizar as reformas por meio de leis.

– Perfeitamente – exclamou um jovem sargento chamado Baclanov, que falava francês. – Entretanto, com o poder que a classe capitalista tem no seu país, ela dominará a legislação e a justiça. Como pode o povo, em tais condições, obter reformas? Desejaria convencer-me, visto que não conheço sua pátria, mas parece incrível...

Disse-lhe que pretendia ir a Csarscoié-Selo.

– Eu também – replicou bruscamente Baclanov.

– E eu... E eu...

Todos resolveram, no mesmo instante, partir para Csarscoié-Selo. Nesse momento, alguém bateu. A porta abriu-se e apareceu o coronel. Ninguém se levantou, mas foi acolhido com alegria.

– Pode-se entrar?

– Oh, pois não! Entre! – responderam cordialmente.

Alto, de porte distinto, com seu gorro de pele bordado a ouro, o coronel entrou, sorridente.

– Parece-me que ouvi falar, camaradas, que iam a Csarscoié-Selo. Posso acompanhá-los?

Baclanov refletiu.

– Creio que hoje nada há a fazer aqui – respondeu. – Sim, camarada, teremos muito prazer em que vá conosco.

O coronel agradeceu e, sentando-se à mesa, serviu-se de uma xícara de chá. Em voz baixa, a fim de não magoá-lo, Baclanov explicou-me:

– Sou o presidente do Comitê do Batalhão. Temos a direção absoluta, salvo para as operações. Aí, entregamos o comando ao coronel. Todos obedecem às suas ordens. Mas ele é o responsável perante o Comitê. No quartel, nada pode fazer sem nos consultar. De certo modo, é o nosso agente executivo.

Foram distribuídas armas: revólveres e fuzis. Podíamos encontrar os cossacos. Comprimidos no carro--ambulância, ao lado de três enormes pacotes de jornais destinados à frente, rodamos pelo Liteini e, em seguida, pela Zagorodni. Eu estava sentado ao lado de um rapaz, com galões de tenente, que parecia falar com a mesma facilidade todas as línguas europeias. Fazia parte do Comitê do Batalhão.

– Não sou bolchevique – afirmou, com energia. – Minha família pertence à antiga nobreza. Sou, digamos, um *cadete*.

– Então como é que...? – interrompi, surpreendido.

– Tomo parte no Comitê, perfeitamente. Não oculto minhas opiniões políticas, mas ninguém se inquieta, pois sabem que não estou disposto a resistir à vontade da maioria. Neguei-me a tomar parte na atual guerra civil, porque não desejo pegar em armas contra meus irmãos russos.

– Provocador "kornilovista" – gritaram-lhe os outros em tom de chacota, dando-lhe palmadas nas costas.

Depois de atravessarmos o arco do triunfo da porta de Moscou, colossal monumento de pedra escura, enfeitado de hieróglifos dourados, de enormes águias imperiais e nomes de tzares, seguimos pela estrada ampla e reta, branca de neve. Estava cheia de guardas vermelhos. Cantando e gritando, seguiam para a frente revolucionária. Outros voltavam, cobertos de lama, com a cara terrosa. A maioria tinha aspecto infantil. Viam-se, também, mulheres com pás, fuzis e cartucheiras atravessados no peito, em diagonal; outras, com braçadeiras da Cruz Vermelha. Eram, quase todas, mulheres dos cortiços, curvadas e gastas pelo trabalho. Havia ainda mineiros de rosto severo e crianças que levavam embrulhos de comida para os pais, caminhando todos sobre a lama esbranquiçada, de vários centímetros de espessura, que cobria a estrada. Passamos pela artilharia, que se dirigia para o Sul, com estrépito de ferro velho. Passavam vários caminhões cheios de homens armados. Ambulâncias carregadas de feridos voltavam do campo de batalha. Numa carreta de camponês, que rodava lentamente, um rapazinho, ferido no ventre, ia recolhido, pálido e gemendo de dor. Nos campos, ao lado da estrada, mulheres cavavam trincheiras e colocavam redes de arame farpado.

Nuvens escuras corriam para o Nordeste. Repentinamente, apareceu um Sol lívido. Do outro lado da planície pantanosa, via-se Petrogrado. À direita, resplandeciam cúpulas com flechas brancas, douradas e multicores. À esquerda, altas chaminés desprendiam rolos de fumaça escura e, ao fundo, avistava-se o Golfo da Finlândia.

Em ambas as margens da estrada, igrejas e mosteiros. Amiúde, distinguia-se um monge, que espiava em silêncio o exército proletário.

A estrada fazia uma bifurcação em Pulcovo. Fizemos alto no meio de uma multidão, na qual se fundiam três correntes humanas. Os amigos encontravam-se e, contentes, felicitavam-se mutuamente, descrevendo a batalha. Algumas ruas apresentavam sinais de balas, e a terra fora pisada uma légua em redor. Ali o combate fora encarniçado. A pouca distância, alguns cavalos cossacos, sem cavaleiros, corriam em círculo, procurando feno, pois o capim havia muito desaparecera. Um guarda vermelho procurava montar, mas era uma queda atrás da outra, para alegria de um milhar daquelas crianças grandes.

A estrada da esquerda, pela qual se haviam retirado os cossacos sobreviventes, levava, margeando o aclive, a um casario, de onde se descortinava grandiosa paisagem sobre a imensidade da planície, pardacenta como um mar sem vento e dominada por uma aglomeração de nuvens e pela cidade imperial, que despejava milhares de homens pelas estradas. Ao fundo, à esquerda, a pequena colina de Csarscoié-Selo, o campo de parada de verão da Guarda e a Mansão Imperial. Apenas quebravam a monotonia da planície alguns mosteiros e conventos rodeados de muralhas, grandes fábricas isoladas e edifícios cor de terra: os asilos de órfãos.

– Aqui – disse o motorista ao subir uma colina nua – morreu Vera Slutscaia, o deputado bolchevique na Duma, hoje de manhã. Ia de automóvel com Zalkind e outros mais. Tinham estabelecido uma trégua e dirigiam-se para a frente. Iam conversando e rindo, quando, bruscamente, do trem blindado em que viajava Kerensky, partiu um tiro que matou instantaneamente Slutscaia.

Chegamos a Csarscoié-Selo cheios de entusiasmo pelo grande êxito do proletariado. O Palácio onde se achava instalado o *soviete* era centro de grande atividade.

Guardas vermelhos e marinheiros ocupavam o pátio, e sentinelas guardavam as portas. Carteiros e comissários entravam e saíam.

Na sala do *soviete*, em volta do samovar, um grupo de operários, soldados, marinheiros e oficiais discutia ruidosamente, enquanto bebiam chá. A um canto, dois operários procuravam desajeitadamente utilizar-se de um duplicador. Na mesa do centro, Dybenko, debruçado sobre um mapa, marcava com um lápis azul e vermelho as posições que deviam ser ocupadas. A mão que tinha livre brincava, como de costume, com um revólver de aço oxidado. Bruscamente, foi sentar-se à máquina de escrever, batendo no teclado com um dedo. De tempos em tempos, voltava a mexer no cilindro do revólver.

Numa cama, junto à parede, estava um jovem operário. Dois guardas vermelhos achavam-se perto dele, mas ninguém mais fazia caso. Tinha um ferimento no peito, do qual jorrava grande quantidade de sangue. Os olhos fechados, e o rosto cercado de uma barba de adolescente já apresentava a palidez da morte. Respirava com dificuldade, lentamente, repetindo com voz débil, apenas perceptível: *Mir boudit! Mir boudit!* "A paz vem! A paz vem!"

Dybenko ergueu os olhos ao chegarmos.

– Ah! – disse, dirigindo-se a Baclanov. – Camarada, vá ao gabinete do comandante para assumir o comando. Espere, que lhe dou uma ordem de serviço.

Sentou-se à máquina e recomeçou a bater, procurando as letras. Fui ao Palácio de Catarina, acompanhando o novo comandante de Csarscoié-Selo. Baclanov estava excitado e compenetrado de sua importância. Na elegante sala branca, que eu já conhecia, diversos soldados vermelhos examinavam o local, revistando tudo com curiosidade. Meu velho amigo, o coronel, de pé ante a janela, mordia o bigode. Acolheu-me como a um irmão que se torna a encontrar. O francês da Bessarábia continuava sentado à mesa, ao lado da porta. Os bolcheviques haviam-lhe ordenado que ficasse e continuasse o trabalho.

– Que vou fazer? – murmurava. – Os homens como eu não se podem bater nem de um lado nem de outro, numa guerra como esta, apesar da repugnância que me inspira a ditadura das massas... Só sinto estar tão longe de minha mãe e da Bessarábia.

O coronel teve de entregar oficialmente o comando a Baclanov.

– Eis aqui – disse nervosamente – as chaves do expediente.

Um guarda vermelho o interrompeu:

– Onde está o dinheiro? – perguntou brutalmente.

O coronel pareceu surpreendido.

– O dinheiro? Que dinheiro? Ah, se se refere ao cofre, ei-lo tal como o achei ao assumir o comando, faz três dias.

– As chaves?...

O coronel deu de ombros.

– Não tenho as chaves.

O guarda vermelho pôs-se a rir, maliciosamente.

– Isso é muito cômodo – disse.

– Vamos abrir – disse Baclanov. – Vão buscar um machado. O camarada norte-americano fará saltar a tampa e anotará o que encontrar.

Brandi o manchado. O cofre estava vazio.

– É preciso prendê-lo – gritou o guarda vermelho com ódio. – É um partidário de Kerensky.

Mas Baclanov não era da mesma opinião.

– Não, não – disse. – Foi o "kornilovista" que estava aqui antes dele. Este não é o culpado.

– É sim! – exclamou o outro. – Eu lhe digo que é um partidário de Kerensky. Se você não o quer prender, nós o faremos e o levaremos a Pedro e Paulo. É o lugar dele.

Os demais soldados vermelhos assentiram, e o coronel, que lançava olhares tristes para nós, foi levado.

Em frente ao Palácio do *soviete*, um caminhão fazia os últimos preparativos a fim de seguir para a frente. Guardas vermelhos, diversos marinheiros, um ou dois soldados, comandados por um operário espadaúdo e forte, subiram. Saíam do quartel-general guardas vermelhos com braçadas de pequenas granadas de *grubita* – explosivo dez vezes mais violento e cinco vezes mais sensível que a dinamite, segundo diziam – que colocavam no caminhão. Amarraram à parte posterior do veículo, com cordas e arames, um canhão carregado de três polegadas. Partimos a toda velocidade. O pesado carro balançava de um lado para o outro. O canhão dançava sobre as rodas e as granadas rodavam por baixo de nossos pés, chocando-se ruidosamente de encontro às paredes do caminhão.

Um gigantesco guarda vermelho, chamado Vladimir Nicolaievitch, atormentava-me com perguntas sobre os Estados Unidos. Por que tinham os Estados Unidos entrado na guerra? Estavam os operários norte-americanos dispostos a derrubar os capitalistas? Que sabíamos sobre o processo Mooney? E cem outras perguntas sumamente embaraçosas, gritadas para dominar o estrondo do caminhão. Agarrávamo-nos uns aos outros para nos equilibrarmos dentro do carro, entre as granadas.

Às vezes, uma patrulha tentava deter-nos. Os soldados corriam para o meio da estrada e gritavam: *Stoi!* (Alto), brandindo os fuzis, mas não lhes dávamos importância.

– Vão para o diabo! – respondiam os guardas vermelhos. Não podemos perder tempo! Não estão vendo que somos guardas vermelhos?

E seguíamos, altivamente, em nossa corrida, enquanto Vladimir Nicolaievitch insistia com suas perguntas a propósito da internacionalização do Canal do Panamá etc...

A uns dez quilômetros de Csarscoié-Selo passamos por um destacamento de marinheiros que vinha de volta. Paramos.

– Onde é a frente de combate, companheiros?

O marinheiro que comandava a tropa coçou a cabeça:

– Esta manhã estava a 500 metros daqui. Agora esse bicho não está em parte alguma. Já andamos tanto e não conseguimos encontrá-la.

Subiram ao caminhão e continuamos. Mais dois quilômetros de caminhão e Vladimir Nicolaievitch, escutando atentamente, mandou o motorista parar.

– Ouviram os tiros? – perguntou.

Silêncio profundo durante alguns minutos. Pouco depois, à esquerda, ressoaram de repente outros três estampidos. Espesso bosque margeava a estrada de ambos os lados. Tornamos a empreender a marcha, lentamente, falando em voz baixa. À altura do lugar em que dispararam, descemos e penetramos, cautelosamente, no bosque.

Enquanto isso, os camaradas desatavam o canhão e o assentavam em posição. Apontaram-no, o mais próximo possível, por detrás de nós.

Reinava silêncio no bosque. Haviam caído as folhas, e os troncos tinham uma cor pálida sob o Sol fraco e oblíquo de outono. Nada se movia. Sob nossos pés, rangia o gelo dos pequenos charcos. Seria uma emboscada?

Andamos sem encontrar coisa alguma até onde as árvores rareavam. Fizemos alto. A pequena distância, numa clareira, estavam três soldados, despreocupados, sentados ao pé do fogo.

Vladimir Nicolaievitch dirigiu-se para eles:

– Bom dia, camaradas! – gritou com a segurança que dão um canhão, vinte fuzis e uma carga de grubita, prontos a entrar em ação.

Os soldados deram um pulo, assustados.

– Por que dispararam três tiros, há pouco? – Tranquilizado, um deles respondeu:

– Oh, fomos nós, camaradas! Atiramos em dois coelhos...

O caminhão retomou o caminho para Romanevo. Na primeira encruzilhada, fomos abordados por dois soldados, que nos fizeram parar.

– Camaradas, os salvo-condutos.

Os guardas vermelhos protestaram.

– Somos guardas vermelhos! Não precisamos de salvo-condutos! Vamos embora! Não amolem!

– Isto não está direito, camaradas! Devemos respeitar a disciplina revolucionária. Suponham que os contrarrevolucionários cheguem e digam: "Não precisamos de salvo-condutos!" Os camaradas não os conhecem.

Começou a discussão. Um por um, soldados e marinheiros apresentaram os papéis. Todos eram iguais, salvo o meu, tirado do Estado-Maior Revolucionário do Smolny. As sentinelas instaram para que descesse. Os guardas-vermelhos protestaram com energia, mas os marinheiros não quiseram saber de nada.

– Sabemos perfeitamente que este camarada é um verdadeiro revolucionário. Mas há ordens do Comitê que devem ser obedecidas. É a disciplina revolucionária.

A fim de não criar dificuldades, desci. O caminhão partiu. Todos me faziam acenos de despedida. Os soldados conduziram-me, então, para junto de uma parede. De repente compreendi que ia ser fuzilado! Tudo era deserto. O único sinal de vida era o fumo de uma casinha de madeira. Os soldados tomaram distância. Fui atrás deles, procurando justificar-me.

– Mas camaradas, vejam aqui o selo do Comitê Militar Revolucionário!

Ambos olharam atentos para o meu salvo-conduto.

– Mas este não é igual aos outros! – disse um deles com teimosia.

– Não sabemos ler, camarada!

Tomei-os pelo braço.

– Vamos até aquela casa! Deve haver alguém que nos possa auxiliar.

Ficaram indecisos.

– Não! – disse um.

O outro me examinou.

– Por que não? – murmurou. – Afinal, matar um homem inocente é crime.

Dirigimo-nos para a casinha e batemos à porta. Atendeu-nos uma mulher gorda, retrocedendo assustada:

– Não sei de nada... Não vi ninguém..., balbuciou.

Uma das sentinelas estendeu o salvo-conduto. Ela soltou um grito.

– Queremos somente que nos leia este papel, camarada. Tomando o papel, nervosa, leu rapidamente:

"O portador deste salvo-conduto é John Reed, representante da social-democracia norte-americana, um internacionalista..."

Os soldados não se conformaram.

– Tem que vir conosco ao Comitê do Regimento – decidiram.

No crepúsculo, cada vez mais denso, pusemo-nos a caminhar pela estrada úmida. De tempos em tempos, encontrávamos grupos de soldados. Estes paravam, rodeando-me, ameaçando-me com os olhos, passando de mão em mão meu salvo-conduto. Comentavam meu fuzilamento.

Era já noite quando chegamos ao quartel de fuzileiros em Csarscoié-Selo. As sentinelas começaram a fazer ávidas perguntas. Um espião? Um provocador? Subimos uma escada em caracol e desembocamos numa vasta sala sem ornamentação. Uma estufa enorme ocupava o centro. Estendidos no chão, vários soldados. Uns jogavam cartas, outros conversavam, discutiam, cantavam ou dormiam. No teto, grande rombo feito pelos canhões de Kerensky.

Parei à porta. Imediatamente fez-se grande silêncio nos grupos. Todos se voltaram para mim. Pouco a pouco, começaram a levantar-se, olhando-me com ódio.

– Camaradas! Camaradas! – gritou um dos meus guardas. – Comitê! Comitê!

Os homens agruparam-se à minha volta, gesticulando. Um moço de braçadeira vermelha abriu passagem:

– Que é que há? – perguntou com rudeza.

As sentinelas contaram o caso.

– Onde está o salvo-conduto?

Depois de ler o documento cuidadosamente e examinar-me, sorriu e devolveu-me:

– Camaradas, é um nosso companheiro norte-americano. Sou presidente do Comitê e desejo-lhes boas-vindas ao nosso regimento.

Um suspiro geral de desafogo e todos correram para cumprimentar-me.

– Ainda não jantou? Nós já jantamos. Levá-lo-ei aos oficiais. Alguns conhecem seu idioma.

Conduziram-me por um pátio até a porta de outro edifício. Precisamente naquele momento entrava um jovem de feições aristocráticas, com as divisas de tenente. O presidente apresentou-me a ele e, depois de um cumprimento, afastou-se.

– Chamo-me Stefan Georgevitch Morovsqui, ao seu dispor – disse o tenente num excelente francês.

Uma suntuosa escada, iluminada, partindo do vestíbulo ricamente decorado, conduzia ao segundo andar, onde se encontravam as salas de bilhar, de jogo e uma biblioteca. Entramos no refeitório. No centro, sentados a uma comprida mesa, cerca de vinte oficiais vestidos de grande gala, com as espadas e punhos de ouro e prata, as cruzes e fitas das ordens imperiais.

Todos se ergueram amavelmente à minha chegada, oferecendo-me lugar ao lado do coronel, homem de estatura e aspecto imponentes, com barba grisalha. Os ordenanças serviam o jantar. O ambiente era igual ao dos refeitórios dos oficiais da Europa. Onde estava, pois, a Revolução?

— Os senhores, com certeza, não são bolcheviques? — perguntei ao tenente Morovsqui.

Vi sorrisos em todos os rostos, mas surpreendi olhares fortuitos para o lado dos ordenanças.

— Não — respondeu ele. — Há só um oficial bolchevique no regimento, e não está aqui. Viajou para Petrogrado. O coronel é menchevique. O capitão Herlov, aquele que ali está, é *cadete*. Eu sou socialista revolucionário da direita. Em sua maior parte, os oficiais do exército não são bolcheviques, mas sim, como eu, democratas, mas opinam que se deve seguir a massa dos soldados.

Depois da ceia vieram uns mapas, que o coronel estendeu sobre a mesa. Todos se agruparam ao redor.

— Aqui — disse o coronel, mostrando com o lápis — estavam nossas posições, hoje de manhã. Vladimir Quirilovitch, onde está a sua companhia?

O capitão Herlov pôs o dedo no mapa:

— De acordo com as ordens recebidas, ocupamos as margens da estrada, entrincheirando-nos. Carsavine rendeu-se às cinco horas. Neste momento, a porta abriu-se e entrou o presidente do Comitê do Regimento, acompanhado de um soldado.

Juntaram-se ao grupo que rodeava o coronel.

— Está certo — disse o Coronel. — Os cossacos retrocederam dez quilômetros em nosso setor. Não julgo necessário ocupar posições avançadas. Conservem esta noite a linha atual, reforçando as posições.

— Com licença... — interrompeu o presidente do Comitê. — As ordens que temos são para avançar com a maior rapidez possível, e prepararmo-nos para travar combate com os cossacos ao norte de Gatchina, amanhã cedo. É necessária uma vitória esmagadora. Queira tomar as devidas providências.

Fez-se curto silêncio. O coronel voltou a examinar o mapa.

— Perfeitamente, Stefan Georgevitch, se assim achar melhor... — disse, mudando o tom da voz.

Traçando rapidamente novas linhas com lápis azul, deu suas ordens, que um sargento taquigrafava. Este saiu, voltando minutos depois com cópias das ordens, escritas à máquina. O presidente do Comitê tomou então uma das cópias e começou a examiná-la.

— Muito bem — disse, erguendo-se.

Pegou na cópia e guardou-a no bolso. Assinou a outra, carimbando-a com um sinete redondo que tinha consigo, e entregou-a ao coronel.

Era mesmo a Revolução!

Voltei ao Palácio do *soviete* no automóvel do Estado-Maior do Regimento.

Sempre a mesma multidão de operários, soldados e marinheiros, que entrava e saía, sempre a mesma aglomeração de caminhões, de automóveis blindados, de canhões, na entrada; e, por toda parte, a alegria transbordante da vitória há tanto tempo esperada. Meia dúzia de guardas vermelhos, rodeando um monge, abria passagem. Era o padre Ivã, que, segundo se dizia, abençoara os cossacos quando entraram na cidade. Depois, soube que o fuzilaram.

Dybenko saiu dando ordens, levando na mão o enorme revólver. Junto ao passeio, esperava-o um automóvel com o motor funcionando. Instalou-se sozinho no assento posterior. Ia para Gatchina, bater-se contra Kerensky.

Chegou ao cair da tarde. O que Dybenko disse aos cossacos ninguém o soube, mas o fato é que o general Crasnov e o Estado-Maior, com alguns milhares de cossacos, renderam-se, aconselhando Kerensky a fazer o mesmo.

Com respeito a Kerensky, vou reproduzir o depoimento do general Crasnov na manhã de 14 de novembro:

"Gatchina, 14 de novembro de 1917.

"Hoje, pelas três horas da madrugada, chamou-me o comandante-geral Kerensky. Estava agitadíssimo e nervoso.

"– General – disse-me –, o senhor me atraiçoou! Seus cossacos falam em prender-me e entregar-me aos marinheiros.

"– Sim – respondi-lhe –, é isso o que se diz. E eu sei que o senhor não conta com simpatias em parte alguma.

"– Mas isso mesmo me dizem os oficiais.

"– Realmente, os oficiais mostram-se particularmente descontentes com o senhor.

"– Que devo fazer? Só me resta suicidar-me.

"– Se é um homem honrado, deve ir imediatamente a Petrogrado com uma bandeira branca e apresentar-se ao Comitê Militar Revolucionário, a fim de parlamentar com ele, na sua qualidade de chefe do Governo.

"– Está bem. Assim farei, general.

"– Dar-lhe-ei uma escolta, e farei com que o acompanhe um marinheiro.

"– Não, não, nada de marinheiros. Sabe que Dybenko está aqui?

"– Não sei quem é Dybenko.

"– É meu inimigo.

"– Isso não tem importância. Uma vez que o senhor jogou uma grande cartada, deve saber afrontar as responsabilidades.

"– Naturalmente. Sairei esta mesma noite.

"– Por quê? Dará a impressão de que foge. Vá o senhor tranquilamente, à vista de todos, para que vejam que não se trata de uma fuga.

"– Está bem. Mas, preciso que o senhor me dê uma escolta segura.

"– Certo.

"Saí. Chamei o cossaco Russacov, do 10º Regimento do Don, e ordenei-lhe que escolhesse dez companheiros para escoltar o comandante-geral. Meia hora depois, vieram anunciar-me que não acharam Kerensky e que este havia fugido. Dei o sinal de alarma e mandei que o procurassem, supondo que não teria podido fugir de

Gatchina e que deveria estar escondido nalgum lugar. Mas foi impossível encontrá-lo."

Eis como fugiu Kerensky, sozinho, disfarçado de marinheiro, perdendo o resto da popularidade que ainda poderia ter entre as massas russas.

Voltei a Petrogrado ao lado do motorista de um caminhão, conduzido por um operário e carregado de guardas vermelhos. Como não tínhamos petróleo, as lanternas estavam apagadas. O exército proletário que ia repousar e as reservas que vinham revezá-lo obstruíram a estrada. Dentro da escuridão da noite, surgiram enormes caminhões, colunas de artilharia, carros sem luz, como o nosso. Não obstante, corríamos a uma velocidade endiabrada, arrojando-nos à direita e à esquerda, escapando aos encontros, que pareciam inevitáveis, derrapando, seguidos por inúmeros pedestres.

No horizonte, resplandeciam as luzes da Capital, incomparavelmente mais bela do que de dia, semelhante a uma jazida de pedras preciosas cortando a planície desnuda.

O velho operário tinha uma das mãos no volante e com a outra indicava-me alegremente a Capital, que refulgia ao longe.

– És minha! – gritou com o semblante iluminado. – Agora és minha, Petrogrado!

CAPÍTULO X

MOSCOU

O Comitê Militar Revolucionário continuava de vitória em vitória, com sobre-humana força de vontade!

"14 de novembro.

"A TODOS OS COMITÊS DO EXÉRCITO, DE CORPOS, DE DIVISÕES E DE REGIMENTOS; A TODOS OS *SOVIETES* DE DEPUTADOS OPERÁRIOS, SOLDADOS E CAMPONESES; A TODOS EM GERAL.

"Em consequência de um acordo entre os cossacos, os *junkers,* os soldados, os marinheiros e os operários, ficou resolvido entregar Alexandre Fiodorovitch Kerensky à justiça do povo. Prendei Kerensky e exigi, em nome das organizações acima citadas, que ele seja trazido imediatamente a Petrogrado, para ser julgado pelo tribunal todo-poderoso.

"Assinado: Os cossacos da 1ª Divisão de Cavalaria do Ussuri, o Comitê dos *Junkers* do Destacamento de Franco-Atiradores do Distrito de Petrogrado; o delegado do 5º Exército.

"O comissário do Povo: Dybenko"

O Comitê para a Salvação da Rússia e da Revolução, a Duma, o Comitê Central do Partido Socialista Revolucionário, que disputavam orgulhosamente Kerensky como um dos seus, protestaram violentamente, declarando que só a Assembleia Constituinte poderia julgá-lo.

Na noite de 16 de novembro, vi desfilarem pela Avenida Zagorodni dois mil guardas vermelhos, precedidos por uma banda militar tocando a Marselhesa. Como esse hino combinava com os estandartes vermelho-sangue, que flutuavam sobre as cabeças sombrias dos trabalhadores, para saudar o regresso dos irmãos que voltavam, depois de defender a Capital Vermelha! Homens e mulheres, com as compridas baionetas oscilando na extremidade dos fuzis, caminhando pelas ruas lamacentas, escorregadias, mal iluminadas, sob o frio da noite, no meio de uma multidão de burgueses, aparentando indiferença e desprezo, mas no fundo nada tranquilos.

Todo mundo estava contra essa massa revolucionária: negociantes, especuladores, proprietários de terras, oficiais, políticos profissionais, professores, estudantes, indivíduos de profissões liberais, comerciantes, empregados. Os outros partidos socialistas detestavam os bolcheviques com um ódio implacável. Os *sovietes* contavam com o apoio dos humildes operários, marinheiros, soldados não desanimados pela guerra, camponeses sem terra e de um reduzido número de intelectuais.

Nas mais distantes localidades da imensa Rússia, sobre a qual se espraiava a onda desencadeada pelos combates de rua, a notícia da derrota de Kerensky repercutiu como um eco formidável da vitória proletária: em Cazã, em Saratov, em Novgorod, em Vinitza – onde o sangue havia corrido como rio pelas ruas –, em Moscou, onde os bolcheviques tinham dirigido o fogo da sua artilharia contra a última fortaleza da burguesia, o Kremlin.

"Bombardearam o Kremlin!" A notícia corria célere, de boca em boca, pelas ruas de Petrogrado, provocando uma espécie de pavor. Os viajantes que chegavam de Moscou, a "mãezinha" Moscou, a branca, de cúpulas douradas, narravam coisas horripilantes: os mortos contavam-se por milhares; a Tverscaia e a Cusnetsqui estavam sendo devoradas pelas chamas; a Catedral de S. Basílio, o Bem-Aventurado, transformara-se num montão de destroços fumegantes; a Catedral da Assunção estava sendo derrubada; a Porta do Salvador, do Kremlin, fora arrombada e a Duma Municipal, arrasada. Nenhum dos atos que os bolcheviques haviam praticado até então se aproximava desse sacrilégio espantoso, cometido no próprio coração da Santa Rússia. Aos fiéis, parecia-lhes ouvirem o estrondo do canhão, que cuspia metralha no rosto da Santa Igreja Ortodoxa, reduzindo a pó o santuário da nação russa...

No dia 15 de novembro, na sessão do Conselho dos Comissários do Povo, Lunatcharski, comissário da Instrução Pública, começou bruscamente a chorar, e saiu da sala correndo e gritando:

– Não posso mais! Não posso assistir a esta espantosa destruição de tantos monumentos tão belos e tradicionais!...

No mesmo dia, os jornais publicavam sua carta, pedindo demissão:

"Acabo de saber, por testemunhas oculares, tudo o que se passou em Moscou.

"Estão destruindo a Catedral de S. Basílio, o Bem-Aventurado, e a Catedral da Assunção. Bombardearam o Kremlin, onde estão reunidos os mais preciosos tesouros artísticos de Petrogrado e de Moscou. Há milhares de vítimas.

"A luta atinge o auge da selvageria.

"Até onde as coisas poderão ir? Que pode ainda acontecer?

"Não posso suportar tudo isto. Os últimos acontecimentos encheram-me de angústia. Sinto-me impotente para pôr termo a tantos horrores. Não posso mais trabalhar. Estou sob o domínio de ideias que me tornam louco.

"Por esse motivo, retiro-me do Conselho dos Comissários do Povo. Reconheço a gravidade da minha resolução, mas não posso aguentar mais..."

No mesmo dia, os guardas brancos e os *junkers* do Kremlin renderam-se e tiveram permissão para retirar-se livremente. Foi assinado o seguinte tratado:

"1. O Comitê de Segurança Pública, de hoje em diante, deixa de existir.

"2. A Guarda Branca entrega as suas armas e fica dissolvida. Os oficiais conservam suas espadas. As escolas ficarão apenas com as armas indispensáveis à instrução militar. Todas as demais armas em poder dos *junkers* serão entregues. O Comitê Militar Revolucionário garante-lhes a liberdade e a inviolabilidade das pessoas.

"3. O desarmamento previsto pelo Parágrafo 2º será executado por uma comissão composta de delegados do Comitê Militar Revolucionário, de oficiais e de representantes das organizações que participarem das negociações de paz.

"4. A partir do momento em que este tratado de paz for assinado, as duas partes devem imediatamente ordenar a suspensão de todas as hostilidades e adotar as providências necessárias para a execução rigorosa do que ficou estabelecido.

"5. Depois da assinatura do tratado, todos os presos devem ser postos imediatamente em liberdade."

Havia dois dias que os bolcheviques estavam senhores da cidade. Os cidadãos saíam dos porões, espantados, arrastando-se para apanhar os mortos. As barricadas foram demolidas. Não obstante isso, os boatos e as invencionices fantásticas sobre a destruição de Moscou eram cada vez mais numerosos... Ouvi tantas narrativas pavorosas, que resolvi ir ver pessoalmente o que se estava passando em Moscou.

Petrogrado, apesar de tudo, apesar de ter servido durante um século de sede do Governo, ainda hoje continua sendo uma cidade artificial. Moscou é a verdadeira Rússia, a Rússia do passado e a Rússia do futuro. Em Moscou, onde a vida é mais intensa, poderíamos saber quais os verdadeiros sentimentos do povo perante a Revolução.

Na semana anterior, o Comitê Revolucionário de Petrogrado, com o simples apoio dos ferroviários, conseguira apoderar-se da Linha Nicolau, e fizera seguir para o Sudoeste um trem abarrotado de marinheiros e guardas vermelhos. Recebemos do Smolny os salvo-condutos, sem os quais ninguém podia sair da Capital. Quando o trem entrou na estação, uma chusma de soldados miseravelmente vestidos, com enormes sacos de víveres, tomou de assalto as portinholas e janelas, quebrando os vidros, invadindo os corredores e compartimentos, subindo em cima dos vagões.

Eu e mais dois companheiros conseguimos entrar numa cabina. Mas uns vinte soldados a invadiram quase ao mesmo tempo. Só havia quatro lugares. Discutimos, protestamos. O condutor procurava defender-nos, mas os soldados zombavam de suas observações. Era só o que faltava! Eles não iam se incomodar por causa de *boorghuí* (burgueses). Mas quando mostramos nossos salvo--condutos do Smolny, logo mudaram de atitude.

– Venham, camaradas! – gritou um deles. – São camaradas norte-americanos. Percorreram trinta mil quilômetros para ver a Revolução e, naturalmente, devem estar cansados.

Os soldados apressaram-se a desculpar-se em tom cortês e amistoso, abandonando nossa cabina. Pouco depois, ouvimos o barulho que faziam invadindo outra cabina ocupada por dois corpulentos russos, confortável e elegantemente vestidos, que haviam untado as mãos do condutor e fechado as portas por dentro para viajarem sozinhos.

Saímos da estação às sete horas da noite. Nosso trem, com um número interminável de vagões, ia arrastado por uma pequena locomotiva, que empregava lenha como combustível. Constantemente parava. Os soldados, que viajavam no teto dos carros, batiam com os saltos dos sapatos e cantavam tristes canções camponesas. No corredor, completamente intransitável, durante toda a noite se discutiu encarniçadamente sobre política. De vez em quando, por costume, o condutor passava para pedir os bilhetes. Mas, afora nós, ninguém tinha passagem. Ao fim de uma hora de esforços inúteis, levantava os braços para o céu e batia em retirada. O ar estava irrespirável, carregado de fumaça e de odores bem desagradáveis... Se os vidros das janelas e das portas não estivessem quebrados, com toda a certeza, no fim da viagem, chegaríamos mortos por asfixia.

Ao amanhecer, só se via, estendendo-se até o horizonte, a estepe coberta de neve. O frio era terrível. Mais ou menos ao meio-dia, apareceu uma camponesa com uma cesta cheia de pedaços de pão e um grande bule de café, que ela dizia bem quente, mas que, na verdade, estava gelado. E depois, até a noite, nada além do nosso trem, atulhado, desarticulado, parando constantemente, e a visão de várias estações, onde uma multidão faminta se atirava a um restaurante com sortimento bem pobre, limpando-o num momento.

Numa dessas paradas, encontrei Noguine e Ricov, os comissários dissidentes, que voltavam a Moscou a fim de explicar aos seus próprios *sovietes* o motivo da renúncia. Pouco mais longe, apareceu Bucarine, pequeno, com a sua barba avermelhada e os olhos de fanático, que, segundo se dizia, estava "mais à esquerda do que o próprio Lênin".

Na estação de Moscou, não havia quase ninguém. Dirigimo-nos à agência da estação para garantir com o comissário nossas passagens de volta. Encontramos um homem jovem, com o posto de tenente. Quando viu nossos salvo-condutos do Smolny, ficou furioso, dizendo que não era bolchevique, mas representante do Comitê Para a Salvação da Rússia e da Revolução. Fato característico: no meio da desordem geral, os vencedores haviam se esquecido da estação principal.

Defronte, não havia nenhum automóvel ou qualquer veículo de que nos pudéssemos servir. Mais longe um pouco, despertamos um *izvoztchique* de aspecto divertido, que dormia sentado, hirto, na boleia do seu pequeno trenó.

– Quanto você cobra para nos levar daqui ao centro da cidade?

O *izvoztchique* coçou a cabeça:

– Os *barini** não vão encontrar lugar em nenhum hotel – respondeu. – Mas, se me derem cem rublos, poderei levá-los.

Antes da Revolução, pagava-se dois rublos por uma corrida. Protestamos. Ele limitou-se, porém, a encolher os ombros.

– Atualmente, os senhores não encontrarão muita gente com coragem de dirigir um trenó. É preciso ter coragem.

Por mais que regateássemos, não deixou a viagem por menos de cinquenta rublos. Enquanto deslizávamos sobre a neve pelas ruas silenciosas e iluminadas, contou-nos suas aventuras durante os seis dias de combate.

– Eu estava conduzindo ou esperando freguês numa esquina. De repente: *pum!*, um obus; *pum!*, outro obus; *ratrat!*, a metralhadora... Parti a galope e aqueles diabos começaram a disparar em todas as direções. Por fim, chego a uma viela tranquila e começo a cochilar... *Puf!*, um obus; *ratrat!* E tudo começava de novo... Ah! Aqueles diabos, aqueles diabos! Brrrr!

No centro, as ruas, com seu tapete de neve, repousavam numa quietude de convalescença. Os focos elétricos brilhavam aqui e acolá. Poucos transeuntes passando apressados pelas calçadas. Um vento gelado, que atravessava os ossos, varria as ruas cobertas de neve. Entramos no primeiro hotel que encontramos. O escritório da agência estava iluminado por duas velas.

---

* Senhor, dom. Tratamento respeitoso.

– Temos alguns quartos bem confortáveis. Mas os vidros das janelas foram quebrados pelas balas. Se os senhores não têm medo de ar fresco...

Ao longo da Tverscaia, as vitrinas das casas comerciais estavam destroçadas. No interior das lojas, as balas dos obuzes, perfurando os telhados, haviam produzido grandes estragos. Andamos de hotel em hotel. Todos estavam repletos, ou, os proprietários, sob a impressão dos recentes acontecimentos, mostravam-se de tal modo apavorados que nos respondiam nervosamente: "Não, não, não temos quartos vazios, não temos quartos vazios!"

Nas ruas principais, onde ficavam os grandes bancos e as maiores casas comerciais, a artilharia bolchevique havia disparado a torto e a direito. "Quando não sabíamos onde estavam os guardas brancos e os *junkers* – disse-me mais tarde um funcionário bolchevique –, bombardeávamos seus talões de cheques...

Por fim, fomos aceitos no Grande Hotel Nacional, porque éramos estrangeiros. O Comitê Militar Revolucionário havia prometido respeitar as casas de estrangeiros. O gerente do hotel mostrou-nos, nos andares de cima, várias janelas arrebentadas pelas granadas.

– Brutos! – gritou, com o punho fechado em atitude ameaçadora, como se estivesse vendo os bolcheviques na sua frente. – Mas que esperem um pouco e verão! Vão ver o que é bom! Dentro de poucos dias, esse ridículo governo virá abaixo. E então ajustaremos as contas!

Depois de comermos num restaurante vegetariano, que ostentava na porta uma placa com os seguintes dizeres: "Não como ninguém", e que tinha na parede um retrato de Tolstoi, saímos para percorrer a cidade.

O quartel-general do *soviete* de Moscou estava instalado no antigo palácio do governador, imponente edifício todo branco, situado na Praça Skobeliev. Alguns soldados vermelhos montavam guarda. Subimos pela enorme escadaria, parando para ler, em diversas alturas, os anúncios de comícios e os manifestos dos partidos políticos, que cobriam as paredes. Atravessamos uma série de salas de teto alto, decoradas com painéis de molduras douradas. Chegamos, afinal, ao enorme salão de recepções, com esplêndidos lustres de cristal e cornijas douradas. Chega-nos aos ouvidos um barulho de vozes, acompanhado pelo ruído característico de muitas máquinas de costura. As mesas e o chão estavam cobertos por enormes peças de pano vermelho e preto. Cerca de cinquenta mulheres costuravam bandeiras e estandartes para os funerais dos mortos da Revolução. Nas fisionomias carregadas daquelas mulheres, estampava-se a dor. Trabalhavam caladas. Muitas estavam com os olhos vermelhos de tanto chorar. O Exército Vermelho tivera perdas consideráveis.

Ragov, homem de expressão inteligente, barbudo e de óculos, vestindo a blusa negra dos operários, estava sentado à mesa, num canto da sala. Convidou-nos a tomar parte no cortejo fúnebre, ao lado do Comitê Central Executivo, na manhã seguinte.

– Os socialistas revolucionários e os mencheviques não são capazes de aprender coisa alguma desta vida! É de desesperar! – exclamou. – A tática do "compromisso" já se tornou para eles uma segunda natureza. Vejam vocês: acabam de propor que realizemos os funerais em comum com os *junkers*!

Atravessou a sala um homem cuja fisionomia não me era estranha. Logo o reconheci: era Melnitchansqui, que vestia um capote rasgado e usava uma *chapca*.

Conhecera-o quando era o relojoeiro Jorge Melcher, em Bayonne (Nova Jersey), por ocasião da greve da Standard Oil. Disse-me que era o secretário do Sindicato Metalúrgico de Moscou. Durante os combates, fora um dos comissários do Comitê Militar Revolucionário.

– Vê como estou? – exclamou, mostrando seu lamentável aspecto. – Achava-me no Kremlin, quando os *junkers* me fizeram prisioneiro pela primeira vez. Atiraram-me num subterrâneo; despojaram-me do capote, de todo o dinheiro que possuía, do relógio e até de um anel que usava neste dedo. Deixaram-me como estou.

Contou-me uma série de pormenores sobre a sangrenta batalha de seis dias que havia dividido Moscou em dois campos. Ali, ao contrário do que se tinha passado em Petrogrado, a Duma Municipal assumira a direção dos *junkers* e dos guardas brancos. Rudnev, o prefeito e o alcaide menor, presidente da Duma Municipal, tomaram a direção do Comitê para a Salvação da Rússia, e das operações militares. Riabtsev, o comandante militar da cidade, homem de formação democrática, vacilou a princípio e, por pouco, não se submeteu ao Comitê Militar Revolucionário. Mas acabou cedendo no sentido da tomada do Kremlin pelas tropas contrarrevolucionárias.

– Se ocuparem o Kremlin, os bolcheviques não terão coragem de disparar contra vocês! – dissera aos guardas brancos e aos *junkers*.

Um regimento da guarnição, completamente desmoralizado por haver ficado muito tempo inativo, sob a influência dos partidos contrarrevolucionários, realizou um comício para resolver que atitude devia tomar. Resolveu ficar neutro. Os soldados não queriam mais combater. Tinham criado amor ao seu novo trabalho: eram, ultimamente, vendedores ambulantes de balas de goma e de sementes de girassol.

– O mais terrível – continuou Melnitchansqui – é que fomos obrigados a organizar tudo, em plena luta. Nossos adversários sabiam exatamente o que queriam. Tinham objetivos bem fixados. Do nosso lado, os soldados tinham o seu *soviete*, e os operários, o seu... Só depois de uma luta terrível é que foi possível resolver a quem caberia o comando. Certos regimentos discutiram durante dias inteiros. Só depois de terminadas essas longas discussões é que se resolveram a entrar em ação. Quando, repentinamente, os oficiais nos abandonaram, ficamos sem Estado-Maior para dirigir as operações.

Contou-me também algumas passagens interessantes dos últimos acontecimentos. Num dia frio e escuro, estava ele na esquina da Niquitscaia. As descargas das metralhadoras varriam as ruas. Ao seu lado, estava reunido um bando de crianças, dessas pobres criaturas que vendem jornais. Não pareciam impressionar-se com o tiroteio. Davam gritos agudos, como se estivessem brincando. Quando a fuzilaria diminuiu, procuraram atravessar a rua correndo... Muitos deles, atingidos pelos projéteis, caíram mortos. Mas os outros continuaram correndo pela rua de um lado para outro, rindo, brincando, numa absoluta inconsciência do perigo!

Ao cair da tarde, dirigi-me ao Clube da Nobreza, onde ia ser realizada uma reunião dos bolcheviques, para ouvir Noguine, Ricov e outros comissários dissidentes.

A sessão realizava-se na sala de espetáculos. No antigo regime, naquela sala, artistas amadores representavam as últimas novidades de Paris, ante uma assistência formada por oficiais e formosas damas da alta sociedade, cobertas de joias. Os intelectuais chegaram primeiro, porque moravam perto, em ruas centrais. Noguine começou a falar. Seu ponto de vista foi aprovado, sem reservas, por todos os presentes. Depois, vieram os operários. Os bairros proletários ficavam nos extremos da cidade, e os bondes não estavam circulando. À meia-noite, mais ou menos, retumbaram nas escadas passos pesados. Vimos entrar, aos grupos de dez ou vinte, grandes homens, altos e barbudos, muito malvestidos. Acabavam de sair do combate. Tinham guerreado durante uma semana, num ambiente infernal, vendo cair ao seu lado os camaradas.

A sessão foi aberta oficialmente. Noguine, quando quis falar, foi recebido com uma tempestade de sarcasmos e gritos de cólera. Quis defender-se, mas os operários não lhe davam ouvidos. Ele abandonara seu posto no Conselho dos Comissários do Povo, em plena batalha! Resolveu-se também que a imprensa burguesa não voltaria mais a circular em Moscou. A própria Duma Municipal fora dissolvida. Bucarine levantou-se furioso e falou, com uma lógica imperturbável, desfechando golpe sobre golpe. A Assembleia ouvia atentamente suas palavras, com olhos brilhantes. Foi aprovada, por maioria esmagadora, uma resolução aprovando a atitude do Conselho dos Comissários do Povo. Assim falava Moscou.

Já noite alta, percorri as ruas desertas; atravessando a Porta da Ibéria, saí na imensa Praça Vermelha, diante do Kremlin. A Catedral de S. Basílio, o Bem-Aventurado, erguia-se, no meio da noite, com as cúpulas cheias de torneados e de escamas, brilhando fantasticamente na escuridão. Parecia não ter sofrido nenhum estrago. Ao longo da praça, elevava-se a massa escura das torres e das muralhas do Kremlin. No alto das muralhas, resplandecia um débil clarão de fogos invisíveis e, através da praça, chegavam até meus ouvidos ruídos de vozes, de picaretas e pás. Atravessei a praça.

Ao lado da muralha, erguia-se uma montanha de pedras e de terra. Subi ao alto e vi enormes fossas de uns dez ou quinze pés de profundidade e cerca de cinquenta metros de largura, que centenas de operários e soldados estavam cavando, à luz de grandes archotes.

Um jovem estudante disse-me em alemão:

– É o Túmulo Fraternal. Amanhã, enterraremos aqui os quinhentos proletários que tombaram combatendo pela Revolução.* Desci à fossa. Ninguém falava. As picaretas e as pás trabalhavam febrilmente. A montanha de terra crescia. Por cima de nossas cabeças, miríades de estrelas

---

* Este cemitério ainda é conservado. Fica entre o túmulo de Lênin e as muralhas do Kremlin. Na própria base das muralhas de Kremlin foram enterrados muitos revolucionários. As cinzas de John Reed também repousam ali.

brilhavam na noite. E o antigo Kremlin dos tzares levantava para os céus suas formidáveis muralhas.

– Neste lugar sagrado – disse o estudante –, o lugar mais sagrado de toda a Rússia, vamos enterrar aquilo que para nós é mais sagrado. Aqui, onde dormem os tzares, descansará agora o nosso Tzar: o povo!

Tinha um braço na tipoia. Recebera uma bala no combate. Olhando para seu braço ferido, continuou:

– Vocês, estrangeiros, desprezam-nos porque suportamos durante muito tempo uma monarquia medieval. Mas, hoje, já se sabe que o Tzar não era o único tirano do mundo... Hoje, já se sabe que o capitalismo europeu é também uma tirania talvez pior que o tzarismo, porque em todos os países do mundo o capitalismo é imperador! A tática da Revolução russa mostra ao mundo inteiro o caminho, o verdadeiro caminho, da libertação.

Quando me retirava, os trabalhadores, esgotados e, apesar do frio, inteiramente empapados de suor, começavam a saltar com dificuldade para fora da fossa. Chegava outra turma, caminhando através da praça. Sem dizer uma só palavra, ela desceu, apanhou as ferramentas deixadas pelos companheiros e continuou o trabalho que estes haviam começado.

Durante a noite inteira, os voluntários do povo revezaram-se sem cessar. Quando a fria luz da manhã se estendeu sobre a grande praça coberta por alvo lençol de neve, as fossas da Tumba Fraternal já estavam terminadas.

Acordei ainda noite fechada e, em plena escuridão, dirigimo-nos para a Praça Skobeliev. Não se via viva alma na grande cidade. Mas chegava aos meus ouvidos um ligeiro murmúrio de agitação, ora longínquo, ora mais perto, semelhante ao sussurro do vento, quando começa a soprar. Em frente ao quartel-general do *soviete*, na pálida luz da madrugada, vi um pequeno grupo de homens e mulheres sobraçando bandeiras vermelhas com letras douradas. Era o Comitê Central Executivo de Moscou.

A claridade aumentava. Já era dia. O débil murmúrio cresceu, tornando-se um zumbido surdo e poderoso. A cidade acordava. Descemos pela Tverscaia, com as bandeiras desfraldadas ao vento. As igrejas estavam fechadas e às escuras, inclusive a da Virgem da Ibéria, que todos os Tzares, antes de serem coroados, visitavam e que estava sempre, noite e dia, cheia de gente, constantemente iluminada pelos círios dos fiéis, fazendo brilhar o ouro, a prata e as pedrarias dos ícones.

Ouvi dizer que, desde Napoleão, era a primeira vez que seus círios se apagavam.

A Santa Igreja Ortodoxa também virara o rosto a Moscou, transformada em ninho das "sacrílegas víboras" que haviam bombardeado o Kremlin. Todas as igrejas ficaram às escuras, silenciosas e tristes. Os sacerdotes haviam desaparecido, e o funeral vermelho, assim, não era assistido por nenhum padre. Não havia sacramento para os mortos, nem orações à beira do túmulo dos excomungados... Ticon, cardeal metropolitano de Moscou, iria, dentro em breve, excomungar os *sovietes*...

As casas comerciais também estavam fechadas. Encerravam-se as classes ricas em suas casas, mas, por outros motivos: esse dia era o dia do povo; o ruído da sua chegada lembrava o fragor da torrente. Pela Porta da Ibéria já estava correndo um rio humano, e a imensa Praça Vermelha mostrava-se desde cedo coberta de milhares de pontos escuros. Na Capela da Ibéria, todos os que passavam costumavam persignar-se. Mas a multidão que passava parecia não a ver.

Abri caminho através da compacta assistência. Dirigi-me para a muralha do Kremlin e subi num monte de terra, acompanhado por diversas pessoas. Ao meu lado, entre muitos outros, vi Muralov, o soldado que fora eleito comandante de Moscou, um homenzarrão barbudo, de fisionomia serena e aspecto simples.

Ondas de povo e milhares e milhares de seres, com o sofrimento gravado nas fisionomias, precipitavam-se pelas ruas, invadindo a Praça Vermelha. Chegou uma banda militar. E o som da *Internacional* fez com que todos, espontaneamente, começassem a cantar. O canto ergueu-se da multidão, como uma vaga que se alteasse sobre a água, em tom solene, majestoso. Da muralha do Kremlin, pendiam até o solo gigantescas bandeiras vermelhas com inscrições em letras douradas e brancas: "Aos primeiros mártires da Revolução Social Universal!" "Viva a fraternidade dos trabalhadores do mundo inteiro!"

Um vento frio varria a praça, fazendo tremular os estandartes. Os operários das fábricas chegavam dos bairros distantes, trazendo seus mortos. De onde estava, via passar os cortejos, com seus pendões cor de sangue, como manchas escuras que se movessem através da praça. Os caixões de madeira, toscos, sem verniz, pintados de preto, vinham nos ombros daqueles homens rudes, que tinham os rostos banhados de lágrimas. Atrás deles, as mulheres soluçavam e gemiam. Outras caminhavam rígidas, pálidas como mortas. Alguns bordados a ouro e prata. Ou, então, sobre os caixões, havia apenas um quepe de soldado. Em muitos também se viam coroas de flores artificiais.

O cortejo avançava lentamente para o meu lado, por entre a multidão que se abria e novamente se fechava por trás dele. Sob a porta, começou em seguida um interminável desfile de bandeiras de todos os matizes de vermelho, com inscrições douradas ou prateadas e laços de crepe nas extremidades. Passaram também algumas bandeiras anarquistas, negras, com letreiros brancos. A banda de música tocava a marcha fúnebre revolucionária. No meio do formidável coro da massa destacavam-se as vozes roucas e entrecortadas de soluços dos homens que transportavam os ataúdes com as cabeças descobertas.

Companhias de soldados, também carregando seus mortos, misturavam-se com os operários das fábricas. Em seguida, esquadrões de cavalaria, em passo de parada; baterias de artilharia com as peças cobertas de véus negros e vermelhos – ao que parecia, para sempre. Em suas bandeiras lia-se: "Viva a III Internacional" ou "Queremos uma paz honesta, geral e democrática!"

Vagarosamente, os homens que levavam os féretros chegaram às bordas do túmulo. Transportando suas cargas, escalaram os montões de terra e desceram ao fundo das fossas. Havia entre eles muitas mulheres, dessas mulheres do povo, corpulentas e robustas. Acompanhando os mortos, outras mulheres ainda jovens, mas aniquiladas pelos sofrimentos; mulheres velhas, com as faces enrugadas, lançando gritos agudos de animais feridos, querendo atirar-se na fossa atrás de seus filhos ou maridos, debatendo-se, quando mãos piedosas procuravam contê-las. É assim que os pobres amam.

O cortejo fúnebre, entrando pela Porta da Ibéria e saindo da praça pela Nicolscaia, desfilou o dia inteiro, como um rio de bandeiras vermelhas, com palavras de esperança e fraternidade, com profecias audaciosas, varando uma multidão de cinquenta mil almas, debaixo dos olhares do mundo inteiro e da posteridade.

Os caixões foram depositados, um por um, nas fossas. Chegou o crepúsculo. As bandeiras continuavam ondulando ao vento. A banda tocava a marcha fúnebre e a massa formidável cantava. Coroas, com estranhas flores multicores, pendiam dos galhos das árvores desfolhadas. Duzentos homens apanharam as pás. E, então, comecei a ouvir as surdas pancadas da terra caindo sobre os caixões, ao som dos cânticos.

As luzes se acenderam. Chegaram as últimas bandeiras e as últimas mulheres, soluçando e deitando para trás um derradeiro olhar de extraordinária intensidade.

Compreendi, de repente, que o religioso povo russo não precisava de sacerdotes para lhe abrir o caminho do céu, porque já começava a edificar na Terra um reino melhor que o paraíso prometido.

E morrer por esse reino era uma glória, a maior de todas as glórias!

CAPÍTULO XI

A CONQUISTA DO PODER

"DECLARAÇÃO DOS DIREITOS DOS POVOS
DA RÚSSIA

"Em julho deste ano, o I Congresso dos Sovietes proclamou o direito dos povos da Rússia de disporem de si próprios.

"O II Congresso dos Sovietes, em novembro, confirmou e definiu claramente esse direito inalienável dos povos da Rússia.

"De acordo com a vontade daqueles dois congressos, o Conselho dos Comissários do Povo resolveu estabelecer, como base de sua ação, os seguintes princípios:

"1. Igualdade e soberania dos povos da Rússia.

"2. Direito dos povos da Rússia de disporem de si próprios, até a separação completa e a formação de Estados independentes.

"3. Supressão de todas as restrições e privilégios de caráter nacional ou religioso.

"4. Liberdade de desenvolvimento para todas as minorias nacionais e grupos étnicos que vivem em território russo.

"Os decretos estabelecendo esses princípios serão promulgados depois da organização da Comissão das Nacionalidades.

"Em nome da República Russa, o comissário das Nacionalidades,
"Yussuf Djugatchivili Stálin.

"O presidente do Conselho dos Comissários do Povo,
"V. Ulianov Lênin"

A *Rada* Central de Kiev proclamou imediatamente a independência da República da Ucrânia. O Governo Finlandês apresentou ao Senado de Helsinque o decreto da independência da Finlândia. Na Sibéria, no Cáucaso, surgiram repúblicas independentes. Na Polônia, o Comitê Supremo da Guerra logo convocou todos os soldados poloneses que serviam no Exército Russo, suprimiu seus comitês e os submeteu a uma disciplina de ferro. Todos esses "movimentos" e "governos", sem exceção de nenhum, todas as "repúblicas" que surgiram resultaram da atividade antibolchevique das classes dominantes.

Apesar desses acontecimentos desfavoráveis, apesar dessas transformações, o Conselho dos Comissários do Povo trabalhava sem descanso para a edificação da nova ordem socialista. Seus decretos sobre o controle operário das fábricas e sobre os seguros sociais, sobre os comitês agrários dos cantões, sobre a abolição dos títulos nobiliárquicos e dos graus, sobre a supressão dos antigos tribunais e a criação de novos de caráter popular foram promulgados, um atrás do outro.

O novo Governo, a todo momento, recebia delegações de soldados e marinheiros trazendo felicitações entusiásticas que lhes eram enviadas pelo exército e pela marinha.

Certo dia, diante do Smolny, assisti à chegada de um regimento que, em farrapos, voltava das trincheiras. Os soldados, esquálidos, magros, pálidos, aglomerados em frente à porta principal do edifício, olhavam para ele como se lá dentro estivesse o próprio Deus. Alguns apontavam, rindo, para as águias imperiais dos portões. Nesse momento, chegaram também alguns destacamentos da Guarda Vermelha. Todos os soldados os observaram atentamente, como se olha para uma coisa de que já se tinha ouvido falar, mas que ainda não se tinha visto. Os soldados, em seguida, dirigiram-se sorrindo para os guardas vermelhos, batendo-lhes nas costas amigavelmente, dirigindo-lhes palavras de admiração, ou gracejando.

Já não existia mais o Governo Provisório. A 5 de novembro, em todas as igrejas da Capital, os sacerdotes não rezaram mais por ele... Mas, como disse Lênin, no *Tsique,* começava-se apenas a conquista do poder. Desarmada, sem poder lutar militarmente, a oposição, senhora ainda da vida econômica do país, continuou a combater, desorganizando sistematicamente a produção e, com a genialidade própria dos russos quando agem coletivamente, criando obstáculos de toda sorte para dificultar a marcha dos *sovietes* e, assim, enfraquecê-los pelo descrédito.

A greve dos funcionários, além de ter sido bem organizada, foi apoiada, financeiramente, pelos bancos e pelos estabelecimentos comerciais. Os bolcheviques não conseguiram apoderar-se do mecanismo governamental sem primeiro vencer dificuldades de toda espécie.

Trotsky apresentou-se no Ministério do Exterior. Os funcionários declararam que não o reconheciam como ministro e fecharam as salas. Foi necessário arrombar as portas. Diante disso, solicitaram demissão. Trotsky exigiu as chaves dos arquivos. Mas só as recebeu depois da chegada dos serralheiros, que foi preciso chamar para forçar as fechaduras. Verificou-se, então, que Neratov, antigo subsecretário do Ministério, havia desaparecido, levando consigo os tratados secretos.

Chliapinicov tentou tomar posse do seu cargo, no Ministério do Trabalho. Fazia muito frio, mas não havia ninguém para acender as estufas. Entre centenas de funcionários presentes, nenhum quis dizer onde ficava o gabinete ministerial.

Alexandra Kollontai, nomeada a 3 de novembro para o Comissariado da Assistência Pública, foi saudada com uma "parede" geral dos funcionários. Só quarenta se conservaram nos seus postos. Os pobres dos asilos estavam quase nus. Delegações de inválidos, caindo de fome, órfãos, com as faces encovadas e lívidas, assaltaram o edifício. Kollontai, com os olhos rasos de água, foi obrigada a mandar deter os grevistas para obrigá-los a entregar as chaves das salas e dos cofres. E, quando as recebeu, verificou que o antigo ministro, a condessa Panina, havia levado todo o dinheiro existente, negando-se a entregá-lo sem uma ordem da Assembleia Constituinte.

No Ministério da Agricultura, no dos Abastecimentos e no da Fazenda aconteceu a mesma coisa. Os funcionários, ante a ameaça de perderem seus lugares, e, com eles, os direitos ao montepio, ou não respondiam, ou voltavam aos seus postos para sabotar o trabalho. Quase toda a *intelligentsia* estava contra os bolcheviques. O Governo Soviético via-se a braços com enormes tropeços, pois não encontrava ninguém para os serviços públicos.

Os bancos particulares fecharam as portas. Atendiam aos clientes, fazendo-os entrar, disfarçadamente, pelos fundos dos edifícios. Quando os comissários bolcheviques apareciam, os empregados dos bancos desapareciam com os livros e o dinheiro. No Banco do Estado, declararam-se em greve. Só os encarregados do Tesouro e da Casa da Moeda continuaram a trabalhar. Mas não atendiam às ordens do Smolny. Forneciam, entretanto, somas enormes ao Comitê para a Salvação da Rússia e da Revolução e à Duma Municipal.

Por duas vezes, um comissário do povo dirigiu-se ao Banco do Estado, acompanhado de guardas vermelhos, para retirar grandes quantias destinadas às despesas do Governo. Na primeira vez, encontrou ali membros da Duma Municipal e dirigentes dos partidos Menchevique e Socialista Revolucionário, que encheram seus ouvidos com tantos conselhos, que resolveu retirar-se sem cumprir a missão que recebera. Na segunda vez, o comissário apresentou uma ordem de pagamento com todas as formalidades. Mas como no banco verificassem que não trazia data nem selos, e como na Rússia há grande respeito pelos documentos oficiais, novamente voltou o comissário com as mãos abanando.

Os empregados do crédito público destruíram os livros, onde estavam as provas das relações financeiras da Rússia com os demais países. Também os comitês de abastecimento, as prefeituras municipais e os serviços de utilidade pública, foram paralisados ou funcionavam mal. Como as necessidades da população reclamassem providências urgentes, os bolcheviques resolveram, então, auxiliar o funcionamento das repartições ou, mesmo, assumir a direção dos serviços. Na maioria dos casos, porém, não puderam levar avante seus propósitos, porque os empregados se declararam em greve geral. Além disso, essa iniciativa bolchevique serviu de pretexto para que a Duma inundasse a Rússia de telegramas anunciando a "violação da autonomia municipal" pelos bolcheviques. Nas repartições do Ministério da Marinha e da Guerra os antigos funcionários resolveram continuar trabalhando. Mas os comitês do exército e o alto comando opunham mil obstáculos à ação dos *sovietes*, chegando até a comprometer a ação das tropas que combatiam na frente.

O *Vicjel* continuava em oposição ao Governo, recusando-se a transportar forças soviéticas. Era necessário ocupar os trens pela força e prender os empregados das estradas de ferro. A ação violenta, entretanto, criava o perigo de uma greve geral do *Vicjel,* para exigir a liberdade dos presos.

O Smolny nada podia fazer. Em Petrogrado, só havia víveres para três dias, e os transportes estavam interrompidos. Nas trincheiras, os soldados passavam fome. O Comitê da Salvação e os comitês centrais enviavam, a todo momento, para os quatro cantos da Rússia, avisos e proclamações aconselhando a população a não cumprir os decretos do Governo Bolchevique. As embaixadas Aliadas mantinham-se absolutamente indiferentes ou manifestavam-se abertamente hostis ao novo poder.

Os jornais da oposição que eram suspensos reapareciam na manhã seguinte sob outros nomes; tinham somente palavras de sarcasmo para o novo regime. Até mesmo o *Novata Ginz* caracterizava-o como "mescla de demagogia e de incapacidade".

Dia a dia (dizia o jornal), o Governo dos Comissários do Povo perde a visão do que deveria fazer pelo fato de agir de maneira superficial e precipitada. Tendo conquistado facilmente o poder, os bolchevistas não sabem agora como o devem usar. Impotentes para dirigirem a antiga máquina governamental, são, ao mesmo tempo, incapazes de criar um novo governo que funcione normalmente e que se caracterize pela liberdade correspondente às teorias socialistas. Ainda há pouco tempo, os bolchevistas não tinham homens suficientes para dirigir o seu partido em crescimento; como, então, poderão encontrar homens experientes para executarem as mais diversas e complexas funções do Governo?

Os atos e manifestos do novo governo são cada um mais radical e mais "socialista" do que o anterior. Porém, nessa exibição de socialismo no papel, mais apropriada para causar assombro aos nossos descendentes do que para outra coisa, não transparece o desejo ou a capacidade de resolver os problemas imediatos!

No meio dessa turbulência, o *Vicjel* realizava uma conferência para a formação do novo governo. Essa conferência continuava reunindo-se noite e dia. Os dois partidos haviam chegado a um acordo de princípios sobre as bases em que iriam formá-lo. Começava-se, agora, a discutir sua composição. Já se esboçava um plano no sentido de se organizar um governo de experiência, tendo Tchernov à frente, como primeiro-ministro. Uma pequena minoria bolchevique tomaria parte no governo. Mas Lênin e Trotsky seriam postos à margem... Os comitês centrais dos partidos Menchevique e Socialista Revolucionário, assim como o Comitê Executivo dos Sovietes de Camponeses, continuavam, como sempre, em oposição à "criminosa política" bolchevique. Admitiam, porém, sua participação no Conselho do Povo, "a fim de fazer cessar a guerra fratricida e o derramamento de sangue".

A fuga de Kerensky e as formidáveis vitórias dos *sovietes* vieram modificar a situação. A 16 de novembro, num comício convocado pelo novo *Tsique,* os socialistas revolucionários insistiram para os bolcheviques formarem um novo governo de coalizão, com a participação de todos os partidos socialistas. Em caso contrário, retirar-se-iam do Comitê Militar Revolucionário e do *Tsique.*

Malquine declarou, textualmente, o seguinte:

– A todo momento, chegam notícias de Moscou comunicando que nossos irmãos estão morrendo dos dois lados das barricadas. Para pôr fim a essa situação, resolvemos, mais uma vez, insistir na questão da organização do poder. Achamos que temos não só o direito, como o dever de agir desse modo. Sim, porque conquistamos o direito de participar do Governo, ao lado dos bolcheviques, entre as paredes do Smolny, e de falar desta tribuna. Nosso ponto de vista é irredutível. Se não se formar um governo de coalizão, seremos obrigados a substituir a luta interna pela luta aberta fora do Smolny... É necessário propor um compromisso, que a democracia possa aceitar.

Os bolcheviques retiraram-se para discutir esse *ultimatum.* Voltaram, em seguida, com a seguinte resolução, que Kamenev leu:

"O Comitê Central do Partido Bolchevique não é contra a entrada no Governo de representantes de todos os partidos socialistas que fazem parte dos *sovietes* de deputados operários, soldados e camponeses, e reconhece as conquistas da Revolução de 7 de novembro, isto é, o poder soviético, os decretos sobre a terra, a paz, o controle operário das fábricas e o armamento das massas trabalhadoras.

"O Comitê Central do Partido resolve, portanto, continuar as negociações já entabuladas com todos os partidos socialistas para a organização do poder, insistindo, entretanto, que o acordo seja realizado na seguinte base:

"O Governo será responsável perante o Comitê Central Executivo dos Sovietes *(Tsique);* o número de membros do *Tsique* será elevado a 150. A estes 150 delegados dos *sovietes* de deputados operários e soldados juntar-se-ão mais 75 delegados dos *sovietes* camponeses, 80 do exército e da marinha, 40 dos sindicatos (do seguinte modo: 20 das diferentes uniões panrussas dos sindicatos, proporcionalmente ao número de seus membros, 15 do *Vicjel* e 5 do sindicato de carteiros) e 50 delegados dos grupos socialistas da Duma Municipal. A metade, pelo menos, das pastas ministeriais ficará em mãos dos bolcheviques. O Ministério dos Negócios Exteriores, o do Interior e o do Trabalho serão, obrigatoriamente, confiados aos bolcheviques. O comando das tropas dos distritos de Petrogrado e de Moscou será exercido pelos delegados do Soviete de Deputados Operários e Soldados de Petrogrado e de Moscou, respectivamente. O Governo organizará, sistematicamente, o armamento das massas operárias da Rússia. Somente os congressos poderão realizar substituições ou exclusões. Lênin e Trotsky terão de participar do Governo."

Em seguida, Kamenev explicou:

– O pretendido "Conselho do Povo", proposto pela conferência, seria organizado aproximadamente com 430 membros, assim distribuídos: 150 bolcheviques, os delegados do antigo *Tsique* contrarrevolucionário, 100 membros eleitos pelas dumas municipais, todos "kornilovistas", 100 delegados dos *sovietes* camponeses escolhidos por Avksentiev e 80 dos antigos comitês do exército, que não representam mais a massa de soldados. Recusamos admitir o antigo *Tsique* e os representantes da Duma Municipal. Além disso, exigimos que os delegados dos *sovietes* camponeses sejam eleitos pelo Congresso Camponês que vamos convocar, no qual será também eleito um novo comitê executivo. A condição que estabelece a exclusão de Lênin e Trotsky não pode ser aceita, porque essa exigência significa, na prática, decapitar nosso partido. Para terminar, devo dizer que não compreendemos a necessidade do "Conselho do Povo". Todos os partidos socialistas podem ingressar livremente nos *sovietes*, que estão representados no *Tsique* de acordo com sua importância política real, segundo sua influência nas massas.

Karelin respondeu em nome da esquerda socialista revolucionária. Declarou que a proposta bolchevique seria aceita pelo seu partido, mas que este se reservava o direito de apresentar algumas emendas, em questões de pormenores, como na parte referente à representação dos camponeses. Solicitou, também, a Pasta da Agricultura para seu partido. Essas condições foram bem recebidas pelos bolcheviques.

Posteriormente, alguém perguntou a Trotsky, numa reunião do Soviete de Petrogrado, qualquer coisa a respeito da formação do novo governo. Trotsky respondeu:

– Não sei nada disso. Não tomei parte nas negociações... Mas não creio que tenham grande importância.

À noite, realizou-se a conferência democrática. A sessão foi perturbada por graves acontecimentos. Os delegados da Duma Municipal retiraram-se...

No próprio Smolny, nas próprias fileiras do Partido Bolchevique, havia também uma corrente em oposição à política de Lênin. No dia 17 de novembro, de noite, a sala de sessões do *Tsique* estava completamente cheia. Os trabalhos começaram em ambiente carregado.

O bolchevique Larine declarou que, em virtude da proximidade das eleições para a Assembleia Constituinte, o terrorismo político deveria cessar.

– As providências adotadas contra a liberdade de imprensa precisam ser modificadas. Foram necessárias durante a luta. Mas, agora, não podem mais ser justificadas. É preciso conceder maior liberdade para a imprensa, salvo, é claro, nos casos de incitação à desordem ou à insurreição.

Em meio a uma tempestade de assobios e de vaias de seu próprio partido, Larine apresentou a seguinte resolução:

"Fica abolido o decreto do Comissariado do Povo sobre a imprensa.

"As medidas de repressão política, doravante, só poderão ser aplicadas por um tribunal especial, eleito pelo *Tsique,* com representação proporcional dos partidos que o constituem. Esse tribunal poderá rever todos os atos de repressão praticados antes da sua constituição."

Quando Larine terminou a leitura da proposta, estrugiu uma tempestade de aplausos do lado dos socialistas revolucionários e de parte da bancada bolchevique. Avanessov, em nome do grupo de Lênin, propôs o adiamento da questão da imprensa até a terminação do acordo que se estava negociando entre os partidos socialistas. Mas a Assembleia, por esmagadora maioria, rejeitou essa proposta.

Avanessov declarou:

– A Revolução em marcha não hesitou em atacar a propriedade privada. A questão da imprensa deve ser encarada precisamente como uma questão de propriedade privada...

A seguir, leu a resolução do grupo oficial bolchevique:

"No decorrer da insurreição, a proibição dos jornais burgueses não foi unicamente um meio para assegurar a vitória. Durante as intentonas contrarrevolucionárias, a interdição desses órgãos constituiu o primeiro passo para a instauração da nova lei de imprensa, por meio da qual procuraremos impedir que os capitalistas, donos das melhores oficinas tipográficas e das fábricas de papel, continuem sendo os fabricantes onipotentes da opinião pública.

"Precisamos continuar a obra iniciada, confiscando as tipografias particulares e os depósitos de papel, que devem ser entregues ao poder soviético, na Capital e nas províncias, a fim de que os partidos e os grupos tenham à sua disposição meios técnicos de acordo com a importância política real das ideias que representam, isto é, de acordo e em proporção ao número de seus membros.

"O restabelecimento da pretensa 'liberdade de imprensa', ou melhor, a restituição pura e simples das tipografias e do papel aos capitalistas que envenenam a consciência pública, seria não só uma capitulação inadmissível diante do capital, e o abandono de uma das posições mais importantes da Revolução operária e camponesa, como também um crime, uma medida francamente contrarrevolucionária."

O *Tsique* rejeita categoricamente todas as propostas que tenham a finalidade de restabelecer o antigo regime no terreno da imprensa, e apoia com firmeza o ponto de vista do Conselho dos Comissários do Povo contra as pretensões e ultimatos ditados por ridículos preconceitos burgueses, ou pelos visíveis interesses da contrarrevolução burguesa.

– Durante a leitura da resolução, a ala esquerda dos socialistas revolucionários procurou perturbar o orador com exclamações irônicas; os próprios bolcheviques da oposição várias vezes a secundaram, com apartes e protestos indignados.

Karelin levantou-se:

– Há três semanas, os bolcheviques eram os mais ardentes defensores da liberdade de imprensa... A argumentação do documento que acaba de ser lido lembra perfeitamente o ponto de vista dos "Cem Negros" e da censura tzarista. Eles falavam em envenenadores da opinião pública!

Trotsky defendeu com ardor a resolução bolchevique, procurando mostrar a diferença entre a situação da imprensa durante a guerra civil e depois da vitória:

Durante a guerra civil, só os oprimidos têm o direito de empregar a violência... *(Gritos:* "Onde estão os oprimidos?") O adversário ainda não está vencido completamente. Os jornais são armas. Eis por que é necessário proibir a circulação de jornais burgueses. É uma medida de legítima defesa!

Em seguida, abordou a situação da imprensa após a vitória:

– Precisaremos, é claro, de uma lei de imprensa. Já estamos cuidando disso. Mas, muito antes da vitória da Revolução, já afirmávamos que não podíamos encarar a liberdade de imprensa do ponto de vista dos proprietários dos grandes jornais. As medidas aplicadas contra a propriedade privada são também aplicáveis à imprensa. É necessário confiscar, em benefício do povo, todos os grandes jornais, todas as oficinas, todos os depósitos de papel. (*Aparte:* Confisquem as oficinas do *Pravda*!) A burguesia sempre monopolizou a imprensa. Sem a abolição desse monopólio, a conquista do poder não tem o menor significado. Todos os cidadãos da Rússia precisam ter à sua disposição jornais, tipografias e papel. O direito de propriedade das tipografias e oficinas dos jornais cabe, em primeiro lugar, aos camponeses e operários, que representam a maioria da população. A burguesia está em segundo plano, porque é minoria insignificante. A tomada do poder pelos *sovietes* irá modificar radicalmente todas as condições de existência social. A imprensa também tem que ser atingida, também tem que ser modificada. Não nacionalizamos os bancos? Como poderemos respeitar jornais que são propriedade de bancos? O antigo regime deve perecer. Todos precisam compreender isso, de uma vez para sempre. (Aplausos e gritos de protesto.)

Karelin voltou à tribuna para dizer que o *Tsique* não podia resolver questão tão importante sem submetê-la primeiro a demorado estudo, por meio de uma comissão especial. E continuou a defender calorosamente a liberdade de imprensa.

Apareceu, então, Lênin, tranquilo, impassível, com a fronte enrugada, falando lentamente, escolhendo as palavras. Cada frase do seu discurso fazia o efeito de uma martelada:

– A guerra civil ainda não terminou. O inimigo está diante de nós. Não podemos, portanto, abolir as medidas de repressão que adotamos em relação à imprensa. Nós, bolcheviques, sempre dissemos que suprimiríamos a imprensa burguesa quando conquistássemos o poder. Se agora a tolerássemos, deixaríamos de ser socialistas. Quando se faz uma revolução, é necessário não contemporizar, não perder tempo; é preciso ir para a frente, ou recuar. Quem hoje fala em liberdade de imprensa não quer ir para a frente, não quer lutar pelo socialismo. Fizemos uma revolução para libertar a Rússia do jugo do capitalismo. A primeira revolução libertou-a da tirania tzarista. Se a primeira revolução agiu bem ao suprimir os jornais monárquicos, nós, agora, temos o direito de aniquilar a imprensa burguesa. É impossível separar o problema da imprensa dos demais problemas da luta de classes. Sempre dissemos que suprimiríamos a imprensa burguesa e o faremos. A maioria do povo está conosco. Presentemente, não desejamos suprimir os jornais dos demais partidos socialistas. Só faremos isso no caso de incitarem a um levante armado ou à desobediência ao poder soviético. Pois bem, de modo algum consentiremos que, sob o pretexto de liberdade de imprensa, qualquer partido, com o auxílio da burguesia, procure conquistar o monopólio da imprensa, das tintas de impressão e do papel. Hoje, tudo isso é propriedade do Governo Soviético, que repartirá as oficinas, o papel e a tinta entre os diversos partidos socialistas, em primeiro lugar, dando-lhes a parte que lhes cabe, em proporção ao número de seus membros.

A questão foi posta em votação e a proposta de Larine e da esquerda revolucionária foi rejeitada, obtendo 31 votos contra e 22 a favor. A proposta de Lênin foi aprovada por 34 votos contra 24. Lovosqui e Riazanov votaram em branco, declarando que não podiam apoiar nenhuma restrição à liberdade de imprensa. Depois disso, os socialistas revolucionários da esquerda declararam que se sentiam na obrigação de se retirarem de todos os cargos do Governo e do Comitê Militar Revolucionário.

Noguine, Ricov, Miliutine, Teodorovitch e Chliapinicov demitiram-se do Conselho dos Comissários do Povo, fazendo a seguinte declaração:

"Somos partidários de um governo socialista constituído por todos os partidos socialistas. Em nossa opinião, só um governo assim poderá consolidar as conquistas da classe operária e do exército, as conquistas das heroicas jornadas de novembro. Fora disso, só um governo exclusivamente bolchevique, mantendo-se no poder pelo terrorismo político, poderá consolidar essas conquistas. É por esse caminho que o Conselho dos Comissários do Povo começou a trilhar. Não queremos nem o podemos acompanhar. Em nosso entender, esse caminho conduz à eliminação de toda a vida política das grandes organizações proletárias e à instauração de um regime político irresponsável, que levará a Revolução e o país à completa ruína.

"Não podemos assumir a responsabilidade de semelhante política. Por isso, depomos nas mãos do *Tsique* nossas funções de comissários do povo."

Outros comissários, embora não se demitissem, firmaram também essa declaração: Riazanov, Derbichev, comissário da Imprensa, Arbuzov, comissário da Imprensa do Estado, Iureniev, comissário da Guarda Vermelha, Fiodorov, do Comissariado do Trabalho, e Larine, chefe da Seção de Trabalhos Legislativos.

Ao mesmo tempo, Kamenev, Ricov, Miliutine, Zinoviev e Noguine retiraram-se do Comitê Central do

Partido Bolchevique, tornando públicas as razões dessa atitude:

"...Entendemos que a formação de tal governo (no qual estejam representados todos os partidos socialistas) é indispensável para evitar novo derramamento de sangue e a fome que nos ameaça. Do contrário, Kaledin esmagará a Revolução; não será possível garantir a reunião da Assembleia Constituinte dentro do prazo fixado, nem a execução do programa de paz adotado pelo II Congresso dos Sovietes.

"Não concordamos com a desastrosa política do Comitê Central, política que é posta em prática contra a vontade da imensa maioria do proletariado e dos soldados, que desejam evitar a luta entre vários grupos da democracia e novo derramamento de sangue. Retiramo-nos do Comitê Central no momento da vitória, no momento em que o nosso partido chega ao poder, porque não podemos mais suportar a política dos dirigentes do Comitê Central, política essa que conduz à perda de todos os frutos da vitória e ao esmagamento do proletariado."

As massas operárias e os soldados começaram a agitar-se, inquietos. A todo momento, o Smolny e a conferência para a formação de um novo governo recebiam a visita de delegações das fábricas e dos quartéis. A conferência exultava com a cisão verificada nas fileiras bolcheviques.

Mas o grupo de Lênin respondeu enérgico e implacável. Chliapinicov e Teodorovitch logo se submeteram à disciplina do Partido, voltando a seus postos. Kamenev foi destituído das funções de presidente do *Tsique* e substituído por Sverdlov, Zinoviev, afastado da Presidência do Soviete de Petrogrado. No dia 5, o *Pravda* publicava a seguinte proclamação enérgica, dirigida ao povo russo, redigida por Lênin, e que foi impressa às centenas de milhares de exemplares, colada às paredes e distribuída em toda a Rússia:

"O II Congresso Panrusso dos Sovietes colocou-se, por maioria esmagadora, ao lado do Partido Bolchevique. Só um governo organizado por esse partido pode ser um verdadeiro governo soviético. Ninguém ignora que o Comitê Central do Partido Bolchevique, horas antes da organização do novo governo e da apresentação da lista dos seus candidatos ao II Congresso, chamou três dos mais notáveis membros da ala esquerda do Partido Socialista Revolucionário, os camaradas Kamkov, Spiro e Karelin, *convidando-os* a ingressarem no novo governo. Lamentamos profundamente, nessa ocasião, a resposta negativa que recebemos, por parte dos camaradas socialistas revolucionários. E julgamos inadmissível que indivíduos que se dizem revolucionários e defensores da classe operária respondessem de tal modo ao nosso convite. Continuamos, entretanto, dispostos a admitir a entrada da ala esquerda dos socialistas revolucionários no Governo. Mas declaramos que, na qualidade de partido da maioria no II Congresso Panrusso dos Sovietes, tínhamos não só o direito, como também o *dever,* perante o povo de constituir um governo.

"Camaradas! Vários membros do Comitê Central do nosso partido e do Conselho dos Comissários do Povo, Kamenev, Zinoviev, Noguine, Ricov, Miliutine e mais alguns acabam de desertar, pois não só abandonaram os postos que lhes haviam sido confiados, como ainda infringiram as instruções do Comitê Central do nosso partido, que havia resolvido não poderem os mesmos se retirar antes de os órgãos de base do Partido, de Petrogrado e Moscou, enviarem suas resoluções.

"Os camaradas que se afastaram de nós agiram como desertores. Condenamos inteiramente essa deserção. Temos a convicção profunda de que todos os operários, soldados e camponeses conscientes, membros do Partido ou simpatizantes, condenarão, como nós, o procedimento dos desertores.

"Lembrem-se, camaradas, de que dois desses desertores, Kamenev e Zinoviev, antes da tomada de Petrogrado, demonstraram ser desertores e derrotistas, por terem votado no comício decisivo do Comitê Central, de 23 de outubro de 1917, contra a insurreição, e mesmo depois da resolução aprovada pelo Comitê Central continuaram sua campanha num comício do partido dos operários... Mas, devido ao grande entusiasmo das massas, ao grande heroísmo de milhões de operários e camponeses, em Moscou e em Petrogrado, na frente, nas trincheiras e nas aldeias, os desertores ficaram sozinhos e ninguém lhes deu maior atenção.

"Abandonaremos, sem hesitar um momento, entregues à própria vergonha, todos os que vacilarem, que duvidarem, que se deixarem intimidar pela burguesia, ou que capitularem ante os gritos de seus cúmplices diretos ou indiretos! As massas operárias e os soldados de Petrogrado, de Moscou e de toda a Rússia não vacilarão um só momento!

"Nunca nos submeteremos a ultimatos de pequenos grupos de intelectuais, que têm atrás de si não as massas, mas somente os Kornilov, os Savinkov, os *junkers* e seus comparsas..."

Todo o país se levantou como impelido por um tufão. Os "desertores" em parte alguma conseguiram "explicar-se" perante as massas. A maldição popular caiu sobre o *Tsique,* violentamente, como uma onda impetuosa condenando os desertores. Durante vários dias, o Smolny esteve cheio de delegações e de comitês que vinham, do Volga, das fábricas de Petrogrado, de toda parte, trazer-lhe apoio e manifestar a indignação das massas contra os "desertores". "Como se atreveram a sair do Governo? Será que eles foram pagos pela burguesia para trair a Revolução? Exigimos que voltem e se submetam às decisões do Comitê Central." Só a guarnição de Petrogrado ficou indecisa. Mas, a 24 de novembro, numa grande reunião, na qual falaram representantes de todos os partidos políticos, os soldados aprovaram, por grande maioria, a política de Lênin. A esquerda socialista revolucionária foi então convidada a entrar para o Governo.

Os mencheviques chegaram tarde demais com um *ultimatum* em que "exigiam" a libertação de todos os ministros e *junkers* presos, liberdade de imprensa, desarmamento da Guarda Vermelha e a direção das tropas pela Duma...

O Smolny respondeu que todos os ministros socialistas e todos os *junkers,* salvo raríssimas exceções, já estavam em liberdade; que todos os jornais, com exceção apenas da imprensa burguesa, podiam circular livremente; e que o *soviete* continuaria a comandar todas as forças militares... A 19, a conferência para a formação de um novo governo dissolveu-se. Um por um, todos os membros da oposição foram para Moguilev, onde, com o apoio do grande estado-maior da contrarrevolução, começaram a organizar governos e mais governos, até a eternidade...

Os bolcheviques há muito tempo que trabalhavam para minar o poder do *Vicjel.* O Soviete de Petrogrado, em manifesto, convida todos os ferroviários a obrigar o *Vicjel* a renunciar aos seus poderes. A 15 de novembro, o *Tsique,* aplicando a mesma tática que já utilizara com os camponeses, convocou um congresso panrusso dos ferroviários para 1º de dezembro. O *Vicjel* imediatamente convocou seu próprio congresso, para duas semanas depois. A 16 de novembro, os membros do *Vicjel* voltaram aos seus antigos postos no *Tsique.* Na sessão de abertura do Congresso dos Ferroviários, na noite de 1º para 2 de dezembro, o *Tsique* oficialmente ofereceu o Comissariado da Viação ao *Vicjel.* E este aceitou!

Resolvida a questão do poder, os bolcheviques procuraram imediatamente solucionar uma série de problemas práticos. Em primeiro lugar, era necessário alimentar a cidade, o país, o exército. Grupos de marinheiros e de guardas vermelhos revistaram os armazéns, as estações, as embarcações estacionadas no canal, descobrindo milhares de toneladas de víveres escondidos pelos açambarcadores. No campo, aconteceu o mesmo. Os comissários que partiram para as províncias, com o auxílio dos comitês agrários, confiscaram os depósitos de cereais dos grandes negociantes. Destacamentos de marinheiros, fortemente armados, com mais de 5.000 homens cada um, partiram para o Sul e para a Sibéria, com a missão de tomar as cidades que ainda estavam sob o domínio dos guardas brancos, restabelecer a ordem e *requisitar víveres.*

Os trens de passageiros da Transiberiana foram suspensos durante duas semanas. Treze trens, sob a direção de comissários, partiram para leste do país, carregados de peças de fazendas e barras de ferro, reunidas pelos comitês de fábrica para serem trocadas por trigo, cereais e batatas com os camponeses siberianos.

As minas de carvão do Don estavam em poder de Kaledin. Por isso, a falta de combustível já se tornara angustiosa. O Smolny resolveu suprimir a iluminação elétrica dos teatros, armazéns e restaurantes, diminuir o trânsito de bondes e confiscar a lenha acumulada nos grandes depósitos. As fábricas de Petrogrado estavam a ponto de parar, quando os marinheiros do Báltico vieram em socorro dos operários, enviando-lhes 200.000 *puds** de carvão da armada.

Durante o mês de novembro, todos os porões e subterrâneos foram revistados e saqueados, a começar pelo Palácio de Inverno. Nesse período, nas ruas, esbarrava-se a cada instante com soldados embriagados. Os contrarrevolucionários agiam... Davam aos soldados indicações dos depósitos de bebidas alcoólicas, procurando desmoralizar a tropa pela embriaguez. Os comissários do Smolny, a princípio, limitaram-se apenas a aconselhar e a lamentar esses fatos. Mas, como a desordem não só continuava, mas

---

* Dezesseis quilos.

cada dia aumentava, chegando até a degenerar em verdadeiras batalhas entre os soldados e guardas vermelhos, verificaram que era preciso agir com energia. O Comitê Militar Revolucionário foi obrigado a enviar companhias de marinheiros, armados com metralhadoras, para dominar a desordem. Essas companhias tinham ordem de atirar contra os assaltantes dos depósitos de bebidas. As ordens foram cumpridas e, em muitos pontos, houve mortes. Em seguida, foram organizados destacamentos especiais para revistarem as adegas e destruírem a machadadas os depósitos de bebidas. Muitos desses depósitos foram destruídos a dinamite.

A antiga milícia foi substituída por companhias de guardas vermelhos, disciplinados e bem pagos, que guardavam, dia e noite, as sedes dos *sovietes*.

Nos bairros, instituíram-se pequenos tribunais revolucionários, formados pelos soldados e operários, para julgar delitos de pouca importância.

Os grandes hotéis, onde os especuladores continuavam a reunir-se para combinar negócios lucrativos à custa do povo, foram cercados pelos guardas vermelhos. Os traficantes, presos, seguiram para o cárcere.

Constantemente alerta, a classe operária organizou um vasto sistema de espionagem nas casas burguesas, por intermédio dos criados. Desse modo, o Comitê Militar Revolucionário descobriu uma série de conspirações contrarrevolucionárias, que esmagou com mão de ferro. Entre estas destacou-se a conspiração monarquista, dirigida por Purichquevitch, antigo membro da Duma, da qual participavam oficiais e aristocratas, que tinham escrito a Kaledin para vir a Petrogrado e pôr-se à frente do levante. Foi também descoberto um conluio dos *cadetes* de Petrogrado, que auxiliavam Kaledin com dinheiro e homens.

O antigo ministro do exterior, Neratov, intimado em face da indignação popular motivada por sua fuga, procurou Trotsky e entregou-lhe os tratados secretos. A publicação desses documentos no *Pravda* provocou um escândalo que repercutiu no mundo inteiro.

A liberdade de imprensa foi ainda mais limitada por um decreto que tornava a publicidade monopólio dos órgãos oficiais do Governo. Para protestar, alguns jornais deixaram de aparecer. Outros não respeitaram o decreto e foram suspensos. Mas, ao fim de três semanas, submeteram-se.

Nos ministérios, os funcionários continuavam em greve. A vida econômica normal não fora ainda restabelecida porque a sabotagem prosseguia.

O Smolny só podia contar com a vontade da massa popular, numericamente maior, mas ainda desorganizada. Foi com seu apoio que o Smolny preparou vitoriosamente a ação revolucionária contra o inimigo. Lênin, por meio de manifestos eloquentes, distribuídos em todos os cantos da Rússia, explicava ao povo, em linguagem simples, como lutar pela Revolução. Aconselhava as massas a tomar o poder por si mesmas, sem esperar por ninguém; a vencer pela força todas as resistências das instituições governamentais: Ordem revolucionária! Disciplina revolucionária! Controle rigoroso das despesas! Nada de greves! Nada de demora! No dia 20 de novembro o Comitê Militar Revolucionário publicou o seguinte aviso:

"As classes ricas lutam, com todas as suas forças, contra o Governo Soviético, contra o governo dos operários, soldados e camponeses. Seus agentes procuraram impedir que os funcionários públicos e empregados bancários trabalhem: procuram interromper as comunicações ferroviárias, postais e telegráficas.

"Nós os advertimos de que quem brinca com fogo, pode se queimar. A fome ameaça o país e o exército. Para combatê-la é necessário que todos os operários trabalhem com regularidade. O Governo Operário e Camponês está tomando as devidas providências para atender às necessidades do país e do exército.

"Lutar contra essas medidas é cometer um crime contra o povo. E isto é o que fazem todos os ricos. Se a sabotagem continuar, se o abastecimento das cidades ficar interrompido, prevenimos às classes ricas que *elas serão as primeiras a sofrer*.

"As classes ricas e seus agentes e aliados ficarão privados do direito de receber víveres. Todas as reservas que tiverem serão requisitadas. Todos os seus bens serão confiscados.

"Cumprimos o nosso dever avisando a tempo, aos que brincam com fogo, para não se queimarem.

"Estamos certos de que, se tivermos de aplicar tais medidas enérgicas, teremos do nosso lado os operários, os soldados e os camponeses."

A 22 de novembro, as paredes apareceram cheias de um cartaz intitulado:

"COMUNICADO EXTRAORDINÁRIO

"O Conselho dos Comissários do Povo acaba de receber o seguinte telegrama urgente do Estado-Maior da Frente Norte:

'Não podemos esperar mais; estamos morrendo de fome. Há vários dias, o exército que combate na Frente Norte não come uma migalha de pão; dentro de dois ou três dias, as reservas de pão e munição, que até agora estavam intactas e que já começamos a distribuir, estarão esgotadas. Os delegados que chegam de todas as partes afirmam que é indispensável retirar metodicamente grande parte das tropas da retaguarda. Sem isso, dentro de pouco tempo, os soldados que morrem de fome, que estão esgotados por três anos de guerra nas trincheiras, doentes, sem roupas, sem calçados, enlouquecendo em virtude de privações incríveis e impossíveis de suportar, abandonarão todas as posições, numa debandada geral.

'O Comitê Militar Revolucionário põe a guarnição e os operários de Petrogrado a par da situação. É preciso tomar urgentes e enérgicas providências. Mas os altos funcionários das repartições públicas, dos bancos, das estradas de ferro, dos Correios e Telégrafos estão atualmente fazendo tudo o que podem para impedir que o Governo consiga socorrer os soldados ameaçados de morrer de fome nas trincheiras.

'Atualmente, a demora de uma hora significa a morte de milhares de soldados. Os contrarrevolucionários, os funcionários das estradas de ferro portam-se como criminosos da pior espécie, impedindo que se enviem socorros urgentes àqueles nossos irmãos.

'*O Comitê Revolucionário, pela última vez, dirige-se a esses criminosos.* Caso continuem opondo resistência ou dificuldades, serão postas em prática medidas severas à altura do crime que praticam'."

Milhões de operários e soldados estremeceram, indignados. A Rússia inteira levantou-se, irada. Na Capital, os funcionários e os empregados dos bancos distribuíram centenas de manifestos protestando e defendendo-se. Eis uma dessas publicações:

"CIDADÃOS – ATENÇÃO
"POR QUE O BANCO DO ESTADO ESTÁ FECHADO?

"Porque as violências dos bolcheviques contra o Banco do Estado impossibilitaram o trabalho. O primeiro ato do Governo dos Comissários do Povo foi exigir *dez milhões de rublos*. A 27 de novembro, quiseram retirar *vinte e cinco milhões de rublos,* sem dizer para quê.

"Nós, funcionários do Banco do Estado, não desejando ser cúmplices desse assalto aos bens da Nação, abandonamos o trabalho.

"Cidadão! O dinheiro do Banco do Estado é vosso dinheiro. É o dinheiro ganho por todos vós à custa de trabalho, à custa de vosso suor e de vosso sangue.

"Cidadãos! Salvai o dinheiro da Nação do assalto e das violências, que voltaremos imediatamente aos nossos postos.

"Os Empregados do Banco do Estado."

Os Ministérios do Abastecimento e da Fazenda e o Comitê Especial de Abastecimento publicaram, também, suas defesas, declarando que o Comitê Militar Revolucionário tornava impossível a atividade dos funcionários e concitando a população a lutar contra o Smolny. Mas, a massa de operários e soldados não lhes dava ouvidos. O povo tinha a convicção de que os funcionários praticavam atos de sabotagem e procuravam vencer o exército e o povo pela fome.

Surgiram, novamente, as grandes filas de pessoas, à espera de pão, diante dos depósitos. Nessas filas, entretanto, já não se murmurava mais contra o Governo, como no tempo de Kerensky, mas sim contra os *tchinovniqui**, os sabotadores, porque o governo atual era o governo do povo; os *sovietes* representavam os operários, os soldados e os camponeses. Era justamente por isso que os funcionários dos ministérios não suportavam esse governo...

A Duma era o centro da oposição. Com seu órgão de combate à frente – o Comitê para a Salvação da Rússia e da Revolução –, protestava contra todos os decretos do Conselho dos Comissários do Povo e, em todas as oportunidades, pronunciava-se contra o reconhecimento do Governo Soviético. Além disso, colaborava, abertamente, com o pseudogoverno de Moguilev. A 17 de novembro, o Comitê para a Salvação da Rússia e da Revolução enviou a todos os *zemstvos,* a todas as organizações democráticas e revolucionárias de camponeses, operários, soldados e do povo em geral, as seguintes recomendações:

"1. Não se deve reconhecer o Governo Bolchevique, mas lutar contra ele.

---

* Funcionário, empregado.

"2. É necessário organizar comitês locais para a salvação da Pátria e da Revolução, a fim de unir todas as forças democráticas com o Comitê Panrusso para a Salvação da Rússia e da Revolução e auxiliá-lo, mantendo-se todos os comitês estritamente ligados entre si e com o Comitê Panrusso."

Apesar de tudo, os bolcheviques obtiveram maioria esmagadora nas eleições para a Assembleia Constituinte. Sua vitória foi tão grande, que os próprios mencheviques internacionalistas declararam que era necessário eleger uma nova Duma, porque a antiga já não representava mais a vontade política da população de Petrogrado... As organizações operárias, as unidades militares e até os camponeses dos arredores enviaram à Duma Municipal avalanchas de resoluções, declarando-a contrarrevolucionária, "kornilovista", e exigindo sua demissão. As últimas sessões da Duma foram agitadas pelos debates em torno das reclamações dos operários municipais, que exigiam salários compensadores e ameaçavam declarar-se em greve.

Um decreto do Comitê Militar Revolucionário, datado de 23, estabeleceu a dissolução do Comitê de Salvação. A 29, o Conselho dos Comissários do Povo mandou dissolver a Duma e convocar as eleições para a nova Duma Municipal de Petrogrado:

"Considerando que a Duma Municipal de Petrogrado, eleita a 2 de setembro, já perdeu clara e definitivamente o direito de representar a população de Petrogrado, pois se encontra em completa oposição ao seu estado de espírito e às suas aspirações; considerando que os membros da maioria da Duma não merecem a menor confiança política e continuam aproveitando-se dos seus cargos para participar de conspirações contrarrevolucionárias, dirigidas contra a vontade dos operários, dos soldados e dos camponeses, e para sabotar a atividade dos poderes públicos:

"O Conselho dos Comissários do Povo julga do seu dever convidar a população de Petrogrado a manifestar-se sobre a política da Municipalidade Autônoma.

"Para isso, o Conselho dos Comissários do Povo decreta:

"1. A 30 de novembro de 1917 a Duma Municipal fica dissolvida.

"2. Todos os funcionários nomeados pela Duma atual permanecerão nos seus postos até que os seus lugares sejam preenchidos pelos representantes da nova Duma.

"3. Todos os funcionários da Municipalidade devem continuar desempenhando suas funções. Os que abandonarem seus postos podem se considerar demitidos.

"4. A nova Duma de Petrogrado será eleita a 9 de dezembro de 1917.

"5. A nova Duma Municipal realizará sua primeira reunião no dia 11 de dezembro, às 2 horas da tarde.

"6. Os contraventores das prescrições do presente decreto e toda pessoa que conscientemente procurar danificar as propriedades municipais serão imediatamente presos e julgados pelo Tribunal Militar Revolucionário."

A Duma reuniu-se e votou resoluções solenes, em que declarava estar disposta a "defender sua posição até a última gota de sangue", ou em que pedia desesperadamente à população que salvasse "o município livremente eleito". Mas a população continuou indiferente ou hostil. A 31 de novembro, o prefeito Schreider e vários conselheiros municipais foram presos, interrogados e, em seguida, postos em liberdade. No mesmo dia, a Duma continuou reunida, na presença de marinheiros e guardas vermelhos, que delicadamente intervinham nos debates para lembrar que ela já estava dissolvida. Na sessão do dia 2, um orador ocupava a tribuna, na Sala Nicolau, quando um pelotão de marinheiros e um oficial intimaram os presentes a se retirarem por bem, antes que fosse necessário empregar a violência. A assembleia obedeceu e abandonou a sala protestando, até o último momento, contra "a violência..."

A nova Duma foi eleita dez dias depois. Os socialistas "moderados" não participaram das eleições. A maioria dos eleitos eram bolcheviques.

Mas era necessário, ainda, liquidar diversos centros de oposição, como, por exemplo, os da Finlândia e da Ucrânia, que se manifestavam abertamente antibolcheviques. De fato: quase ao mesmo tempo, em Helsinque e Kiev, os governos reuniram suas tropas mais fiéis e prepararam-se para iniciar uma guerra de extermínio contra o bolchevismo. Desarmaram e expulsaram as tropas russas. A Rada da Ucrânia apoderou-se de todo o sul da Rússia, auxiliando Kaledin com reforços, armas e munições. A Finlândia e a Ucrânia entraram em negociações com os alemães. Em seguida, foram reconhecidas pelos governos aliados, que lhe fizeram grandes empréstimos, na base dos quais estabeleceram sua aliança com as classes dominantes para a criação de redutos contrarrevolucionários para o ataque à Rússia Soviética. Afinal, quando o bolchevismo venceu nesses países, a burguesia derrotada apelou, também, para os alemães, pedindo auxílio.

Mas o maior perigo que ameaçava o Governo Soviético estava no interior. Era uma dupla ameaça: de um lado, o movimento de Kaledin; de outro, o Grande Estado-Maior de Moguilev, à frente do qual estava o general Duconine.

Muraviov, que parecia possuir o dom da ubiquidade, assumiu o comando das forças que combatiam os cossacos e começou a organizar um exército vermelho, recrutado entre os operários das fábricas. Centenas de propagandistas partiram para o Don. Em manifesto dirigido aos cossacos, o Conselho dos Comissários do Povo explicava-lhes o significado do Governo Soviético. Mostrava-lhes como as classes dominantes, os funcionários, os capitalistas, banqueiros e seus aliados, os grandes senhores de terra e os generais cossacos procuravam esmagar a Revolução, a fim de salvar suas riquezas, que o Governo queria confiscar em benefício do povo.

A 27 de novembro, apareceu no Smolny uma delegação de cossacos, que desejava falar com Lênin e Trotsky. Recebidos, perguntaram se era verdade que o Governo Soviético tinha a intenção de dar as terras dos cossacos aos camponeses da Grande Rússia.

– Não – respondeu Trotsky.

Os cossacos discutiram entre eles.

– Está bem – disseram. – Mas, o Governo tem a intenção de confiscar as terras dos grandes proprietários cossacos para entregá-las aos trabalhadores cossacos?

Foi Lênin quem respondeu:

– Isso depende de vocês. Cabe-lhes fazer isso. Nós apoiaremos tudo que os trabalhadores cossacos fizerem nesse sentido. Para começar, vocês devem desde já organizar seus próprios *sovietes* cossacos. Deste modo, poderão indicar seus representantes para o Comitê Central Executivo, e o Governo Soviético será o governo de vocês mesmos...

Os cossacos se retiraram, mas não se esqueceram dessas palavras. Duas semanas depois, o general Kaledin foi procurado por uma delegação de suas tropas:

– É capaz de prometer-nos – perguntaram os delegados – repartir as terras dos senhores cossacos entre os trabalhadores cossacos?

– Nunca! Prefiro morrer! – respondeu Kaledin.

Passado um mês, o exército de Kaledin dissolvia-se, como por encanto. Desesperado, Kaledin estourou os miolos com um tiro. O movimento cossaco terminou assim.

Em Moguilev, o antigo *Tsique,* os chefes socialistas moderados, de Avksentiev até Tchernov, os chefes dos antigos comitês do exército e os oficiais reacionários estavam reunidos. O Estado-Maior recusava-se, obstinadamente, a reconhecer o Governo dos Comissários do Povo. Contava com o apoio dos batalhões da morte, das forças dos

Cavaleiros de São Jorge e com os cossacos da Frente. Além disso, estava permanentemente em contato secreto com os adidos militares aliados, com o movimento de Kaledin e com a Rada da Ucrânia.

Os governos aliados não responderam ao decreto sobre a paz, de 8 de novembro, no qual o Congresso dos Sovietes propunha um armistício geral.

A 20 de novembro, Trotsky dirigiu a seguinte nota às embaixadas aliadas:

"Senhor Embaixador,

Tenho a honra de informar-lhe que o Congresso Panrusso dos Sovietes instituiu, a 8 de novembro último, um novo governo da República Russa, sob a forma de conselhos de comissários do povo. O presidente desse Conselho é Vladimir Ulianov Lênin. Eu, na qualidade de comissário do povo Para os Negócios Exteriores, assumi a direção da política externa.

"Ao mesmo tempo que chamo sua atenção para o texto aprovado pelo Congresso Panrusso dos Sovietes a respeito de nossa proposta de armistício e de paz democrática, sem anexação nem indenizações, na base do direito de os povos disporem de si mesmos, tenho a honra de pedir que considere esse documento como uma proposta oficial de armistício em todas as frentes da luta e de abertura imediata das negociações de paz. O Governo da República Russa dirige, ao mesmo tempo, esta proposta aos povos beligerantes e aos seus governos.

"Queira aceitar, senhor embaixador, os protestos de elevada consideração do Governo Soviético em relação ao seu povo, que certamente deseja a paz, como a desejam todos os povos que se esvaem em sangue e se esgotam nesta carnificina sem precedentes."

Na mesma noite, o Conselho dos Comissários do Povo expediu o seguinte telegrama a Duconine:

"O Conselho dos Comissários do Povo, de acordo com a resolução do Congresso Panrusso dos Sovietes, encarrega-o de enviar, assim que este telegrama chegar às suas mãos, propostas de suspensão imediata das hostilidades a todas as autoridades, tanto aliadas como inimigas, a fim de se iniciarem, quanto antes, as negociações de paz.

"Ao mesmo tempo que lhe confia a missão de iniciar essas negociações preliminares, o Conselho dos Comissários do Povo ordena-lhe:

"1. Que todas as negociações com os plenipotenciários dos exércitos inimigos lhe sejam comunicadas, constantemente, por telegrama.

"2. Não assinar a ata do armistício senão depois de sua aprovação pelo Conselho dos Comissários do Povo."

Os embaixadores aliados receberam a nota de Trotsky com absoluto desdém e não a responderam. Surgiram, entretanto, nos jornais, artigos e entrevistas anônimos, cheios de ironia causticante. A ordem a Duconine era qualificada abertamente de traição.

Quanto a este, não deu sinais de vida. No dia 22, à noite, o Governo comunicou-se pelo telefone com Duconine, perguntando-lhe se estava disposto a cumprir a ordem que lhe havia sido dada. Duconine respondeu que só a cumpriria se essa ordem partisse "de um governo sustentado pelo exército e pelo país". No mesmo instante foi deposto, por telegrama, do cargo de comandante-geral. Krylenko foi indicado para substituí-lo. Como de costume, Lênin resolveu apelar diretamente para as massas. Através do rádio, comunicou a todos os soldados e marinheiros a resposta de Duconine e ordenou que em "todas as frentes de combate os regimentos elegessem delegados para entrar em negociações com os elementos inimigos".

Obedecendo às instruções dos seus governos, os adidos militares dos Aliados, no dia 23, enviaram uma nota a Duconine, comunicando-lhe, solenemente, que devia tomar precauções contra "uma violação dos tratados existentes entre as potências da Entente". A nota acrescentava que se o Governo Soviético firmasse um armistício em separado com a Alemanha, "este ato teria as mais sérias consequências para a Rússia". Duconine transmitiu imediatamente a nota aos comitês de soldados.

Na manhã seguinte, Trotsky enviou outro apelo às tropas, no qual dizia que a nota dos representantes aliados era uma revoltante intromissão nas questões internas da Rússia. "Por meio dessa nota", dizia Trotsky, "os Aliados pensam que vão obrigar o povo e o exército, amedrontados por suas ameaças, a cumprirem tratados assinados pelo Tzar."

O Smolny publicava incessantemente grande número de manifestos, combatendo Duconine, os oficiais contrarrevolucionários que o acompanhavam e os políticos agrupados em Moguilev, agitando, em milhares de quilômetros de frente, milhões de soldados já dispostos à luta revolucionária, já descrentes de Duconine e do governo de Moguilev, e por isso desejosos de combatê-los. Ao mesmo tempo, Krylenko, à frente de três destacamentos de marinheiros, resolvidos a derramar até a última gota de sangue pela Revolução, marchou contra o Grande Estado-Maior do adversário. No caminho, milhares e milhares de soldados o recebiam com aclamações entusiásticas e, incitados pelos seus gritos de vingança, juntavam-se às tropas, dispostos também a lutar. Foi uma verdadeira marcha triunfal. Como o antigo Comitê Central do Exército publicasse uma declaração em favor de Duconine, dez mil homens marcharam imediatamente contra Moguilev.

Mas, antes de chegarem, a 2 de dezembro, a própria guarnição de Moguilev revoltou-se e tomou conta da cidade, prendendo Duconine e todos os membros do Comitê Central do Exército. Em seguida, triunfalmente, levando à frente os estandartes vermelhos, os soldados partiram, cantando, ao encontro do novo comandante em chefe. Quando, no dia seguinte de manhã, Krylenko chegou a Moguilev, viu uma grande multidão agitada em torno de um vagão da estrada de ferro, onde estava preso Duconine. Krylenko falou aos soldados, aconselhando-os a não praticar violências contra Duconine, que ia ser levado a Petrogrado para ser julgado por um tribunal revolucionário. Porém, mal Krylenko havia terminado seu discurso, Duconine surgiu numa das janelas do vagão, gesticulando, como quem ia falar à tropa. Os soldados, sem que ninguém pudesse contê-los, penetraram no vagão, soltando gritos terríveis; agarraram o velho general, arrastaram-no para a plataforma da estação e tanto o espancaram, que pouco depois estava morto.

Assim terminou a rebelião do *Stavca*...

Fortalecido com a queda do último reduto importante do poder militar dos adversários, dentro da Rússia, o Governo Soviético, seguro da sua situação, começou a cuidar da organização do Estado. Os antigos funcionários, em grande número, voltaram aos seus postos, submetendo-se ao novo poder. Muitos membros dos demais partidos puseram-se também à disposição do Estado. Mas os que agiram deste modo por motivos econômicos, logo depois ficaram decepcionados com a resolução do Governo sobre os vencimentos do funcionalismo público. Esse decreto estabelecia que os comissários do povo receberiam, no máximo, 500 rublos (50 dólares) por mês.* Os funcionários declararam-se em greve, sob a direção da União dos Sindicatos, apoiados pelos meios financeiros e comerciais. Mas quando não tiveram mais esse apoio a greve terminou. Os próprios empregados dos bancos recomeçaram a trabalhar.

Com o decreto sobre a nacionalização dos bancos; com a criação do Conselho Superior da Economia Nacional; com a aplicação efetiva do decreto sobre a terra; com a reorganização democrática do exército, por meio das transformações radicais realizadas em todos os domínios do Estado e da vida social, medidas que só puderam ser

---

* Câmbio da época.

postas em prática porque eram a expressão da vontade dos operários, soldados e camponeses, começou a surgir, lentamente, entre erros e dificuldades, a nova Rússia proletária.

Os bolcheviques conquistaram o poder. Mas o conquistaram sem acordos com as classes dominantes ou com os diversos chefes de partidos políticos, destruindo o antigo mecanismo governamental. Não chegaram ao poder, também, por meio de um golpe de força organizado por um pequeno grupo. A Revolução teria fracassado, se as massas não tivessem sido preparadas em toda a Rússia para a insurreição. Por que os bolcheviques venceram? Porque sabiam lutar pelas pequenas e pelas grandes aspirações e reivindicações das grandes camadas populares, organizando-as e dirigindo-as para a destruição do passado e lutando com elas para edificar, sobre as ruínas fumegantes do sistema social destruído, uma nova sociedade, um novo mundo.

CAPÍTULO XII

O CONGRESSO CAMPONÊS

A 18 de novembro, a neve começou a cair. Quando acordei, as saliências das janelas estavam cobertas por alvo lençol de gelo. Os flocos que se desprendiam do céu eram tão espessos que não se via nada à distância de dez passos. Denso manto branco cobria as ruas e os campos. Num abrir e fechar de olhos, a cidade sombria e triste ficou de deslumbrante alvura. Os carros de aluguel pareciam trenós deslizando sobre ruas salpicadas de cristais de neve... Apesar da Revolução, apesar de toda a Rússia estar dando um salto no escuro, com o aparecimento da neve a alegria invadiu a cidade. Todos sorriam. Os homens, nas ruas, estendiam alegremente as mãos para colher os flocos de algodão gelado. A cor cinzenta já não existia mais. E sobre o espelho branco da neve só apareciam o dourado e as cores vivas das flechas e das cúpulas. O contraste dava a impressão de que seu esplendor asiático havia aumentado.

Mais ou menos ao meio-dia, o Sol surgiu, pálido e frio. O reumatismo dos meses chuvosos desapareceu como por encanto. A vida da cidade animou-se. E a própria Revolução começou a andar mais depressa...

Uma noite, entrei num *tractir,* pequena hospedaria situada em frente do Smolny. Esse lugar barulhento, de teto baixo, era chamado "A Cabana do Pai Tomás". Os guardas vermelhos que o frequentavam aglomeravam-se em volta de pequenas mesas, cobertas por toalhas cheias de nódoas, em frente de enormes bules de chá de louça barata. O fumo dos seus cigarros invadia toda a sala. Os caixeiros corriam de uma mesa para outra gritando: *Seitchass! Seitchass!* (Espere um instante! Espere um instante!) Num canto, um homem fardado, com galões de capitão, tentou falar aos presentes. Suas palavras, porém, eram interrompidas pelos apartes:

– Vocês são verdadeiros assassinos! – gritava. – Vocês, nas ruas, fuzilam seus próprios irmãos!

– Quando foi isso? – indagou um operário.

– Domingo passado, quando os *junkers*...

– Mas eles não atiraram primeiro?

Um dos homens apontou para o braço, que pendia na tipoia:

– Eis aqui uma lembrança desses bandidos!

Então, o Capitão gritou a plenos pulmões:

– Vocês deviam ter ficado neutros! Com que direito querem derrubar o governo legal? E Lênin, quem é? Um agente dos alemães...

– Você é um contrarrevolucionário, um provocador! – gritou alguém.

Depois que a algazarra abrandou, o capitão levantou-se novamente:

– Pois bem – disse. – Vocês falam como se fossem o povo russo. Mas vocês não são o povo. Os camponeses, sim, é que o são. Esperem que os camponeses...

– É claro que sim!... – gritaram. – Esperaremos pelos camponeses. Já sabemos o que vão dizer! São trabalhadores como nós!

Realmente, tudo dependia dos camponeses, que, apesar de politicamente atrasados, tinham ideias próprias e representavam nada menos de oitenta por cento da população. A influência dos bolcheviques no campo era relativamente fraca. E, sem seu apoio, o proletariado industrial não poderia instaurar sua ditadura. O partido tradicionalmente influente no campo era o Partido Socialista-Revolucionário. Entre os partidos que apoiavam o Governo Soviético, só a ala esquerda do movimento revolucionário podia, logicamente, considerar-se herdeira da direção das massas camponesas. Para o proletariado organizado das cidades, o apoio do campo era indispensável.

O Smolny compreendia tudo isso. Tanto assim que, depois do decreto sobre a terra, um dos primeiros atos do *Tsique* foi convocar um congresso camponês. Alguns dias depois apareceu o regulamento dos comitês agrários das pequenas regiões, os *Volots,* explicando, de maneira bem simples, a significação da Revolução Bolchevique e do novo governo.

No dia 16 de novembro, Lênin e Miliutine redigiram um boletim de instruções destinado aos delegados das províncias. Depois de impresso, esse boletim foi distribuído aos milhares, em todas as aldeias da Rússia:

"1. Assim que chegar à província designada, o delegado deverá convocar uma reunião do Comitê Executivo dos Sovietes. Nessa reunião, depois de ler a legislação agrária, deve propor a convocação de uma assembleia plenária dos sovietes de distritos e de província.

"2. O delegado deve pôr-se a par da marcha da Revolução agrária de acordo com o seguinte formulário:

"a) Os domínios dos senhores da terra foram confiscados? Em que distritos?

"b) Quem administra as terras confiscadas? Os comitês agrários ou os antigos proprietários?

"c) Os instrumentos agrícolas e o gado, que destino tiveram?

"3. A superfície semeada pelos camponeses aumentou?

"4. Que rendimento total calculam para esta província?

"5. O delegado deve explicar que os camponeses, depois de tomarem posse da terra, devem fazer todo o possível para aumentar as colheitas e remeter o trigo com a maior rapidez possível às cidades. De outro modo, não será possível evitar a fome.

"6. Que medidas foram ou vão ser postas em prática para colocar definitivamente as terras sob o controle dos comitês agrários das aldeias e dos distritos, ou dos *sovietes*?

"7. Aconselhamos que as propriedades mais bem equipadas em instrumentos agrícolas sejam postas à disposição dos *sovietes* de assalariados agrícolas, sob a direção de agrônomos competentes."

A efervescência aumentava em todas as aldeias e povoados, não só em virtude do decreto sobre a divisão da terra, como também em consequência da chegada de milhares de camponeses soldados, que traziam consigo o espírito revolucionário das trincheiras. Foram eles que saudaram com entusiasmo a convocação do Congresso Camponês.

Operando como o antigo *Tsique* em relação ao II Congresso dos Sovietes de Operários e Camponeses, o Comitê Executivo dos *Sovietes* dos Camponeses procurou impedir a realização do Congresso Camponês convocado pelo Smolny. Por último, verificando que seus esforços eram inúteis, começou a expedir telegramas, ordenando a eleição de deputados conservadores. Além disso, para semear confusão, espalhou o boato de que o Congresso seria realizado em Moguilev. Alguns delegados, de fato, foram parar nessa cidade.

Mas, apesar de todas as manobras do Comitê Executivo, no dia 23 de novembro mais de 400 delegados já estavam em Petrogrado, realizando as reuniões preparatórias dos partidos. A primeira sessão do Congresso foi realizada na Sala Alexandre, da Duma. Na primeira votação, verificou-se que mais da metade dos delegados apoiava a ala esquerda dos socialistas revolucionários. Os bolcheviques só contavam com um quinto dos votos. A ala direita dos socialistas revolucionários possuía a quarta parte. Mas todos os delegados estavam contra o antigo Comitê Executivo dominado por Avksentiev, Tchaikovski e Peshekhanov. O grande salão, completamente cheio, estremecia a todo momento com os gritos e as ovações. Os delegados, divididos em grupos, discutiam e hostilizavam-se continuamente. Na ala direita do Congresso, brilhavam galões de oficiais e as longas barbas patriarcais dos velhos camponeses ricos. No centro, alguns camponeses, suboficiais e soldados. Ali estava a jovem geração que conhecia a guerra. E, nas tribunas, apinhavam-se milhares de operários russos, que não haviam ainda perdido completamente as características e os sentimentos camponeses das suas aldeias natais.

O Comitê Executivo, ao contrário do antigo *Tsique,* quando abriu os trabalhos declarou que o Congresso não era oficial e que o Congresso oficial seria realizado a 13 de dezembro. Debaixo de uma tempestade de aplausos e de protestos violentos, o representante do Comitê Executivo declarou ainda que o Congresso em realização naquele momento era apenas uma "Conferência Extraordinária". Mas a "Conferência Extraordinária" demonstrou, imediatamente, que não concordava com o Comitê Executivo, pois elegeu Maria Spiridonova, dirigente dos socialistas revolucionários da esquerda, para presidir os trabalhos.

A primeira sessão, num ambiente de discussões agitadas e violentas, ocupou-se unicamente da questão dos mandatos. Procurou-se resolver, preliminarmente, se os delegados dos pequenos povoados teriam assento no Congresso. Ficou afinal resolvido que não só os delegados das províncias, como os delegados dos povoados, teriam seus mandatos reconhecidos. O Congresso mostrou-se, assim, partidário da mais ampla representação possível, como, aliás, já havia acontecido anteriormente no Congresso dos Sovietes de Deputados Operários e Soldados. Diante dessa resolução, aprovada por esmagadora maioria, o antigo Comitê Executivo, em desacordo com ela, retirou-se da sala.

Logo no início dos trabalhos verificou-se, também, que os delegados, na sua maioria, eram hostis ao novo governo dos comissários do povo. Zinoviev, quando quis falar em nome dos bolcheviques, foi vaiado. Os presentes começaram a gritar de tal modo, que ele, depois de algumas tentativas, resolveu desistir. Quando Zinoviev abandonou a tribuna, no meio da hilariedade quase geral, um delegado mais exaltado gritou bem alto:

– Vejam só que comissário do povo!

Nazariev, presente ao Congresso como delegado de província, disse no seu discurso:

– Nós, socialistas revolucionários de esquerda, não reconheceremos o novo poder como um governo de operários e camponeses, enquanto os camponeses dele não participarem. Provisoriamente, esse governo é apenas uma ditadura operária, Eis por que, mais uma vez, propomos a formação de um novo governo, que de fato represente, democraticamente, a maioria do povo, os operários e os camponeses.

Os delegados reacionários, aproveitando-se do estado de espírito da Assembleia, procuraram incompatibilizar completamente o Governo com o Congresso, declarando que o Conselho dos Comissários do Povo, no caso de o Congresso não se submeter à sua vontade, estava disposto a dissolvê-lo violentamente. A declaração produziu o efeito desejado: a indignação contra o Governo aumentou ainda mais.

No terceiro dia, quando menos se esperava, Lênin surgiu repentinamente no alto da tribuna. Durante dez minutos, ouviu-se uma grita ensurdecedora:

– Fora! Não queremos ouvir discursos dos comissários do povo! Não reconhecemos esse governo!

Lênin, de pé, absolutamente calmo, inteiramente senhor de si, com as mãos fortemente apoiadas no parapeito da tribuna, observava atentamente os presentes com seus olhos inteligentes. Afinal, a agitação começou a abrandar. Só a ala direita continuava gritando. Lênin, então, começou com voz firme:

– Não estou aqui como membro do Conselho dos Comissários do Povo.

Como a gritaria recomeçasse, deteve-se, para logo continuar:

– Estou aqui na qualidade de membro do Partido Bolchevique, com mandato regular neste Congresso (e exibiu seu mandato, de maneira que todos o pudessem ver). Ninguém, entretanto, pode negar – continuou com a mesma voz serena e firme – que o atual governo da Rússia é formado pelo Partido Bolchevique... (Foi obrigado a fazer nova pausa.) Por isso, praticamente, tudo dá no mesmo.

Suas últimas palavras levantaram uma tempestade de gritos e protestos da bancada da direita. Mas o centro e a ala esquerda, já curiosa, restabeleceram o silêncio.

A argumentação de Lênin foi simples:

– Companheiros! Desejo que os camponeses aqui representados respondam com a maior franqueza a uma pergunta: depois de já termos confiscado as terras dos senhores, depois de já termos dividido as terras entre os camponeses, serão agora capazes de impedir que o proletariado industrial tome conta das fábricas? A guerra atual é uma guerra entre classes. Os camponeses lutam contra os proprietários das terras e os operários contra os capitalistas industriais. Os camponeses desejam, porventura, dividir as forças do proletariado? Que posição este Congresso, em que estão representados os camponeses de toda a Rússia, irá tomar em face dessa situação? O Partido Bolchevique é o partido do proletariado. É o partido do proletariado rural e do proletariado industrial. Nós, bolcheviques, apoiamos os *sovietes*, tanto os *sovietes* dos camponeses como os *sovietes* dos operários e dos soldados. O Governo atual é um governo desses *sovietes*. Já convidamos os *sovietes* de camponeses a ocuparem o lugar que lhes cabe no novo governo. Convidamos, também, a ala esquerda do Partido Socialista Revolucionário a se fazer representar no Conselho dos Comissários do Povo. Os *sovietes* representam a vontade popular, a vontade dos operários das fábricas e das minas, a vontade dos trabalhadores dos campos. Os que lutam contra os *sovietes*, os que procuram destruí-los são elementos antidemocráticos e contrarrevolucionários. Aproveito a ocasião, camaradas socialistas revolucionários da direita e senhores *cadetes*, para vos prevenir que não deixaremos a Assembleia Constituinte tentar destruir os *sovietes*.

Chamado a toda pressa pelo Comitê Executivo, Tchernov apareceu em Moguilev, na tarde de 25 de novembro. Dois meses antes era tido como revolucionário extremado e gozava de imensa popularidade entre os camponeses. Mas, agora, vinha a toda pressa com a missão de evitar que o Congresso continuasse a inclinar-se para a esquerda.

Logo ao chegar, Tchernov foi preso e conduzido ao Smolny. Mas, depois de ligeira palestra, puseram-no em liberdade.

Uma vez solto, Tchernov procurou convencer o Comitê Executivo de que havia errado, abandonando o Congresso. Seus membros acabaram se comprometendo a voltar. Tchernov entrou no Congresso ao lado deles. Foi recebido com uma tempestade de aplausos da maioria e de vaias dos bolcheviques.

– Camaradas! Estive ausente, tomando parte na Conferência do 12º Exército, para promover a convocação de um congresso de delegados camponeses do exército que combate no setor ocidental. Por este motivo, ainda não estou a par da insurreição que aqui acaba de realizar-se.

Zinoviev levantou-se e gritou:

– Sim! Ele esteve ausente... Mas, só por alguns minutos! (Violento tumulto. Gritos: "Abaixo os bolcheviques!")

Tchernov continuou:

– Preciso desmentir categoricamente os que afirmam que ajudei a preparação militar de um ataque a Petrogrado. Essa acusação não tem nenhum fundamento. É inteiramente falsa. Em que se baseia essa acusação? Exijo uma prova!

Zinoviev:

– *Izvestia* e o *Dielo Naroda,* seu próprio jornal! Eis a prova!

A volumosa face de Tchernov, com seus pequenos olhos, com a cabeleira solta ao vento e a barba desgrenhada, ficou escarlate de raiva. Mas, dominando-se, prosseguiu:

– Afirmo, mais uma vez, que desconheço, completamente, tudo o que se passou aqui e que nunca dirigi qualquer exército a não ser este (e apontou para os delegados camponeses) que está aqui presente, em grande parte, por minha causa. (Risos e gritos: Muito bem!) Assim que cheguei, compareci ao Smolny. Lá não me fizeram qualquer acusação dessa espécie... Depois de ligeira palestra, saí. Eis tudo! Quem será agora capaz de, novamente, me acusar?

Formidável tumulto na assembleia. Os bolcheviques e vários socialistas revolucionários da esquerda, de pé, gritavam, com os punhos cerrados, ameaçando, enquanto o resto da assistência pedia silêncio, gritando mais alto ainda.

– Isso aqui não é uma sessão! Que escândalo! – gritou Tchernov. E saiu da sala. A sessão foi suspensa.

Discutia-se, agora, a questão da situação do Comitê Executivo, como órgão legalmente eleito pelo Congresso anterior. Ele havia declarado que o Congresso ali reunido era uma simples "Conferência Extraordinária", a fim de impedir a eleição do novo Comitê Executivo. Mas essa declaração constituía uma arma de dois gumes. De fato: a ala esquerda dos socialistas revolucionários resolveu que, se o Congresso não possuía poderes para eleger um novo comitê executivo, o antigo não podia também ter qualquer autoridade sobre o Congresso. Na reunião de 25 de novembro, foi resolvido que os poderes do Comitê Executivo passariam a ser exercidos pela Conferência Extraordinária e que só os membros do Executivo teriam direito a voto.

Mas, no dia seguinte, apesar da enérgica oposição dos bolcheviques, foi aprovada uma emenda estendendo o direito de voto a todos os membros do Comitê Executivo, independentemente de sua condição de delegados eleitos ou de simples membros do Executivo.

A discussão sobre a questão agrária realizou-se no dia 27. Nesse dia, manifestaram-se nitidamente as diferenças entre o programa agrário bolchevique e o dos socialistas revolucionários da esquerda. Em nome da ala esquerda do Partido Socialista-Revolucionário, Colchinsqui expôs, resumidamente, a história da questão agrária, através das várias fases da Revolução:

– O I Congresso dos Sovietes de Camponeses – disse ele – aprovou a imediata divisão das terras entre os camponeses, mediante a sua entrega aos comitês agrários. Mas os dirigentes da Revolução e os burgueses no Governo impediram que a questão fosse definitivamente resolvida antes da convocação da Assembleia Constituinte. No segundo período da Revolução, no "período dos compromissos", o fato mais importante foi a entrada de Tchernov para o Governo. Os camponeses, nesse momento, julgaram que a questão agrária ia ser, afinal, resolvida praticamente. Mas, não obstante o Primeiro Congresso declarar, categoricamente, que a terra deveria ser entregue aos comitês agrários, os elementos reacionários e "conciliadores" do Comitê Executivo impediram a realização prática dessa decisão. Em consequência da demora, os camponeses, cansados de esperar, vendo que suas aspirações não eram satisfeitas, começaram a manifestar impaciência por meio de uma série de atos violentos. Compreendendo o verdadeiro significado da Revolução, resolveram transformar as promessas, as palavras, em realidade. Os acontecimentos desses últimos tempos – continuou o orador – não são uma simples *aventura* bolchevique, um pequeno motim, mas um verdadeiro levante popular, que conta com o apoio e a simpatia de toda a Rússia... A posição dos bolcheviques em relação ao problema da terra é, em suas linhas gerais, justa. É mesmo a única posição possível. Mas os bolcheviques erraram profundamente quando disseram que os camponeses deviam tomar a terra por iniciativa própria. Os bolcheviques há muito tempo vêm dizendo que os camponeses devem tomar as terras por meio de uma *ação revolucionária das massas*. Ora, isto é preconizar a anarquia. A entrega da terra aos comitês agrários pode ser realizada pacífica e ordenadamente. Os bolcheviques preocupam-se, unicamente, em resolver as coisas o mais depressa possível. Não procuram averiguar qual a melhor maneira de resolver os problemas. O decreto sobre a terra, promulgado pelo Congresso dos Sovietes, e as decisões do I Congresso Camponês são, em última análise, perfeitamente iguais. Por que motivo o novo governo não adotou as diretrizes táticas desse Congresso? Pela razão seguinte: o Conselho dos Comissários do Povo queria resolver a questão da terra antes da convocação da Assembleia Constituinte. O Governo, naturalmente, compreendeu que era preciso fazer alguma coisa, na prática. Mas não refletiu quando aceitou as regras estabelecidas pelos comitês agrários. Em virtude disso é que surgiu a seguinte situação contraditória: enquanto o decreto do Conselho dos Comissários do Povo estabelece a abolição da propriedade privada, o regulamento criado pelos comitês agrários está baseado, justamente, na propriedade privada. De qualquer forma, nada se perdeu, porque os comitês agrários não dão a menor importância às decisões do Governo Soviético e só levam à prática o que resolvem por si mesmos. E o que os comitês resolvem é a expressão da vontade da imensa maioria dos camponeses! Os comitês agrários não procuram resolver as coisas dentro de determinadas normas legislativas. Essas normas serão estabelecidas pela Assembleia Constituinte. Poderá ela, porém, atender às reivindicações dos camponeses? O futuro o dirá. Estamos convictos de que a decisão revolucionária obrigará a Assembleia Constituinte a resolver a questão da terra em harmonia com os desejos dos camponeses. A Assembleia

Constituinte não terá coragem de passar por cima da vontade popular...

Lênin pediu a palavra, sendo ouvido, desta vez, com a maior atenção:

– Neste momento, está em jogo não só a questão da terra, mas o problema da revolução social. E esse problema não se limita à Rússia: é um problema de importância mundial. A questão da terra não pode ser separada das demais questões da revolução social. Para confiscarmos a terra, teremos de vencer não só a resistência dos proprietários russos, como a resistência do capital estrangeiro, porque os proprietários estão ligados a eles, por meio dos bancos. O regime da propriedade territorial, na Rússia, baseava-se na mais terrível exploração dos camponeses. Confiscando as terras dos grandes proprietários feudais, os camponeses realizaram o mais importante ato da nossa Revolução. Para provarmos isto, basta examinar as etapas percorridas pela Revolução. Na primeira etapa, a autocracia, o poder da indústria capitalista e dos grandes proprietários, cujos interesses estão intimamente ligados, foi derrubada. Na segunda, os *sovietes* consolidam-se. É nesta etapa que se firma um compromisso político com a burguesia. Os socialistas revolucionários da esquerda erraram porque não se opuseram a esse acordo. E para justificar sua atitude disseram que, nesse momento, a consciência revolucionária das massas era ainda muito débil... Ora, se fôssemos esperar que todos os homens atingissem o mesmo grau de consciência para só depois disto lutar pelo socialismo, teríamos de esperar uns quinhentos anos para começar a luta!... O partido político do proletariado é a vanguarda da classe operária e, como vanguarda das massas, deve, ao contrário, lutar para arrastar essas massas atrás de si. Para tanto, os *sovietes* devem ser utilizados como instrumentos de iniciativa revolucionária. Mas para dirigir os vacilantes, para arrastá-los, é preciso que os socialistas revolucionários de esquerda deixem de vacilar. De julho para cá, as massas populares começaram a romper com os "conciliadores". Apesar disso, a esquerda revolucionária ainda estende a mão a Avksentiev... Conservar os compromissos é matar a Revolução. Firmar acordos com a burguesia é trair a Revolução. Não precisamos de entendimentos ou de compromissos com a burguesia. Precisamos, sim, esmagar completamente o poder burguês! O Partido Bolchevique não repudiou seu programa quando aceitou os regulamentos elaborados pelos comitês agrários, porque esses regulamentos não implicam a conservação da propriedade privada. Queremos encarnar, na prática, a vontade popular. Queremos ser os executores da vontade do povo, porque, de outro modo, não poderemos fundir, num só bloco, todos os elementos da revolução social. Já convidamos os socialistas revolucionários a ingressar no novo governo. Novamente lhes fazemos o mesmo convite. Só estabelecemos uma condição. Exigimos que os socialistas revolucionários de esquerda rompam, definitivamente, com os elementos vacilantes do seu partido. Os socialistas revolucionários precisam romper com seu passado e olhar para a frente... O orador que me precedeu disse que as decisões da Assembleia Constituinte serão determinadas pela pressão revolucionária das massas. Concordamos. Mas achamos que é preciso apresentar a questão da seguinte maneira: "Camponeses! Confiai na pressão revolucionária, mas não esqueçai nunca que em vossas mãos há um fuzil!"

Em seguida, Lênin leu o seguinte projeto, elaborado pelos bolcheviques:

"O Congresso Camponês aprova, por unanimidade, e sem qualquer restrição, o decreto sobre a terra que foi promulgado a 8 de novembro último, pelo Conselho dos Comissários do Povo, na qualidade de Governo Provisório Operário e Camponês da República Russa, reconhecido pelo Congresso Panrusso dos Deputados Operários e Camponeses.

"O Congresso Camponês declara que está disposto a lutar sem a menor vacilação e com todas as suas forças para fazer aplicar, na prática, o decreto sobre a terra. Ao mesmo tempo, aconselha a todos os camponeses não só a apoiá-lo, como aplicá-lo na prática, por si mesmos, sem perda de um minuto. Aconselha, também, a todos os camponeses a eleger para os cargos importantes unicamente pessoas que já tenham demonstrado, não por palavras, mas por meio de atos, sua capacidade de lutar com a maior abnegação pelos interesses dos camponeses contra toda resistência dos grandes proprietários, dos capitalistas e de todos os seus lacaios e defensores. O Congresso Camponês declara também estar convencido de que as decisões do decreto sobre a terra só poderão ser definitivamente asseguradas com a vitória da revolução proletária socialista iniciada a 7 de novembro. Só a vitória dessa revolução poderá assegurar a divisão de terras entre os camponeses, a confiscação das máquinas agrícolas e a defesa dos interesses de todos os assalariados agrícolas, por meio da abolição imediata e definitiva do sistema de escravidão capitalista, com a distribuição racional e regular dos produtos da agricultura e da indústria por todas as diferentes regiões do país, entre seus habitantes, por intermédio da nacionalização dos bancos (condição indispensável para que a terra se transforme, efetivamente, em propriedade coletiva) e da ajuda sistemática à agricultura, aos trabalhadores, aos exploradores etc., por parte do Estado.

"Por todos esses motivos, o Congresso Camponês, ao mesmo tempo, que se declara inteiramente solidário com a Revolução Socialista de 7 de novembro, afirma sua vontade de lutar, com a maior energia e sem vacilações, em prol da aplicação das medidas necessárias à transformação socialista da Rússia.

"Sem a mais estreita união dos trabalhadores explorados do campo com a classe operária e com o proletariado de todos os países, a revolução socialista não poderá vencer, nem o decreto sobre a terra poderá ser aplicado integralmente. De agora em diante, toda a organização do Estado, na Rússia, será erguida na base desta estreita união. Essa união das massas exploradas do campo com a classe operária e o proletariado de todos os países garante a vitória do socialismo no mundo inteiro, desde que se exclua toda tentativa, direta ou indireta, clara ou disfarçada, de colaboração com a burguesia ou com seus políticos influentes."

Os reacionários do Comitê Executivo já não tinham mais coragem para manifestar abertamente suas opiniões. Tchernov, entretanto, falou várias vezes. E foi tão hábil, tão modesto e tão imparcial nos seus discursos, que conquistou simpatias, chegando a ser eleito membro do Comitê Executivo. Na noite seguinte, a mesa recebeu um requerimento anônimo, solicitando a indicação de Tchernov para a presidência honorária do Congresso. O presidente Ustinov leu o requerimento em voz alta. Mal havia terminado, Zinoviev ergueu-se para protestar, denunciando o pedido como uma manobra do antigo Comitê Executivo a fim de apoderar-se da direção do Congresso. A assembleia transformou-se imediatamente num oceano encapelado de braços erguidos e de fisionomias deformadas pela cólera. Tchernov, apesar de tudo, ainda era muito popular.

Os debates a respeito da questão agrária e do projeto de resolução apresentado por Lênin foram muito agitados. Por duas vezes os bolcheviques quiseram abandonar o Congresso. Mas seus chefes não os deixaram sair. Nesse momento, tive a impressão de que o Congresso falhara em suas finalidades.

Não se sabia, entretanto, que, naquele mesmo instante, no Smolny, realizava-se uma reunião secreta, da qual participavam representantes bolcheviques e socialistas revolucionários. Os socialistas revolucionários de esquerda, a princípio, exigiram a formação de um governo com a participação de todos os partidos socialistas, representados ou não nos *sovietes*.

Esse governo ficaria subordinado a um conselho de comissários do povo, formado por todas as organizações de operários e soldados, pelas organizações camponesas, pelas dumas municipais e *zemstvos*. Lênin e Trotsky seriam afastados. O Comitê Militar Revolucionário e todos os demais órgãos de repressão deveriam ser imediatamente dissolvidos.

Só na manhã de quarta-feira, dia 28 de novembro, depois de violenta discussão que durou a noite inteira, chegou-se a um acordo. Ficou resolvido juntar aos 108 membros do *Tsique*, 108 delegados do Congresso Camponês, eleitos por representação proporcional; 100 delegados eleitos diretamente pelo exército e pela marinha; 50 como representantes dos sindicatos (35 dos sindicatos panrussos, 10 dos ferroviários e 5 dos empregados de Correios e Telégrafos). Dessa maneira, as dumas e os *zemstvos* não indicavam delegados; Lênin e Trotsky permaneciam no Governo; e o Comitê Militar Revolucionário continuava a existir.

As sessões do Congresso foram transferidas para a Escola Imperial de Direito, na Rua Fontanca nº 6, transformada agora em sede do Comitê Executivo dos Sovietes de Camponeses. No anfiteatro da escola, reunia-se, à tarde, a Assembleia dos Delegados. Numa sala contígua, o Comitê Executivo, que, depois de retirar-se da Assembleia, realizava uma sessão de caráter oficioso, com a presença de alguns delegados dos grupos descontentes e dos antigos comitês do exército.

Tchernov acompanhava com a maior atenção os debates nas duas assembleias, indo e vindo de uma parte para a outra. Já sabia que os bolcheviques e socialistas revolucionários estavam negociando, mas ignorava, ainda, que esse acordo já estava firmado. Por isso, falando perante a assembleia oficiosa do Comitê Executivo, disse o seguinte:

– Hoje, quando todo mundo é partidário de um governo pansocialista, convém lembrar que o primeiro ministério não foi um governo de coalizão, pois só continha um socialista. Esse único socialista era Kerensky. A princípio, o Governo foi popular. Hoje, entretanto, acusa-se Kerensky. Mas é preciso não esquecer que ele foi elevado ao poder pelos *sovietes* e pelas massas populares. Como se explica essa mudança de atitude em relação a Kerensky? Os selvagens adoram seus deuses, mas fazem-lhes pedidos. E quando não são atendidos atiram as divindades por terra... É isto o que acontece entre nós. Ontem, Kerensky; hoje Lênin e Trotsky; amanhã, outros... Aconselhamos Kerensky a abandonar o poder. Damos, agora, o mesmo conselho aos bolcheviques. Kerensky aceitou-o. Acaba de se demitir do cargo de primeiro ministro. Mas os bolcheviques teimam. Conservam-se ainda no poder, apesar de não saberem como exercê-lo. O destino da Rússia já está traçado. A vitória ou a derrota dos bolcheviques não irá modificá-lo. Os povos que vivem na Rússia sabem o que querem. E já começam a agir por si sós... Os camponeses salvarão a Rússia...

Justamente nesse momento, Ustinov, na sala da grande Assembleia, anunciou que acabava de ser firmado um acordo entre o Congresso Camponês e o Smolny. A sala inteira vibrou de entusiasmo e alegria. De repente, surge Tchernov e pede a palavra:

– Acabo de saber, neste instante – começou –, que se está combinando um acordo entre o Congresso Camponês e o Smolny. Mas esse acordo será ilegal, porque o verdadeiro Congresso dos Sovietes de Camponeses só se reúne na próxima semana... Além disso, devo prevenir a todos vós que os bolcheviques nunca aceitarão as exigências deste Congresso.

Enorme gargalhada cortou-lhe a palavra. Tchernov, compreendendo a situação, desceu da tribuna e retirou-se da sala, levando consigo sua popularidade...

Já anoitecia quando, na quinta-feira, 29 de novembro, o Congresso se reuniu em sessão extraordinária.

A assembleia tinha aspecto festivo. Em todos os rostos, sorrisos. Discutiram-se, rapidamente, as questões da ordem do dia, que não haviam sido ainda aprovadas na reunião anterior. Em seguida, o velho Natanson, antigo militante dos socialistas revolucionários de esquerda, com sua longa barba branca, tremendo, com a voz pouco firme e os olhos rasos de água, começou a ler a "Ata do Casamento" do Soviete de Camponeses com o Soviete de Operários e Soldados. E, sempre que, no decorrer da leitura, Natanson pronunciava a palavra "união", a Assembleia aplaudia em delírio! Já no fim da sessão, Ustinov anunciou a chegada de uma delegação do Smolny, em companhia de representantes do Exército Vermelho. A delegação entrou na sala debaixo de aplausos entusiásticos. Primeiro um operário, depois um soldado e um marinheiro subiram à tribuna, para saudar o Congresso.

Em seguida, Boris Reinstein, delegado do Partido Operário Socialista dos Estados Unidos, usou da palavra:

– O dia de hoje – disse –, dia em que o Congresso dos Camponeses se une ao Soviete dos Deputados Operários e Soldados, é um dos maiores dias da Revolução. Em Paris, em Londres, no mundo inteiro e além do oceano, em Nova York, estes acontecimentos irão ecoar profundamente. A união que se acaba de celebrar vai encher de alegria o coração de todos os oprimidos. Uma grande ideia venceu. O Ocidente e a América estavam certos de que a Rússia, o proletariado russo, realizaria grandes feitos. O proletariado do mundo inteiro tem os olhos voltados para a Revolução Russa. Ele espera a grande obra que já começa a se concretizar!

Sverdlov, presidente do novo *Tsique,* saudou o Congresso. Logo depois, os camponeses deixaram a sala, gritando: "Viva o fim da guerra civil!" "Viva a democracia unida!"

Já era noite. O brilho das estrelas e o suave clarão da Lua refletiam-se na neve. O Regimento Paulo, em uniforme de campanha, estava formado à margem do canal. Sua banda tocava a Marselhesa sob a aclamação dos soldados. Os camponeses desfraldaram a bandeira vermelha do Comitê Executivo do Soviete Camponês da Rússia, na qual pouco antes se havia bordado, com letras douradas, a seguinte inscrição: "Viva a união das massas trabalhadoras revolucionárias!"

Formou-se o cortejo. Logo atrás vinham outras bandeiras, na maioria dos *sovietes* de bairro. Entre elas, destacava-se a da fábrica Putilov, com a inscrição: "Inclinemo-nos diante desta bandeira, a fim de criar a fraternidade entre os povos!"

Surgiram archotes acesos, espalhando na escuridão reflexos avermelhados, que os cristais de gelo multiplicavam em todas as direções.

As cabeleiras fumegantes das tochas erguiam-se sobre o cortejo, que avançava cantando ao longo da Fontanca, no meio de milhares de homens mudos e surpresos.

"Viva o Exército Revolucionário! Viva a Guarda Vermelha! Vivam as massas trabalhadoras dos campos!"

A imensa procissão percorreu a cidade. O cortejo cada vez aumentava mais. A todo instante, novas bandeiras vermelhas juntavam-se às que já tremulavam ao vento. Velhos camponeses caminhavam apoiados nos braços de seus companheiros. E nos seus rostos enrugados resplandecia uma felicidade infantil.

– Ah! – dizia um deles. – Quero ver agora quem é capaz de nos tirar as terras!

A Guarda Vermelha estava formada nos arredores do Smolny, ladeando as calçadas. Nas suas fileiras, uma alegria indescritível.

Um camponês, também já velho, disse ao vizinho:

– Não estou cansado. Tenho a impressão de que viajei até agora carregado no ar.

Na escadaria do Smolny, mais de cem deputados operários e soldados, com suas bandeiras, apareciam como uma massa escura, destacando-se no fundo claro do edifício, de onde a luz jorrava pelas janelas e arcadas. Uma verdadeira onda humana precipitou-se sobre os camponeses. Soldados e operários apertavam-nos de encontro ao peito, beijando-os fraternalmente, no auge da alegria. Abertas as portas do Smolny, o cortejo penetrou no interior do edifício. Os passos de milhares e milhares de homens, subindo a escadaria, faziam um ruído semelhante ao trovão.

No grande salão branco do Smolny, o Comitê Central Executivo dos Sovietes e todo o Soviete de Petrogrado esperavam a multidão, cercados por mais de mil espectadores. A sala tinha o aspecto solene dos grandes momentos históricos.

Zinoviev apresentou um relatório do acordo estabelecido entre o Soviete de Operários e Soldados e o Congresso Camponês. Todos os presentes aplaudiram ruidosamente. Quando, ao som da música, os primeiros camponeses do cortejo entraram na sala, verdadeira tempestade de aplausos estrugiu demoradamente. A Presidência levantou-se para dar lugar, junto a si, no estrado, à Presidência do Congresso Camponês, que com ela trocou demorados abraços. Atrás do estrado, sobre o fundo branco da parede foram colocadas as bandeiras vermelhas, entrelaçadas, justamente em cima da moldura de ouro que, dias antes, ainda ostentava o retrato do Tzar...

Sverdlov abriu esta sessão grandiosa saudando os presentes, em curto discurso. Maria Spiridonova subiu à tribuna. Seu vulto magro e pálido, seus óculos emprestavam-lhe o aspecto de uma professora inglesa. Ninguém diria que essa era a mulher mais poderosa e amada da Rússia.

– Os operários da Rússia têm diante de si perspectivas históricas até agora desconhecidas. Todos os movimentos revolucionários do proletariado, até o presente, foram derrotados. O movimento atual é internacional. Eis por que é invencível. No mundo inteiro, não há força capaz de extinguir este incêndio revolucionário. O velho mundo desmorona-se e um novo mundo nasce...

Quando Maria Spiridonova desceu da tribuna, Trotsky levantou-se, cheio de entusiasmo:

– Camaradas camponeses! Recebei nossos sinceros cumprimentos! Aqui, não sois convidados, mas donos desta casa, onde palpita o coração da Revolução. Nesta sala está concentrada a vontade de milhões de operários. De hoje em diante, todas as terras da Rússia têm um único dono: a união dos operários, camponeses, soldados e marinheiros!

A seguir, Trotsky falou, em tom mordaz e sarcástico, na diplomacia dos Aliados, que continuavam a desprezar a proposta de armistício feita pela Rússia, proposta já aceita pelas potências centrais.

– Hoje nasce uma humanidade nova. Juramos, neste momento, perante o proletariado do mundo inteiro, que permaneceremos em nosso posto revolucionário sem um só instante de desfalecimento! Se morrermos, morreremos defendendo nossa bandeira!

Krylenko expôs a situação da frente. Disse que Duconine preparava-se para resistir e combater o Conselho dos Comissários do Povo.

– Que Duconine e seus cúmplices saibam que esmagaremos sem piedade todos aqueles que procuram obstruir o caminho da paz!

Dybenko saudou a assembleia em nome da marinha. Cruchinqui, membro do *Vicjel,* declarou:

– Agora, quando todos os verdadeiros socialistas já estão unidos, o exército dos ferroviários coloca-se às ordens da democracia revolucionária.

Chegou a vez de Lunatcharski. Emocionado, com lágrimas nos olhos, fez um pequeno discurso. Depois, Prochian falou em nome da ala esquerda do Partido Socialista Revolucionário. Por último, Sacarachvili, em nome do grupo dos internacionalistas unificados, constituído pela fusão dos grupos de Martov e Gorki, afirmou:

– Abandonamos o *Tsique* em virtude da intransigência dos bolcheviques. Quisemos forçá-los a fazer concessões para ser possível a união de todas as correntes da democracia revolucionária. Essa união, agora, já está realizada. Por isso, achamos que nosso dever é voltar aos nossos postos, no *Tsique.* Entendemos que os que abandonaram o *Tsique* devem voltar aos antigos postos.

Stachcov, velho camponês de aspecto respeitável, membro da Presidência do Congresso Camponês, depois de voltar-se para os quatro cantos da sala, disse:

– Todos nós estamos de parabéns pelo batismo da nova vida e da nova liberdade, que hoje começa a existir na Rússia.

Gronsqui, em nome da social-democracia da Polônia; Scripnique, em nome dos comitês de fábrica; Ticonov, em nome das tropas russas de Salônica, e outros ocuparam a tribuna, dando livre expansão aos seus sentimentos, que se manifestaram com a eloquência característica dos desejos realizados.

Noite adentro, sucederam-se os discursos. Já muito tarde, foi posta em votação e aprovada por unanimidade a seguinte resolução:

– O Comitê Central Executivo Panrusso dos Sovietes de Operários e Soldados, o Soviete de Petrogrado e o Congresso Extraordinário de Camponeses aprovam os decretos a respeito da questão agrária e da paz, promulgados pelo II Congresso dos Sovietes de Deputados Operários e Soldados, assim como o decreto sobre o controle operário, promulgado pelo Comitê Central Executivo Panrusso.

Em assembleia conjunta, o Tsique e o Congresso Camponês declaram estar firmemente convencidos de que a união dos operários, soldados e camponeses – a união fraternal de todos os trabalhadores e de todos os explorados – garante a consolidação do poder, que as massas laboriosas acabam de conquistar, e a aplicação das medidas revolucionárias necessárias para acelerar idêntica conquista pelos obreiros de todos os países do mundo, assegurando, desse modo, a vitória definitiva da causa da Paz e do Socialismo.

Coleção L&PM POCKET

900. **As veias abertas da América Latina** – Eduardo Galeano
901. **Snoopy: Sempre alerta! (10)** – Charles Schulz
902. **Chico Bento: Plantando confusão** – Mauricio de Sousa
903. **Penadinho: Quem é morto sempre aparece** – Mauricio de Sousa
904. **A vida sexual da mulher feia** – Claudia Tajes
905. **100 segredos de liquidificador** – José Antonio Pinheiro Machado
906. **Sexo muito prazer 2** – Laura Meyer da Silva
907. **Os nascimentos** – Eduardo Galeano
908. **As caras e as máscaras** – Eduardo Galeano
909. **O século do vento** – Eduardo Galeano
910. **Poirot perde uma cliente** – Agatha Christie
911. **Cérebro** – Michael O'Shea
912. **O escaravelho de ouro e outras histórias** – Edgar Allan Poe
913. **Piadas para sempre (4)** – Visconde da Casa Verde
914. **100 receitas de massas light** – Helena Tonetto
915.(19). **Oscar Wilde** – Daniel Salvatore Schiffer
916. **Uma breve história do mundo** – H. G. Wells
917. **A Casa do Penhasco** – Agatha Christie
919. **John M. Keynes** – Bernard Gazier
920.(20). **Virginia Woolf** – Alexandra Lemasson
921. **Peter e Wendy** *seguido de* **Peter Pan em Kensington Gardens** – J. M. Barrie
922. **Aline: numas de colegial (5)** – Adão Iturrusgarai
923. **Uma dose mortal** – Agatha Christie
924. **Os trabalhos de Hércules** – Agatha Christie
926. **Kant** – Roger Scruton
927. **A inocência do Padre Brown** – G.K. Chesterton
928. **Casa Velha** – Machado de Assis
929. **Marcas de nascença** – Nancy Huston
930. **Aulete de bolso**
931. **Hora Zero** – Agatha Christie
932. **Morte na Mesopotâmia** – Agatha Christie
934. **Nem te conto, João** – Dalton Trevisan
935. **As aventuras de Huckleberry Finn** – Mark Twain
936.(21). **Marilyn Monroe** – Anne Plantagenet
937. **China moderna** – Rana Mitter
938. **Dinossauros** – David Norman
939. **Louca por homem** – Claudia Tajes
940. **Amores de alto risco** – Walter Riso
941. **Jogo de damas** – David Coimbra
942. **Filha é filha** – Agatha Christie
943. **M ou N?** – Agatha Christie
945. **Bidu: diversão em dobro!** – Mauricio de Sousa
946. **Fogo** – Anaïs Nin
947. **Rum: diário de um jornalista bêbado** – Hunter Thompson
948. **Persuasão** – Jane Austen
949. **Lágrimas na chuva** – Sergio Faraco
950. **Mulheres** – Bukowski
951. **Um pressentimento funesto** – Agatha Christie
952. **Cartas na mesa** – Agatha Christie
954. **O lobo do mar** – Jack London
955. **Os gatos** – Patricia Highsmith
956.(22). **Jesus** – Christiane Rancé
957. **História da medicina** – William Bynum
958. **O Morro dos Ventos Uivantes** – Emily Brontë
959. **A filosofia na era trágica dos gregos** – Nietzsche
960. **Os treze problemas** – Agatha Christie
961. **A massagista japonesa** – Moacyr Scliar
963. **Humor do miserê** – Nani
964. **Todo o mundo tem dúvida, inclusive você** – Édison de Oliveira
965. **A dama do Bar Nevada** – Sergio Faraco
969. **O psicopata americano** – Bret Easton Ellis
970. **Ensaios de amor** – Alain de Botton
971. **O grande Gatsby** – F. Scott Fitzgerald
972. **Por que não sou cristão** – Bertrand Russell
973. **A Casa Torta** – Agatha Christie
974. **Encontro com a morte** – Agatha Christie
975.(23). **Rimbaud** – Jean-Baptiste Baronian
976. **Cartas na rua** – Bukowski
977. **Memória** – Jonathan K. Foster
978. **A abadia de Northanger** – Jane Austen
979. **As pernas de Úrsula** – Claudia Tajes
980. **Retrato inacabado** – Agatha Christie
981. **Solanin (1)** – Inio Asano
982. **Solanin (2)** – Inio Asano
983. **Aventuras de menino** – Mitsuru Adachi
984.(16). **Fatos & mitos sobre sua alimentação** – Dr. Fernando Lucchese
985. **Teoria quântica** – John Polkinghorne
986. **O eterno marido** – Fiódor Dostoiévski
987. **Um safado em Dublin** – J. P. Donleavy
988. **Mirinha** – Dalton Trevisan
989. **Akhenaton e Nefertiti** – Carmen Seganfredo e A. S. Franchini
990. **On the Road – o manuscrito original** – Jack Kerouac
991. **Relatividade** – Russell Stannard
992. **Abaixo de zero** – Bret Easton Ellis
993.(24). **Andy Warhol** – Mériam Korichi
995. **Os últimos casos de Miss Marple** – Agatha Christie
996. **Nico Demo: Aí vem encrenca** – Mauricio de Sousa
998. **Rousseau** – Robert Wokler
999. **Noite sem fim** – Agatha Christie
1000. **Diários de Andy Warhol (1)** – Editado por Pat Hackett
1001. **Diários de Andy Warhol (2)** – Editado por Pat Hackett
1002. **Cartier-Bresson: o olhar do século** – Pierre Assouline
1003. **As melhores histórias da mitologia: vol. 1** – A.S. Franchini e Carmen Seganfredo

1004. **As melhores histórias da mitologia: vol. 2** – A.S. Franchini e Carmen Seganfredo
1005. **Assassinato no beco** – Agatha Christie
1006. **Convite para um homicídio** – Agatha Christie
1008. **História da vida** – Michael J. Benton
1009. **Jung** – Anthony Stevens
1010. **Arsène Lupin, ladrão de casaca** – Maurice Leblanc
1011. **Dublinenses** – James Joyce
1012. **120 tirinhas da Turma da Mônica** – Mauricio de Sousa
1013. **Antologia poética** – Fernando Pessoa
1014. **A aventura de um cliente ilustre** *seguido de* **O último adeus de Sherlock Holmes** – Sir Arthur Conan Doyle
1015. **Cenas de Nova York** – Jack Kerouac
1016. **A corista** – Anton Tchékhov
1017. **O diabo** – Leon Tolstói
1018. **Fábulas chinesas** – Sérgio Capparelli e Márcia Schmaltz
1019. **O gato do Brasil** – Sir Arthur Conan Doyle
1020. **Missa do Galo** – Machado de Assis
1021. **O mistério de Marie Rogêt** – Edgar Allan Poe
1022. **A mulher mais linda da cidade** – Bukowski
1023. **O retrato** – Nicolai Gogol
1024. **O conflito** – Agatha Christie
1025. **Os primeiros casos de Poirot** – Agatha Christie
1027(25). **Beethoven** – Bernard Fauconnier
1028. **Platão** – Julia Annas
1029. **Cleo e Daniel** – Roberto Freire
1030. **Til** – José de Alencar
1031. **Viagens na minha terra** – Almeida Garrett
1032. **Profissões para mulheres e outros artigos feministas** – Virginia Woolf
1033. **Mrs. Dalloway** – Virginia Woolf
1034. **O cão da morte** – Agatha Christie
1035. **Tragédia em três atos** – Agatha Christie
1037. **O fantasma da Ópera** – Gaston Leroux
1038. **Evolução** – Brian e Deborah Charlesworth
1039. **Medida por medida** – Shakespeare
1040. **Razão e sentimento** – Jane Austen
1041. **A obra-prima ignorada** *seguido de* **Um episódio durante o Terror** – Balzac
1042. **A fugitiva** – Anaïs Nin
1043. **As grandes histórias da mitologia greco-romana** – A. S. Franchini
1044. **O corno de si mesmo & outras historietas** – Marquês de Sade
1045. **Da felicidade** *seguido de* **Da vida retirada** – Sêneca
1046. **O horror em Red Hook e outras histórias** – H. P. Lovecraft
1047. **Noite em claro** – Martha Medeiros
1048. **Poemas clássicos chineses** – Li Bai, Du Fu e Wang Wei
1049. **A terceira moça** – Agatha Christie
1050. **Um destino ignorado** – Agatha Christie
1051(26). **Buda** – Sophie Royer
1052. **Guerra Fria** – Robert J. McMahon
1053. **Simons's Cat: as aventuras de um gato travesso e comilão – vol. 1** – Simon Tofield
1054. **Simons's Cat: as aventuras de um gato travesso e comilão – vol. 2** – Simon Tofield
1055. **Só as mulheres e as baratas sobreviverão** – Claudia Tajes
1057. **Pré-história** – Chris Gosden
1058. **Pintou sujeira!** – Mauricio de Sousa
1059. **Contos de Mamãe Gansa** – Charles Perrault
1060. **A interpretação dos sonhos: vol. 1** – Freud
1061. **A interpretação dos sonhos: vol. 2** – Freud
1062. **Frufru Rataplã Dolores** – Dalton Trevisan
1063. **As melhores histórias da mitologia egípcia** – Carmem Seganfredo e A.S. Franchini
1064. **Infância. Adolescência. Juventude** – Tolstói
1065. **As consolações da filosofia** – Alain de Botton
1066. **Diários de Jack Kerouac – 1947-1954**
1067. **Revolução Francesa – vol. 1** – Max Gallo
1068. **Revolução Francesa – vol. 2** – Max Gallo
1069. **O detetive Parker Pyne** – Agatha Christie
1070. **Memórias do esquecimento** – Flávio Tavares
1071. **Drogas** – Leslie Iversen
1072. **Manual de ecologia (vol.2)** – J. Lutzenberger
1073. **Como andar no labirinto** – Affonso Romano de Sant'Anna
1074. **A orquídea e o serial killer** – Juremir Machado da Silva
1075. **Amor nos tempos de fúria** – Lawrence Ferlinghetti
1076. **A aventura do pudim de Natal** – Agatha Christie
1078. **Amores que matam** – Patricia Faur
1079. **Histórias de pescador** – Mauricio de Sousa
1080. **Pedaços de um caderno manchado de vinho** – Bukowski
1081. **A ferro e fogo: tempo de solidão (vol.1)** – Josué Guimarães
1082. **A ferro e fogo: tempo de guerra (vol.2)** – Josué Guimarães
1084(17). **Desembarcando o Alzheimer** – Dr. Fernando Lucchese e Dra. Ana Hartmann
1085. **A maldição do espelho** – Agatha Christie
1086. **Uma breve história da filosofia** – Nigel Warburton
1088. **Heróis da História** – Will Durant
1089. **Concerto campestre** – L. A. de Assis Brasil
1090. **Morte nas nuvens** – Agatha Christie
1092. **Aventura em Bagdá** – Agatha Christie
1093. **O cavalo amarelo** – Agatha Christie
1094. **O método de interpretação dos sonhos** – Freud
1095. **Sonetos de amor e desamor** – Vários
1096. **120 tirinhas do Dilbert** – Scott Adams
1097. **200 fábulas de Esopo**
1098. **O curioso caso de Benjamin Button** – F. Scott Fitzgerald
1099. **Piadas para sempre: uma antologia para morrer de rir** – Visconde da Casa Verde
1100. **Hamlet (Mangá)** – Shakespeare

1101. **A arte da guerra (Mangá)** – Sun Tzu
1104. **As melhores histórias da Bíblia (vol.1)** – A. S. Franchini e Carmen Seganfredo
1105. **As melhores histórias da Bíblia (vol.2)** – A. S. Franchini e Carmen Seganfredo
1106. **Psicologia das massas e análise do eu** – Freud
1107. **Guerra Civil Espanhola** – Helen Graham
1108. **A autoestrada do sul e outras histórias** – Julio Cortázar
1109. **O mistério dos sete relógios** – Agatha Christie
1110. **Peanuts: Ninguém gosta de mim... (amor)** – Charles Schulz
1111. **Cadê o bolo?** – Mauricio de Sousa
1112. **O filósofo ignorante** – Voltaire
1113. **Totem e tabu** – Freud
1114. **Filosofia pré-socrática** – Catherine Osborne
1115. **Desejo de status** – Alain de Botton
1118. **Passageiro para Frankfurt** – Agatha Christie
1120. **Kill All Enemies** – Melvin Burgess
1121. **A morte da sra. McGinty** – Agatha Christie
1122. **Revolução Russa** – S. A. Smith
1123. **Até você, Capitu?** – Dalton Trevisan
1124. **O grande Gatsby (Mangá)** – F. S. Fitzgerald
1125. **Assim falou Zaratustra (Mangá)** – Nietzsche
1126. **Peanuts: É para isso que servem os amigos (amizade)** – Charles Schulz
1127(27). **Nietzsche** – Dorian Astor
1128. **Bidu: Hora do banho** – Mauricio de Sousa
1129. **O melhor do Macanudo Taurino** – Santiago
1130. **Radicci 30 anos** – Iotti
1131. **Show de sabores** – J.A. Pinheiro Machado
1132. **O prazer das palavras** – vol. 3 – Cláudio Moreno
1133. **Morte na praia** – Agatha Christie
1134. **O fardo** – Agatha Christie
1135. **Manifesto do Partido Comunista (Mangá)** – Marx & Engels
1136. **A metamorfose (Mangá)** – Franz Kafka
1137. **Por que você não se casou... ainda** – Tracy McMillan
1138. **Textos autobiográficos** – Bukowski
1139. **A importância de ser prudente** – Oscar Wilde
1140. **Sobre a vontade na natureza** – Arthur Schopenhauer
1141. **Dilbert (8)** – Scott Adams
1142. **Entre dois amores** – Agatha Christie
1143. **Cipreste triste** – Agatha Christie
1144. **Alguém viu uma assombração?** – Mauricio de Sousa
1145. **Mandela** – Elleke Boehmer
1146. **Retrato do artista quando jovem** – James Joyce
1147. **Zadig ou o destino** – Voltaire
1148. **O contrato social (Mangá)** – J.-J. Rousseau
1149. **Garfield fenomenal** – Jim Davis
1150. **A queda da América** – Allen Ginsberg
1151. **Música na noite & outros ensaios** – Aldous Huxley
1152. **Poesias inéditas & Poemas dramáticos** – Fernando Pessoa
1153. **Peanuts: Felicidade é...** – Charles M. Schulz
1154. **Mate-me por favor** – Legs McNeil e Gillian McCain
1155. **Assassinato no Expresso Oriente** – Agatha Christie
1156. **Um punhado de centeio** – Agatha Christie
1157. **A interpretação dos sonhos (Mangá)** – Freud
1158. **Peanuts: Você não entende o sentido da vida** – Charles M. Schulz
1159. **A dinastia Rothschild** – Herbert R. Lottman
1160. **A Mansão Hollow** – Agatha Christie
1161. **Nas montanhas da loucura** – H.P. Lovecraft
1162(28). **Napoleão Bonaparte** – Pascale Fautrier
1163. **Um corpo na biblioteca** – Agatha Christie
1164. **Inovação** – Mark Dodgson e David Gann
1165. **O que toda mulher deve saber sobre os homens: a afetividade masculina** – Walter Riso
1166. **O amor está no ar** – Mauricio de Sousa
1167. **Testemunha de acusação & outras histórias** – Agatha Christie
1168. **Etiqueta de bolso** – Celia Ribeiro
1169. **Poesia reunida (volume 3)** – Affonso Romano de Sant'Anna
1170. **Emma** – Jane Austen
1171. **Que seja em segredo** – Ana Miranda
1172. **Garfield sem apetite** – Jim Davis
1173. **Garfield: Foi mal...** – Jim Davis
1174. **Os irmãos Karamázov (Mangá)** – Dostoiévski
1175. **O Pequeno Príncipe** – Antoine de Saint-Exupéry
1176. **Peanuts: Ninguém mais tem o espírito aventureiro** – Charles M. Schulz
1177. **Assim falou Zaratustra** – Nietzsche
1178. **Morte no Nilo** – Agatha Christie
1179. **Ê, soneca boa** – Mauricio de Sousa
1180. **Garfield a todo o vapor** – Jim Davis
1181. **Em busca do tempo perdido (Mangá)** – Proust
1182. **Cai o pano: o último caso de Poirot** – Agatha Christie
1183. **Livro para colorir e relaxar** – Livro 1
1184. **Para colorir sem parar**
1185. **Os elefantes não esquecem** – Agatha Christie
1186. **Teoria da relatividade** – Albert Einstein
1187. **Compêndio da psicanálise** – Freud
1188. **Visões de Gerard** – Jack Kerouac
1189. **Fim de verão** – Mohiro Kitoh
1190. **Procurando diversão** – Mauricio de Sousa
1191. **E não sobrou nenhum e outras peças** – Agatha Christie
1192. **Ansiedade** – Daniel Freeman & Jason Freeman
1193. **Garfield: pausa para o almoço** – Jim Davis
1194. **Contos do dia e da noite** – Guy de Maupassant
1195. **O melhor de Hagar 7** – Dik Browne
1196(29). **Lou Andreas-Salomé** – Dorian Astor
1197(30). **Pasolini** – René de Ceccatty
1198. **O caso do Hotel Bertram** – Agatha Christie
1199. **Crônicas de motel** – Sam Shepard

1200. **Pequena filosofia da paz interior** – Catherine Rambert
1201. **Os sertões** – Euclides da Cunha
1202. **Treze à mesa** – Agatha Christie
1203. **Bíblia** – John Riches
1204. **Anjos** – David Albert Jones
1205. **As tirinhas do Guri de Uruguaiana 1** – Jair Kobe
1206. **Entre aspas (vol.1)** – Fernando Eichenberg
1207. **Escrita** – Andrew Robinson
1208. **O spleen de Paris: pequenos poemas em prosa** – Charles Baudelaire
1209. **Satíricon** – Petrônio
1210. **O avarento** – Molière
1211. **Queimando na água, afogando-se na chama** – Bukowski
1212. **Miscelânea septuagenária: contos e poemas** – Bukowski
1213. **Que filosofar é aprender a morrer e outros ensaios** – Montaigne
1214. **Da amizade e outros ensaios** – Montaigne
1215. **O medo à espreita e outras histórias** – H.P. Lovecraft
1216. **A obra de arte na era de sua reprodutibilidade técnica** – Walter Benjamin
1217. **Sobre a liberdade** – John Stuart Mill
1218. **O segredo de Chimneys** – Agatha Christie
1219. **Morte na rua Hickory** – Agatha Christie
1220. **Ulisses (Mangá)** – James Joyce
1221. **Ateísmo** – Julian Baggini
1222. **Os melhores contos de Katherine Mansfield** – Katherine Mansfield
1223. (31). **Martin Luther King** – Alain Foix
1224. **Millôr Definitivo: uma antologia de** *A Bíblia do Caos* – Millôr Fernandes
1225. **O Clube das Terças-Feiras e outras histórias** – Agatha Christie
1226. **Por que sou tão sábio** – Nietzsche
1227. **Sobre a mentira** – Platão
1228. **Sobre a leitura** *seguido do* **Depoimento de Céleste Albaret** – Proust
1229. **O homem do terno marrom** – Agatha Christie
1230. (32). **Jimi Hendrix** – Franck Médioni
1231. **Amor e amizade e outras histórias** – Jane Austen
1232. **Lady Susan, Os Watson e Sanditon** – Jane Austen
1233. **Uma breve história da ciência** – William Bynum
1234. **Macunaíma: o herói sem nenhum caráter** – Mário de Andrade
1235. **A máquina do tempo** – H.G. Wells
1236. **O homem invisível** – H.G. Wells
1237. **Os 36 estratagemas: manual secreto da arte da guerra** – Anônimo
1238. **A mina de ouro e outras histórias** – Agatha Christie
1239. **Pic** – Jack Kerouac
1240. **O habitante da escuridão e outros contos** – H.P. Lovecraft
1241. **O chamado de Cthulhu e outros contos** – H.P. Lovecraft
1242. **O melhor de Meu reino por um cavalo!** – Edição de Ivan Pinheiro Machado
1243. **A guerra dos mundos** – H.G. Wells
1244. **O caso da criada perfeita e outras histórias** – Agatha Christie
1245. **Morte por afogamento e outras histórias** – Agatha Christie
1246. **Assassinato no Comitê Central** – Manuel Vázquez Montalbán
1247. **O papai é pop** – Marcos Piangers
1248. **O papai é pop 2** – Marcos Piangers
1249. **A mamãe é rock** – Ana Cardoso
1250. **Paris boêmia** – Dan Franck
1251. **Paris libertária** – Dan Franck
1252. **Paris ocupada** – Dan Franck
1253. **Uma anedota infame** – Dostoiévski
1254. **O último dia de um condenado** – Victor Hugo
1255. **Nem só de caviar vive o homem** – J.M. Simmel
1256. **Amanhã é outro dia** – J.M. Simmel
1257. **Mulherzinhas** – Louisa May Alcott
1258. **Reforma Protestante** – Peter Marshall
1259. **História econômica global** – Robert C. Allen
1260. (33). **Che Guevara** – Alain Foix
1261. **Câncer** – Nicholas James
1262. **Akhenaton** – Agatha Christie
1263. **Aforismos para a sabedoria de vida** – Arthur Schopenhauer
1264. **Uma história do mundo** – David Coimbra
1265. **Ame e não sofra** – Walter Riso
1266. **Desapegue-se!** – Walter Riso
1267. **Os Sousa: Uma família do barulho** – Mauricio de Sousa
1268. **Nico Demo: O rei da travessura** – Mauricio de Sousa
1269. **Testemunha de acusação e outras peças** – Agatha Christie
1270. (34). **Dostoiévski** – Virgil Tanase
1271. **O melhor de Hagar 8** – Dik Browne
1272. **O melhor de Hagar 9** – Dik Browne
1273. **O melhor de Hagar 10** – Dik e Chris Browne
1274. **Considerações sobre o governo representativo** – John Stuart Mill
1275. **O homem Moisés e a religião monoteísta** – Freud
1276. **Inibição, sintoma e medo** – Freud
1277. **Além do princípio de prazer** – Freud
1278. **O direito de dizer não!** – Walter Riso
1279. **A arte de ser flexível** – Walter Riso
1280. **Casados e descasados** – August Strindberg
1281. **Da Terra à Lua** – Júlio Verne
1282. **Minhas galerias e meus pintores** – Kahnweiler

1283. **A arte do romance** – Virginia Woolf
1284. **Teatro completo v. 1: As aves da noite** *seguido de* **O visitante** – Hilda Hilst
1285. **Teatro completo v. 2: O verdugo** *seguido de* **A morte do patriarca** – Hilda Hilst
1286. **Teatro completo v. 3: O rato no muro** *seguido de* **Auto da barca de Camiri** – Hilda Hilst
1287. **Teatro completo v. 4: A empresa** *seguido de* **O novo sistema** – Hilda Hilst
1289. **Fora de mim** – Martha Medeiros
1290. **Divã** – Martha Medeiros
1291. **Sobre a genealogia da moral: um escrito polêmico** – Nietzsche
1292. **A consciência de Zeno** – Italo Svevo
1293. **Células-tronco** – Jonathan Slack
1294. **O fim do ciúme e outros contos** – Proust
1295. **A jangada** – Júlio Verne
1296. **A ilha do dr. Moreau** – H.G. Wells
1297. **Ninho de fidalgos** – Ivan Turguêniev
1298. **Jane Eyre** – Charlotte Brontë
1299. **Sobre gatos** – Bukowski
1300. **Sobre o amor** – Bukowski
1301. **Escrever para não enlouquecer** – Bukowski
1302. **222 receitas** – J. A. Pinheiro Machado
1303. **Reinações de Narizinho** – Monteiro Lobato
1304. **O Saci** – Monteiro Lobato
1305. **Memórias da Emília** – Monteiro Lobato
1306. **O Picapau Amarelo** – Monteiro Lobato
1307. **A reforma da Natureza** – Monteiro Lobato
1308. **Fábulas** *seguido de* **Histórias diversas** – Monteiro Lobato
1309. **Aventuras de Hans Staden** – Monteiro Lobato
1310. **Peter Pan** – Monteiro Lobato
1311. **Dom Quixote das crianças** – Monteiro Lobato
1312. **O Minotauro** – Monteiro Lobato
1313. **Um quarto só seu** – Virginia Woolf
1314. **Sonetos** – Shakespeare
1315. (35). **Thoreau** – Marie Berthoumieu e Laura El Makki
1316. **Teoria da arte** – Cynthia Freeland
1317. **A arte da prudência** – Baltasar Gracián
1318. **O louco** *seguido de* **Areia e espuma** – Khalil Gibran
1319. **O profeta** *seguido de* **O jardim do profeta** – Khalil Gibran
1320. **Jesus, o Filho do Homem** – Khalil Gibran
1321. **A luta** – Norman Mailer
1322. **Sobre o sofrimento do mundo e outros ensaios** – Schopenhauer
1323. **Epidemiologia** – Rodolfo Sacacci
1324. **Japão moderno** – Christopher Goto-Jones
1325. **A arte da meditação** – Matthieu Ricard
1326. **O adversário secreto** – Agatha Christie
1327. **Pollyanna** – Eleanor H. Porter
1328. **Espelhos** – Eduardo Galeano
1329. **A Vênus das peles** – Sacher-Masoch
1330. **O 18 de brumário de Luís Bonaparte** – Karl Marx
1331. **Um jogo para os vivos** – Patricia Highsmith
1332. **A tristeza pode esperar** – J.J. Camargo
1333. **Vinte poemas de amor e uma canção desesperada** – Pablo Neruda
1334. **Judaísmo** – Norman Solomon
1335. **Esquizofrenia** – Christopher Frith & Eve Johnstone
1336. **Seis personagens em busca de um autor** – Luigi Pirandello
1337. **A Fazenda dos Animais** – George Orwell
1338. **1984** – George Orwell
1339. **Ubu Rei** – Alfred Jarry
1340. **Sobre bêbados e bebidas** – Bukowski
1341. **Tempestade para os vivos e para os mortos** – Bukowski
1342. **Complicado** – Natsume Ono
1343. **Sobre o livre-arbítrio** – Schopenhauer
1344. **Uma breve história da literatura** – John Sutherland
1345. **Você fica tão sozinho às vezes que até faz sentido** – Bukowski
1346. **Um apartamento em Paris** – Guillaume Musso
1347. **Receitas fáceis e saborosas** – José Antonio Pinheiro Machado
1348. **Por que engordamos** – Gary Taubes
1349. **A fabulosa história do hospital** – Jean-Noël Fabiani
1350. **Voo noturno** *seguido de* **Terra dos homens** – Antoine de Saint-Exupéry
1351. **Doutor Sax** – Jack Kerouac
1352. **O livro do Tao e da virtude** – Lao-Tsé
1353. **Pista negra** – Antonio Manzini
1354. **A chave de vidro** – Dashiell Hammett
1355. **Martin Eden** – Jack London
1356. **Já te disse adeus, e agora, como te esqueço?** – Walter Riso
1357. **A viagem do descobrimento** – Eduardo Bueno
1358. **Náufragos, traficantes e degredados** – Eduardo Bueno
1359. **Retrato do Brasil** – Paulo Prado
1360. **Maravilhosamente imperfeito, escandalosamente feliz** – Walter Riso
1361. **É...** – Millôr Fernandes
1362. **Duas tábuas e uma paixão** – Millôr Fernandes
1363. **Selma e Sinatra** – Martha Medeiros
1364. **Tudo que eu queria te dizer** – Martha Medeiros
1365. **Várias histórias** – Machado de Assis
1366. **A sabedoria do Padre Brown** – G. K. Chesterton
1367. **Capitães do Brasil** – Eduardo Bueno
1368. **O falcão maltês** – Dashiell Hammett
1369. **A arte de estar com a razão** – Arthur Schopenhauer
1370. **A visão dos vencidos** – Miguel León-Portilla

lepmeditores
www.lpm.com.br
o site que conta tudo

IMPRESSÃO:

PALLOTTI
GRÁFICA

Santa Maria - RS | Fone: (55) 3220.4500
www.graficapallotti.com.br